经典散步丛书

從師心語
——与大学者谈心手记

未 无 —— 著

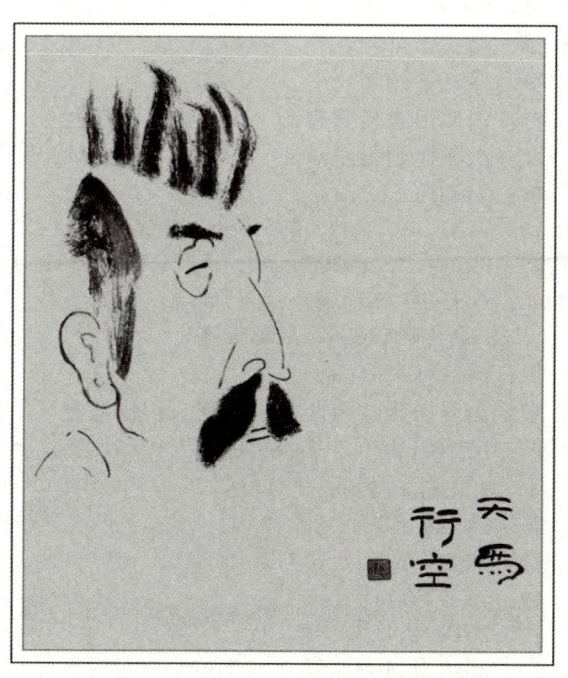

天马行空惊天下　敢遣神鬼上笔端
竦听千官无道是　起看星斗正阑干

山西出版传媒集团　山西人民出版社

图书在版编目（CIP）数据

从师心语／未无著．—太原：山西人民出版社，2019.4
（经典散步丛书）
ISBN 978-7-203-10723-1

Ⅰ．①从… Ⅱ．①未… Ⅲ．①随笔—作品集—中国—当代 Ⅳ．①I267.1

中国版本图书馆 CIP 数据核字（2019）第 029427 号

从师心语

著　　　者：	未　无
责 任 编 辑：	贺　权　崔人杰
复　　　审：	傅晓红
终　　　审：	秦继华
封面设计插图：	奋　进
封 底 篆 刻：	张晋皖
美 工 操 作：	常红强
出 版 者：	山西出版传媒集团・山西人民出版社
地　　　址：	太原市建设南路 21 号
邮　　　编：	030012
发行营销：	0351-4922220　4955996　4956039　4922127（传真）
天猫官网：	https：//sxrmcbs.tmall.com　电话 0351-4922159
E - mail：	sxskcb@163.com　　发行部
	sxskcb@126.com　　总编室
网　　　址：	www.sxskcb.com
经 销 者：	山西出版传媒集团・山西人民出版社
承 印 厂：	山西出版传媒集团・山西人民印刷有限责任公司
开　　本：	720mm×1020mm　1/16
印　　张：	28.25
字　　数：	300 千字
印　　数：	1—2 500 册
版　　次：	2019 年 4 月　第 1 版
印　　次：	2019 年 4 月　第 1 次印刷
书　　号：	ISBN 978-7-203-10723-1
定　　价：	68.00 元

如有印装质量问题请与本社联系调换

阅读《大学者随笔书系》时写在其中两本书上的手记

CONTENTS | 目 录

001　**我读段爱民**
001　**自序**

叩访群师

002　梵澄先生名下
008　归来兮顾先生
013　期许非凡的冯友兰先生
018　"诗者"顾随先生
025　挺身而出的闻一多先生
032　在微笑中思想的胡适先生
040　文采盈溢的王佐良先生
047　在叶圣陶先生的园地采摘
056　与胡风先生的梦中对话
065　如诗之美林徽因
074　日读赵鑫珊随记
086　我感觉到的周一良先生

096　空灵：许地山先生
105　色彩徐志摩先生
115　启发我长见识的启功先生
141　重读《李白与杜甫》
174　泰戈尔的神韵
186　歌德的学问

神会鲁迅

208　从序开始
210　"山莽"柔情
212　知味的幸福
214　惯心病
216　心软与望远
218　人心很古？
220　逼出来的文学
222　在语言里打拼
225　心安于现在
227　不自满
229　本质要求
232　远离残忍
234　阴暗的企盼
236　人类之幸
238　阎罗王的感悟

目录

- 240　从天才说到"软骨病"
- 243　鲁迅应该微笑
- 245　鲁迅与孔子都有一个寂寞的灵魂
- 247　还是"所谓国学"的时代
- 249　连横与合纵
- 251　以"闲"遇"味"
- 253　鲁迅与钱锺书平行读
- 255　神会心契
- 258　对蔫读书的礼赞
- 260　做一个独立的人
- 262　为了今日之种种
- 264　从"银字儿"说开去
- 266　寻光的历程
- 268　"豁达闳大"应是国人的普遍气度
- 270　鲁迅的一个失望
- 273　他的顺手牵羊也是如此伟大
- 277　甘为泥土还不够
- 280　偏激才有艺术
- 282　鲁迅的示范之作
- 286　生在彼时与此时
- 288　"心神俱旺"左右看
- 290　同授而异路
- 293　《杂忆》之"杂"
- 296　反读"国骂"知多少

299 "节烈"幽灵

302 可怕的"本能"

304 蟹壳内外

306 "压缩饼干"

310 前后看看

野读《野草》

314 没有方向的臆说
　　——我读《野草》

317 凝重的《题辞》
　　——读《题辞》

319 不在一个月亮下
　　——读《秋夜》

321 心"影"
　　——读《影的告别》

323 摆脱不开的求乞
　　——读《求乞者》

325 超级求乞大盗
　　——读《求乞者》外篇

327 还是为了爱
　　——读《我的失恋》

329 盲目的大追求
　　——读《复仇》

目录

331　神也留恋未酬壮志
　　　——读《复仇（其二）》
333　用猫头鹰的耳朵谛听
　　　——读《希望》
335　"精魂"的真相
　　　——读《雪》
337　内疚的下游与上游
　　　——读《风筝》
339　在梦中飞旋的心动图
　　　——读《好的故事》
341　哲学的大观园
　　　——读《过客》
344　美的精魂
　　　——读《死火》
346　它们都比人更善解"狗"意
　　　——读《狗的驳诘》
347　烂下去的"破公司"
　　　——读《失掉的好地狱》
349　不仅是"为文而深"
　　　——读《墓碣文》
351　残忍的毒笑
　　　——读《颓败线的颤动》
354　"研讨会"记录
　　　——读《立论》

356 散发着腐气的冷漠
　　——读《死后》

359 面向"无物之阵"的白刃战
　　——读《这样的战士》

361 愚人不是奴才
　　——读《聪明人和傻子和奴才》

363 极短时的相对
　　——读《腊叶》

365 叛逆的猛士横空出世
　　——读《在淡淡的血痕中》

367 来自万米高空的报告
　　——读《一觉》

369 野话《野草》
　　——行走在《野草》里外

劳动教育

374 我的第一个老师
　　——写在父亲系列散文前面

380 父亲的遗传
　　——父亲系列散文五篇之一

389 父亲的美学思想
　　——父亲系列散文五篇之二

400 父亲心爱的老头羊

目录

　　　　——父亲系列散文五篇之三
407　父亲的葬礼
　　　　——父亲系列散文五篇之四
413　坟的慰藉
　　　　——父亲系列散文五篇之五

我读段爱民
——《盆地天声》、《野读〈野草〉》及其文化联想

董大中

段爱民先后写了《旷思敛语》、《青山听雨》、《野读〈野草〉》、《盆地天声》几本书,我都有赠,也写过一篇小文。《盆地天声》是新近受赠的。拿到《野读〈野草〉》后,曾想写一点什么,后来被别的事挤掉了。这次心想,一定要写出我的想法,不全是为了这本书,而是为了文化,为了这种创造性的劳动,为了我关于人生、关于世界、关于文化等的某些想法可以借此而得到抒发。这本书写的是段二淼。段二淼跟赵树理是朋友,合作写过剧本,搞过剧改,我通过赵树理对段二淼有一些了解,知道他在上党梆子演艺界具有崇高的地位,是一个标志性人物。这样的人物是值得写的。这不是写一个人,而是写一个时代,写一种艺术、一种文化,同时也是写一个地区。标志性人物,往往就是事物本身。任何一种事物,没有了标志性人物,本身就失去了存在的价值,存在的理由,也就等于那事物已经死亡。在旧时代,戏剧跟人们的生活关系十分密切,他们除生产劳动以外的一切,包括娱乐,包括民族精神传承,包括对历史知识、伦理道德等等的

了解，几乎都是从戏剧而来，说它是人们的生活本身毫不过分。法国十八世纪最重要的启蒙运动思想家伏尔泰，十分看重人们的日常生活，把人们的日常生活看作历史本身，他称作"内部的历史"，相对而言，他把帝王将相、改朝换代、战争、杀戮等等所谓"重大事件"看作"外部的历史"。他在其代表性著作《风俗论》里，要求历史学家深入到人们的精神世界，写出生活的全部丰富性，努力阐述历史的精神实质。段爱民这本《盆地天声》就是这样一本书。

这本书写段二淼，突破了通常写传记的程式，不按常规，不循旧道。这本书有两大特色。一是把要写的段二淼放在民族文化的大背景下审视，放在同类型的众多大人物之间做横向比较，视域开阔，立脚点高。二是把对客体的描写转化在对主体认知、主体感觉的抒发上，给人留下从镜子的反光中观察事物的印象。第一章《缘起及渊源》，从几个侧面写了自己的思想认识活动，从《天外飞落的题目》到《穷尽寻觅为天声》，在使人进入传主的生活之前，已经对传主值得如此浓墨重彩地写做好了思想准备，起了先声夺人的作用。

作者最大的财富，是心灵空间的广大和思维方式的活跃。作者喜欢写作上的"漫"。他说："这个'漫'字，很合我的脾气。我在写作上的感觉是：不怕漫，也不怕漫而无际，合于主旨去漫，为透彻而漫，为揭示本质去漫，漫到可以令人豁然开朗，便当尽情尽性漫去。"在这本书里，作者随性而写，想到哪里写到哪里，有时像脱缰的马，即"天马行空"是也。作者写到传主一些具体生活，也仍然显得漫而无际。比如"偷艺"。《偷也成圣》一节说："正因为他偷艺的本领高强，十六岁被黎城的公益班请去当正门小生，十八岁便出现'二苗不到折戏价一半'的热况……"至于传主是如何"偷艺"的，书中没有具体描写；作者似乎觉得，写那些具体东西，就影响到自己的随意发挥。作者不是把笔放在段二淼身上，说他做了什么事，如何做的，而是着重在外界的传说和反应上，着重在自己心灵的感应上。作者把"事"和"味"当作本书的两根筋骨，他在修改中，"既有事的补充，也有味的增加"，我没有读过原稿，我想，在这两者之中，作者看重的也许是"味的增加"吧。八九十年代，"有意味的形式"曾经是一些写作者的追求，过了二十年，我又听到了这样的声音。这使本书在文体上有一种独具的特色。它更像散文。平心而论，这本书的特点是"漫"，不足之处也由此而来。读来，总觉作者塑造的段二淼，过于空灵，给人具体的感受相对少一些。

　　顺便说一下我对戏曲改革的看法。

　　对上党梆子这种戏剧形式，我几乎没有具体感受过，只在前几年看过新编、新排的《赵树理》。从书中看到，这个剧种以高亢、悲壮、激越为主要特点。书中引《中华大百科全书·简明版》段二淼词条的解释，说段"以唱功见长，嗓音挺拔高亢，字正腔圆……"在我印象中，这也是其他地方戏的特点。我的故乡流行蒲剧，土名叫"乱弹"，我小时候人们叫得最多的是"野喉咙乱弹"。"野喉咙"者，一是高，一是没有章法，想如何唱就如何唱，只要基本腔调符合蒲剧的特点就行。四十年代后期我十多岁，向邻居学种庄稼，在一起耕地，偏巧有个人爱唱戏，在野地里唱起来，那声音之高，可以用震耳欲聋形容，远在一里之外也听得清楚。这是地方戏班过去多年在"野外"演戏所形成的特点，有其必然性。一直到五十年代初我在故乡教书那几年，这个特点都没有改变。后来听说搞"戏改"。到太原工作后，四大名旦演出，我都看了。六十年代看到的蒲剧，竟然跟我看过的京剧有了相似之处，声音由高亢而变得婉转，演员由"可着嗓门吼喊"变成"低吟浅酌"，伴奏的乐器同样跟着低了八度。再后来，有了喇叭，听着声音不低，可那不是发自演员喉咙的。新时期以来不断听到地方戏跌入低谷的感叹声，我想，除了时代变迁因素以外，最值得注意的就是地方戏丢掉了"野"的特点，这是自寻死路。

大约一年之前吧，毕星星出版了一本有关蒲剧的学术著作，书名为《大音绝唱》。书中写到蒲剧的三次辉煌，都是进京演出。一次是在康熙时代。康熙西巡路过运城看了当时名为"山陕梆子"的蒲剧，龙颜大悦，要求到北京演出。蒲剧到北京，"如烈火烹油，熊焰炽热，占住了地盘，打出了威风"，以至别的戏班"为了招徕看客，扎了台口，也要打出'山陕新到'的幌子，搭车借光"。第二次是在清后期，魏长生领衔的蒲剧，受邀到北京演出。"首场演出《滚楼》，是一个关于伍子胥后人的传奇故事。当天观众拥挤了一千多人，六大名班顿时为之减色。《滚楼》一举唱红，嗣后他接连演出，他的徒弟也在另一个戏班领衍，此唱彼和，京城说他们'相继做秦声以媚人'，一时观者如堵。六大名班被比得散了伙，伶人争相挤进山陕班找活路。从此京腔见了山陕梆子，再没有那种骄人的气焰了。"魏长生于乾隆四十四年进京，前后五六年，成为北京戏台上最有名的角色。那时京剧还在形成之中，无法跟蒲剧相比。光绪三年，以郭宝臣领衔的蒲剧，再次进京，跟皮黄争雄。皮黄，是京剧的主要构成因素。时人描述郭宝臣的演唱声音："大而宕者若黄钟，激而昂者若变徵，翕而和者若南吕，凄而幽咽若'水下滩'，哀哀苦诉若'巴峡猿'。"这时的京城，皮黄称雄，皮黄腔的台柱谭鑫培"平生不肯服人"，但对郭宝臣也"佩服得五体投地"。一位日本学者在京看戏，称郭宝臣为"梆子泰斗"，"与皮黄界之谭鑫培齐名，谭亦折服之"。

蒲剧是古老的剧种，而京剧是在清末才形成的。有人说，如果蒲剧处在北京，那么现在的京剧很可能不是由皮黄等发展而来，而是在山陕梆子的基础上形成的。在我看来，蒲剧和皮黄属于两个截然不同的戏剧风格，是分别为不同的观众服务的，这就决定了它们有不同的发展道路，不同的前途。直说了吧，两者有文、野之分，雅、俗之分，皮黄像靡靡之音，是专供文人学士欣赏的，本质上是庙堂艺术、宫廷艺术，它主要的流行地域只能在文人雅士集中的城市。蒲剧属于山寨艺术，是在广大群众中间产生和发展起来的，天生是给"俗人"看的，它的本质特点是"野"，在"野外"演出，味道是"野"，越"野"越被它的受众欢迎。到北京演出，一时之间，因为它的新鲜，因为主角演技的高超，受到吹捧，是一时的，当那个新鲜味道过去之后，那些文人学士、达官贵人、王子王孙要去光顾的，恐怕还是他们久看不厌的皮黄——京剧，而不是偶然一见的"乡村妞儿"。地方戏天生不能成为主流艺术。

文野之分，这就是京剧和地方戏的区别。野，应该是地方戏最主要、最根本的特色。在过去许多年，地方戏拥有极其广大的观众群，就因为它适应了那些人的艺术欣赏兴趣。从六十年代起，我对蒲剧的兴趣骤然消失，就因为它失去了"野性"，变得跟京剧差不多了，听起来，像蚊子一样哼哼叫。地方戏碰到的难堪是普遍的，不是某一个剧种如此。地方戏作为人们喜爱的文艺形式之一种，不会从舞台上消失，但是其影响的衰微却是不能忽视的事实。为地方戏的前途计，我以为，地方戏要想生存下去，没有别的办法，就是不要向京剧学习，相反，要跟它相向而行，回到"野性"上去，像歌手们在舞台上"撒野"一样，在戏剧舞台上也"撒"起"野"来，让人们多尝一些"野味"。这既包括做工，更包括唱工。作者写到段二淼在舞台上的"得意忘形"——"得意忘形"的疯狂，疯狂的"得意忘形"，说这是"梆子腔的作用"。平时，我每从电视上看到歌手们的那种"野劲"，就想到六十年前我在耕地时看到、听到的那种"野喉咙乱弹"的情景，现在则又想到段二淼的"得意忘形"的疯狂和疯狂的"得意忘形"。艺术表现上的文野之分，在可以预见的时期内，是会一直存在的，一直需要坚持的。去年，我在《外行谈蒲剧》中说过这样的话，现在再说一次。段二淼既是"以唱功见长，嗓音挺拔高亢，字正腔圆……"，既是以"高亢悲壮、高亢激昂、高亢激越"为其特点的，那么，他的历史意义就远远没有过去。在说到赵树理文学的当代意义时，我说过，赵树理一生追求的既要让人读得懂、也要让人听得懂的美学境界，在今天许多人靠"听"来欣赏文学作品的情况下，依然是很重要的。段二淼是"旧"上党梆子的杰出代表，不是"戏改"以后的代表，他的骄傲属于历史，也应该还给历史。他的那种带有"野性"的美，在今天，依然应该是学习的榜样。段二淼的当代意义，就在这里。

在这本书里，我最喜欢的，是《不是序言的序言》中的那首诗。

在读《旷思敛语》、《青山听雨》两本书时，我已经隐约感到耸立在我面前的这位作家，带有"异类"的性质。他既跟经过"十七年"或"文革"的一代人不同，又跟从大学中文系或这样那样的"作家班"培养出来的科班不同。在他的身上，你找不到那些因袭的东西。我常常感到，我身上因袭的东西太多了，每当执笔为文时，总是要想到各种"规范"。这多年，随着"思想解放"运动的深入，我也想"解放"一下，可是总摆脱不掉因袭的重担。还有外来的因素。几年前，韩国学者要我写一篇文章，收入他们编的文集，文章写了，但是他们提出前边要有提要，要有关键词，注释要按照统一规格。这是一般大学学术著作通用规格，他们这样做是正确的，也是完全应该的，无可非议，可是我就不知道如何弄成那样统一的规格，只好敬谢不敏，说算了吧，我的文章不要收了。我自己的书常常没有"统一规格",最近完成的一个"三部曲",仅目录就是三种截然不同的格式,人们看了,会说,你这哪像一个三部曲?艺术生产——当然包括文学创作在内——最好的文化环境,是没有任何条条框框的束缚,以便于创作者尽量发挥他的想象力和创造性。读段爱民的几本书,我感到,在这点上段爱民做到了。这首诗是作者发挥想象力到尽可能充分的一个实例。

"把笔当成一杆秤,称出的并非分量\还有烟云\\把生活当成一支笔,写出的并非身影\还有韵味\\语言是跳板\除了弹性,还有水分……"

这几节开场白,接触到写作,接触到书写文本的价值,联想力丰富而又节奏鲜明,并押韵脚。

这首诗共有二十二节。一节这样写道:"一个耳光打过去\孔子跌倒眼前,老子没有埋怨\庄子参与调笑,苏子茫然无语"。另一节是:"用割草机写作\东割一片云,西铲一颗星\在草地上抛出平展\于泥泞中碾出深刻\剩下一点春风,吹出闪亮"。最后是:"一切都是没有结局的开始\一切都是带有微笑的欢乐\一切都是泪流纵横的重逢\一切都是没有结果的爱情\一切都是梦中的清醒\一切都是不带注释的宁静。"作者在这首诗前说:"……因为这未必是诗的东西,与《盆地天声》的神想韵思有些暗合,在笔法和内容上也有扯不断的联系,所以拿来做了这不是序言的序言"。既说这首诗"与《盆地天声》的神想韵思有些暗合",又说两者"在笔法和内容上也有扯不断的联系",

从这里就可以知道这本书的特点了。这本书不完全在写段二淼，它是借写段二淼，表现作者的一种"神想韵思"，而表现的方法又是不守规范，全由作者天马行空地在想象的宇宙奔驰，所以"一个耳光打过去"，能引起"孔子跌倒眼前，老子没有埋怨……"正如书中写到段二淼在上党梆子中的地位和影响，作者想到很远，想到颠沛流离有"周游列国"的孔子，"比别人走得更坚定"的"别人"就有达·芬奇、米开朗基罗、拉斐尔、罗丹、梵高以及梅兰芳、杨小楼、余叔岩"三大贤"。《盆地天声》不是一本学术著作，它是诗人的畅想曲。段爱民说他写作时，"无不尽心尽意，舒展心绪，极目楚天舒，胜似闲庭信步，以至天马行空也说不定。"又说他"没有文化，没有知识，是无知的大胆，憨人说实话，务求其真、其实、其是，不时考量写出来的话是否从心里流出，是否心声吐露，是否真情表露……"

段爱民这种写作态度和方法，从何而来呢？应该说，给他最大启示的，是鲁迅，是鲁迅的《野草》。段爱民在《野读〈野草〉》中转引吴冠中的话："鲁迅先生说，非有天马行空似的大精神，则无大艺术产生。"他把鲁迅的这句话贯彻在自己的写作中，成就了它一个突出的特点，同时却也掩盖了对传主具体生活情形的描述。

这就说到《野读〈野草〉》这本书了。

鲁迅的《野草》，被当作鲁迅的哲学，是一部"很难读"的书。过去好多年里，鲁迅别的著作研究者众，唯独《野草》受到冷落，新时期以来，人们才都围着这部薄薄的书展开想象，从鲁迅其他著作中搜寻片言只语，从旁门、后门而入，做出各自的解读。过去所有有关《野草》的著作，都是从学理的角度切入，写出了学者各自不同的认知。段爱民这本尚未正式出版的小册子，是从诗人的角度、画家的角度、思想者的角度走进《野草》世界的。他说，这本书他读过好多遍，他常常面对那一个个篇章思索。正是鲁迅上下思索、天马行空式的思维打开了段爱民思想的闸门。

多年来我读过的自称鲁迅"学生"的人所写的著作，除了写自己跟鲁迅的关系多么亲密以外，几乎看不到鲁迅，看不到鲁迅的思想，更看不到鲁迅的风格。我读到的"鲁迅风"，没有像这本《野读〈野草〉》更神似的了。它不仅运用鲁迅的声口，而且像鲁迅《野草》思维方式那样，审视外物，抒发内心，从而具有了深深的哲理。运用鲁迅的声口，像："这样一个暂时的存在，向深远的空虚望去，望到的还是空虚，然而心境却宽阔起来了，宽阔到无边无际，比宇宙还大。"像："一切都在这存在中存在，一切都在这存在中变色，一切都在这存在中升华，一切都在这存在中消逝……"像："我终于看到不明白的所在，也看到明白的所在；这正是战士的胸怀，英雄的倾向，民族魂的深识。"像："我默诵道：这是最严酷的咀嚼。咀嚼生活，咀嚼文字，咀嚼人生的全部：于天上看见深渊，于一切眼中看见无所有，从狂热看见寒酷，从无希望中看见有希望。"像："我在这'无词的言语中'中读出了有词的言语。"词语像"四远"、"夜游"、"无从"、"虚无"、"绝望中的希望"、"希望中的绝望"、"面对难免的面对"，等等。段爱民学到了"鲁迅风"，或者说，学到了鲁迅那一种独特的思维方法，学到了鲁迅观察人生、观察世事的方法，更学到了鲁迅表达他的认知的方法。

《野读〈野草〉》是让人不好置喙的。作者的内心难以把握，只能慨叹，不能解读，只能赞美，不能说出所以然。鲁迅的《野草》，可以研究，是因为他的思想、他的生活、他的爱情、他的心路历程，甚至他的思维方式，人们已经研究得比较深入、透彻，基本上可以做出判断。而这本《野读野草》，却没有这样的便利。更重要的在于，这不是一本"创新"之作，而是把前人的创作当作样板，不说是"模仿"吧，至少是"步后尘"。当年《野草》动笔之时，有人也写了那样一种文体的作品，他叫高长虹，其文题为《幻想与做梦》。《野草》第一篇《秋夜》发表于一九二四年十二月一日《语丝》第三期，《幻想与做梦》第一篇《从地狱到天堂》发表于同年十一月九日北京版《狂飙》周刊第一期，在前二十多天。两人独立写作。高长虹没有、也不可能照着鲁迅《野草》的路子走。段爱民《野读〈野草〉》却是照着鲁迅《野草》的路子走的，如影随形。这就有了两重意义的内涵，一是鲁迅的《野草》，二是作者的心灵感应，都必须照顾到，两者是如何契合的，"野读"在原著基础上添加了什么，表达了什么。

第一节说："我这非神非魔非鬼非动物行为的所谓'臆说'和'随任'，毕竟算不上是宣泄，似乎也并非一时冲动，好像只是借了《野草》的意象，对这'意象'注入一些自以为是和自以为非,以及似是而非而已。"这既是一本用《野草》的方式解读《野草》的书,也不完全是解读《野草》的书。它有自己的思考。比如:"先生透过这雪,这'雨的精魂',看到了天地的本质,天地的本来。无论如何,他对眼前的天地,对天地的本来,对一切的美,还是有信心的,是热爱的,是寄予极大希望的,然而又生出疑问,产生回环,心头结出一层霜……"再如读《一觉》后,"我于这黯然、沉重、狭小中默默地想:鲁迅先生目睹'死'的袭来,深切地感受到'生'的存在;目睹树叶发光,深切地感受到血色不能永远新鲜;目睹超然无事的逍遥,深切地感受到青年魂灵已经粗暴的应当赞颂。"又说,"此刻在这各色皮肤壁出的通道上,我则尤为强烈地意识到,从激赏灵魂的粗暴,到普及宽容的文化,才是人类应有的觉醒。为这觉醒,我们应有不同于《一觉》的一觉。"在对《聪明人和傻子和奴才》的解读中,作者强调了他"好像也是这感觉,却不能满意这感觉"。他说这篇作品在"隐藏性"中"有更深的哲思,更诗意的诗美,更广博的天马行空,虽然那些东西"较少",或者"最少"(《上海鲁迅研究》〔2012.秋〕第192-193页),他还是看到了。在相当于结语的《野话〈野草〉》一节,作者数说了他的多点感受后说:"《野草》究竟是什么?我只觉得《野草》是说不尽的,是难于感觉到最深最大最灵最美的之最,我所感觉到的仅仅还只是并非不是人间的'残感碎觉'。或者这'残感碎觉'也根本就与《野草》无关。"

借着《野草》的情绪和笔调,说出自己的某种感觉,才是这本书值得注意的地方。《野草》之博大、深刻，《野草》之迷人，《野草》对作者影响之巨，在这似解读非解读的解读中，也就撒播出来了。在四本书中，能够充分发挥想象力、能够表现出独立见解并且具有鲁迅作风、鲁迅气派的，是这篇《野读〈野草〉》。

宽容，是这本小册子使用率很高的一个词，也是跟鲁迅思想不尽相同的一种价值追求。当我们读到鲁迅谈他跟论敌的关系时，人们永远不会忘记鲁迅的话，他对论敌"一个都不宽恕"。然而这本书却提倡宽容。

在相当于序文的第一章里写道：

"维纳斯在浪尖上打开贝衣，女娲在坍塌的天柱下铺开婚床"。这究竟是欲望的宣泄，还是奉献的冲动？我这非神非魔非鬼也非动物行为的所谓"臆说"和"随任"，毕竟算不上是宣泄，似乎也并非一时冲动，好像只是借了《野草》的意象，对这"意象"注入一些自以为是和自以为非，以及似是而非而已。

我愿意由着自己的心向"宽容"方面去运动。

"月亮被撕成闪光的麦粒，播向诚实的天空和土地。"我谨以虔诚的宽容之心在这一片区域耕耘。

这是作者的宣言。他是用"宽容之心"来读《野草》的。在谈《野草·题辞》的第二章，作者又一次说到"宽容"，那是在对鲁迅一段话做了他自己的解读之后。鲁迅那段话是："我沉静下去了……'当我沉默的时候，我觉得充实，我将开口，同时感到空虚'。"作者用闪烁其词、扑朔迷离的话说："在我的感觉中，上面这话应该就是《野草》的题辞，或曰《题辞》的另一版本。鲁迅先生是否同意，已无从商量。他另有一句话：'我姑且举灰黑的手装作喝干了一杯酒……'我觉得也该入《题辞》，然而却也同样无从征求他的意见了。"搁过几段议论以后，作者说："我非道家，也非佛家，只是以一种形式，永远的形式，暂存着，似有非有地暂存着，以宽容的心态暂存着。"

作者承认他自己跟鲁迅生活的时间距离："尽管我的心平静到极点，尽管太阳还是那个太阳，星月还是那个星月，但是，夜已不是那个夜，花儿、蝶儿也都更新了她们的生命。我的心已难以与鲁迅贴近。"（《鲁迅研究月刊》［2011.12］第87页）作者写到鲁迅的"内疚"。我惊异于鲁迅"内疚"之深，"自责"之严的同时，也向上看到"博爱"像春天一样温煦的荡漾……（《上海鲁迅研究》［2012.秋］第182页）

在谈《这样的战士》时，作者引用了日本竹内好的话以后说："是的，鲁迅的很多杂文作品，往往均就具体事件而发，但又往往经过他作为一个作家独特的思想的熔铸，艺术形象中也就汇进了更深厚的历史和人生内容。孙玉石的理解又多出几分宽厚和深刻。"（《上海鲁迅研究》［2012.秋］第191页）

还有前边引用过的解读《一觉》中的话。

作者所以提出宽容，还因为他读鲁迅在《野草》中阐述的明白的一面时，看到了那不太明白的一面。以下这段话值得深思：

他生前耿耿，死后仍然耿耿的是：民族本性中的病根——麻木的却是自欺欺人的，怯懦的却是自命清高的，自私而不关心痛痒的痼疾。

我，并不十分欣赏死亡这枚鲜美的花朵，但对生存的意义则希望它鲜艳烂漫。

据说"生和死是最深的奥秘"，而且"它们并不是两个奥秘，而是同一个能量的两面，或者同一个奥秘的两个门"。鲁迅对这样的奥秘的探究好像并不热衷，在探究的路上并没有向更远走去。而他对一个民族的生存和怎样生存始终是很热衷的，在探究的路上走得很远。（《上海鲁迅研究》［2012.秋］第190页）

这些，也许就是作者发出"宽容"的时代原因和社会原因吧。在中国现代思想史上，提倡宽容最力的，是胡适。读到作者有关宽容的论述时，我隐隐听到了胡适这一跟鲁迅截然不同的人的声音。在解读鲁迅《野草》的作品中引进胡适的声音，使这本书具有了多重唱的色彩。

段爱民是一位值得敬重的人，不为别的，就在于他知道时间的可贵。一个人爱不爱自己的生命，从对时间的态度上完全看得出来。珍惜生命的人，首先应该珍惜时间。我不是主张人们不要休息，不要娱乐，不要参加各种文化活动，不是的。这一切都需要，劳逸结合，过得快乐、幸福，永远是人们最主要、最根本的生活追求。但是，这不意味着工作可以浪荡，工作以外不再工作，更不意味着把做无意义、对人对己无益的事情，甚至对人有害、对社会有损的活动，当作正当。常说人要实现自我，实现自我，就是要把自己生命中的最大潜力发挥出来。人的能力有大小，才能有高低，都只有在发掘中才能见分晓。而发掘，就是一个不断进击的过程。段爱民对生命的珍惜和价值追求，跟鲁迅有相似之处，都是"赶快做"。

末了，提出一点建议。我读段爱民的书，有一个驱除不尽的感觉，是他对一些人的评价，或对一些精神产品的评价，缺少个性特色，而是"随大流"。建立个人的价值体系和价值评价标准，对任何人都是需要的。已经走上以文字为表达思想的工具、以自己的思想影响他人思想的道路的人，更应当如此。

2012年12月21日

自序

韩愈说:"古之学者必有师。师者,所以传道、授业、解惑也。"又说:"古之圣人,其出人也远矣,犹且从师而问焉;今之众人,其下圣人也亦远矣,而耻学于师。是故圣益圣,愚益愚,圣人之所以为圣,愚人之所以为愚,其皆出于此乎?"扪心自问,自己自然在愚人之列,也自甘于愚人。尽管可以自夸为手不释卷,或谓天天读,偏好古今名家名著特别是经典也是有的,并且经常写一点眉批和所谓文章,近十余年来,竟是无一日中断。有些什么?追求什么?自己也不明白,好像只是向"不明白"处去追求。因为没有正正规规地进过大学,有朋友竟说我是无师自通,倒好像野草自生的天才似的。其实,哪里是无师自通呢?尽管至今仍然不通,却无时无刻不对各位名家名师"心向往之"并"尽意师之"。古人和今人都说,岂能尽遂人意,但愿无愧我心。若说尚有一点追求,说到天边地头,最多也就是力求少一些有愧于心罢了。北京大学出版社出版了一套《大学者随笔书系》。这些大学者无一不是我"心向往之"的好老师。他们的著作,过去也多有接触,现在又读,虽不全是重温,却倍感亲切。然而,他们何时曾收我为门徒呢?我也并不急着去见他们。尽管没有拜他们为师，却窃以为是师，可以算做作业的，是读书的时候写下一些眉批和心得；而且每读一本，写一篇散记。写到十多篇，有事支开，中断了。鲁迅先生是我心中的顶级大师，是第一个，是我的太阳。从小学开始读鲁迅，退休后依然读鲁迅，几十年没有中断。收入本书的，有两部分是读鲁迅留下的部分痕迹。王元化先生也是我多年来常读的一个大家。正像说过别的书读不下去了，读鲁迅依然很有味一样，我也曾大言不惭地说过，王元化先生的著作大都读过了。大概是为了追求读书的快感和惬意吧，为此特意购得一套线装本的《清园文稿类编》，置于床头，晚睡前和清晨醒来后不时读两页。本想就此写一篇体会，开始是找不到题目，及至在季羡林先生的文章中遇到《通儒王元化》这样一个题目，却又不知从何处下手，只得暂时作罢。也曾想购得一部线装本的《鲁迅选集》，至今没有遇到，也没有搜到。曾与线装书局的朋友联系，说早几年出过，现在找不到了，暂时没有重出的打算。歌德说得好，莎士比亚是说不尽的莎士比亚。我觉得，鲁迅也是说不尽的鲁迅，歌德也是说不尽的歌德，泰戈尔也是说不尽的泰戈尔。所以，鲁迅之外，还有两篇谈不上研究，却也并非全是摘编的所谓论文。一篇是《歌德的学问》，另一篇是《泰戈尔的神韵》，也作为从师的一点痕迹留在这里了。关于从师，还有的就是我直接请教的几位老师和朋友，也有几位原不相识的师友，他们写了不少与我的书有关的文章，本想摘录一些作为附录，限于本集的字数，只好作罢。但对各位老师和朋友的盛意是要特别感谢的。至于本书的书名，不知是否确切，因为要出

自序

"三语系列",这一本就叫《从师心语》了。一位朋友说,我的"三语系列",可称为"精神领域的徐霞客游记",认为对现当代一大群知名的学院派学者的触摸与点评,是《从师心语》的一个独特之点。

还有朋友说,由我的文字,可以看到司马迁的大气与深厚,李白的狂放与洒脱,甚至鲁迅的天马行空,并且说到气象上去。这自然是我的追求和向往,但对这样的鼓励我却只有诚惶诚恐。由此想到赵太爷对阿Q的喝问:"你怎么会姓赵!你哪里配姓赵!"于是,也就只有汗流浃背了。

2013年4月28日

从师心语·叩访群师

司马迁的大气深厚,李白的狂放洒脱,苏轼的达观超迈,鲁迅的天马行空,无一不是我的向往。

梵澄先生名下

不知是前生有缘还是今生已曾在书中遇到过徐梵澄先生，总之，他身上的许多东西距离我并不遥远。然而，当我想真切地想起他的时候，当时的梵澄先生好像既未在我的"思路"上停留，更未在我心灵田野的树枝上筑窝，所以只能对他隔雾而望，在他名下有所感想。

杨之水笔下的《梵澄先生》，是她的日记摘抄，这日记竟然使梵澄先生在我心里活起来，以至如师如友，梦里梦外与我如影随形了。然而，又觉得仍然有一层淡淡的水雾相隔，所以，所谓对他的感觉恐怕仍然是隔雾相望而已。

梵澄先生早年师从鲁迅，是鲁迅的弟子与朋友；继而自费留学德国，归国后在战乱中卖文为生。他一生独身，兴会全在学术上。这在一些人看来，是纯粹为学术为思想而生而死的一生；在又一些人看来，是孤独枯寂甚至死寂的一生。然而梵澄先生自己也就这样在学术和思想中充实而平静地过来与过去，而且好像很惬意于"孤独枯寂"的生活。这"孤独枯寂"对他而言好像有着常人不可理喻的恬适、开阔和博大。

不知是由于翻译名著与名家打交道，还是由于钻研高深精密的宗教哲学与佛界交往较深的缘故，他很早就"沾染"上了随和、温厚、幽默、风趣。他在孤寂中随和、温厚、幽默、风趣。他就是这样孤独着，这样随和、温厚、幽默、风趣着和奉献着。

他的随和、温厚、幽默、风趣，不是普通的随和、温厚、幽默、风趣，而是在思想深处的隧道里溢出来的随和、温厚、幽默、风趣。他是我国最早的尼采思想翻译者和研究者，是将《五十奥义书》翻译到中国来的先驱者，还是印度三圣之一室利·阿罗频多思想的翻译者和研究者。我原来有一本《奥义书精编版》，好像不太深奥难懂。近日搜求到梵澄先生译的《五十奥义书》，知道此书至今仍有百余种，五十种尚不是全译。尽管先生说，"皆无所谓深奥之意也"，但我仅略翻，已经奥义深重地感觉到其精深与博大。由此更强烈地感受到梵澄先生的精深博大的随和、温厚、幽默与风趣。

梵澄先生曾居留印度十年，给一位法国老女人开办的教育中心打工，名为"高级职员"，却只有生活用度而没有工资。他著了书，出版了，却得不到分文稿费，甚至连样书也不能得到一本。就在这样"无所不至"的压迫下，也因他的随和、温厚、幽默、风趣的底蕴和献身学术的精神，在如此"水深火热"之中，不仅与各色人等友好共事，而且幸福地生活着，他留下的"佳话"和"美好"的回忆尤其使我们可以感受到他的随和、温厚、幽默与风趣绝不是表面性的"创作"，而是与生俱来性的修养。

梵澄先生或者也沾溉了鲁迅先生的深刻、通透甚至峻急和"偏激"吧，他说过圣人就差不多等于神经病。他没有想过当圣人，只是这么普普通通地随和、温厚、幽默、风趣地生活与工作着，而且就这样在不知不觉中靠向"伟大的人格"。或者说，他的"伟大的人格"是与生俱来的，就像人人身上有佛性一样与生俱来，只是他已跨入了高僧的行列，寻常人只能在山下或半山腰望着他。他在《五十奥义书》上的题字是："圣之吾不能，我学不倦，而教不厌也。"他年轻时就由衷地热爱鲁迅的伟大人格，对于鲁迅的文字、话语，乃至喜怒哀乐，皆多方领会，反复揣摩。加之师生二人气性相投，又都具备甚高的鉴赏力，多有同感，多有共鸣，方能"鼓宫宫动，鼓商商应"，同声相合，同气相应。直至先生的晚年，只要提到鲁迅，仍是一脸的圣洁，一心一意的敬佩。由此，又让人觉得，梵澄先生的随和、温厚、幽默、风趣，还流淌鼓动着鲁迅先生的风脉。

梵澄先生很看重"沉静"，自称他的文章有一种沉静之气。他对"沉静"有很深的理解，认为正如古人所说："静之生明"——"明"是生长着的，待自己的心思更虚更静，知觉性就会潜滋暗长。他自己这样，也以此忖度他人。一次谈到文章的品格，说季羡林指着金克本的一篇文章说："所谈何益！"但看他自己所做的文字，也还是浮躁。先生认为还是鲁迅深厚，叹服鲁迅的国学根底"学问深呵"。忆起当年亦尝与鲁迅论及王湘绮撰写《湘军志》一事。说《湘军志》虽也用《史记》笔法，但太史公虽叙事亲切，每似己之身历其境，却始终保持冷静，湘绮则徒有其一，而无其二。鲁迅先生也深以为然。忆及鲁迅与佛，他说先生在日本为学时已研究佛学，揣想其佛学造诣，我至今仍不敢望尘。先生能入乎佛学，也能出乎佛学，又深通老庄——心胸达到了一极大沉静境界，仿佛是无边的空虚寂寞，几乎要与人间绝缘。并说他对佛学和文字学的研究都受到鲁迅先生很深的影响。从以文论人中,去感觉梵澄先生的随和、温厚、幽默、风趣,让人觉得不仅是一种修养,而且是一种器格。

梵澄先生对文章的研究和要求,不是从文字出发而是向无迹无痕去求取。他认为,文字达到极致,连气势也不当有。一切"有意"化为"无意",浑融无间,淡而致于"味"。为此,他推崇诗有魏晋之风,书似唐人写经。从此着心,我尤其感受到他的随和、温厚、幽默、风趣,好像竟走到脱离文哲、文学、文字的羁绊,浑然无迹,弥深悠远。由此还可以见得,梵澄先生的随和、温厚、幽默、风趣的器格,不只体现于文字、文学、文哲中,而是贯穿他的一生,统辖他生命的全部。

梵澄先生以从容为平常境界。一次,他将《诗·大雅·皇矣》中的"不大声以色,不长夏以革"一句写在纸上,对杨之水说,夏与暇通假,革与亟通假,做事就是要"不长暇以亟",总要从从容容才好。杨之水没有说当时看到了什么,我则除了豁然开朗,还看到梵澄先生所拥有的是一个无限大,无限广,无限深,无限有,无限无。由此又可见得,梵澄先生的随和、温厚、幽默、风趣,是以"无限"为本,只是或曰更体现于对世事的从容不迫而已。

随和、温厚、幽默、风趣的梵澄先生,在无限中如游如漫,从容不迫,然而他似乎也有不平的时候。他曾告诉杨之水:审阅一篇博士论文才得二十元,去一次干面胡同,仅乘出租车就要耗资三十四元。不过,他这样说,也只是对朋友的感叹,既不影响他的如游如漫，从容不迫，更不会改变他随和、温厚、幽默、风趣的器格。然而，他的这一器格绝对与立场上的妥协无涉。大概是针对一些人指责鲁迅峻急尖刻，随和、温厚、幽默、风趣的梵澄先生则以坚定的立场，非凡的人格力量道出了独到、深刻而确有本质性的看法。他说"鲁迅先生待人太厚道了"，"厚道是正，一遇到邪，未免就不能容，当然骂起来了"。

徐梵澄先生是著名的精神哲学家、翻译家和印度学专家，也是诗人、书画家、艺术鉴赏家和评论家，是兼及中西印三大文明学术的屈指可数的大学者，是全才型的具有国际声誉的学术大师。他在每个领域都涉猎颇深，他精通八种语言，他的精深和深沉几乎是不可测量的，但他从不显扬自己，也从不索取什么，几乎是以自己的全部生命一声不响地做着"接续"精神传统的工作。他宁静超然的精神气度和锲而不舍的学术风范，永远是后学的楷模。由这些评价，我更深地感受到梵澄先生的随和、温厚、幽默、风趣，其实正是他的很深、很厚、很渊博。

梵澄先生学名为琥，谱名诗荃，号季子。他说，不喜欢这个琥字，家谱向上可追溯到中山王，中山王又分南京和江西两支。梵澄先生一族，是江西支脉，后迁于湘。先生这一辈好像没有先辈那么旺，只出过几个举人。却也可由此得知，他的随和、温厚、幽默、风趣，有着深厚根基，源远流长，积淀甚厚。

北大出版社出版了一套《大学者随笔书系》，我得到的第一本是徐梵澄先生的《古典重温》。虽然读了，许多地方并没有读懂。确切地说，我不是从《古典重温》，而是由杨之水的日记

《梵澄先生》进入徐梵澄先生的精神小院的。因为并没有登堂入室,所以仍然隔着一层淡淡的水雾,甚至是珠帘相隔,所以这篇感受只能算在梵澄先生名下。我还想读他的著作《老子臆解》,也还是为了这随和、温厚、幽默、风趣,并非与立场的妥协有涉的随和、温厚、幽默、风趣。

归来兮顾先生

几十年前,还在我好奇心更强烈的时候,在《故事新编·理水》中看到"'禹'是一条虫,……'鲧'是一条鱼"这样的名言。据注释而知,此名言的著作权由顾颉刚先生所拥有。于是,讲出这名言的顾颉刚先生与书中的"鸟头先生"重叠了。

我并不想悔少,但现在竟对鲁迅先生当年这种艺术的讽刺有点不以为然了。我的这一不算怎么一回事的思想变迁,还并不完全为了已经知道顾颉刚先生是中国历史地理学和民俗学的开创者,现代《古史辨》的创始人;也并不完全因为一些学术大家肯定他的"层累地造成的中国古史",以及他的史说为中国史学界开了一个新纪元,第一次体现了现代史学的观念,主要还是因为摆在我面前的这部《人间山河》,虽然不是篇篇喜爱,却大部分为我所愿意接受。我甚至想,书中若能收几篇与鲁迅先生的论辩文章就更好了,可惜没有。这就是编辑先生的局限了。

"鸟笼门虽开,而大家依然麇聚在笼中,嘀啾自乐,安度囚牢的生活,放着海阔天空的世界而不去翱翔,这是何等的不勇啊!"

我虽不明白此话的指向,尤其不了解写作背景,但仅是这文字传达出来的思想观念,却也让我有了相似甚至相同的感想,并愿以此与朋友们深思之。

"我固然有许多佩服的人,但所以佩服他们,因为他们有许多长处,我的理性指导我去效法;并不是愿把我的灵魂送给他们,随他们去摆布。对今人如此,对古人也然。"

这是一个学者的宣言。有此宣言的是一个大学者。尽管我有时分不清一个人的灵魂是自己掌管,还是交由上帝掌管哪个更可靠,而且主张多一点敬佩以至敬畏之心,然而当阅读至此,还是毫不犹豫地对这宣言投了赞成票。一个人怎么能没有独立的灵魂呢?但无论对于今人,还是古人,总能看到他们身上的长处,并取佩服和自愿学习的态度,以宽容和宽厚待人,让自己的环境和普遍的环境宽松起来,这难道不是应该倡导的学术之风和社会之风吗?

"与其对于学问负疚,还不如熬着困苦:这是我的意志的最后决定。所以我虽困穷到了极端,卖稿的事情却始终没有做过几回。卖稿且如此,让我去讲敷衍应酬,钻营职务,当然益发没有这种兴会了。"

如果说前段所引是一个学者的宣言书,此段应是一个学者的心路长征的历史记录了。长征还有一种播种机的功能,在早已荒芜的学者园地里,需要有宣言书,有播种机,更需要结果于顾先生那样的历史的记录:卖稿尚且以为有失做人之本,别的应酬钻营就更不应该为之动心了,谁让你是学者呢?北大的一位教授说,真正的学者需要的不是金钱、洋房、汽车,有一所三星级监狱也就够了。当然他所希望的不是铁窗生活,而是排除各种社会干扰的清静环境。这可以看作是学者的期许,当然不是政府和社会应该给予的"供给"。徐梵澄先生忆到鲁迅,说"以先生文学研究之深，而在当时北京大学仅居一讲师之位，在教育部则为佥事，虽'佥事也不算怎样区区'，未尝是公正的。而先生对这地位从来没有什么不满，这是因为他的志趣早定，要改革社会，要拯救这民族之沉沦，非志在个人之高位"。我后来虽然知道鲁迅仅为讲师是北大对兼职者的成规，仍然不免心有不平，会在心里问：怎么非是这样的规章呢？究竟怎样更好，我没有研究，但同意充分尊重为本，以充分支持为用，以充分融洽和谐为气候，促进文化学术园地的充分繁荣。对学者的高风亮节和奉献精神是要永远肯定和倡导的，但是，在学者产生、生存、发展的田园里，单靠学雷锋是绝对不行的；靠金条，以及由无论如何高明的园艺大师将金条种在田园里当然也不行，也不会长出参天大树。最基本的一点，恐怕还是放眼世界天地、立足中国这块古老的土地，搞好多方面的、现代化的建设。这个"建设"主要是指文化学技园地和社会环境的建设。

"我是一个多欲的人，而且是一个敢于纵欲的人。我对于自然之美和人之美没有一种不爱好，我的工作跟着我的兴味走，我的兴味又跟着我所受的美感走。我所以特别爱好学问，只因学问中有真实的美感，可以生出我的丰富的兴味之故。""就是赌博、喝酒、逛窑子、坐茶馆等等，我也都犯过，但这只使我知道大家认为嗜好的不过是这么一回事，使我知道这些事情是不足以激起我的兴会的，从此再不受它们的引诱，时间的破费也不是徒然。"

这是一个学者的自白，未经污染的蓝天一样纯净明朗的自白,"海外"归来之后的自白与打定。此刻,我似乎听到一个画外音:"怕死比死更可怕,爱知识比知识更可爱。"有了上述这样一个走去而后回归到"爱好学问"的回来,从而一门心思"爱好学问",摒弃一切地"爱好学问",应该是一个学者真正可贵的选择,而且真正的学者必然是这样。真正的学者无论已经走到哪里,走出多远,都应该回来。既然已选择了学者这条不归之路,回不回来已不单是自己的事。一个人,尤其是一个学者,回到这境界,除了可爱可敬,还有什么呢?

我尤其喜欢书中《悼蔡元培先生》一文。就文章而论,与鲁迅先生的《中山先生逝世后一周年》虽然不在一个重量级上,但文章很周严、润泽、妥帖。文中引述了蔡元培先生的引述,即"《中庸》里说的'万物并育不相害,道并行而不相悖,此天地之所以为大也',我们应当实践这句话"。引述什么本身就是作者的态度,更何况他引后又说:"他不问人的政治意见,只问人的真实知识。哲学系的'经学道论'课,他既请今文家崔适担任,又请古文家陈汉章担任,由得他们堂上的话互相冲突,让学生两头听了相反的议论之后再自己去选择一条路。"他在文章中还说:"北大一天天发皇,学生一天天活泼,真可以说进步像飞一般快,一座旧衙门经蔡先生一手改造,竟成为新文化的中心。"文章的结尾尤其说道:"他要人多看、多想、多讨论、多工作,使得社会一天一天进步,人生一天比一天快乐。这一个他的中心主张,虽则他自己没有明白说出,但是知道他的人一定是感觉得到的。这就是他在中国史上最大的贡献,也是将来的青年们所永远不能忘记的人生指导！"在引述上述所引后，我只想到一句话：这就是大人所主义的大道！大人不是别人，正是蔡元培先生。

"《春秋传》于'梁亡'曰：'此未有伐者，其言梁亡何？自亡也。其自亡奈何？鱼烂而亡也'。"这是顾先生在一篇文章中引用过的话。接着他说："即无伐者知必鱼烂而自亡矣，况尚有眈眈逐逐者雄踞其旁，又安有幸存之理。"看罢这话，我竟无缘无故想到《国歌》，不由自主从内心发出呼唤：

归来兮，顾先生！

期许非凡的冯友兰先生

冯友兰先生像心脏之于胸腔一样，是常驻我心中的期许非凡的泰斗级学人。他的期许由他的奋斗而实现，成为以鸿篇巨制构筑哲学体系的哲学家，成为以饱含洞见又诗意盎然的笔书写人生的思想家，成为以身相许、事教育才一生的教育家。

北大出版社的王炜烨先生责编的《理想人生》一书，封面有这样几句话："哲学大师冯友兰以鸿篇巨制构筑了其哲学体系，却又把复杂的问题简单化，以极质朴又饱含洞见的随笔作品为这些哲学思想增添了盎然诗意。"封底则有几位大学者的坦言。综合他们的意见是："西学东渐"以来，中国有三位最有名望的哲学家和思想家——熊十力先生、金岳霖先生和冯友兰先生。他们的学说都表现了中西哲学的融合，而融合得最好的则是冯友兰先生。冯友兰先生打破了物我之间的隔阂，吸取大自然的博大与生机，越过"得失"这座最关键的障碍，以轻松的形态跑到终点。真可谓仰不愧于天、俯不怍于地。不说他的《贞观六书》，也不说他的《中国哲学史》，仅是我经常置于床头读一读的《中国哲学简史》和《三松堂自序》，就可以证明冯友兰先生是当得起上述称誉的。我手中这本由北大出版社编出的随笔集《理想人生》，读起来虽然更轻松一些，但也可以明显地感觉到：读冯先生的书不仅可以了解中国哲学的精华，而且可以学会做文章。

冯友兰先生的期许是"为天地立心，为生民立命，为往圣继绝学，为万世开太平"。

这出自宋人笔下的宏愿，后来在《季羡林全集》上也看到过，是季先生亲笔所题，尽管是题给"景瑞兄"的，却未必不是他自己的期许。

我不是一个无信仰主义者。究竟怎样是无信仰主义者，也说不清楚。据徐梵澄先生说："无有信仰已是一种信仰。此无与有对，是有无之域中之无。"这等于说，所谓无信仰者，信仰的是自己无信仰。然而，如果让我表态，我还是毫不犹豫地赞成冯友兰先生的主张和追求，就是沿着所谓"自然境界"、"功利境界"、"道德境界"、"天地境界"，一步一步拾级而上，像登山探景一样，越走到高处和深处，才越有可能见到最好的风景。至于记录是否打破，也要看探寻的结果。

冯友兰先生作为一位成就较早，一生登山不止的学人，也是将非凡的期许融入实际生活的践行者。他除了对自然、功利、道德、天地四种人生境界各有明明白白的释义，就是在朋友之间也常有以此为话题的相互勉励，以至成为一种习惯，甚至使这一习惯带上了有着老中国特色的"吃过了吗"的意味。金岳霖先生问，冯友兰先生答：到何境界了？天地境界了。这虽然有调侃的意味，但其高雅的勉励是不可否认的。

冯友兰先生的"非凡期许"可谓萦怀一生，践行一生。《贞元六书》是他"努力保持旧邦的同一性和个性，而又同时促进实现新命"的杰作，凝聚其中的核心追求是"用生命作为燃料以传这团真火"。所谓"真火"，也就是中华文化的主脉，南怀瑾先生曾称其为"中心思想"。而这一"主脉"或曰"中心思想",则需要有"传世之作"来担承。所以,冯友兰先生又认为,凡是传世之作,都是呕出心肝,用生命来写作的。并说:"照我的写作经验,作一点带有创作性的东西,最容易觉得累。无论是写一篇文章或者写一幅字,都要集中全部精神才能做得出来。"

1981年已是76岁高龄的冯友兰先生自书联语:"阐旧邦以辅新命,极高明而道中庸",作为座右铭悬挂于抬眼可触处。此联是原创还是借用,最早何时出现在他手上,我都没有去查考。但他曾于《康有为"公车上书"书后》解释说:"上联说的是我的学术活动的方面,下联说的是我所希望达到的精神境界。"直到晚年写回忆录,他还说:"新命就是现代化,我是按照自己的判断继续前进。"在那个时代,能按自己的判断前进的国人能有几何?

目标宏伟的冯友兰先生,自然不会仅仅盯着自己的足迹和眼前那点事,他经常注目于历代先贤,注目于现当代的伟大实践,总是以古往今来至伟至贤至圣的期许和伟绩来检阅自己的言行。他就是这样期许着,也这样追求着。听说有人发表文章否认那首《满江红》为岳飞所作,他赋诗一首:"荷去犹闻荷花香,湖山终古护鄂王。'冲冠''怒发'传歌久,何事闲人道短长。"他就是这样坚守和实践着自己的期许,也维护着别人的期许和对期许的实践。

在期许推动下的冯友兰先生既从大处着眼,也从小处着眼,总是留意于事物及人的本质。作为教育家,他十分敬佩蔡元培先生的教育思想，认为"兼容并包"四个字足以证明蔡元培先生深得教育的神髓。同时，又注意做人行事"小事"的本质反映。忆到一次照相，说梁漱溟很谨慎，照相把脚收在椅子下面；陈独秀很豪迈，把脚一直伸到梁漱溟的前面。又说，气象豪放的陈独秀旧体诗写得好，几首游仙诗中有一联是："九天珠玉盈怀袖，万里仙音响佩环。"他对同样写过游仙诗的毛泽东大概总是怀着敬爱和敬畏之心。他参加有毛泽东在场讨论的政协会议后，写过一首诗，其中两联是："旧史新编劳询问，发言短语谢平章。""不向尊前悲老大，愿随日月得余光。"大概也是住牛棚期间，有人告诉他毛泽东说："北京大学有一个冯友兰，是讲唯心主义哲学的，我们只懂得唯物主义，不懂得唯心主义，如果要想知道一点唯心主义，还得去找他。翦伯赞是讲帝王将相的，我们想知道一点帝王将相的事，也得去找他。"按照工宣队的要求，他写了感谢信，据说翦伯赞也写了。由此可见，他是将一点一滴的追求、塑造都放在心上的。这使我想到，大人物有大人物的生存环境。这样的环境，有其"大"的一面，也有其"小"的一面。生存其间，有其自由，也有其不自由。再大的人物，也有人管着。这管着，未必是坏事，却也不全是好事。所谓人生，如此而已。然而，如果是期许非凡的人，如此而已的人生也都在"非凡期许"之中。不必把一些东西看得太重，把另一些东西看得太轻，动不动就作泰山鸿毛之比。如此，世间便难有安宁。

境界如此之高，期许如此非凡的冯友兰先生，虽然承受磨难的能耐也很非凡，但磨难对他而言却也尤其非凡。新近看到汪东林的新著《远去的背影》，是漫忆赵朴初、十世班禅、于树德、章乃器、宋希濂等政协人物逸事的。其中载录了梁漱溟和冯友兰师生之间的恩怨。这点恩怨好像也是历史的大人物在当时环境下的恩怨，比较不一般，又好像没有太多的不一般。此恩怨主要是缘于冯先生在批林批孔中"出笼"了《孔丘其人》，遭到梁先生记恨以至结怨。冯先生九十寿辰时发出邀请，梁漱溟拒绝赴宴。直到冯先生携小女到梁家拜访，梁先生才心气稍稍平和了一些。我想，这对于期许很高的冯友兰先生虽然是不可否定的"败笔"，其实也还是因为期许非凡的原因，并不等于他由此跌入非凡之下。即使有点"瑕疵"，这瑕疵也像衣服上的扣子与衣服融为一体，或者竟是阿Q头上的癞疮疤，难免不被指戳，而比起其非凡的期许、丰厚的著述来是应该忽略不计的。做人难，最难的大概正在于此。一定要人动不动就将身家性命"陪葬"，总有苛刻之嫌。

　　写到这里，回过头来看，我想，冯友兰先生之所以常驻我的心间，我又承认他常驻我的心间，而且愿让他永远常驻我的心间，不是因为我自己有什么非凡的期许，也不是仅看重冯先生非凡的期许，恐怕倒是因为冯老先生既有非凡的期许，又有常被人想起以至指戳的瑕疵。我进而想，即使是像我这样期许不高的所谓草木之人，也还是应该于人为宽，于己为严，有所期许，努力追求高境界的人生，这才是真实人生应有的正确态度。

"诗者"顾随先生

记者以文传闻,学者以学术闻名,我心中的"诗者",是诗己诗人的人。顾随先生就是这样一位杰出"诗者"。

我从学期间与出校之后,都遇到过几位好老师,但还是羡慕周汝昌和叶嘉莹有一位顾随这样一位大师级的哲人巨匠式的好老师。不敢想却也心想,我若也有此"厚遇",也可以像叶嘉莹整理先生的笔记那样,出版一本《××诗词讲记》。

周汝昌的书,我随便翻翻的也有几本,如《腹有诗书气自华》、《文采风流曹雪芹》、《我与胡适先生》等,未及翻翻的还有《红楼梦新证》、《周汝昌校订评点本〈红楼梦〉》等。还是因为读书不多,眼界不宽,关于他对老师顾随先生怎么看,至今尚在搜寻中;而与叶嘉莹对顾随先生的敬评,则多有相遇,并已触及到一些"学乎深矣,技乎神矣"的东西。

首先是从叶嘉莹那里和闵军所著的《顾随年谱》中得知,顾随先生出生于诗书之家,有位取得秀才功名、酷爱诗词、课子甚严的父亲;还有一位出身大户人家,有修养、有主见、明事达理、在家人眼中就是一首纤巧秀丽诗章的母亲。正是有这"门第"的优势,他幼承庭训,两岁便开始背唐诗,以绝句代儿歌;五岁入私塾,接受先秦诸子、唐宋八大家和唐宋诗词教育;二十岁入北大英文系,受到中西现代文化的正规教育。由于家庭熏陶,个人灵秀,又受到正规教育,所以才学甚优,兴趣甚广,尤其是穷其一生盘桓于诗、词、曲、散文、小说、禅学的世界里，造诣极高。既已诗己，进而诗人，也就成为很自然的事。大学者、大诗人冯至先生评价顾随先生写诗、填词、作曲都创有新的境界；小说、信札也独具风格；教学、研究书法无一不取得优越的成就；偶尔写点幽默文字，调侃诗章，既讽世，也自嘲。

我的感觉是，顾随先生的诗己诗人已"站在山巅"，达到"不能再走上高"的化境，无不有令人望之敬仰的建树。据叶嘉莹回顾，学养深邃的"诗者"顾随先生讲授诗词，纯以感发为主，全任神行，一空依傍。她甚至说，禅宗有"不立文字，见性成佛"之说，诗人论诗也有"不涉理路，不落言筌"之谓，先生讲授诗词不重拘狭死板的解释说明，有时在一小时的讲授中也不提一句诗词，却最得而传其神髓。

将学文与学道，作诗与做人相提并论，是"诗者"顾随先生讲授诗词的特色之一。叶嘉莹记得，顾随先生第一次讲课，先在黑板上写下三行字：自觉，觉人；自利，利人；自渡，渡人。由这三句好像与诗词无关的话，引发开来，像"天虫"抽丝不断头，扯出说不尽的精论妙义，令人无不神欢飞越，灵智开通，如坐春风，如聆仙乐，臻于高层境界。我读到这段令人心醉神迷的文字时，又在旁边加了一句未必合于汉语习惯的话：自诗，诗人。也即自己受诗的陶冶，成为一生与诗为一的人，也以诗教人，育就诗一样的锦绣人才，下自成蹊。我常将这"蹊径"的"蹊"误写成"溪水"的"溪"，甚至将此"溪"想成桃花源涌出的大河。我愿到溪中去游泳，哪怕到溪边散步也好，一定会有

"如入仙境"的感受。我眼前甚至出现一处人间仙境，能置身此境之中，乃人生之最大幸福也！

将诗与自然融为一体，或者说，将诗融入自然中，将自然融入诗中，是"诗者"顾随先生讲授诗词的又一特色。他由诗词的作用，诗人对世人的关怀，对大自然的融入，诗词的风格意境，讲到诗人"锤炼"、"酝酿"的真功夫；由诗词中最细微的差别，讲到人生以及世间各种美的悉心体验；由自然的作用讲到诗人和诗词，将自然与人、与诗人、与诗词水乳交融，达到极高极妙的境界。他曾作诗云："溅泪凭花为感时，与春又作隔年期。南天路远愁无限，肠断春归杂感诗。"这是自然的感应，更是深入搜求，广泛体悟，练心得道之心得。他说："我于老庄，认其自然，于释迦，认其自性圆明，于儒家，认其正心诚意。"这是怎样的相融，怎样的深入，怎样的功夫啊！无怪乎叶嘉莹要发自内心赞叹："真可说是飞扬变化，一片神行。"我读到这些的时候，写下这样几句话：有的人"局促"在钱里，有的人神行在诗的世界里；有的人随地吐痰，有的人将自己变成美丽的诗篇；有的人晒太阳，有的人将自己变成太阳。

没有世俗常法可以依循，却深造自得，左右逢源，根源深厚，脉络分明，真正让听者得其妙意，豁然开朗，这才是名师。所以张中行才惊叹："顾随用散文，用杂文，用谈家长的形式说了难明之理，难见之境。笔下真是神乎技矣。"

"诗者"顾随先生对诗词微妙意境知之如此幽深通透，大概与他有着一颗参禅之心有关。他自己曾把讲诗比作谈禅，说：

"禅机说到无言处，空有游丝百尺长。"然而，禅毕竟不是诗。怎样是禅，怎样是诗，二者关系怎样。他认为，"似则似，是则非是"，"非诗非禅，正是禅家之'触'"。"禅者，万殊归于一本。诗者，一本散为万殊。禅是自性圆明，见心见性，法尔如然，在智不增，在愚不减。诗是包罗万象，神通变化，无有常法。如此则禅为静，诗为动。禅是由外向内如孟子所谓'收其放心'；诗是由外而内，收于内后再放于外。陆士衡《文赋》所谓：'收视返听，耽思旁讯，精骛八极，心游万仞'正是吟诗的轨迹。"他还说，"好诗未必通禅，而禅语亦多非好诗也。"没有对诗与禅的深究，如何有此区别。他进而说，"诗人之谈禅，禅师之学诗，适以证明诗禅之相通之处"，"故诗是诗，禅是禅，而其精髓微妙的'不可说'的境界则相同"。

"相得益彰"这个词不是专为师生之间帮衬彰显而说的，但用于顾随先生与周汝昌、叶嘉莹等名弟子的关系却恰如其分。如果再着以"相濡以沫"，更可说明"诗者"顾随先生的施教以终，"终成正果"。他对叶嘉莹寄望很厚，在通信中殷殷之曰："不佞之望于足下者，在于不佞法外，别有开发，能自建树，成为南岳下之马祖；而不愿足下成为孔门之曾参也。"对另一高足滕茂椿的才学也颇为推许，寄望也很高，总以"说一尺不如行一寸"督促。与周汝昌谈论《红楼梦》的通信尤为细密，其中谈到"鲁迅当年作《小说史略》，而'溢'出一部《小说旧闻钞》。如说'新证'，相当于'小说史略'，而史料编年章中之材料，大半皆'旧闻钞'耳。"其意不外乎以鲁迅为榜样或参照系。其中得失心照不宣，不足为外道，或许也是有的，但师生通心到此地步，对正在进行《红楼梦新证》写作的周汝昌该是多么大的策励啊。

"尽日寻春不见春，芒鞋踏破岭头云；归来偶把梅花嗅，春在枝头已十分。""诗者"顾随先生于笔记中见此韵味悠长之偈语，说是"乃第二因缘也"。我对周汝昌先生的著述多有接触，却如前述，未见其对老师顾随先生"怎么看"。也许正是这"第二因缘"的作用吧，近日终于遇到这"怎么看"，且抄录如下：

"（顾随）先生是一位真正的诗人，而同时又是一位深邃的学者，一位极其出色的大师级的哲人巨匠。"

"先生的讲授，能使聆者凝神动容，屏息忘世，随先生之声容笑貌而忽悲忽喜，忽思忽悟，难以言语状其出神入化之奇趣与高致。"

"先生何以成为近代罕逢的特异教学艺术大师？端由先生本人一身兼多面才能资质：约而言之，是诗人，是词人，是剧作家，是文学理论家，是文学评论家，是大书法家，是京剧艺术的特级鉴赏、表现、评论专家……"

写到此处，应该搁笔了。此刻尽管有"弟子以师授，师以弟子名"的意思跳入我的思绪，我还是坚信"诗己诗人"的顾随先生是一个横空出世的大导师，在诗教方面甚至可以说是难遇难求的"唯一"。

"诗者"顾随先生读诗、写诗、赏诗、讲诗之外，对文学的别的式样也多有他人达不到的远见。他对鲁迅，尤其是小说家鲁迅，诗人的鲁迅就有着非同寻常的深识。首先，他是大师中对鲁迅着"家"最多的一位。他说："鲁迅，在学术上和文艺上说起来，同时是思想家、艺术家、考据家、史学家、诗人，又是小说家，集许多'家'于一身，简直无以名之，也许就是博学而无所成名，与大而化之为圣吧。在这一点看来，在中国可以说是空前，而且假如我们后人不努力，一定成为绝后。这，鲁迅先生并不希望如此，我个人也并不希望如此，但又时时恐怕其如此的。"

其次，当然他更以诗心诗眼来看鲁迅先生的作品。他将《呐喊》与《彷徨》一篇一篇作诗的分析之后综合起来说："先生的小说里面，到处吹着诗的风，弥漫着诗的气息，真是陆机《文赋》中所谓'彼琼敷与玉藻，若中原之有菽'。并说，鲁迅先生有的是一颗诗的心：爱不得，所以憎；热烈不得，所以冷酷；生活不得，所以寂寞；死不得，所以仍旧在'呐喊'。也就是《西游记》中孙大圣说的'哭不得了，所以笑也'。"

再次，他甚至进一步说："一个伟大的艺术家必是一个大诗人、大文人。而一个大诗人、大文人也必是一个大艺术家。"他把鲁迅放在世界文学之林去考量，说"《阿Q正传》是先生的不朽之作，说是先生震动全世界的作品也无不可的"。他将鲁迅与世界上的大文豪契诃夫、高尔基、托尔斯泰、夏目漱石等作比较，认为他们都是"有余裕"的作家。所谓"有余裕"，即是宽绰有余，创作的时候，不至于力竭声嘶得勉强完卷。他认为写一篇小说而没有诗意，是没有成其小说的理由的。这在一切伟大作品，包括契诃夫、高尔基、托尔斯泰，以及夏目漱石，还有中国的《水浒》等作品中，随处可以找到例子。他还说，好小说"无须乎借助大自然的帮忙与衬托"，而是"要诗化了人物的动作，而且所有的动作、生活也必然都是诗，无论那生活与动作是丑恶的，美丽的"。他举例说鲁迅先生的小说《示众》，写夏天，十一二岁的孩子，睁着眼睛、歪着嘴在路旁的店门口叫喊。声音已经嘶哑了，还带些睡意，如给夏天的长日催眠。他旁边的破旧桌子上，就有二三十个馒头包子，毫无热气，冷冷地坐着。他认为"这才是先生的绝活"。并说："先生对阿Q是深恶痛绝的。""阿Q也配放在这样诗的美丽环境里吗？""先生的诗才不必说，方才说过先生是有一颗诗的心的。抱定了这样的诗心，具有那样的诗才，先生是无处不、无时不流露出诗的作风来的。所以写阿Q也用诗笔，而阿Q也被放在诗的美丽的环境里了。"顾随先生最后的希望是，我们要学习前辈之长，当然包括鲁迅之长，在鲁迅先生的园地之外开辟出新的园地来。

挺身而出的闻一多先生

在二十世纪中国的文化天空，闻一多先生爆出大名是有来由的：他的新诗，首屈一指；他对《楚辞》等古籍的研究，被誉为"前无古人后无来者"；他走出书斋，投身民主，产生了极大的影响力和号召力。然而，关于闻一多先生，我对他的气概敬仰到十分，对他的新诗喜爱到十分，而对他的学术却几乎无知到十分。

看过《建国大业》，有两点印象特别强烈：一是名演员争镜头；二是历史人物争瞬间。闻一多先生作为一介书生，于片中出现的场景，已不是瞬间可语。然而，他的气概，他的卓越，他的诗人境界，又无不以强烈的瞬间留下永久印象。

关于他的气概，政治家毛泽东给予这样的评价："闻一多拍案而起，横眉怒对国民党的手枪，宁可倒下去，不愿屈服……表现了我们民族的气概。"

关于他的卓越，诗人臧克家由衷地赞叹："闻一多先生是卓越的学者，热情澎湃的优秀诗人，大勇的革命烈士。他，是口的巨人。他，是行的高标。"

关于他的诗人境界，作家汪曾祺以高山仰止的眼光看到："能像闻先生那样讲唐诗的，现世无第二人。因为他是诗人又是画家，而且对西方美术也很了解，因此能够将诗与画联系起来讲解，给学生开辟了一个新境界。"

对闻一多先生的赞评多不枚举，但透过闻一多先生对他人怎样看、怎样说、怎样是、怎样非，更可以看出他是怎样一个可敬可爱可佩的战士。

鲁迅不是风标和照魂镜，但作为为祖国的自由和进步战斗了一生的伟大的先驱和战士，作为终身致力于改造民族灵魂的思想家和"民族魂"，从对鲁迅怎样看，也就可以看出一个人的方向和灵魂。在鲁迅先生逝世八周年纪念会上，闻一多先生在讲演中说："有些人死去，尽管闹得十分排场，过了没有几天，就悄悄地随着时间一道消逝了，很快被人遗忘了。有的人死去，尽管生前受到很不公平的待遇，但时间越过的久，形象却越加光辉，他的声名却越来越伟大。我想，我们大家都会同意，鲁迅是经受得住时间考验的一位光辉伟大的人物。因为他对中华民族的文化事业留下了宝贵的遗产。他是中国历史上最伟大的文学家。"又说："鲁迅先生生前所处环境异常危险，他是一个被通缉的'罪犯'！但是他无所畏惧，本着有一份光，发一份热的精神，他勇敢、坚决地做他自己认为应做的事，在文化战线上打着大旗冲锋陷阵，难怪有的人那么恨他！"他这说的自然是鲁迅，画出来的像也是鲁迅，从外表到灵魂都是鲁迅，但同样是曾被"通辑"的"罪犯"，同样"无所畏惧"，同样"有一份光、发一份热"，同样"勇敢、坚决地做他自己认为应做的事"，同样"打着大旗"在"文化战线"上"冲锋陷阵"的，难道不也是闻一多先生？他在《红烛》中有过这样佳句："诗人啊！吐出你的心来比比，可是一般颜色？"我们无需思量，从闻先生吐出的心声中，看到的正是和鲁迅先生一般的颜色，一样的灵魂！正是一般无二的对人民

"俯首贴耳"，对敌人"横眉冷对"。他同样是一个伟大的存在，经受得时间考验的光辉人物。

如果说对一个伟大的存在，一个伟大的灵魂，怎样看，可以照出一个人的灵魂的光明和黑暗；那么，面对一个伟大存在和伟大灵魂，怎样反思，怎样比较，怎样忏悔，则更是将自己灵魂以及灵魂统领下的行为在阳光下暴晒的勇气和无私。闻先生就这样反思了，这样比较了，这样忏悔了，也这样暴晒了。为此他说："现在我向鲁迅忏悔：鲁迅对，我们错了！当鲁迅受苦受害的时候，我们都在享福，当时我们如果都有鲁迅那样的骨头，哪怕只有一点，中国也不至于这样了。"在同一首诗中，闻先生还有这样的句子："也救出他们的灵魂，也捣破他们的监狱！"闻一多先生这样做，并不仅是站在自己的立场上，而是站在民族解放和进步的立场反思和忏悔的。与一些"左右逢源"者相比，这同样是"挺身而出"。"灰心流泪你的果，创造光明你的因。"在忏悔中的闻一多先生也有"灰心"，而他却将这"灰心"展现给世人，有这样"灰心"之果的，正是创造光明的原因。

在我的记忆中，鲁迅先生是一位解剖自己严过解剖他人的战士，但却想不起他什么时候有过像闻先生这样直截了当的忏悔。从这直截了当的忏悔中，我们分明看到面对错误挺身而出，面对责任挺身而出，面对危难挺身而出，面对死亡逼近挺身而出的闻一多先生。这挺身而出的忏悔，可以或曰正在"烧破世人的梦，烧沸世人的血……"因为那是一个需要爆发洪流、浇灭黑暗的时代！

"太阳啊,火一样烧着的太阳!"像太阳一样烧着的闻一多先生,没有那么多的"九曲回肠",没有那么多的"冷泪盈眶",没有那么多的"依然无恙",也管不了那么多的"得失相偿",他简直就是一个"大美的透明",像太阳一样烧出火光。他直面死亡的"挺身而出",像红烛的色、像红豆的心、像太阳的光,这,便是闻一多先生的本色!这,便是由此本色转化而来的《最后一次演讲》!

面对最黑暗的时代,最嚣张的敌人,闻一多先生挺身而言:目前正是一切没有失掉良心的中国人需要站出来说话的最关键的时候,"大家都有一枝笔,有一张嘴,有什么理由拿出来讲啊!有事实拿出来说啊!"当此之时,闻一多未必是第一个站出来的人,但肯定是站在最前面的一位。我没有当面领略闻先生的风采,但即使看到照片、看到镜头,同样感动不已。因为他"一句话能点着火"!他的话就是要送走"绝望的死水",爆出一个新中国!

"鞭着时间的罡风,擎一把火。"对李公朴先生的挺身而出,以至挺身而死,闻一多先生"拳头擂着大地的赤胸"大声疾呼:"这是某集团的无耻,恰是李先生的光荣!李先生在昆明被暗杀,是李先生留给昆明的光荣!也是昆明人的光荣!"一个李先生倒下了,千万个李先生站起来,站出来!闻一多先生就是岸然挺立,站在最前面的一个,是又一个李公朴先生,又一个挺身而出,又一个"力的绘画,力的舞蹈,力的音乐,力的诗歌"!

像红烛一样"莫问收获,但问耕耘"的闻一多先生,明知

"一句话说出来就是祸",但却像"火山一样忍不住缄默"。面对死神的步步进逼,他毫无畏惧:"我们不怕死,我们有牺牲的精神,我们随时像李先生一样,前脚跨出大门,后脚就不准备再跨进大门!"这样的话,现在是听不到了,也无须听到了。听到以后,或许会认为是编写的台词,甚至一笑置之。但这样的英雄气概,正是祖国由"黑暗"走向"光明",由"古旧"走向"新生"的正气歌,正是如同阳光、水、肥、温度对于种子和幼苗一样尤其宝贵的东西!是人人心中应该有的永远!是红烛一般的颜色,是太阳一般的火光,是燃烧着的灵魂!

假如"这是一沟绝望的死水",假如只是一些"破铜烂铁",假如只像"剩菜残羹",那或许"不如让给丑恶来开垦"。假如闻先生只是这样说说,激动一番而已,或许可以一笑置之,甚至嗤之以鼻。然而,枪声响了,闻一多先生倒在敌人的枪口之下。他是挺立着倒下的。他永远挺立着。他永远是挺身而出的人。他的挺身而出已铸入中华民族的魂中,已成为红烛的一颗心,已成为太阳的一份光,已成为"咱们的中国"的丰碑。是二十世纪中国人民最伟大品格的浓缩和代表。

"洗衣要洗干净!""熨衣要熨得平!""洗得净悲哀的湿手帕","洗得白罪恶的黑汗衣",洗得去"贪心的油腻和欲火的灰,……"闻一多先生决不是一时冲动,凭着仅有的一点热血"挺身而出"的人。他是由优秀的中国传统文化和鲜风扑面的新文化滋养培育起来的一棵根深秆壮的大树。最可证明这棵大树根深秆壮的,有他的《唐诗杂论》,有他战斗的诗,还有他的"时代声音"和"文明建设"等一系列文章。

我总觉得或者说坚信，像闻一多先生这样的人物，是由中国文化最精华部分凝结的产物。他讲到唐诗开创期负有时代使命的"四杰"时，深情地说："破坏与建设，各有使命。"他讲得那样简单，却又是那样深沉。负破坏使命的，本身就得牺牲，所以失败就是他们的成功。人们多以成败论短长，我却愿向失败的英雄更多地寄予敬仰和热爱。在此，我寄予的不是"凄楚"，不是"急着流泪"，不是"小草尖头的露水"，更不是"死水酵成的一沟绿酒"，"烂铜绿成的几件翡翠"，而是像"红烛一样的颜色和光芒"，"太阳一样的智光和情热"。

我遇到过闻一多先生所画的杜甫肖像，与其说是为杜甫造像，不如说是为他的心灵造像。那充满悲愤苍凉的色彩，那心事浩茫的眼神，那无与伦比的钢骨铁肩的担当，分明就是一个活在当下的无畏的战士闻一多先生。这与老杜的"为人性僻耽佳句，语不惊人死不休"没有相似；与"新添水槛供垂钓，故著浮槎替入舟"更不相称。然而，正是这相称与不相称，却有真正诗人的魂在，凝聚为诗人的血肉和浩然正气，是阳光下的杜甫，是像太阳一样耀眼的战士闻一多先生！

唐诗之外，闻先生对《周易》、《诗经》、《庄子》、《楚辞》都有开创性的研究，其"眼光的犀利，考索的赅博，立说的新颖而翔实，不仅是前无古人，恐怕还要后无来者的"。

中国古代诗书文化浸润外，就闻先生而论，现代中西文化和时代精神"这个角落外还有整个世界"，都是他耕耘的园地，开创的世界。对此，朱自清先生是这样说的，"他不仅研究文化人类学，还研究佛罗依德（现译为弗洛伊德）的心理分析学"，他对打破"中西对立，文语不分"的局面，对接受"欧洲文化的主干"，都有其卓越的贡献。

这里需要特别指出的是，一些人长期受古书古文的浸染，或许会落入沉静，以至颓唐、颓靡；闻一多先生却在沉静中奋起，在中华民族到了最危险的时候挺身而出。一切优秀传统文化和新文化新思想，都成为他挺身而出的力量和源泉。

是的，正是这样。挺身而出的担当，是中国知识分子优良传统的精魂，也是中国知识分子过去、现在、未来、永远的骄傲！这不能不让我再次想起诗人臧克家对诗人闻一多的赞仰："他，是口的巨人；他，是行的高标。"

在微笑中思想的胡适先生

一连写了五位大学者,也就是我所谓的师从者,才猛然想起两件事:一是没有像主席台就座那样排座次,二是尽管自以为对这几位师从者有所了然,恐怕在更加了然的人看来,仍然是盲人摸象。

"排座次"则是一件难事。如果依据综合因素来排,首先就要为综合哪些"因素"犯难;如果从某一角度来排,又难以确定选择怎样的角度为好。然而,既然是盲人摸象,摸到的无非是墙、柱子、绳子之类的局部,并非全象,那就顺着我所谓的师从者,摸上一摸也就是了。至于摸到了什么,也只有依据自己的触觉而为了。我甚至认为,我们面对如此广阔的世界和漫长的历史,所能做到的也只是摸到一点什么而已。

然而,即使盲人摸象,即使面对"广阔"和"漫长"去摸,摸到胡适,总觉得他在大学者中应当是一位屈指首数,至少是数一数二的人物,他的"在微笑中思想",尤其无人可比。

在我的印象中,胡适先生是中国古代文化学养深厚的现代学者。他身上的"旧"主要是中国的,"新"则主要来自美国。他的眼光可以说是旧眼睛戴了一副新眼镜。有了这样一双戴着"西"字号新眼镜的眼睛,也就有了这样一个在微笑中思想的胡适,而且他的微笑比他的思想还要耐人寻味。

就我读书所知,上世纪初叶,胡适在美国获得洋博士头衔后,带着西方思想的影响,以及与旧有思想融合而形成的微笑,回到阔别七年的祖国。回国途中,准确地说,是回国之前,便开始了他的在微笑中思想。远的不说,船到横滨,他听到张勋复辟的消息,便微笑着对"你回去时,恐怕要不认得那个七年前的老大帝国了"作出这样的回答:"不用担心,我们的中国正恐怕进步太快,所以走上几步,又回头几步,等着我们相识呢。"这回答表明,他不希望祖国走回头路,却又没有陈独秀那样的激烈,鲁迅那样的恨其不争,只有微笑着的回答而已。这微笑而开朗的回答应该是"外国的士大夫"的流风遗韵。更准确地说,或者是受几千年华夏传统文化影响的"中国士大夫"穿上西装后的微笑。

接下来,胡适微笑着指出,二十年前的中国,骂康有为太新;二十年后的中国,却又骂康有为太旧。他对这"新"还是"旧"仍然没有作出态度强烈的表态,更没有谈用革命的武装推翻旧势力、旧制度、旧社会,所谈所想,依然是微笑着的所谈所想。这不能不使人想到,面对如此严肃的大问题,如果是鲁迅,他会作出"掀翻铁屋子"的呐喊;如果是陈独秀,他会提出"打倒孔家店"主张;如果是毛泽东,他更会坚定地统帅百万雄师"砸烂旧枷锁","推翻旧世界"。胡适先生虽然也是"砸烂孔家店"的主将之一,面对社会制度和体制带来的落后和黑暗,却热衷于大谈新生活。他说的所谓新生活,不过是"有意思的生活","有意思的生活"不过是自己说得出"为什么这样做"的事的生活。这本来已经是面带微笑的话语了,接下来,他又将随时带着的微笑,像繁霜一样撒在下面这句话上面:"生活的'为什么',就是生活的意思。人同畜生的区别,就在这个'为什么'上。"这很有点辩证法的味道,不过,他的辩证法也是微笑着的辩证法,而非革命的摧枯拉朽的辩证法。

不过,微笑着思想的胡适先生并不主张得过且过,并且反对"差不多"的恶习。他写过一篇很著名的《差不多先生传》,说这"差不多先生的名字,大家天天挂在口头","他是中国全国人的代表"。差不多先生"有一双眼睛,但看得不很清楚;有两只耳朵,但听得不很分明;有鼻子和嘴,但他对于气味和口味都不很讲究;他的脑子也不小,但他的记性却不很精明,他的思想也不很细密。"如此这样的差不多先生,也是因为差不多的原因,草草地死去了,于是大家给他取了个死后的法号,叫他做圆通大师。说到这里,胡适先生的微笑虽然有点勉强,但依然微笑着——带着眼泪微笑着,也与差不多先生至死坚持差不多一样,他始终不改变做一个微笑着的思想家的初衷,始终没有去深究这"差不多"形成的社会和体制原因。这倒使我觉得,这差不多的观念,与激烈的革命论大相径庭,与微笑着的思想却有点差不多。我这样想着,忽然意识到,是微笑中有着中西文化两种基因的胡适先生才有此"比较强烈"却也"轻重适度"的感受。这"差不多的思想"实在是很要明白的东西。它不仅要人的命,而且要国的命。这种要命的东西,至今还流在中国人的体内。微笑着的胡适有此强烈的感受,也可见其眼光的深邃和见解的深远了。

在微笑中思想的胡适先生,心中并不是没有装着一个社会模式。他说过一件他在纽约的故事。通过这件故事,"差不多"可以明白他的微笑着思想的本质含义。那是一次"两周讨论会",议题是"我们这个时代应该叫什么时代"。应邀的有六个辩论员。胡适先生以早有预料的口吻说"那位印度人一定痛骂这个物质文明时代,那位俄国(克伦基革命政府)的交通总长一定痛骂鲍尔雪维克(布尔什维克),那位牧师一定是很悲观的,我一定是很乐观的,那位女效率专家一定鼓吹她的效率主义。"他着重想说的是那位劳工代表。这位劳工代表说出来的话,正好代表了胡适的微笑着的思想,是:"我们这个时代可以说是人类有史以来最好最伟大的时代,最可惊叹的时代。"听到这话,向来微笑着思想的胡适先生,说出一段可以作为他的微笑的思想注脚的话:"这才是真正的社会革命。社会革命的目的,就是要做到向来被压迫的社会分子能站在大庭广众之中,歌颂他的时代为人类有史以来最好的时代。"我不认为这思想有什么不好,而且由衷地欣赏之,同时又觉得这微笑着思想的胡适还真有点"冷眼向洋看世界,热风吹雨洒江天"的味道。不过,这"热风"不是由故国江南吹来,而是由胡适先生当时所在的美国吹起。这不能不让人进而想到,在那样一种状态下的古老中国以何种方式实现这样的目标呢?只能说微笑着思想的胡适自有其微笑着思想的道理而已。

有人说,鲁迅是体制外的,批判的立场;胡适是体制内的,补台的。无论如何,微笑着思想的胡适体内是中国的血,骨子里有中国的魂,但那张微笑着的脸却始终是向着西方的。据他自己说,"在李大钊被捕的前一两个月,曾对北京的朋友说,我们应该写信给适之,劝他仍旧从俄国回来,不要让他往西去打美国回来"。说这话时,仅在莫斯科住过三天的适之,不仅自己往西向美国去了,而且对两个大人物做过工作:一个是希望冯玉祥的秘书劝冯玉祥从俄国向西去看看,即使不能看美国,至少也看看德国;一个是希望日本最著名的经济学家福田德三博士,从欧洲索性走得远点,到美国看看。这两个希望背后的本质含义是:希望他们因此看到"第三条路"。当时,福田德三博士所持的观点是:"不是纯粹的马克思派的社会主义,就是纯粹的资本主义,没有'第三条路'。"然而,他的回答是:"美国我不敢去,我怕到了美国,会把我的学说完全推翻了。"不过这正是胡适先生想要的回答。由此又使人想到,有人说过的"假如毛泽东到过美国"的话,进而想到胡适面对这个假如会发出怎样的微笑。面对这微笑,我又想,常人的选择,或者只关系到自己吧,伟人的选择则可能关乎国家。反过来又想,仅仅是因为选择吗?这选择只是一念之间的事吗?好像又未必如此简单。一个国家选择什么路径,既有历史背景和国际环境的原因,也有现实思考的原因,是一个相当复杂的问题。

我总觉得,胡适身上蕴藏着东方传统与西方文明的双重背景。看他的照片,总是儒雅而慈祥地微笑着,个性的东西与学理的修养竟是那样完美地统一于一身。他经常穿着中式服装,笑容可掬,著书立说也带着旧儒风范,但他的思想主体却是很美国的。他写过两幅字,一幅是"宁鸣而死,不默而生",另一幅是"容忍比自由还更重要"。他认为,民主自由的国家,最要紧的是言论自由,言论自由必须靠自己去争取,所以要"宁鸣而死,不默而生";他同时认为"没有容忍就不会有自由",所以说"容忍比自由还更重要"。

  胡适先生将他的容忍认真地贯彻在他的行为中,体现于他和善、儒雅、随和的方方面面。待人接物,"无论谁,学生、共产青年、安福余孽、同乡商客、强盗乞丐都进得他的住宅,都可以满意而归。穷窘者,他肯解囊相助;狂狷者,他肯当面教训;求差者,他肯修书介绍;问学者,他肯指导门径;无聊不自量者,他也能随口谈谈几句俗语"。他是一位一生容忍的践行者。他的容忍几乎炉火纯青。同时,他又是国民党一党专制的抨击者,共产党的攻击者,"全盘西化"的始作俑者,并为此致力一生的人。他似乎一生都在等待,在容忍中等待。

  有人将胡适与蔡元培、鲁迅、周作人比较:

  论做人,蔡元培近于圣贤境界,待人之诚,容人之宽,所遇皆然,始终一贯。胡适却是勉力为之,有时稍一松懈,便发生意气和不容人的情形。他的微笑或许正是对此不足的补充。

  论治学,胡适每每不忘情于社会,有情怀流散于世间,这是他可爱的一面。但他在治学的路上,有时不能将生命的体验揉入其间,便少了鲁迅的张力。在通向知识的道路上,他保持着一种纯粹的学院派精神,可以用"痴"和"癖"来形容,但毕竟少了鲁迅那样的"野性"的力量,少了周作人那样的"冷静的酷性"。他的微笑或许正是他会心的谦虚。

论字，鲁迅为文苍润悲壮而字迹柔和，知堂文章闲适隐逸而书法古拙，胡适文也清白，字也清白，无隐曲多致，不一唱三叹，从不在文章的文采理趣上着力，任其自然明白。他的微笑或许正充分显示着他的明而且白。

此外，论做事，他的学生、挚友同样是做校长的傅斯年，敢蹬、敢咬、敢打、敢骂，总是把事做到服服帖帖，却也说过胡适是人中之龙，我们（好像还有张梦麟）则是人中之狗的话。胡适的微笑或许更多地体现着容人之量、事随其成，以及随遇而安。

在微笑中思想的胡适其人，应该是很值得尊敬的"我的朋友"，是在中国将西方自由思想和东方儒家意识结合得较好的巨人型人物，还是胸襟与气度不凡的开一代风气之先的非凡学人。但就是这样一个人物，蒋介石说敬佩他，却常向他皱眉头以至有几次翻脸；毛泽东说青年时代受过他的影响，晚年却发动了大规模的"批胡"运动；他的一些学生后来也背叛了他；他的儿子也与他分道扬镳。这其中的道理很明白，却也有道不清的隐秘。

有一则广告词说，世界上最博大的是海，比海更博大的是天，比天更博大的是男人的情怀。有人说，像鲁迅、陈独秀一样，胡适的遗产，时间越久，越可见其不朽的价值，今天的中国依然分享着他的光芒。我没有考虑说这么大的话，只想说，在微笑中思想的胡适及其微笑的思想和思想的微笑，今天和今后都会有不小的空间。

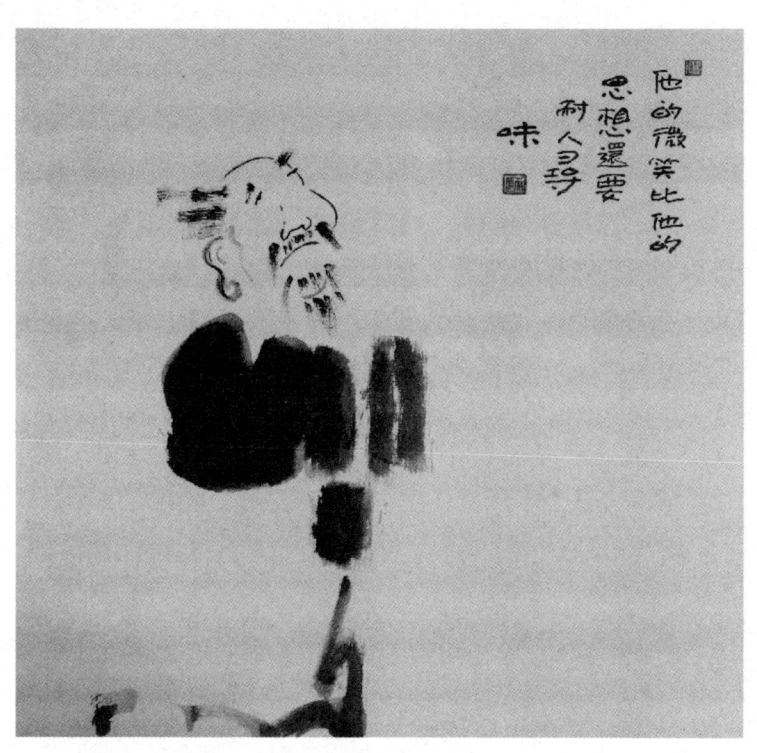

微笑着思想的胡适体内是中国的血,骨子里有中国的魂,但那张微笑着的脸却始终是向着西方的。

文采盈溢的王佐良先生

我经常为自己的孤陋寡闻吃惊。

读到"大学者随笔书系"前,竟不知道大名鼎鼎的王佐良教授,当然更不知道,也像钱锺书参加《毛泽东诗词》翻译一样,他是参加《毛泽东选集》英文翻译的中英文俱佳的文采斐然的大学者。

还是由于井蛙之限,眼界太窄,以往没有遇到过关于王佐良教授的任何文字资料。现在遇到了,便生出恨不当初之慨。北大出版社王炜烨责编的王佐良随笔集《心智文采》扉页上有这样的评介文字:

王佐良,1916年出生,1995年逝世。他是著名的比较文学和英国文学专家、教育家、作家和翻译家。1939年从西南联大毕业后留校任教,后转入清华大学。1949年获英国牛津大学B. Litt学位,回国后任教于北京外国语大学。著有《论契合》(英文版)、《英国诗史》、《英国文学史》等,译有《彭斯诗选》、《英格兰诗选》等。参加过《毛泽东选集》英译工作,主编过《英国二十世纪文学史》、《欧洲文化入门》等。是精通中西文化、著作宏富、文采斐然、桃李遍及海内外的才子型学术大家。

望着"心智文采"四个字,我蓦然觉得,一个好的书名,便有了探照灯的意义。我先将"心智"和"文采"拆开来想,又将二者合于一处在手里握,然后以此为"探照灯"去照耀书中各处的"山山水水",去感受"心智"的启迪,"文采"的妙趣。

在《牛津、剑桥掠影记》一篇中,照出的不只是"掠影",不只是"旧梦",也不只是新旧相识的"聚首",而是牛津和剑桥大学的灵魂。这便是渗透于管理严谨,衣着随便,文章"典雅风趣"之中的:严谨下的随便,随便中的大气。

我将探照的范围稍稍扩大了一点,照向《文学的伦敦,生活的伦敦》。这一照,先是为王佐良教授运筹文字能力所折服,接下来便是为一长串光芒四射的名字而惊叹。文章说,要问曾经有多少英国作家写过伦敦?或者不如问:英国文学史上,有哪几位重要作家不曾写过伦敦?莎士比亚、琼生、狄福、约翰荪、盖依、狄更斯、济慈、兰姆……他们未必因伦敦而闪光,却与伦敦而同光。有人甚至说,"谁要是厌倦了伦敦,谁就是厌倦了生活"。

再往下的文字更加富有生命的光泽、色彩的绚丽、思想的张力。即:这个城市或许有过悲哀的呻吟,哀痛的抖动,死亡的枯寂,但今天的伦敦是阳光下的碧绿,是花木的鲜艳,是绿草地的厚密,是玩滚在草坪上的欢声笑语。然而,这还不是伦敦本来的气味,其更深层次的气味是:自然科学研究的气派,大型典礼安排的气派,演剧等休闲娱乐场所设计的气派构成的大气,恢弘而随和的大气。后来,我也到过英国,而且在伦敦小住,并想过以我的住来印证佐良先生的描写。在我的印象中,这厚密的绿草地不仅包围着伦敦内外,而且是全国一片绿,满天满地的绿,是绿色的海洋,所谓城市的有建筑的地方,不过是绿色海洋上的孤岛和礁石。简而言之，除了这绿地，便是有秩序的大气和大气的很有秩序。

读着王佐良先生有声有色、有滋有味的文字，我探照的光束还没有来得及调整，便见他将目光轻轻一抬，转向了美国的旧金山。他笔下的"旧金山是和善的城市"，"从双峰山上看下去，旧金山全市静静地躺在脚下，过去是海，海那边是奥克兰区，两岸之间有长桥相通，但早晨有雾气，像白腰带似的绕在桥、水之间，真的是桥在虚无缥缈间。""雾外却是蓝天碧海，金阳耀目，无须用彩色照片，一切就显得绚烂。""一趟趟彩饰的电车带来了铃声和笑语，抛出了一车又一车的游客：本地人、流浪汉、风尘女，虽在大楼林立的市中心，却无一般大城市所有的钢筋水泥的铁青脸"。照着照着，王佐良教授将目光移向更广大的天地，提出一个更加宏伟的目标：希望太平洋文化圈，无论圈内还是圈外的中国人，都要努力去创造自己今后的历史。

我本想暂时关闭"探照灯"，让应接不暇的眼睛和贪婪的心稍息片刻，李约瑟的名字却将我吸住了。透过王佐良教授文采斐然的文字，我仿佛真的看到，李约瑟先生镜片后面的眼睛明亮而有神，直率而专注地看着来访的王佐良教授，说话慢语轻声，却处处闪耀着智慧的光芒。他的巨著《中国的科学与文化》"从天文和数理化到土木工程和建筑，从道教、炼金术、音乐到军事，又从这些到中国哲学、科学史"。王佐良教授说，这部巨著包括了中国文化的各个方面，仅仅翻阅一下每卷前面有关学科的研究综述和后面的中、日、英、法、德、俄、拉丁等文字的参考书目,就足以使每个做学问的人折服了,何况每卷的内容都是那样的实实在在,并且总有或大或小的新发现,而且分为各科各系的庞杂内容,上升到宝塔尖上,则会殊途同归,升华为一种伟大的思想理念,奇迹般地走到一起。

面对王佐良教授对世界巨匠及其巨著简单而精确的描述,我想到中国的孔子和老子,想到外国的释迦牟尼和耶稣,也想到太阳和大地。然而,同样的太阳和大地,在与它们同样的存在中,却也有深邃宏伟与浅薄丑陋之分。毫无疑问,李约瑟作为一位太阳式的人物,已将他的智慧之光撒向全世界。

"探照灯"的光芒或许是更强烈起来了。这一次,不仅照出形状,也照出色彩;不仅照出色彩,也照出音乐;不仅照出音乐,也照出哲理。或者还可以加上"亲切而不狎昵,明慧而不炫学,机智而不尖刻,隽永而不轻薄"。我不知道这是否就是"文采"要达到的"效果",但王佐良教授好像是面向我,又好像自言自语地说,谈话是一种艺术,文采是许多人珍视的品质,英美文学研究界颇为尊崇的威尔逊先生是这样认为的,一位法国总统是这样认为的,牛津的人文学者都是这样认为、重视和追求的。这不是通常意义的文笔,而是文笔之后有着新鲜的思想和活跃的想象力。

这一回,我愈加感到眼力的浅近和思想的浅薄了,尽管是在"探照灯"下作深度阅读,我仍然不能更确切地知道,怎样才是"写得很有文采"。我只记得,通常有"文采风流"的说法,有"文采过人"的评价,有"文采绝妙"的赞语。下面的几段文字是否"文采绝妙"的篇章、"文采风流"的标本、"文采过人"的写照,我没有认为"是",也没有认为"不是",但我还是不由自主地想用手而不是眼睛去抚摸它们。且抄录于此,以供端详:

其一,有绝好文笔的凯恩斯写下过这样的文字:

牛津勋爵(第一次世界大战前的英国首相阿司奎斯)具备了一个伟大政治家所需要的大部分才能,但他缺少两样:一是对别人不够狠,二是脸皮不太厚。人们要问在现今时代的条件下,像他这样对外界看法敏感的人怎么还能坚强到再去经受政治生活的凌辱。牛津勋爵用沉默,决不反驳,也不埋怨,来保护他的敏感。……也许就是这种行为方式,这种性格特点,随着时间的推移,塑造了他庄重的神色,镇定、亲切的风度,温和而又坚毅的表情。在他最后卸职以后,人们仍然记得这些专属于他的特点。

这段文章写得"文字精炼","文笔典雅","格调不低","既生动又有深度",应该说是"有点文采"的。

其二,英国诗人济慈在不经意间写过一段关于诗的话:

关于诗,我有不多几条信条。……首先,诗应写得有点适度的过分,以此使读者惊讶,而不是靠标新立异。要使读者感到说出了他崇高的思想,有一种似曾相识之感。第二,诗的美要写到十分,要使读者心满意足而不只是屏息瞠目;形象的产生、发展,结束,应当自然得和太阳一样,先是照耀着读者,然后肃穆庄严地降落了,使读者沐浴在灿烂的黄昏景色之中。当然,想想怎样写诗比动手写诗容易得多,这就引到了我的第三条:如果诗来得不像树上长叶子那样自然,那就干脆不来。

这段体会文字是诗人写出的，虽然不是诗，但仍然使人觉得诗意盎然，而且写出了诗之由、诗之形、诗之心、诗之自然与感觉，是诗人与读者最好的沟通；不仅谈到了高尚而深刻的感情如何融入诗艺，诗艺又如何使高尚深刻的思想感情进一步深化，两者我中有你、你中有我，实是一体，而且表达了"抒情则高翔九天，写实则笔笔具体，具体事物之后又总有一种大的精神背景，使之厚实，使之深远。写得如此形象、凝练、通透、有色有味，应该说是很"有点文采"的。

王佐良教授对莎剧很有研究，他的《读莎士比亚随想录》有过这样一段随想：

他（莎士比亚）的喜剧树林之中并不是只有月光、爱情、幻想等等，而是还有不愉快的现实和辛酸的眼泪的。以《皆大欢喜》为例，表面上一切都是牧歌情调，一片绿树林里只见爱情的追逐和水边的沉思，实则隐藏着斗争和掠夺——有两兄弟争夺一个公国的大位，另外又有两兄弟争夺一个世家的财产，一支军队正由暴君亲自率领杀将过来，眼看森林里就要躺满尸体——这时候莎士比亚忽然心软起来，让暴君在森林边上遇见圣人，偶一交谈，居然受到感化，立地成佛，自动将大位交还给放逐在林中的哥哥。

这是站在戏外说戏，也是走到戏中感受戏，还可以说是以冷静的眼光打量莎士比亚。其中有表面的描述，有正面的直视，也有背后的反观和深思，没有刻意的"心智"之痕，也没有特别为"文采"留迹，但写得情景交融、光影交织、明暗有致、收放自如，应该说也是很"有点文采"的。

抄下这样三个段落，似乎也不是太经意的，但无异于将传记的文采、诗的文采、剧的文采都说到了。然而，我还是不能确切地知道，文采究竟是什么。它不是海洋的博大，也不是太阳的普照，更不是岩石的坚硬，但它有海水的蔚蓝，有阳光的明媚，有大山的深沉，当然也有鲜花的芬芳，少女的纯静，诗词的隽永。

前面说过，所遇关于王佐良教授的材料不多。但也还是见到说他对文学研究的执著是罕见的有之，说他文学造诣极深、审美情趣极高者有之，说领略他的大手笔是难得的艺术享受的有之，说他将古今中外名著尽收眼底、其真知灼见为众人所不及也有之。而且还有人说，倾听如此深刻透辟的思想光彩之声，吸吮如此文字简静的气息之流，抚摸如此丰盈多姿的文采之光，可谓是至高的志趣的。

这些说辞和赞语各有所依，我同样深有同感，同时也有意提高自己的志趣，虽不能至，然心向往之。

在叶圣陶先生的园地采摘

几十年来，我时断时续在叶圣陶园地采摘。近日，得到《生活教育》一书，采摘算是进入一个丰收时节。

《没有秋虫的地方》，被沉闷笼罩着。枯燥无味应该是它的底色。作者大概是考虑到这沉闷无益于采摘吧。因此，这里不光有"井底似的庭院"，不光有"铅色的水门汀地"，也不光有"嫩暖的阳光和轻淡的云影"，还有回想中的"高低洪细疾徐作歇"的秋虫的合奏。这是神妙的乐师众妙毕集、各抒灵趣的人间绝响。这绝响虽然也引起"劳人的感叹，秋士的伤怀，独客的微喟，思妇的低泣"，却也正是由此构成无上的美的境界，使当境者感受到一种有着酸酸的麻麻的味道的自然诗篇。我不知道这是否此篇原有的本味，却正是这独有的味道，将我引向一个绝妙的所在。漫入这样一个所在，所受的感染，好像与看一场戏、听一场音乐会都不相同。这样的浸染，应该说是微妙的。但正是这微妙，应该也自有其强烈，自有其巨大，自有其永久。

《藕与莼菜》接连来到我的面前，然而我却收起贪婪之心，只轻轻摘下最需要的"健美"。我自然明白，男人的躯干高大挺直、紫赤的胳膊和小腿肌肉突起是健美，女人的健康的美的风致是健美，嫩绿的颜色与丰富的诗意是健美，但唯有这浓浓的思乡情绪才是我要精心摘下的健美。或许不免有我固执的偏见，但我总觉得，唯有这乡土的本质才是健美的本质。我并非有意贬损城市的热闹与繁华，但却不可躲避地看到，一切市侩和铜臭正是从繁华中生出。洁白的玉藕，来到繁华世界便失了它的鲜嫩，褪了它的玉色，满被着许多锈斑；便是有着永久光亮的星星也早已躲到不知去向；月亮不必说，更是早就戴上了防污的外罩；甚至有着万丈光芒的太阳，也因此改变了它的颜色。这都是因为城市的繁华病闹的。即便较久常的人心，怕也逃不过同样的命运。在这样的地方，可想而知。

　　我并不想大惊小怪，但还是不能不惊讶于我采摘时的"艳遇"。这"艳遇"便是叶圣陶先生关于"暮"的描写。所谓暮者，乃指太阳已没到地平线下，而黑暗的幕还没有拉拢来，一切物尚且承着太阳的残余的弱光。在这时候，我们可以玩味那暮的特有的颜色。充满空际的是淡淡的青。若比晴朗的长天，没有那么明，若比清澄的湖水，没有那么活，这是微暗的，轻凝的，朦胧的，有如纸卷烟头徐徐袅起的烟缕，又教人想起堆在枕旁的美人的蓬松发。这青色蒙上屋檐、窗棂、庭树、盆花，以及平田、长河、密林、乱山等等各处，或曰所有处，任是不协调的也给调和了；它们凝合为一气，消融了各具的轮廓和色彩，在神秘的苍茫中存在着。我在此感受到什么呢？感受到色彩和自然的亲和；感受到大自然本身就是彩色的；感受到文学巨子的心是彩色的，是与大自然最为贴近的，其心之思是最为绚丽多彩的。

　　叶圣陶先生虽然说"传状人物不容易，传状知交尤其难"，然而，在他笔下，各色人物竟都如此传神地走来了。

　　我认真盘点了叶圣陶先生的朋友，交往最深的要数朱自清也即佩弦先生了。他笔下的佩弦兄,"说一句话,不是徒然说话,要掏出真心来说;看一个人,不是徒然访问,要带着好意同去;推而至于讲解要学生领悟,答问要针锋相对。总之,不论一言一动,既要自己感受喜悦,又要别人同沾美利。"寥寥数言,便使一位知交跃然纸上。联想朱自清先生的至情之文《背影》,至美之文《匆匆》和《荷塘月色》,以至为叶圣陶先生称为炉火纯青的《飞》、《给亡妇》和《游欧杂记》等,越发可见叶圣陶先生笔笔有据,句句见真,一个有血有肉又有灵的朱自清先生也就这样来到我们面前了。来到面前还不够,是让他们二位永远手拉手、心贴心,永久地住在我们心间了。

叶圣陶先生笔下的弘一法师"清癯的脸,颔下有稀疏的长髯"就不必说了,"水样的秀美、飘逸"也不必说了,单是那"以为这样默对一二小时,已胜于十年的晤谈了",以及那"行止笑语,真所谓纯任自然,使人永不能忘",早已使弘一法师的个性通过他的行状活现于世间了。进而对弘一法师口中说出的"慈悲,慈悲"仅用了一个"感到深长的趣味"的短语,对弘一法师第三次"慈悲,慈悲"在说明是替人求经之后,仅对其中的"请"字用了一个"特别的味道"来形容,使即使从来没有看见过弘一法师的人,透过叶圣陶先生如此传神的描写,也应该说与看见过差不多一样了,而且所看见的正是与叶圣陶先生眼中一般无二的弘一法师了。由此我们又得着了什么呢?得着的是:活的文字,不在于多,而在于传神,而在于就是它们,唯有它们。

在叶圣陶园地采摘,缓缓向前,边走边采,总会有意想不到的收获。比如说，恐怕没有人不对提高能力有兴趣，但怎样提高能力，却是一个很复杂的问题。举重若轻的叶圣陶先生出人意外地从"习惯成自然"这句老话中掘出门径，不仅令人豁然开朗，而且像老树展出新枝，在我们面前呈现出一片绿意和生机。他是这样说的："'习惯成自然'，这句老话很有意思。""什么叫作'自然'，就是不必故意费什么心，仿佛本来就是那样的意思。""习惯养成得越多，那个人的能力越强。我们做人做事，需要种种的能力，所以最要紧的是养成种种的习惯。"养成走路的习惯，就有了走路的能力；养成说话的习惯，就有了说话的能力；养成读书的习惯，就有了读书的能力；养成写作的习惯，就有了写作的能力。孔夫子一生"学而不厌"，就为他看透了这个道理。昨天遇到一位我所尊敬的老领导，他说到现在也不知是怎么了，不能看书了，只要看上几眼，心就烦，头就晕，也检查过，并不是因为身体不适。我说，还是因为读书的习惯不牢。毛泽东是只要不读书就心烦。弥留之际，还要给他念书，只要一停，就面露心烦之色。此外，我还说了一句：我很赞赏读书之余工作这个习惯。

　　采摘到这里，我忽然觉得，即使别的都没有采到，只要明白了"习惯养成得越多，能力便越强"这一点，也可以说是大获丰收了。同时深深地感受到《生活教育》这个书名太高明、太贴切了，以它为探照灯，不仅可以把书中的内容照亮，还可以将我们生活的道路照亮。只要认真咀嚼，就会深切体会到：走路、说话、读书、写作，做到不必费什么心就做得很好、很自然，是多么自然而美妙的事情啊！相反如果不是习惯而成自然，而是不怎么自然或很不自然，又是多么不可思议和难以容忍啊！写到这里，我的心情异常激动，迫不及待地想将这激动之情传达给亲爱的朋友们，迫不及待地要以最快的速度告诉亲爱的朋友们：好习惯养成得越多，能力便越强，进而入境"自然"，这是多么美妙的大成啊！

我怀着激动的心情继续向园子的纵深采摘。

在《做了父亲》中，采到"一条忠告"：一个孩子要"凭他自己的心思能力去应付一切。做父亲的真欲帮助儿女仅有一途，就是诱导他们，让他们锻炼这种心思能力。"

在《教育与人生》中，采摘到的是人生教育的"三大要义"：教育是认识自己；教育是革新自己；教育是成就自己。人的一生，认识"自我"和认识"环境"至关重要，而革新自己的虚荣心、怠惰心和错误观念十分必要。做到了这两点，按照"自己的所长和所好去成就自己"，就是一件较为自然和轻松的事了。为此，叶圣陶先生不忘在此为我们插上一个警示牌，上书：以上三件事，无论缺了哪一件，很难成为健全的分子！

在《如果我当老师》中，采摘到"一个心愿"：就是要一门心思以极大的耐心做学生的知心朋友，一门心思以最科学切实的方法培养干事业的人才，一门心思以彻底的敬业之心为建国事业贡献心力。

在以上三条中，我感受到叶圣陶先生真是幸福。同时，我顺着这条"幸福之路"继续采摘。在《和老师谈写作》中，采摘到

"一系列的写作方法":从"想清楚然后写",到"修改是怎么一回事",到"把稿子念几遍",到"平时的积累",再到"准确、鲜明、生动",一路采来,各有鲜货,但我却凭着自己的兴趣寻着声音向"把稿子念几遍"走去。念是寻声显义,不明白的地方一念就清楚;念是顺路推车,不畅顺的地方一念就有磕绊;念是以声传神,干瘪的地方,一念就觉出应该增点神采;念是寻声得宝,念着念着就顺声飘来一个恰如其分的绝妙好词儿,用上了,准确地说是换上了,全句皆活,全段皆活,以至全篇皆活。这关于"念"的一大串话,是我走到书的字里挖出来的。然而,叶圣陶先生却也说过这样的话:"古来文章家爱谈文气,有种种说法,似乎很玄妙。依我想,所谓文气的最实际的意义无非念下去顺当,语言流畅妥帖。念不来的文章必然别扭,就无所谓文气"了。我的话与叶圣陶的话相比,可谓有"举轻若重"与"举重若轻"之别,这不能不使我越发敬佩叶老是一位举重若轻的文章大家。

如果只是在这百花园里边走边采,再向纵深,也主要是饱饱眼福,达不到应有境界。在叶圣陶先生的导引下,我进入了他的境界天地。所谓境界天地,也就是他之所以是他的层面。

境界之一,是他的"倾听"。与大家在一起,他总是沉默寡言,似乎很木讷,然而就在这寡言与木讷的倾听中,他吸取了许多,接受了许多,酝酿了许多,以至创造了许多,让他的文学、教育和思想园地也丰富了许多。他真是最懂得"听趣"的大家。

境界之二,是他的"和易"。他的目光并非有多么和颜悦色,就那样平和而慈祥着,无过度的深沉,绝不以轻蔑的眼光看人。寻常看不到他的怒色,即使真生气,也只露出惋惜的颜色。他简直就是中庸的化身。孔夫子说中庸很难,在叶圣陶先生这里,却成为他的自然和寻常的习惯。如此说来,他又是一位最有魅力的"平和大师"了。

境界之三,是他的"畅达"。他写作时,往往拈笔伸纸,手不停地写下去;开始及中间,停笔踌躇时绝少,一直到结尾,可谓"畅达"无羁,行所当行,止所当止。他说过,对结尾很有把握。这使我想到,苏东坡的文章是开头好,但包括他的人生较之开头结尾似乎有许多不好。如果说"不好"是"炼狱",是将"天才"逼到更高"境界",那是另一回事。一个人的文章是开头好还是结尾好,是否还反映到他的人生,这倒是一个值得深思的重大问题。无论如何,从叶圣陶先生的畅达可以认识到他是"自然的化身"。

境界之四,是他的"朴素"。朴素之于叶圣陶先生,不是一般的不华丽、不奢侈、不浮夸,而是谨严、敦厚、诚挚合而为一的朴素。唐弢说,洁净的语言表现着朴实的感情,构成了叶绍钧散文的主要特点。茅盾谈到叶圣陶的朴素则说过,才笔焕发,规模阔大,有胜于圣陶的,但凡是认识他的朋友都不能不感到,和圣陶相对,虽然他无一语,可是鄙俗之心令人全消,读他的作品亦然。这又可见,他的"朴素"简直就是"圣洁"的代名词。

境界之五,是他的"切实"。凡做事绝不敷衍苟且,有一份力便尽一份力。他的小说是那样的洁净,他的童话是那样的细腻，他的散文是那样的精妙纯朴，他当编辑也是那样诚心守信、一丝不苟，连他写的字，也是那样的圆润丰满，无不显出他为人的谦和与切实。由此可见，"切实"才是他的底色。

境界之六，是他的"超然"。他切实做事，却也超然面世。编辑大家、现代文学史家赵景琛说："与叶先生相识了二十多年，见他不仅不曾丝毫软弱下来，反而更见坚强，我仿佛在眼前看见一株直挺挺地立着的柏树，那'是一种超然不群的象征'；不怕霜雪的欺凌，愈是严寒的冬天，愈显出它那青春的郁茂。"

境界之七，是他的"深厚"。多位国外文学史家，将他的长篇小说与托尔斯泰比，将他的短篇小说与契诃夫比，将他的童话与安徒生比。尽管各有千秋，但共同的特点，则是非凡的观察力和深厚的积累。无论是观察还是积累方面的超越，修炼到他那样的"正果"，都是较为罕见的。

我的采摘已融入我的生活，我的生活已离不开这采摘。我想，有从容采摘的生活是美好的，尽管我的生活仍然十分平庸，因这平庸中注入了采摘的丰厚，便也有了叶圣陶先生这样一个完美人格永驻心间。

在嫩暖的阳光和轻淡的云影下采摘。

与胡风先生的梦中对话

我曾经想过,曹雪芹先生的《红楼梦》,鲁迅先生的《野草》,亦梦亦幻,却是尤为本质的和现实的。莫非是由"梦"找到一个最本质、最没有限制和隔碍的思想天地?

我无缘与"随笔书系"任何一位大学者面谈,却不妨与他们梦中对话。与胡风的梦中对话,真是一次奇遇,不仅领略了他的独绝风骨,而且有配乐诗做了我们对话的背景。

我好像是来到鲁迅先生的墓地,此处是一个花木葱茏的所在,阳光从四面射进来,组成棋盘状的网格。有两条石凳兀现出来。我先坐下。不一会,常在此相遇的胡风先生来了,坐在另一条石凳上。于是,我们的对话开始了。石凳不远处有两条小河,一条顺流而来,一条逆流而去。我们说过的话却落在逆流里飘散了。这表明我俩的对话是较为遥远的以往的记忆碎片,与当前无关。

问:鲁迅先生复活回来到你这里,你最想和他说的是什么?

答:人死不能复生。但我总觉得先生并没有死,他常常会来到我的身边。此刻相见,我会说,先生到外面走走,会露出灿烂的微笑,但在晴朗的天空下,也会遇到一些尴尬。譬如,建国的礼炮余音未歇,春天的花儿还在绽放,沉闷的日子过去了,狂啸的日子也过去了,却也会在幽幽的细雨中感觉到几分凉意。譬如,先生原来就担心,有些现象不仅是现在,而且是将来,而且是二三十年后还有。这担心没有多余,恰恰被先生言中了。譬如,先生曾经憎恨中国人走不出自己的阴影,然而我们终于走出古老的怪圈,我们的血液里也有了温煦的暖流,骨子里也有了灿烂的笑容。我想这是先生最乐于听到的。我不是一个报喜不报忧的人,但还是想迫不及待地将这最值得赞颂的美好告诉先生。

阳光下的配乐诗:

像宇宙史上第一次朝阳,

她放射着处女的光芒,

在搏动着的赤心大海上面,

群星发出欢乐的回响!

问:我对几个"譬如"深有同感。记得您好像说过"鲁迅诞生在帝国主义的战神强奸了东方文明的公主的时代"。如果没有记错,您比鲁迅只小21岁,应该有着大体相同的时代烙印。受这烙印影响,最强烈的意识是什么?

答:仇视黑暗。因为仇视黑暗而确立献身立场。献身立场成为一种人格力量。

强风吹来的配乐诗:

空中掠过凄清的雁声,

前面有浩漫的黑影。

在你饱经风尘的脸色上,

刻着不容置疑的心境。

问:我敬仰献身精神,敬仰这样的人格。但献身者必然是"我以我血荐轩辕"吗?先生一生多蹇,是否与献身的立场有关呢？

　　胡风先生似乎没有听到我的问话，只是低低的吟唱道：夕阳快要落了，夜雾也快要起了，遥空里有一朵微醉的云，穿过那座忧郁的林。林这边只有落叶的沙沙，林那边夕阳正烧红了山巅。拾不起更穿不成一顶花冠，去了的青春似萎地的花瓣。

　　我无声地回答：美极了。伤感其表，刚质其里。先生您就在其中吧。我也接着唱了几句：如镜的池中漾出您的身影，却有箭一样的风将您射中。您是夕阳烧红的山巅，终未逃出被阴影没顶。

　　我们似乎都流出了眼泪，咽喉也被一时哽住。

　　冰川那面飘来了低沉的配乐诗：

　　昏昏的太阳躲在晨雾中，

　　没有了慈母温和的捣衣声。

　　你这个本来无家的浪子啊！

　　千万别消颓在恶草中。

　　问：换一个轻松的话题吧。关于文学的遗产，好像您说过，有想在琐细的自己享乐里抚慰人类的人，又有对于丑恶的可憎的现实喊出反抗的声音的"叛徒"。您并且说，知道这，是重要的。那么，先生是鄙夷以自己的享乐抚慰人类的"天使"，甘心做一个沉重的恶势力的"叛徒"，是吧？

　　答：这依然不是一个轻松的话题。"天使"不是我的所为，"叛徒"也不是我的本意。有谁不乐于站在辉煌的讲坛上，以心中的真诚说出"这是人类有史以来最好的最伟大的时代呢"？然而，真诚的鲁迅选择了叛逆的道路，做了他那个阶级的"逆臣贼子"，这是他的伟大，也是中华民族的光荣。

雷电里闪出的配乐诗：
呼啸于烈焰与青空之间，
震撼着苍茫的中华大地，
是他的一声呐喊，
唤醒了人间的第一声春雷。

问：说来说去，怕又要沉重了。请问先生，您的一生命途多舛，是否正是因为有此守持呢？

答：说沉重，反倒不沉重了。《圣经》上的"有人打汝的左脸，须再以右脸与之"的金言，明明白白是容忍暴力存在的不抵抗哲学的结晶。堂·吉诃德否定暴力，但是一临到为了创造新的光明而不得不根本消灭旧的强暴的时候，他就惶惑了。

沙尘里澄出来的配乐诗：
虽磔我寸寸之肌肤，
怎能减低我心中之热度！
我是在奔赴自己的梦境，
带着片片福音和赤诚。

问：据我所知，堂·吉诃德的惶惑，对于新旧之间的正在决定生死的斗争，是会生出许多有害的行为的。先生，恕我不敬。我觉得，在那个发热到贼冷的时代，先生是选择了与堂·吉诃德相反的道路。或者说，先生是把光明看得太重了，以至看到太阳里也有黑点，又因为不善于欺骗自己，也不去欺骗别人，只好背着一身的沉重,像关一只不驯服的老虎一样,被长期关在笼子里,是吗?

答:一个故事讲到,一位小先生走进深山,"与木石居,与鹿豕游",但也捕捉到一些小动物来塞满并不"崇高"的肚子,日子一久就练成了一副不怕毒物的金身。老虎关在笼子里,虽然少了自由却也多了安逸。

星光间漏下的配乐诗:

莽莽平原,

黄沙万顷,

披着火热的日光,

又未容它驰骋。

问:这回答倒使我不明白了,记得先生被宣布判刑14年时,也说过一句"心安理不得"的话,难道在里面住久了,也像老虎习惯笼子一样,世界观整个发生了变化吗?

答:里面不也是大自然的一部分吗?为什么不可以在大自然里心平气和下去,寻得"归宿"呢?据说"人类是最不自量力而又最不安分的动物,而大自然这地方却恰是人类的母亲。"

雪地里踩出的配乐诗:

来自一个历史的摇篮里,

生活在地母的胸膛间,

它没有狼的怯懦和假机智,

有的是博大的一颗心。

问:据说"洪水横流,泛滥于天下",逼得我们的民族大英雄大禹先生也不得不"三过家门而不入"地去治水。先生是否是说，在里面冷静久了，也会可怜外面的轰轰烈烈，尤其是轰轰烈烈背后的深层次笑料，正像惯常可怜大禹总是匆匆忙忙不得回家呢？

答："人类的母亲"大自然给我们的并不是"种种暗示，种种比喻，种种曲折而委婉的辞令"，却是直截了当的暴力。玩玩暴力，也是大自然的人类的天性和偏好，我不明白的是这究竟是一种什么情感，什么意志？！

海啸过后留下的配乐诗：

在高而且蓝的旷野下面，

它被捆绑着走进一间小屋，

然而它的心仍留在天空，

照旧播洒红色的雨露。

问：先生的话，不，是话中的深层含义，像毒蛇咬住我的心，令我周身发麻。这倒使我想到，汶川地震，对人类而言，不是教育，不是惩罚，而是一种直截了当的灾难。但人们对这种灾难的抱怨，好像并不特别强烈，反倒是面对弥漫着大雾的天气会怒气冲天。先生，您说是吗？

答：人们对"天公不作美"历来无奈，却也照呼天公不误，对人间的不平与不公总是愤上心来。哦，人生！哦，世界！哦，时间的海！

海水泛滥而来的配乐诗：

连绵的山尽是连绵，

凄清的夜尽是凄清,

海洋里泛起红波,

太阳它却下起黑雨。

问:我佩服先生是真诗人,是长于形象思维,同时是具有不弱于形象思维的逻辑思维的一个伟岸。那么,您的磨难,您的非常人的生活,是否正是一个诗人的生活?

答:世界上伟大的作家大都是伟大的生活者,他们在现实生活里挣扎、苦恼、奋斗。譬如蜜蜂从各种花汁中造成蜜糖;譬如矿师从各种矿砂里炼出纯金。"尼采爱看血写的书",鲁迅先生说,"血写的文章,怕未必有罢。""路漫漫其修远兮,吾将上下而求索",真的战士和真的诗人,就不得不这样地走了同一条道路。

塔尖上响起的配乐诗:

我用敬爱的眼睛望着他,

却不知道怎样回答他的话,

看着你的神圣的目光,

深深尝到真诚的分量。

问:我记得您说过,在鲁迅身上,我们看到了坚持阵地的苦斗。和那些"认识现实"者相对照,他在《酒楼上》、《伤逝》、《孤独者》等里面发出惨痛的然而是反抗的绝叫;和那些"自我的扩展"者相对照,他在《铸剑》、《长明灯》等里面颂赞了不死的精神力量。而他的杂文,那些枪枪见血的、戳破一切掩饰着的丑恶面貌的、钢刀折骨的白刃战斗,却正是对照着那些逃避现实、从现实逃到母亲怀里、逃到天上,但实际上却是向现实投降了的、乖巧而懦弱的灵魂。这样地,他在溃散了的阵地上抵抗着封建势力的国粹主义的攻势。您的一切的根本所为,是否正是坚持了这种战斗?

答:比较过去先驱的流血,我们所受的磨难,所历的痛苦,所付的牺牲,是幸福的了,或者是过于幸福了。但我也记起一则寓言:房子是新建起来的,用木做骨架,用竹编墙,圬上泥,上面盖着茆草。阳光可以从窗口晒进来,窗外的园子里的泥土气息,可以从窗口流进来。但主人并不满意,他要寻求更好更幸福的生活,为所有的人也为他自己。

从岩浆里喷出的滚烫的配乐诗:

什么叫越扑越旺的圣火!

什么叫越杀越猛的仇恨!

什么叫越压越真的爱情!

在你身上全部读懂。

问:"能杀才能生,能憎才能爱,能生能爱才能文。"是鲁迅说过的话。您好像说过:"鲁迅战斗的一个特点,就是把'心'和'力'完全结合在一起。别人在战斗的时候只能运用脑子,即所谓理智,或者只能凭一股热血,但他则不然,就是在冷静的分析里面也燃烧着爱憎的火焰。""唯其能爱能憎,所以他的分析才能够冷酷,才能够深刻。"我倒认为,这话是说鲁迅先生,未必不是说先生自己。您说,对吗?

胡风先生没有答话。旁边有人说了:"他是因忠实和勇敢而致悲惨,并且是高贵的","倘无古老而缄默的山岩即命运横亘于前,心灵的波涛将不会如此壮丽地飞溅起来而化为思想","他为人诚恳、正直,强烈的忧患意识和历史使命感,摧动他'明知不可为而为之'。他是真正的大手笔,是有惊世骇俗风骨的人物。"

我望定"明知不可为而为之"这句话,想着胡风的名字,同时想,梦中对话不会结束,我也不会从梦中醒来。

忽然听到不远处有歌声传来,还认为是空空道人唱着"好了歌"来了,寻声望去,原来是胡风先生趁我与绿原、贾植芳接话,轻吟着走了。只听到:误会今生因何之,追讯逼问答何之,欲言吞声又何之,人间善眼去何之,诚心寻求痛何之……

如诗之美林徽因

很长时间了,想写林徽因的美,或者美的林徽因。读了一点相关的书,及至动笔,还是不知如何写起,写些什么,怎样来写。今天一早,突然有"她美得像一首诗"浮出脑海。于是,就以林徽因的诗来写林徽因的美。

如果说林徽因是一个美的宝藏,她的诗就是宝藏的解说词。在我的印象中,林徽因不是一个唯美主义者,但她的诗,秀美到无人可比肩。我直感到,处处都是美的储存、美的建造、美的旋律、美的意蕴、美的流淌。这美,又像海滩上拥拥挤挤的企鹅,越看越多。

我不是寻名而去,但是关于林徽因的诗,我首先想到的还是最著名的《你是人间的四月天》。有人说此诗是写爱情,也有说是对大自然爱的礼赞,我总觉得是写她自己的美,及其迷人的魅力。这似乎不可思议,但人总是脱不开这自爱其美的不可思议。"我说你是人间四月天,笑响点亮四面风;轻灵在春的光艳中交舞着变","黄昏吹着风的软,星子在无意中闪,细雨点洒在花前。"

只要想到这诗,这将隐与显、暗与明、朦胧与清晰、含蓄与曲折、灵秀与柔美熔于一炉的诗,一个清灵可鉴、光艳无比、才气逼人的林徽因就以特写镜头出现在舞台中心。令人蓦然看到她的轻灵、她的惊艳、她的婀娜体态、她的笑响点亮四面风;似乎还可以由此嗅到阳光鲜花的清香气息。

每当此时，便不能不为"那轻，那娉婷"，"那片鹅黄"，"那初放芽的绿"，那"在梁间的呢喃"，那"柔嫩的喜悦"，那"刚放出一半朵红"所陶醉。甚至不敢去看，不敢去想，望一眼也是无礼，心一跳也是不敬，轻轻抬一下眼皮也怕是亵渎。对这美，这诗的美，人的美，心的美，韵的美，这站立在字句、游走在句式、飘荡在星空、契入在心里、处处可以相遇、可以触碰、处处令人惊愕的美，只能怀着一颗圣洁之心在那里"怔"。

啊，或许，我还是轻浮了。这轻浮倒不是要"贝齿的闪光里躲"收入眼底，倒不是将"抹一天云霞"拥揽入怀，倒不是对"惺忪的鬓发"揉搓着玩，倒不是把"轻软如同花影，痒痒的甜蜜"轻轻地捏，倒不是在"澄蓝的天上，茫茫的江边"缓缓地划，倒不是向"千瓣的花朵"随意地摘，倒不是总将"袭人的花气"狂乱的闻。我知道这一切都不会发生，都不可以发生，都毫无余地与圣洁相悖。

不过，也许是不由自主，也许是美昏了头，也许是掩盖心中的惊慌，也许是忏悔，无论如何，面对这无与伦比的美，不能自拔的我，只好静一静心，安一安神，转而去读《八月的忧愁》。

她笔下的"忧愁"也是美，或者说她的"忧愁"也是美，这"忧愁"同样令人觉得美得惊异。这忧愁下的"天是昨夜雨洗过的"天，忧愁下的山岗"照着的太阳留下一片影"；这影，没有遮住夏秋之交的美景，而且为明亮的美添了一点色彩。这"忧愁"是"一大棵树荫下罩着井"，为影增加一点深沉，仍不会使人觉得沉重，而是令人觉得"忧愁"中的美更加端庄而深厚。

这就是美的林徽因。这就是如诗之美的林徽因。她的诗，她心中流出的诗，灵里韵出的诗，无论是什么都很美，都无不受美的神奇力量操纵，都脱不出美的轮回。林徽因自己也说"谁又能参透这幻化的轮回，谁又大胆地爱过这伟大的变幻。"

这哲思透出来的，越发使人觉得美有悟不透的神秘，在这美面前只有生生的胆怯，只能小心地按住跳荡的心。虽然明知只有参透、热爱这变幻的美，才能懂得宇宙、世界和人，却因这圣洁的美，只能"怔"在那里。更何况，林徽因笔下"这秋天"，风是温软的，太阳是微笑的，斑彩的错置是处处可以相遇的，即使"摇着梧桐树哭"，也不是悲哀，而只是清清的雨滴落在心上，唯有丝丝凉意沁入心脾，连梧桐的叶子带来的也是桂花的香气，骄傲的果实接受光热的每一层颜色也只为了美。这轻轻地、缓缓地、静静地、溜溜地流动的美，流到悲伤处，也不过是"点点沥尽"，沥出的还是美，更美，尤其美。

面对这说不尽，甚至不敢说的美，我们怎敢放肆呢。况且，美是收敛才有的，爱美是必须收敛的，收敛才是美，才有美，才美。这是由如诗之美林徽因那里悟出的一点消息。

是的，由这消息带来的，与"秋"及其"忧愁"相约而出的是"红叶里的信念"，是"流动的月圆"，是风的温软，是太阳的微笑，是醉了的蝴蝶，是彩霞压住的新鲜。待到"寒里日光淡了"，冬的来意也只是"寒冷像花"。林徽因不是冷美人，她热情奔放、端庄大方、雅静活泼，即便是外表罩上一层冷，也依然是那样美。这就是林徽因，这就是美的林徽因，这就是与美难解难分的林徽因，这就是与美如一的林徽因。在她笔下，在她心中，在她自己，在她的美与才华无与伦比的无限里，大自然、急雨、云霞、月色、星光、日影、江河、田树、城市、一切人，都是美，都是诗，都是纯净、透明、精致，都是鲜亮、和谐、大气。

　　林徽因的美是全方位的。

　　——她的笑是美。"唇边浑圆的漩涡"，"艳丽如同露珠"，是"水的映影，风的轻歌"，是"云的留痕，浪的柔波"，"轻软的如同花影"，"痒痒的甜蜜"可"涌进你的心窝"。如若再是深笑，会笑得清泉浮动，水面泛出灿烂；笑到迸出天真，细香丝丝挂向斜阳；笑成"百层塔的高耸"，令"不知名的乌雀来盘旋"；笑至"万千个风铃的转动，从每一层琉璃的檐边摇上云天"。笑声带着酒窝传到天庭，玉皇大帝也开怀大笑了，笑声片片落在美的鲜亮里。有人说，她这诗，这笑，这笑的美，清新、细腻、纯净，仿佛每一个句子都有很高的透明度，又很讲究韵律美、建筑美、音乐美。我说，她是把自己揉碎了成诗，成这诗之美、形之美、意之美、韵之美、味之美，而正以这诗、这万千之美建筑了她自己——一首清新、细腻、纯净、透明且有韵律美、建筑美、音乐美的诗。我们对这笑，对这诗，对这展露的和蕴藏的无尽的美，不用看，不用听，不用吟，也不用闻，只轻轻搁在手里，在十指间慢慢地漏，在心里面悄悄地吃惊，以至不由自主地感叹。这漏的是美，吃惊也是美，感叹的还是美。

——她的"激昂"是美。别的"激昂",很可能对美有所破坏,或者向"愤怒"靠拢,而她的"激昂"是要"借一时的豪放","喝一泉甘甜的鲜露,来挥动思想的利剑","斩断这时间的缠绵",远离"猥琐网布的纠纷,剖取一个无瑕的透明";是要"在一穹匀净的澄蓝里,书写惊讶与欢欣,献出我最热的一滴眼泪"。面对这"激昂"剖出的无瑕的透明,心的尘埃,灵的杂质,激动的浪尖上的喧嚣,一扫而去,只留下用纯净水淘过的蓝太阳。

　　——她的"灵感"是美。美得很顺畅。是花,是梦,是"细香常伴着圆月静天里挂,且有神仙纷纭的浮出紫烟,衫裾飘忽映影在山溪前","直到灵魂舒展成条银河,长长流在天上一千首歌!"是虚是实,虚有虚的灵动,实有实的色彩;亦梦亦幻,梦的细香,幻的静圆;亦烟亦彩,烟里流波,彩里生歌,美若天仙,令天仙黯然。

　　——她的"梦"是美。梦未必是实有,但也不是空虚。幸福着的人有好梦,也有噩梦,痛苦着的人也未必尽是噩梦连着噩梦,也有美梦。如诗之美的林徽因"梦"也是诗,是清灵可鉴、光艳无比、才气逼人的又一种释放。如此美的"梦",是垂着的纱,"柔韧的像一根乳白的茎";"梦"在释放中"从容地舒展","抖擞那不可言喻的刹那情绪",像"天空外旷碧",是"颜色同颜色浮溢,腾飞……","深沉,又凝定——悄然香馥,袅娜一片静";这释放中的"梦",是"无从追踪的情绪,开了花,四下里香深,低覆着禅寂,间或游丝似的摇移"。有色有味，色是流动的，味是悠长的；亦诗亦禅，诗有禅的空旷，禅有诗的情彩，"悲哀或不悲哀，全是无名，一闪娉婷"。这是何等的美！

——她的"冥思"是美。领略"冥"的内涵，不免与昏暗、晦冥、昏昧、冥顽相联系，而林徽因的"冥思"，却像"落日远边奇异的霞光"，似"远处一串骆驼的归铃"，即便到了"一切像凝冻的雕形不动"，也不过"偶有一点子振荡闪过天线，残霞边一颗星子出现"。尽管"冥思"的心"同沙漠一样平"，然而这"冥思"即便淹没了太阳，却泄出一线光；振荡中有一点子星出现，又被骆驼的归铃敲响。纵使这一切凝冻了，美的霞光依然无穷。我不知道"冥思"的果子是不是"烟"，美的林徽因却说"我的心没底止的跟着风吹，风吹：吹远了香草、落叶，吹远了一缕云，像烟——像烟。"无论是烟的冥思，还是冥思的烟，都很美——虚静的美，缥缈而悠长的美。

——她的"记忆"是美。如此美妙的"记忆"是"断续的曲子"，是"披着情绪的花"，是"沉在水底的倒影"，是可以散发香味的野荷。这"记忆"的野荷每一瓣静处的月明，即使被风吹乱了，也像水面皱起的鱼鳞的锦，四面里辽阔，荡漾着心中的彷徨。从这记忆本身，及其记忆留住的碎片，我们读出了大气，读出了纯朴，也读出了深沉，而这一切无不对本来的美放大。我仿佛恍然大悟，林徽因已成为一个永远的记忆，一个永不消逝的美的记忆。这记忆仍然是一首诗，一首永不消逝的美的诗篇。

……

我们说林徽因美得像一首诗。诗是什么？写诗究竟是怎么一回事？林徽因大概在70多年前就意识到我们会提出这个问题。她不仅概括地指出，诗从形体到心灵都是美的，而且具体地告诉我们：这美由"一种形象情感思想合一的语言"创造出来，不是形体而需创造形体的颜色；是声音，却最多仅要留着长短节奏。这"形体颜色"，这"长短节奏"，依然是美。美从"徐疾高下"中来，从"有限的铿锵音调"中来，从"一半单独或相联的字义上边而来"，"从直觉意识，情感理智，以整体的快惬"而来。

这"来"实是一个难以尽说的所由、所有、所在，仅就诗是"感悟情趣的闪动"这一点来说，它是"灵感的脚步——来得轻时，好比潺潺清水婉转流畅"，其中有轻灵流畅的美；来得静时，好比"自然的洗涤，浸润一切事物情感，倒影映月"，其中有静而润的美；来得动时，好比"美感旋起一种超实际的权衡轻重，可抒成慷慨缠绵千行的长歌，可留下如幽咽微叹的痕迹"，其中有情牵梦绕的美。有了这轻、静、动的美，有了这美的触动和美的滋润，我们本应该可以心满意足了，更何况还有"愉悦的心声，轻灵的心画，轻风满月，落花缤纷"呢？美得像一首诗的林徽因，竟是这样的令我们"激越澎湃"，这样的令我们"行若苦迷"，这样的令我们燃烧锤炼出纯静的气质和火焰。

林徽因的美实在是无以复加了。在她美的面前，我的心绪很涩，手中的笔很拙。我只能说，她的美犹如鸟的歌唱，"蜜一般酿出那记忆的滋润"；她的美犹如澄清泉源，恰似"叶叶的书篇随风吹展"；她的美犹如美丽的想象，恰好来"攀动那根希望的弦";她的美犹如浪的柔波,轻软的如同花影,"细嫩的如同鹅黄";她的美犹如一首桃花,"朵朵露凝的娇艳,玲珑的字眼,柔匀的吐息";她的美犹如一个美丽的梦,"飘忽的途程也是一个点亮的浪涛";她的美犹如一个清凉的夏夜,"幽香四下里浮散,清风蹑着脚路过";她的美犹如耳旁的微甜,"掬两手水声,捧一兜璎珞"……

　　林徽因是美的的宝藏。想到写她的美有两点原因:其一是她的美一望便留下强烈印象,尽管不仅有圣洁的天空相隔;其二是受梁思成建筑美学的影响,是由建筑美想到林徽因的整体美,由建筑是一首美的哲理诗想到对林徽因的外在美、心灵美、才学美、诗心美作全方位心悟。我甚至认为:如同维纳斯一样,林徽因是美的象征,是中国的维纳斯。

　　关于林徽因的美,胡适的眼光也是很大放的。他认为林徽因是中国"一代才女",不仅有"旷世才情,风华绝代",而且在她身上突出地透出才气、美质,与她的作品一样,为当世仰叹,也将为世代仰叹。

吹远了香草、落叶,吹远了一缕云,
吹走的是美,留下的还是美。

日读赵鑫珊随记

序

过去二十年,我曾写过二十年日记,尽管那是一个用日记判罪的年代。后来不写了,也已有二十年。

汶川大地震后,关注起天气来。随手记下阴晴雨雪风,同时也混杂了一些读书记录,其中就有读过的赵鑫珊。准确地说,是读北大出版社出版的《大学者随笔书系》之赵鑫珊集《精神之魂》的日读手记。

赵鑫珊是一位学识广博、著作颇丰的学者型作家,上海世博会顾问。他用诗写哲学,用哲学思维写散文,可以说是一位哲学散文诗作家。下面的日记,是他的哲学散文诗摘抄,外加我的散记。它们都是阴晴雨雪风的产物,又不全是如此。

十一月十一日 大雪

大雪漫天满地。据说是五十年不遇。棚倒屋塌。雪还在堆着。菜农伤心我揪心。看过塌棚归来,找出赵鑫珊的《精神之魂》,就着灯光安神。

"从非哲学开始,通过哲学,最后又复归于非哲学。"这是赵鑫珊的人生轨迹,也是他作精神运动留下随笔的基本方式。我找到了知音。与赵先生一样,随笔同样可以自由自在表达我的感知与感觉。

大雪压塌了大棚,令我揪心;赵鑫珊的哲学散论,使我安神。雪花仍在飘荡,我的神在并不飘荡中高高兴兴地接过他无形的长笛,缓缓地吹着,胸襟顿宽,天地顿阔,尘虑顿绝。不过,在这"顿"里我的心仍不免顿回来,顿向菜农的愁里。

十一月二十一日 晴

雪地在太阳照映下闪光。光线似乎很长,很长……然而,它虽没有在这长度里弯曲,却在长度里打了折扣。

我喜欢散文诗,尤其是哲学散文诗。喜欢将哲学当文学读,也喜欢将文学当哲学读。《老子》是这样的哲学也是文学,《论语》是这样的文学,赵鑫珊的一些篇章也是这样的文学的哲学。

"判天地之美,析万物之理"像是唐人的五言绝句,却是庄子的格言。庄子的胸襟极邈远高贵,且雄伟浩博。这话是赵鑫珊说的。他看到的不仅是气魄,还有气质和气概。

"孤灯无焰穴鼠出,枯叶有声村犬行",只要心中找到云淡淡月弯弯的一段宁静,就甘心留在自然哲学智慧的古道上。这是"哲学意义上的'家',是精神上的平衡、和谐和安宁。"这家园其实是永远。从大看它温馨,从小看它阔大。

赵鑫珊的哲学散文诗,也即他所谓的哲学随笔,将诗意和诗结构以及散文形式融入哲学的散记,如同太阳与雪地的亲吻,闪着光,但光线却没有鲁迅的《野草》那么长。这不是有意为之,是他的暂时的意之所云,是局限。

"好的哲学应在诗与科学之间作往返来回的波动,波段越长,越是好的哲学。"这是赵鑫珊的体会,或许还是他的自我评价,或许还是他的期许。我没有作过这样的自我评价,却有心去体会这样的评价，只是暂时还不敢期许。

十二月九日 雾

我想雾天或许能看到上帝的衣角。

过去这样想过，今天又这样想，今后也许还会这样想吧。这样想着，便走到雾的边上去望。转而却又想，能见到上帝的衣角何用呢？其实，应该感谢的是上帝给了我们"衣角"的想象力。这样的想象力不是普天下的动物都有的。

赵鑫珊说，研究哲学的人应该在凌晨三四点起床，去感受黑夜同黎明的衔接。我三点起床却遇到大雾，想到上帝的衣角，可见我的破碎和凡俗。进而又想，其实，任何一位哲学家所感受到的也不过是上帝的衣角而已，而且这衣角或许只是诗人的想象，不是哲学家的思考。能由衣角想到非衣角，想到存在与非存在，想到方生与方死，想到生与死不过是暂时按了一下点灯的开关，或许可将就为哲学的思维。

十二月十二日 阴

太阳被阴云挡着，虽不是黑沉沉的阴天，但阴着。我的心有点阴沉。不知这天，这阴天，这沉沉的宇宙，是否也管着人的心。应该说这心也是一个宇宙。

大海被月亮管着。

赵鑫珊说，艺术家、哲学家和科学家，都要以崇高的激情对待大自然。19世纪法国伟大的风景画画家罗梭总是怀着崇高的激情，分担大自然的一切苦难，同暴风雨一起呼吸、颤抖，同太阳、月亮和星星一起发光。他认为，自然哲学家和科学家同样需要这种气质和情绪。品品这样的言词，望望月亮，同时想到太阳。

面对大自然应有崇拜之心，敬畏之心，"收其放心"。有资格说分担大自然的一切苦难的人，就是伟人。

不起潮便不是大海，不落雨便不是雨天，不落心泪便不是哲学家。

落泪不是诗人独有的义务，哲学家也应激动而真诚地落泪。

我很赞赏这句话：哲学是哲学家的个性和气质的真率表露。并愿意将此作为篆刻刻于蓝天上。

十二月十八日　晴

面对太阳和晴朗的天空，我仍然不晓得哲学家的思考是否与宇宙的本来相一致；仍然不明白文学家的感情是否与宇宙相统一；仍然不清楚政治家的胸怀是否为宇宙点头认可。也许，他们的所作所为，都是人心的一点波动，与宇宙无关。然而，赵鑫珊却说："天边有一颗很大很亮的星星蓦然出现，一切的一切都是那么安宁、太和、平静。这安宁、太和、平静，正是一百多年前歌德在魏玛发出的一声呐喊。"

这呐喊是：甘美的宁静，来吧，哦来到我的心怀。

歌德深信，人类精神是不朽的，它就像太阳，用肉眼看，它好像是落下去了，而实际上他永远不落，永远不停地照耀着。

"西沉的永远是同一个太阳。"

然而，在我看来，每天升起的都是一个新的旭日，西沉的夕阳，也是一个不满周日的婴儿。日子是如此短促。我们只能在这短促中急迫地度日。

　　十二月十九日　晴

　　又是一个晴天。太阳也没有更多的变化，依然是那样明媚和亲切。

　　太阳永远是一个最伟大的存在。然而人的存在确未必是这样。任何人与太阳相比，都算不上伟大的存在。

　　"至今还活在我们心中的伟人，是因为他们还可以给我们生存的光亮和生存的智慧。"我想，这样的人虽然不是太阳，却有着太阳的意义。

　　太阳的功能是给世界带来温暖，音乐的功能是能改善人性。这是以管窥天的结论，同时也有以锥指地的具体。

　　听了莫扎特的音乐，有人说，"清明像天，广大像地，终始像四时，周旋像风雨"。这是一颗大气的心。

　　自然界的和谐结构令爱因斯坦一往情深，音乐的和谐结构令莫扎特一往情深，哲学的和谐结构令赵鑫珊一往情深。大气、感人、至情至理。

　　如果由我选择，我则对当今社会的和谐一往情深。

　　如果问到原因，那是因为我心中永远有一个和气的太阳。太阳走得很快，我们要像珍惜日子一样珍惜和谐。

　　一月三日　多云

　　读书总难免隔着一层云。

　　明朝大学者说："千古之智，唯善读书者享之。"或者这隔着的云也是美的。破云见月的过程尤其美吧。

赵鑫珊说，创造者是一级幸福，劳动者是二级幸福，欣赏者是三级幸福。画画、作曲、写剧本，追问量子物理学的哲学基础等，都是自我实现的高级需要，也都是追求一级享受，一级幸福。

我愿意这样幸福着。只是不知是否还可以破一层天。

晚秋云深处，有两雨滴，一滴洒在戈壁沙滩，一滴落入太平洋底。来年夏天，它们又化成两片云，在北半球上空相逢，在南半球上空相遇。我认为，这是最好的人文哲学，说尽世内世外的一切际遇。

我感谢这样的相逢、相遇和际遇。之所以感谢，是有感于其中的不多也不少。少了是亏损，多了是垃圾。

天上掉下一块洁净的石头，却同样染上了地球的铜臭。

一月六日　晴

太阳虽然照旧晒着，却冷得很了。我的心也随之冷起来，乐于接受太阳的温暖，但明显觉得太阳也是冷的。

我突然想拜拜太阳，表达我的感激之情，尽管它此刻的温暖不能使我满足。温暖不够和我的心冷，那不是太阳之过，是我离它不够近，立的也不够正。

我希望有雪舞动着来为我的想象助威。在这屋内是春天，屋外是冬天的时候。

一月八日　多云

月亮在云里移动，影子在灯下移动，我的心在书中移动。但所有移动都没有改变我的方向。因为这方向永远是我的力量。

赵鑫珊也说：" '力'是有方向的，善的方向和恶的方向。贝多芬音乐的实质便是一个'力'字。但他指向善，指向普遍世界的正义、良心和道德。可是纳粹曲解、利用了贝多芬表达的力。"

我一直不明白，拿破仑怎么就被流放了呢？那么叱咤风云的拿破仑。难道是他的"力"的方向偏离了正确的轨道？鲁迅说过，拿破仑、希特勒和成吉思汗，都是杀人不眨眼的大灾星。杀人者在毁坏世界，救人者在修补它，而炮灰资格的诸公，却总在恭维杀人者。我好像对拿破仑和成吉思汗都有点敬仰之心。不是因为他们的杀人的威风，而是因为他们与众不同的力。然而，无论如何，对他们总不像对释迦牟尼那样完全彻底地敬服。

一月十日　阴

我与赵鑫珊的心尚隔着一层纸。就像太阳与我隔着一层云。也像月亮与我隔着一个较短的距离。

他说，欧洲精神就是欧洲各国能够及时开展广泛、全面和深入的思想文化交流。又说，如果有一种叫亚洲精神的东西，那么，它的特点就是闭塞。我却觉得这只是特点性的指向，还没有揭示到精神的核心层面。

不过，看到此话，我的心还是沉了一下。

这"沉了一下"，倒是精神层面的感觉。同时，也是物质层面的感觉，因为我看到太阳也为之一动，月亮也为之一震。

不管深入的思想交流是不是一种精神，互相之间并不封锁，而是敞开了交流，都是十分美好的事。为什么要将自己锁起来，把别人关出去呢？这个"锁"是因为金子太多，宝贝太多呢？还是怕缺金少贝呢？其实，金子和宝贝都不是最重要的。最重要的是开放和放开。

人类正是在开放与放开中前进的。

例一，19世纪法国的安培超距电动力学传播到了德国，便成了德国继续发展电动力学的蓝本和新的起点，这便是19世纪中叶德国的诺伊曼和韦伯等人创立的德国的超距电动力学体系。

例二，受英国麦克斯韦电磁理论影响，德国伟大的物理学家普朗克在1931年发表了一篇题为《麦克斯韦及其对德国理论物理学的意义》来纪念麦克斯韦诞生100周年。尤为重要的是，这一理论在德国浇灌出两大科学之花——量子论和相对论。

我想，我们过去所缺乏的是开放，今天所致力的是开放，今后要强化的依然应是开放。开放应该成为亚洲精神和世界精神。太阳从来就是向全世界开放的，月亮也紧随其后，二者甚至可以相提并论。

一月十九日　雪

雪覆盖了大地，覆盖了所有可以望到的和望不到的外部世界。其中包括与活人有关系的住所和场所，也包括与活人和死人都有关系的坟墓。

赵鑫珊说："在墓地呆久了，不是个哲学家也会变成半个哲学家的，尤其是当墓间有风萧萧而异响，云漫漫而奇色的时候，你是免不了有百感凄恻，知离梦之踯躅，意别魂之飞扬的。"

雪天是不宜去墓地的，雪天去墓地未必成哲学家，或许可以成慈善家。

我曾想过去墓地感受哲学的气息,然而至今没有成行,可见我难成哲学家。

切勿只识衣衫不识人。

一月二十二日 多云

这云与太阳、月亮、星星、雨水、风雪一样,都是人类的朋友。

"没有人的世界是没有意义的世界。对世界本质的思考,归根结底就是对人的思考。"这是法国存在主义哲学家梅隆的见解。

我仍然是于赵鑫珊的书中看到,而且是在多云的时候看到的。所以我依然对这看到的东西隔着一层云。

二月一日 晴

"尤其当夕阳衔山,草做金色,枫吐火光,一只乌鸦从收割完后的空旷田野缓缓悠悠地腾空而起的时候……""有一种深沉感"会蓦然来到我们心间。赵鑫珊说,乌鸦和麻雀相比,乌鸦就有一种深沉感。

乌鸦和麻雀对此怎么看呢?不管是乌鸦深沉的悲哀,还是麻雀的喊喊喳喳,恐怕都以为哲学是多事,而且不屑一顾。

我并没有太在意乌鸦和麻雀议论,倒是喜欢目送晚霞,感谢晚霞的贡献。

古诗曰:

月出鸟栖尽,

寂然坐空林;

是时心境闲，

淡泊无古今。

晚霞面对亘古的天空，永远只有无私的奉献。

二月六月　晴

赵鑫珊在《大狗小狗都可以叫》这样一个题目下说："用上帝赐给我的嗓子诚实地去叫，由着性子叫。"并说，这是他所理解的幸福和尊严。啊，这个由着性子叫怕很难。陈寅恪先生一生守持"独立之精神，自由之思想"，好像也只是孤军独守。

鲁迅先生在"呐喊"中苦斗了一生。还好，不像许多人因"叫"而丧生。我甚至想，他们未必是由着性子去叫，即便想想之后，或者躲躲闪闪去叫，也未必由他。这些，赵鑫珊应该都看到了，或者正因为他看到了，所以他更感到"由着性子叫"是一种幸福和尊严。

这话听起来仍然是给自己壮胆，赵鑫珊也说，他是由于有俄国大作家契诃夫同样的话壮胆才如此说的。

这都是我在晴天看到的。

二月十七日　晴

"今天的波音飞机速度可以超过19世纪的马车，今天的电灯照明亮度可以超过19世纪的烛光，但是，今天的音乐，并不一定能超越19世纪的音乐，恰如今天的诗歌并不一定就能超越李白和杜甫的吟唱。更多的情形倒是相反：经济越发达，艺术就越滑坡，甚至堕落。"

我也有此同感，却不知道这是为什么？正如晴朗中也不一定看明白太阳。不过，我想，正像我们在夏日里躲避酷日，在经济发达的条件下，人们对真情感受也发生了变化。我对"经济越发达、艺术越滑坡"感到惶恐。

二月二十一日 晴

"散文随笔是从我的心灵航程中间截取出来的一段永恒的瞬间。那是世界和人生感荡我的心志而发泄幽情的产物。"

"我拿起笔来写散文，全然是为了安顿我自己的灵魂，为自己的灵魂找到一个'窝'，一个栖身之地。"

这方面的意思赵鑫珊多次表达过。他生于1938年，今年是七十二岁。他将写作作为最大的快乐。我将写作作为最大的感受。这都是人造的独立世界。

三月一日 雪

"夜半醒来，我才像个哲学家。"尤其是在这雪天的夜里。

"当柴可夫斯基的小船最后消失在烟波浩渺、千里水天一色处，我可怜的心便会沉浸在一片既甜美又伤感的意境中。这时候，我的精神状态就好像是半个艺术家加上半个哲学家。一个来月的彷徨、迷茫和积郁。便会为之一扫，烟消云散。"

我向雪地望去，我的心像雪一样洁白。雪一样洁白的心容不得尘埃。这是我的短处，不足，以至致命点。

三月十八日 雨

赵鑫珊说，问我为什么写作？你不妨去问一问小鸟为什么要清唱枝头？蛇为什么要脱去一层皮？春蚕为什么要吐丝作茧？

他还说，只有在伏案写作的时候，才成了世界的回音壁，成了20和21世纪交接点上的反光镜，内心颇有一种风流、潇洒的自我感觉。这是一种内在的风流、潇洒，他说他追求这种格调，这种生存方式。

我同样满意于这样的格调，这样的生存方式。

我不知道天为什么下雨，但却经常受与雨天相隔太久的煎熬。

跋

我的日记虽然越写越短，但并不虎头蛇尾。

我相信，简洁的分量是很重的。

有评论家说，赵鑫珊的散文就是他心灵的日记。我没有注意到这一点，却采取以日记来写赵鑫珊。然而，与其说这是偶然巧合，还不如说这是两心相合。尤其好的感觉是沉静，两心相合正是沉静的相合。

我感觉到的周一良先生

十几年前,孩子们转呼啦圈,我在旁观看,得出结论:感觉找到了,旋转便自如了。

近来,读"大学者随笔书系",也是透过字面找感觉,再将感觉诉诸文字,朋友读后也说有感觉。

读到周一良先生,总有一种说不明白的或远或近或深或浅的感觉。这感觉不是大雪地烤火,漫天白里感受火的烘热和风的凛冽。不过,这雪火二物,却也启发我对周一良先生的感觉逐渐明朗起来。

我不相信感觉是无限的,却也对感觉的范围有无限性的感觉。昨晚做了一个梦,梦中的书法和联语,梦外无论如何是做不到的。这鼓励我生出向更精彩的感觉世界开发的欲望,当然仍然认为感觉不是无限的。

是的,周一良先生的文章恰如雪白的洁净中燃烧起来的火焰。自然,这火焰是蓬勃向上、光彩照人的思想火焰。不过有时候也飘过几片云,发出雪粒与大地接吻的沙沙声。

有了这样一个总的感觉,再去读周一良先生的随笔集《书生本色》,生动具体的感觉便一条一条走出来。

这走出来的第一个感觉是,周一良先生是一位主张独立思想的大学者。这应该与陈寅恪是一脉相承的。

太阳不会生出小太阳,但每当太阳从东边升起,都是一个新的旭日，永远不会有陈旧感。人世间的思想家也像不断升起的太阳，新风扑面，令人充满激情。也像太阳燃烧自己，思想家不是靠别人燃烧，而是靠自己燃烧升起来。这是思想家之所以有光辉的主要原因。

周一良是陈寅恪的学生。他的纪念文章，深入老师人格和思想的根本点——独立之思想，自由之精神。抓住了这个根本点，"儒家思想，诗人气质，史家学术"的陈寅恪先生便像青山托起的旭日，将光辉撒向广大的学术园地。

陈寅恪先生有两句自述诗："天赋迂儒自圣狂，读书不肯为人忙。"天生一位狷介书生，念书不是为别人，而是为根据"独立之精神，自由之思想"而研究。然后又对北大学生讲，"平生所学宁堪赠，独此区区是秘方。"秘方依然不是为某种实用主义左右而读书，而是为了"独立之精神，自由之思想"。这好像是陈寅恪先生一生的自持、自奉，是一个学者至死坚持的"制高点"，也是人类思想史上的一个"制高点"。胡适有两句话"争你们个人的自由，便是为国家争自由，争你们自己的人格，便是为国家争人格！"可视为这一"制高点"的注释；伏尔泰的名言"我完全反对你说的一切，但是我坚决保护你发言的权利。"被视为现代民主原理和全球伦理准则，同样可看作是对上述"制高点"很好的注释。我还感觉到，古今中外一切伟大的思想家，正是据此"制高点"才有与众不同的伟大思想。

周一良先生对老师自持、自奉的"制高点"虔敬到苛求的地步，一再说有负老师厚望，唯恐百年后无颜面见老师。我经常将周一良先生与李慎之先生混淆。此刻忽然想起李慎之先生也说过"胡适毕竟是了解鲁迅的,他俩后来虽然倾向上有所不同,但是,分析到最后,本质上都是中国最珍爱自由的人。"陈寅恪、鲁迅、胡适说到底,所自奉的都是同一个"制高点"。一路排下来,到周一良、李慎之,再排下去,都应该是这样。这就是薪火相传的精神,这就是文化生生不息的骨血。种子不管遇到多大压力,只要骨血还在,都会向着太阳的方向生长起来。

这走出来的第二个感觉是,周一良先生是一位敢于仗义执言的大学者。

韩愈说过的"不以众人待其身,而以圣人望于人",也即"不用常人的标准要求自己,却用圣人的标准希望别人",大概正是人祸形成的思想原因。史实证明,知识分子,尤其大知识分子,骨头是最硬的。这硬的原因正是因为严于己而宽于人,有守持,有原则,才有骨头。正因如此,才能做到危难时刻挺身担当、仗义执言。"文革"中吴晗被冤,没有人敢说话,周一良先生却说"我就不相信吴晗会反党",并为之奔走呼号,毫不顾及个人祸福。"苟利国家生以死,岂因祸福避趋之",挂在嘴上容易,挺身担当不易,更何况还有圣人提供的理由:危邦不入,乱邦不居,有道则见,无道则隐,并有兵法昭示:三十六计,以走为上呢?

一度时期,胡适成为一个令人谈虎色变的话题。直到20世纪九十年代,包括一些与胡适过从较密切的人谈起他还是吞吞吐吐、支支吾吾,周一良先生却毫不含糊地说:我相信,在中国文化史上，胡适是一座永远推不倒的丰碑。

李慎之也说："胡适不但在人文学者中，而且在自然科学家中都是深得学生爱戴的大宗师。"

感觉告诉我，这不是一般的仗义，不是盲目的维护，一定是在非凡的历史卓识下产生非凡勇气，才有这无畏的远见和坚定的断言。

这走出来的第三个感觉是，周一良先生是一位执守学术园地的大学者。

马克思主义可以救中国，是真理；假马克思主义祸国殃民、毁灭文化，也是事实。

在假马克思主义甚嚣尘上时，学者以学术为本也成为一件难事，甚至祸事。为此，周一良先生特别提出陈寅恪先生的文化超越政治、经济、民族等等之上的思想。在思想上坚守了陈寅恪先生关于真理必须独立自由的信念。在回忆王国维之死的往事中，以钦佩之心评说陈寅恪先生的殉文化之说，认为"一死从容殉大伦"迥异常论，尤可钦佩。认为"回思寒夜话明昌，相对南冠泣数行"，"他年清史求忠迹，一吊前朝万寿山"，表面是哀悼作为清室遗老的王国维，实际是悼文化，是文化超越政治。

周一良先生还特别引出陈寅恪先生这一文化至上观点终身未变的佳话：1961年吴宓赴广州与陈寅恪先生重晤回来后说："寅恪兄之思想及主张毫未改变。"说汪荣祖教授所著《史家陈寅恪传》将吴宓的话置于"思想在同、光之间"一章篇末，"堪为史家卓识"；并无不动情地说："我想海内外真正同情了解陈先生的人，一定都同意汪荣祖教授不凡的史识。"他还深深惋惜道：陈寅恪先生能活到打倒"四人帮"，和我们一起迎接科学的春天，那该多好啊！这感触、惋惜和感叹同样是意味深长的。我由此联想到蔡元培先生的兼容并包，同样感慨不已。

这走出来的第四个感觉是，周一良先生是一位渊博精深的大学者。

文化有一个性格，就是在注述中升华和深化。像雅斯贝尔斯所说的思想范式的创造者毕竟寥若晨星，但在传承中为原创注入清泉则不乏其人。

周一良先生的目光总是聚焦于博大精深，给人的感觉正像陈寅恪描述王国维时曾说过的"博矣，精矣，几若无崖岸之可望，辙迹之可寻。"

吴宓在美国与陈寅恪同学时就"惊其博学"，而且是既博且精，所以紧接着又说"服其卓识"，此后又赠诗云："独步羡君成绝学"。周一良先生则说：我印象最深的是陈先生能不断"发前人未发之覆"。"陈先生的每本著作，每篇文章，都可以当得这句话。"这些话用来评价周一良先生也未必不可以。

周一良还谈到，学生时代第一次去旁听陈寅恪先生的课，感觉就像看了一场著名武生杨小楼的戏，特别过瘾："闻所未闻，犹如眼前放一异彩，深深为之所吸引。"这样的感受同样发生于晚辈学者眼中的周一良先生。他们为此惊呼："莫不羡服！莫名激动！"便是文化泰斗季羡林也说，周一良"对中国古典文献，特别是史籍，都有很深的造诣。"同样为文化泰斗的汤一介的感受是:"读他的书,甚至札记,都会感到他学问的渊博和严谨。"关于学问的渊博精深,没有见说有谁在陈寅恪之上的,学界却普遍认为,周一良先生是不可多得的可以传陈寅恪先生之学的学人。

这走出来的第五个感觉是,周一良先生是一位十分谦虚谨慎的大学者。

一种气质的养成要几代人的积淀。陈寅恪、鲁迅、周恩来身上,都有这样的积淀。深厚的谦虚谨慎恐怕正是来源于这样的积淀。

周一良先生家学渊深,很早就打下古典文献的坚固基础。早年先是在家馆中从《孝经》启蒙,继而接受《论语》、《孟子》、《诗经》、《礼记》、《左传》、《尚书》、《周易》、《史记》等经典熏陶,请了像唐兰这样一流的人物讲《说文》,请了日本人和英国人教日文和英文;大学期间,从旁听到正式师从陈寅恪先生,得其真传,深得陈寅恪先生赏识。为追步陈寅恪先生的学问境界,赴美在哈佛受教七年,从容享受研讨的乐趣,熟练掌握七门语言,获得博士学位。后来,在长期研究中,尽管受到乱世的干扰,但有自由自在无拘无束遨游书海的乐趣;有博士论文《唐代印度来华密宗三僧考》赢得的称道;有与吴于廑共同主编的四卷本《世界通史》受到各大学普遍重视;有编写《中国大百科全书·中国历史卷》和《人类科学文明发展史》在国际学界获得"事增于前,文省于旧"之誉;有在"敦煌学"中进入极少有人进入的领域因而填补空白的创获;当然更有《魏晋南北朝史札记》赢得的更大声誉。正是这样,周一良先生以深厚的国学根底和杰出的学术成就得到公认,是很自然的事。

然而正是这样一位当属"异数"的大学者,终其一生总以谦虚谨慎为本。学者陈来以敬佩的口吻说:"小心谨慎、循规蹈矩、清平正直,是周先生做人的作风,也是他书生一生的本色。"好友杨联陞教授写诗称赞他"北人渊综无多子,寅老家风学步难。谁道沧桑荒旧业?犹能健笔作龙蟠!"面对赞誉,周一良先生却说:"莲生老友阿其所好,勉励有加。录赠诗以资纪念,弥增愧怍。"这使我不能不感觉到,一个人越是学问渊博深厚,越是谦虚谨慎,否则,人世间便没有重量级人物了。

这走出来的第六个感觉是,周一良先生是一位在不断提升自己中前进的大学者。

跟上时代前进要选准方向,不可如垃圾入流以漂浮物名世。遵循马克思主义也要得其精髓,不可为嚣尘推波助澜。周一良先生的学问历程正是在极有主见的沉静中前进的见证。

30年代初,在燕京大学历史系读书时,他接受洪业先生的观点,认识到历史就是五个W:什么人,什么时间,在什么地方,做了什么事,怎样做的。后来,接受马克思的历史唯物主义,认识到还有一个最大的W,就是——为什么。只有对于历史事件、历史现象做出解释,说明它为什么如此,讲出一些带有规律性的东西,解答了为什么,才算真正抓住了历史。这一认识上的升华,对他研究魏晋南北朝史受益更大。

从根本上说,人类思想之所以是一部不断升华的历史,正是一些杰出者在认识上有本质的突破。周一良先生总结自己，早年进学，受的是乾嘉朴学教育，解放前受到西方近代史训练，建国后树立唯物的与辩证的观点。他尤其认为，一个合格的历史学家，应该坚持实事求是态度，树立鲜明的辩证观点。他说，自己如果有什么进步的话，就是初步建立了这些观点。不过，在周一良先生心中，成就再大也是初步的，他将无止境的追求，永远看作一个个初步。

这走出来的第七个感觉是，周一良先生是一位从真实出发的大学者。

毛泽东说过，俄国革命一声炮响，给中国送来了马克思列宁主义。自从马克思列宁主义在中国传播扎根，中国的优秀分子便成为马克思主义的信徒，中国的学术同样以马克思主义为指导或灵魂。但在这一过程中也有盲从、愚忠和求真求实之分。

周一良先生主张以历史唯物主义解释历史，同时认为，在中国，在今天的世界上，有许多著作，从作者的世界观来说，不是唯物主义的；从著作的根本观点来说，也不是以历史唯物论为指导的，但其价值却不下于甚至远远超过被恩格斯称道并利用此书写成《德国农民战争》的戚美尔曼的《伟大农民战争史》，值得很好地学习、研究，充分利用其成果。著名的史学大师、爱国主义者陈寅恪先生的著作，就是很好的例子。陈先生不相信马克思主义，他的历史观根本不是唯物主义的。但是，他头脑敏锐，学问功力深厚，对于中西历史、文学、哲学都有很深的修养，而且掌握广博的语言工具。特别重要的是他具有朴素的辩证法。所以，能从纷繁错杂甚至看来完全不相干的历史现象中，找出内在联系，在事件的个性之外找出通性，来说明历史现象的前因后果。因此，在解放之前，陈先生将魏晋南北朝隋唐史的研究发展推进到一个新的高峰。这件事还说明，辩证法是人类共同的思想武器，从老子到陈寅恪，许多中外大家都娴熟地使用过这一思想武器。马克思将辩证法提高到辩证唯物主义和历史唯物主义的高度，登上了时代的制高点，并没有独揽真理，也并不排斥一切非马克思主义的辩证法。真理和优秀的思想武器历来都是全体人类共有的。

我感觉到，如此非凡的见地，只有具备丰厚学养的求真者才有。

这走出来的第八个感觉是，周一良先生是一位以宽大为怀的大学者。

最近听过几位高僧大德的讲座，无不以宽容为境界，讲得很透彻，范围很广大。但看佛教史，仍有倾轧充塞其间。宽容自己容易，宽容别人较难，将宽容融入整体人生就是佛。

周一良先生回忆，"文革"中，一位红卫兵在运动当中对他迫害折磨，其态度之凶恶、手段之粗暴，令人不堪忍受和永远难忘。他也曾说过至今不能谅解的话，但后来还是改变了看法，说："海纳百川，有容乃大；壁立千仞，无欲则刚。"宽容应该是每个人具备的美德。"文革"这场灾难开始以后，几乎人人受害，我信了"神"，上当受骗，年轻的孩子们也同样信"神"，上当受骗，二者之间只是程度不同而已。又说，我上当受骗以后觉悟了，感到自己"毕竟是书生"；红卫兵们也许所受毒害较深，觉悟较晚。他们一旦觉悟，不是也会认为自己"毕竟是个毛孩子"吗？由此看来，便没有什么理由坚持对他们的行动采取不谅解的态度。这很有点回头是岸，立地成佛的味道。人类啊，还是以宽容为上吧。

以上感觉，我并不完全明白是否即是书生本色，但我依然感觉到，作为一个学者如此操守，便不妄称为一个学者或大学者。

屋外，还在沙沙地下着雪。我却从这沙沙声中感觉着，并在这沙沙声中洋洋洒洒写下这么多，是不是就是一个真实的和本来的周一良呢？这沙沙的雪声既不能告诉我，那就到更大的有声音世界去寻找回答吧。

空灵：许地山先生

我在空灵中行走，于《空山灵雨》与许地山先生相遇。本愿与此同行，只怕空灵得不够，却为非空灵所羁绊。

睡不着时，将那似忆似想的事，随感随记；睡着时，也将那似梦非梦的想，随感随记。这是我的所愿。许地山先生也有同样的所愿，而且早将他的所愿化入空灵。他在空灵的世界走得很远，很远。我在追赶中看到：在他心中，落下的雨，是空山灵雨。这雨，如蝉翼般透明，落下来，打湿了蝉的翅膀，蝉落在地上。许地山先生说：雨珠，你和它开玩笑么，你看，蚂蚁来了！野鸟也快要看见它了！

在我眼中，雨滴是透明的，雪花是透明的，云朵是透明的，空灵自然也是透明的。透明是空灵的一个原则。然而，这原则只是空灵的一部分性格。空灵又是非透明的，朦胧的，轻灵的，让人轻轻走进去，像撑着一把琉璃伞，走在云层间，飞着，飘着，像雪花。

在这样一个原则下和原则外，盘在树根的蛇，穿着彩衣。穿着彩衣的蛇，虽然也是一个毒物，人的心却也是一个毒物。许地山先生说：两方互相惧怕，才有和平。这和平不是空灵，但他的一颗空灵的心，却是和平的。有毒的心未必是透明的，和平的心却是透明的。空灵实在是透明而和平的。

有着一颗和平而透明的心的许地山先生，耳闻目睹的笑，没有声音，只有抿嘴的形，此形无声胜有声，它传达出心中的温暖；浸入心脾的香，没有重量，只有清淡的缭绕，缭绕也没有重量，却是一个无处不入的力量；心中的愿，是调味的盐，散开在生活的海洋里，即如天涯的淡霞，却是一个普遍。这空灵或许就是一个普遍。

许地山先生眼中、心里、笔下、无处不空灵，无处不是空灵，无处不漫散出空灵，他大概就是一个空灵的"聚合"。请看：软软的晚烟已随着他的脚步把小路封起来了；没有光的山中却有萤火虫照出他安然回家的路；窗前的细雨和她手上的银环奏出优美的轻歌；无涯浪的海令无主宰的生命颠来簸（簸）去；信仰的哀伤是天才的油没有声息地注入这盏渴望着的灯。

这都是他笔下的景物，唯有在读空灵的朦胧诗时才可以相遇的相似，却真切地是他的一颗空灵的心中流动着的空灵和流出来的空灵。

我不明白这究竟是什么，不明白究竟为什么会有如此的出产，不明白这将带来什么，但这都是真切的存在，并不仅仅是一个空灵的世界。

梨花的颜色被雨洗得白净，懒懒地倦得要睡了；落下来的花瓣，有些被穿着半透明的花裙子和透明的水晶鞋的她们印入泥中，有些沾在她们的身上，被她们带走了；有些浮在池面上，被鱼儿衔入水里；留下的也不必哀伤，那多情的燕子把鞋印上的残瓣和软泥衔在口中，运到梁间去，构成它们的香巢，成就了一个新的空间。这其实并不是别的什么，正是对许地山先生空灵世界的描写。

然而,我依然不明白这究竟是说什么。

突然,我似乎突然醒悟:为什么一定要明白呢?在这不明白中,不也一样地感受到了他的空灵了吗?读着这散发花香,含着柔软,像印泥一样的文字,不管它是词是句,只感受其中的空灵也就够了。甚至不用去想,只要嗅着这空灵,任意漫游,不也是很轻松、很畅快、很幸福的感受吗?由我的触角所遇所碰,我还感觉到:这由梨花的处境造出来的境界,就是空灵的香巢,大小、软硬、冷热都很适当的香巢。

有人说,人生就是一笔债务。或许是吧。债,无论是欠债还是逼债,通常都是一个较沉重的话题,但到了空灵的许地山先生那里,这债也竟成为空灵,与债相联系的已不是苦相,不是唉声叹气,而是一个美好的心愿——从一颗空灵的心中生出,定格为美好的宏愿——只要世间若还有一个人吃不饱足,穿不暖和,住不舒服,便不敢公然独享这具足的生活,享受了,便是债。或者读书也是一种债。只是念,便是书呆子;在书内求理解,是讨债又还债的过程。这债永远没有了结的时候,一切美也许正在这永不了结之中。

我还是想弄明白这空灵究竟是什么。

在以空灵为本质的《空山灵雨》中,似乎要数《鬼赞》最奇特,也最空灵。长期以来,我一直受着生命从哪里来,到哪里去,是否另有一个世界,那个世界是地狱的黑暗,还是天堂的美好;是平常的平常,还是奇特的奇特?以往也看到许多描述,包括托尔斯泰因此而自尽，包括俄国诗人叶赛宁所云"生活中，死亡并不新鲜，而活着，也更不是奇迹"，当然都有到所而到，至所而至，但唯有这《鬼赞》才是最美好的空灵的游览处。

我们经常说意境，这以"鬼赞"营造出来的空灵，就是一个最好的意境。许地山先生大概是在空灵中行走得久了，累了，便进入一种半醉半醒的境界。在他将要回到家的时候，于一处祭坛上少息时听到鬼唱的赞歌。先是一个个幽魂从各自的墓里走出来，聚在了一起，以"最有福的是谁？"为中心题目开始了它们的鬼赞。赞歌的大意是：那个曾有过视官、听官、嗅官、味官、触官，而今不再分辨明暗、声音、香臭、苦甘、粗细和冷暖的骷髅最幸福。这骷髅是应当赞美的，他们赞美的正是这骷髅。他们的赞美还延伸到："有泪就得尽量流；有声就得尽量唱；有苦就得尽量尝；有情就得尽量施；有欲就得尽量取；有事就得尽量成就。等到你疲劳了，耗尽了，累的不能再累了，到了该歇息的时候了，你就有福了。"是否要有什么限制和纪律，他没有说，大概是考虑到如此便不空灵了吧。联系瞿秋白就义前写下的"人生有小休息，有大休息，今后我要大休息了"；还有鲁迅先生"要赶快做"的想头；还有一位哲人说的"死亡只是一首诗代替另一首诗，一支歌代替另一支歌"，尤其是这《鬼赞》特有的安慰，空灵大概就是人的安慰和鬼的赞歌吧。并使人觉得，空灵到生死一觉，才是最彻底地空灵。

我曾经神往于天籁，现在依然神往。近日一位朋友作了一幅《荷花》，要写几句话。我写下："以水为骨，以静为形，神通霞虹，天籁和声。"天籁是怎样的，至今仍然恍惚。《庄子·齐物论》中有"汝闻地籁而未闻天籁夫！"然而，出自许地山这里的话，不是天籁，却胜似天籁。他说："天中的云雀，林中的金莺，都鼓起它们的舌簧。轻风把它们的声音挤成一片，分送给山中各样有耳无耳的生物。桃花听得入神，禁不住落了几点粉泪，一片一片凝在地上。小草花听得大醉，也和着声音的节拍一会倒，一会起，没有镇定的时候。"这是空灵的诗，是与天籁为一脉的自然。空灵或许就是自然吧。

许地山的空灵，颇有一点亲民情结，但他的亲民情结也还是空灵。所谓在城里住久了，害起村庄的相思病来，想到村里听听村言俚语。这是一颗空灵着的心的一点小愿。他说，听两句庄稼人愚拙的话语，胜过领受城里智者的高谈阔论。在村里，可以看到横空的长虹从前山凹里吐出，七色的影印在清潭的水面上。到篱外的瓜棚下坐坐，去矮陋的茅屋里谈谈，看着穿黑衫的小伙子赶两只白鹅走来，向穿红衣的姑娘望上一眼过去了。留下的是美，还有空灵。他的空灵实在是美。为着这美，不妨有一颗空灵的心，一双空灵的眼，一身空灵的感觉。是的，是这样的，唯有美的空灵，才是文学的空灵。许地山是这样的，是空灵的、美的，不过，这空灵正是由乡间传出来的神经，这神经正是美的导线。

许地山先生的心始终由美统辖，由空灵占据，即使人间的丑恶也污染不了他的空灵。人类社会最丑恶的行径之一——强奸，在他的笔下却拐了个弯，走入空灵的美的路径。只不过这美的空灵是从动物世界来的，是对人类的丑恶行径的反衬。他说，我们无论考究哪种动物的配合，都不能认出它们有强奸的形迹来。因为动物的配偶尽是由雌虫自己选择。所有的雄虫，或是发柔婉的声音，或是呈上美丽的颜色，或是散发芬馥的香味去谄媚雌虫；它们对于雌虫"奉承之不暇"，哪会发生这种人类社会特有的毛病呢？动物是纯洁的，弱小的动物尤其纯洁无瑕。啊！是的，唯有纯洁才是空灵的颜色。

人生最沉重的，大概莫过于人生问题吧。这问题要鲁迅来写，未必不是沉郁悲慨，惨烈恢雄；就是发生在冯友兰、钱穆、梁漱溟笔下，也总离不开神圣、深奥和刚烈吧。但在许地山这里，却以"安乐"二字作了答案。他认为，人生遇着不得已的情形才肯冒险、奋斗和劳动。在平常的日子虽然会发生好些冒险、奋斗和劳动的事实，但从根本上研究起来，还是离不了为将来的安乐的预备。对此，我的看法有一点小小的不同。就是认为，劳动有"不得已"与"自愿"之别，自愿的劳动本身就是幸福的。当然，我并非不承认，人性好安乐更是不可逃避的事实。因此，也就不能不赞成许地山先生的自问自答：人类生来既然是好安乐，为什么亘东、西、南、北，过去、现在的人都以勤劳为道德义务呢？为什么社会不赞美安逸和怠惰呢？原来是因为我们寄身在这微尘似的天体上面，它的自身是常动不息的。它要动身才能支持它在太空里的位置，由它的动而生的力就激刺一切的生物教它们不能不动。所以人也要动才能在这天体上面站得住。他的一颗空灵的心总是与大自然保持着一致，以至合而为一。因此，他对事物总是采取调和的态度。认为，人类一方面受自然的影响，一方面又要求自己的安乐，因此不能不想方法去调和两方面的冲突，结果就生出一种"欲逸先劳"的道德观念来。他的问答是很本质的，同时也是很空灵的。空灵到这世间的一切，包括人为了"安乐"而"常动不息"，都好像是飘动在空中的一片云。我仔细端详"这片云"，在本质上好像颇有宗教意味。

关于宗教问题，我没有研究，只是着眼于思维方面，支离破碎地读过一点相关的书。对耶稣、尤其对佛陀较为崇拜，像崇拜孔子、老子、庄子、苏东坡、毛泽东、鲁迅一样崇拜。然而，就我所知，连其毛皮也触及的很有限，何况精髓和本质呢？同时，却也看到有人说，对世界上的任何宗教，只要认真地用科学方法加以探讨，则会发现它的教义和仪规都有历史发展过程，都有其产生的根源，都是人创造的，都是破绽百出，自相矛盾，有的简直是非常可笑的。不过，我认为这也仅是一种观点，未必就是正确的观点。人们往往以自己的不认识来否定他人的认识，好像是把握了真理，其实恐怕是离真理更远。曾几何时，日心说曾是一个重大的发现，由此建立起来的理论体系，在相当长的历史时期占据统治地位。现在看，仅仅是一个观点而已，而且未必是一个正确观点。伽利略曾经以他的科学理论，先是推翻所有以前的天文学，然后是推翻所有占星学。这种推翻是有道理的，但也只是在一定范围的一定道理，未必就是终极真理。我曾经认为占星学很可笑，其实自己也只是无知的可笑，自己对其中的知识和规律性的东西一无所知而已。

许地山的观点比较客观。客观与空灵是一致的。他认为，宗教是社会的产物，是多人多时所形成，并非由个人所创造。宗教的需要是普遍的。宗教的领域最大，占人生的最大部分。他主张我们现在所需要的宗教：要容易行，要群众能修习，要道德情操很强，要有科学精神，要富有感情，要有世界性，要注重生活，要合于情理。由此可见，他不仅有一颗空灵的心，而且有一颗博大的、至情至爱的、长新友善的心。他的空灵正是这博大、至爱、友善的表现器，尤其是以善为本。

他这"八要"的精神与我看到的星云大师和净空法师近年的开示较为一致，但这却是他几十年以前就有的主张。我并不是说，星云大师和净空法师采用了许地山先生的方案，实在是说，他的这一主张很合现代人的需要，与我们所讲的以人为本这一当今的世界潮流非常一致。同时，我由此感觉到：许地山的空灵，根底很深，正是受了几千年人类文化思想，包括宗教思想，尤其是佛教的影响启迪，才有如此的空灵，才有将空灵的智慧统辖了他的思维和文章的果，才有他的从内容到形式的空灵。

如此空灵的许地山先生也时时关心着民族的命运。目前，我们的国家是强大起来了，我们的民族也更加伟大了。对于一个民族如何才是伟大，也有种种不同的理解。许地山说出了很有的见地、分量和长久意义的六条道理：

其一，凡伟大的民族必拥有永久性的典籍和艺术；

其二，凡伟大的民族必不断地有重要的发明与发现；

其三，凡伟大的民族必具有充足的能力足以自卫卫人；

其四，凡伟大的民族须有多量的生活必需品；

其五，凡伟大的民族必有生活向上的正当理想，不耽于物质的享受；

其六，凡伟大的民族必能保持人生的康乐。

这六条，当然不是"空灵"二字可以涵括的，但他最后却说，我们应当从精神上与体质上求健全，并且要有犀利的眼、警觉的心去提防别人所给的障碍。这落脚点，还是落在了空灵上。当然，这空灵是宏大而有力量的空灵。

查阅《鲁迅全集》，有两处说到空灵。一处是说明清小品，有些篇的确是空灵的，是枕边、厕上、车舟中一种极好的消遣品，但他却又说："然而，先要读者的心里空空洞洞，混混茫茫"。这使我觉得，许地山的随笔，尤其是他的随笔小品，有明清小品的空灵是确实的，我在读它们的时候，心中恐怕也是"空空洞洞，混混茫茫"的吧。一处说到养病的"雅"，病中读书的"闲"，阮籍的酿酒，陶渊明的采菊东篱下，说"此之谓空灵"。像这"空灵"又不仅仅是混混茫茫的结果了。

而且，我由此感到，"空灵"与雅很亲近，与诗情画意相同。同时，又觉得"空灵"也是一种修养，是心灵的外化，还应该是通明透彻的，与"空明"很相近，恰如苏轼的《前赤壁赋》所云："桂櫂兮兰桨，击空明兮诉流光"，又如《登州海市》诗所云："东方云海空复空，群仙出没空明中"。

色彩徐志摩先生

提到中国新诗重要星座的徐志摩，以及他的诗文，便有"绚丽多彩"四个字轻轻飘来。

然而，马上往回想：这是在诗的世界里像彩云一样飘动的徐志摩吗？

想过来想过去，总觉得他的诗文和短暂人生，以及风风雨雨的恋爱"风波"，定格为"色彩徐志摩"，当不会有太大出入。

可是，当我写下"色彩徐志摩先生"这一题目，再去读徐诗的时候，首先遇到的却是——

无色

"柔情裹着我的心"。

你说是什么色？恐怕只能是柔柔的情波，无色透明地波动在那里，无怨无悔地凝聚散开在那里，有情有味地投影和定格在那里。

即便是"起造一座墙"，"有一天霹雳震翻了宇宙"，也还是无色透明地波动在那里，震荡在那里。

"草上的露珠儿，颗颗是透明的水晶球，新归来的燕子，在旧巢里呢喃个不休"。

这景物、情感、意境是什么色？依然是柔柔的情波无色透明地波动在那里，韵节流畅地舒展在那里，丝丝缕缕漫绕在那里……无论是景中情，情中意，意中美，都不过是如此这般地在那里透亮着，舒展着，漫绕着……

且不说绿草上的水珠儿是那样透亮无色，新归来的燕子以及它的呢喃是那样舒展无色，尤其是蕴含其中的美而纯的情感，更是那样漫绕无色。绿草上的水珠儿，经过燕儿的呢喃，就成为一首诗、一支歌、一个诗人的符号，纵然历经千百年，依然是那样的无色透亮，依然是那样不有杂质。

嫩色

嫩色永远是喜孜孜的希望。当然，这恐怕仍然是，或者也只是人类目前的眼光所能看到的实相。我不清楚有着彩色人生、彩色诗文的徐志摩，底色是什么。我想，当不会是白色吧？他及它，无论是纯清还是艳浓，都不是一张白纸，不是戏文里用白粉涂白了鼻子的曹操，而是一片云，一抹绿，一池轻漾的清水。

不知为什么，我总是固执地认为：白，并非统辖诗人徐志摩人生的底色。徐志摩有过这样的文字："放银光的圆球正挂在你头上，她今夜并不十分鲜艳，这并不十分鲜艳的她，轻漾着一种悲喟的情调，轻染着几痕泪化的雾霭。她素洁的温柔的光线中，犹之少女浅蓝妙眼的斜瞟；犹之春阳融解在山巅白云反映的嫩色"。

这"嫩色"表示着生命的质与力，放射着希望的喜与悦，呈露出宇宙的永久的秘密。据说，她"含有不可理解的迷力、媚态，世间凡具有感觉的人，只要承沐着她的轻辉，就发生也是不可理解的反应，引起隐覆的内心境界的紧张——像琴弦一样——人生最微妙的情绪，戟震生命所蕴藏高洁名贵创现的冲动"。

我在并不冲动的时候想到，"嫩色"似绿，却多出几分纯净和温柔。这纯净和温柔时时聚拢与散开在他的人生及诗文里。这"嫩色"似蒸腾着的火焰，却并不燃烧，仅仅放射着跳跃着不可控制的生命的活力。我在同样的经历下，却没有如此精心地感受过这纯净而温柔、聚拢而散开、放射着不可控制的生命的力的"嫩色"。这是我的遗憾，或者还是我的愚钝、愚昧，是否罪有应得就不知道了。

蟹青

关于蟹青，我不是没有听说过，但在徐志摩的诗文中与它蓦然相遇的时候，却莫名感动、心醉不已，不能不对诗人徐志摩格外敬佩。

在他的随笔里，蟹青全部铺满在蛋白色的岩片碎石上。铺满蟹青的岩片碎石的世界像一只大青碗。大青碗里盛满了清洁的月辉。清洁的月辉沐浴的世界里，草里不闻虫吟，水里不闻鱼跃，只有石缝里有着断续作响的潜涧淅沥之声，仿佛一座大教堂里点着一星小火，益发照出静穆宁寂的境界。

有这般境界的徐志摩，却是宁静的外衣里的一团火。此火烘出了温柔，溢出了鲜露，淌出了暖流，酿出了醇醪，激出了锦绣，发出了辉耀，也烧出了霹雳和遗骸。

我没有想到"蟹青"会有这样一个句号。今天让我反复推敲，也仍然不会为他画上如此一个句号。

沉碧

"沉碧"这个词在徐志摩的诗文里像铅块一样沉重。

这沉重的由来有一个很久远的原因。境内，尤其境外华人，大都敬奉关公。这忠孝节义的化身，不知为什么又成了武财神。而在徐志摩心里，或者他们那一代人的心里，忠孝节义是像铅块一样沉重的天。为此，徐志摩深唱道：黄海不潮，昆仑叹息，四万万生灵，心死神灭，中原鬼泣！咳，忠孝节义！并说这沉重的天始终在他的心底重重地坠着。

它还是那个时代一代青年头顶上的"天"。为此，徐志摩悲吟道："你为什么沉湎于悲哀，你为什么耽乐于悲哀，你不幸为今世的青年，你的天空是沉碧的奈何天。"

我不知道"沉碧"这个词在徐志摩心中，与"星沉碧落"是什么关系，但在我后来遇到的《仙剑三外传》中星璇主题曲《星沉碧落》，表现的却是高贵而典雅的少年冷峻忧郁的气质，既有其坚毅的性格，又有其厌世情绪；既有对命运的抗争，又有对亲情与爱情的渴望，我竟无来由地认为，这位少年就是心中有"沉碧的奈何天"的徐志摩。

不过，沉碧，以及这"沉碧的奈何天"，放在我心上，令我莫名沉重，并在心里想：这不应是徐志摩应有的色彩。他的性格和色彩好像都应该是天上的被风吹动的轻轻的一片云，一片彩色而灵动的云。在空中，随风来去，自由自在。

鲜翠

在春天里，我们经常与鲜翠相遇，以至被鲜翠包围而无觉无知。

徐志摩的诗文，却有另一番独特的视角。那是"北天的云豁处,突然露出一颗鲜翠的明星。它喜孜孜地先来探问消息,像新嫁媳的侍婢,穿扮得遍体光艳。"

在新诗的星空里,徐志摩正是这云豁处闪出的一颗鲜翠的星。连写出《小河》,被胡适称为新诗中的第一杰作的作者周作人,也没有如此鲜亮。许多被称为诗人和歌手者,在他面前无不黯然失色。

太阳出来了,星星还会闪亮吗?

这太阳肯定不是徐志摩。然而,他毕竟是一颗出现在东方天空的鲜翠的明星。

这鲜翠正是徐志摩,轻重适量,比例适中。

金辉

"明月正在云岩中间,周围有一圈黄色的彩晕,一阵阵的轻霭,在她面前扯过。海上几百道起伏的银沟,一齐在微叱凄其的音节,此外不受清辉的波域,在暗中坟坟涨落,不知是怨是慕。"

我正为这景物,为写出如此景物者的观察和遣词造意惊异,却有更让我惊异的"金辉"出现了。

写出"金辉"之前,徐志摩先卖了一个关子,说是陆放翁有一联诗句:"传呼快马迎新月,却上轻舆御晚风"。

徐志摩自己没有感受过作地方官那样的风流,没有马骑,没有轿子坐,却常常骑了自行车迎着天边偏大的太阳直追。一次直追中竟赶上隔着一大群羊群,迎来偌大的太阳。忽然,在羊群后背放射出万缕金辉。在金辉逼视下,唯有一条大路和一群生物。顿时,令他心头感着了神异性的压迫,不由自主地对着冉冉渐翳的金光跪下了。

这是对色彩的虔敬，抑或是对大自然的虔敬，我不得而知，但却无论如何被徐志摩描写的景物惊呆了，无论如何被徐志摩的一片虔敬之心融化了，我似乎也化入其中了。

有着彩色人生、彩色诗文的徐志摩，还有过这样的经历和感受：

在高度的日光下赶路，四肢的筋肉里像用麻绳扎紧似的难受，头上的血，像沸水似的急流，神经受了强烈的压迫，仿佛无数烧红的铁条蛇盘似的绞紧在一起……一进到阴凉的屋子，随着一阵眩晕从头直至踵底，瘫向藤椅的他，两手按住急颤的前胸，紧闭着双眼，纵容内心的混沌，一片黯黄，一片茶青，一片墨绿，影片似的在倦绝的眼膜上扯过……

这样的感受与"金辉"的出现一样强烈。

"金辉"之后，是一眼望不到头的开着艳红罂粟的草原，红罂粟在青草里像是万盏金灯……

这样的景物，我也遇到过，却没有徐志摩的感觉——诗人唯有的感觉。

啊，是的，鲜翠的徐志摩手中始终有一支彩笔，既轻灵又沉重的彩笔。他心中有天、有海、有山、有太阳。这天是色彩，海是色彩，山是色彩，太阳更是综合的色彩。集中起来一句话：大自然是创造景物的大师，彩色的徐志摩是摄取景物的大师。

嫩蓝

天地未必由人主宰，色彩却是诗人忠实的奴仆。徐志摩不是

叩访群师

齐白石、黄宾虹、张大千、林风眠、潘天寿，也不是徐悲鸿和李可染，但同样是色彩大师。

他绝不玩弄色彩，却如此自然而然地运用色彩，融入色彩。他的诗是彩色的画，文是彩色的篇章，心是彩色的喷泉，血管是条条彩棒。色彩在他心中和手上，全是诗是画，多彩的诗和画。

他用心描绘天之画、人之画、心之画。从他心中流出来，布置于天地间的嫩蓝，是那样赏心悦目：

夕阳在西北方斜照过来，在嫩蓝的天空下。或者说，嫩蓝的底色上，轻敷着一层纤薄的云气。从云气的似动非动中，平望过去，有严青的松，白亮的杨，浅棕的叫不上名字的林子，形成以嫩蓝为底色的色彩融合的静景。

静、美、廓大、典雅，已融为一个独有的世界。他醉在其中，读者醉在其中，一切都归附于这令人心醉的无尽、无穷的嫩蓝主宰之下。

喝酒是为了什么，读诗就是为了什么。在永远说不明白的"为了什么"中，不只有李白，也不只有徐志摩。这是一个美的所在，也是一个乐的所在，其间却也不仅是"美"和"乐"。

徐志摩是鲜翠，是嫩蓝，是鲜翠与嫩蓝的交替、交织与合并。

浓红

在《浓得化不开》中，徐志摩写到"浓红"。

说：红心蕉，红得浓得好。要红，要热，要烈，就得浓，浓得化不开，树蕉似的才有意思。并说："我的心像芭蕉的心，红……"

又说："蕉心红得浓,绿草绿成油。本来么,自然就是淫,它那从来不知厌满的创化欲的表现还不是淫:淫,甚也。"

我不知道他为什么要写这"浓红","浓得化不开"的"浓红"。这不是他的色彩。或许是一种浓艳的警告?我不得而知。但我感觉,这既不是往事越千年,魏武挥鞭,那种令人感奋的雄壮;也非芭蕉熟了,杏儿黄了,牛羊在山坡上悠闲地吃草,那种安闲和温馨;还不是挥一挥衣袖,不带走一片云彩的轻灵,只是"浓得化不开"。这"浓得化不开",也与我的心中的储存有所连接,这"浓红"尤其给我以强烈的感觉,尽管它与我心中的徐志摩的色彩是那样的格格不入。但这"浓得化不开"是徐志摩两篇随笔的标题。

由此,我想到鲁迅,不由自主将徐志摩与鲁迅作比较。我总觉得徐志摩想从"浓得化不开"中走出,大概终究没有走出,或者没有从"根本"上走出。鲁迅的思想、色彩,或许空间更大,或许压根就没有陷在这"浓得化不开"之中。我反复读《野草》,总感觉有清清的诗意,重重的诗情,浓浓的深意,深不见底,却没有"浓得化不开"。

也许,我的理解完全错了,因为我原本就没有读懂,更何况还没有耐心读完,只是随心纵欲将这不成熟的感觉写出来,却也没有从这"浓得化不开"中走出去。

鲜翠与嫩蓝交织并合的徐志摩,却被"浓得化不开"的"浓红"阻滞着。他的心中或者有着一块浓得化不开的浓红的阴影。

强黑

徐志摩以写诗的手法写散文。

他的散文未必就是散文诗。没有《野草》那样深邃,那样心底撕裂,那样剧烈燃烧,那样表现生命的大飞扬,或者说那样冷静——冷到令人心里发抖,静到可以听到自己的心音。然而,却有着十分强烈的色彩。

比如,他笔下的强黑,是在午后的田野上,两块凶恶的黑云消失在太阳猛烈的光焰里,五只小山羊,兔子一样的白净,听着妈妈的吩咐,在路旁寻草吃,三个割草的小孩,在一个稻屯前抛掷镰刀。这景象很美,但似乎并不说明什么,至少与人间烟火的激烈争斗无涉。我不知道这是否就是为艺术而艺术。但我似乎觉得,这应该就是徐志摩的底色。这底色也还是轻轻的、温温的、浅浅的美。在那样一个你死我活的年代,他却那样安静地在那里书写着他的轻色。

然而,他的安静的世界毕竟不是世外桃源。我终于与徐志摩的强黑相遇了,终于突然被他笔下的"强黑"震撼了。粗看,这"强黑"似乎一闪而过,霎时便逝。但只要稍加理会,就会强烈地感觉到,在"猛烈的光焰"里,强黑更黑;在小山羊,兔子一样白净的小山羊,将悠闲与嬉戏合而为一,抛掷镰刀的小孩,构成的温柔的画面里,强黑尤其强烈而凶黑。这,就是徐志摩,就是徐志摩的诗、徐志摩的文,局部总是那样强烈,总有那样强烈的反差,整体上则依然柔顺而荡漾,依然是他独有的柔波。他对强黑的感觉却使人更有感觉。最初感觉到的是一团大红,像是火焰，其次是一片乌黑，墨晶似的浓，可又花须似的轻柔；再次像是一流蜜，金漾漾的一泻……

我感觉着强黑，感觉着感觉强黑的感觉。继而，感觉的触须伸向鲁迅笔下的《死火》：炎炎的形，像珊瑚的枝，尖端还有凝固的黑烟……上升如铁丝蛇……

本色

卢梭的书，我读的不多，但《忏悔录》给我的印记特别深刻。经历几十年的时光冲刷，仍然会出现在我的梦中，也出现在我的呆想中。

为了追从卢梭，徐志摩从中国而美国而康桥——有康河和剑桥大学的康桥。这里使他懂得，世间最本质的色彩是本色。他对康桥的迷恋，对康河灵性的迷恋，都融化在这本色里。

我总觉得，人到五十岁以后，更看重本色。然而，受过康河沐浴的徐志摩很早就明白："人是自然的产儿，就好比枝头的花与鸟是自然的产儿；但我们不幸是文明人，入世深似一天，离自然远似一天……"

他的理念，不，他的感悟，也不，他的创造和发现，或者是直接受了某种性灵的启示，将几千年前的老子、西哲的思想与面前的自然融而为一，将亘古不变的真理融入现代意识。

这意识，应该永远是最本质的色彩。

然而，徐志摩的本色是什么，我并不明白。想到徐志摩，眼前总是有鲜翠和嫩蓝在闪动、在交织、在融合，有时轻轻地来，忽而重重地去。只一闪，便什么都没有了。

启发我长见识的启功先生

一度时期,我曾热衷于书法。后来,发现天赋不足,渐渐冷下来。而对书画大师启功先生的热情,却由书法转向于文章。

在我有限的藏书中,抬眼可望到《诗文声律论稿》、《汉语现象论丛》、《古代字体论稿》、《论书绝句》、《启功韵语》等,别人编著的关于启功先生的书有《启功讲学录》、《启功谈艺录》、《启功隽语》等。再后来,在我的不多的《全集》中,竟也添置了一套《启功全集》占据了书柜的较大面积。抬眼望着它们,竟生出温暖和通神的感觉来。

这些书到手的先后跨越了二十多个年头,近日读《文心书魂》,又将它们粗略翻翻,就当时画过杠杠的话看,还真令我长过不少见识呢。随想边看边写,不觉写下近三十条了。当发现如此之长,却不忍割爱,由它去吧。

见识之一, 种好"海绵田"

"学大寨"时期,都知道"海绵田"是深翻出来的,也是人养出来的,甚至也可以说是心养出来的。作为一个学者,要在人所共见的平凡中发现问题,提出新见,当然要种好自己的"海绵田"。

启功先生还主张,查阅材料要刨地三尺,从伏流中掘出鱼来。就我所见,他的文章、韵语和故事,虽然不像鲁迅那样锐利和深刻、深邃和通透,却也新见迭出、幽默诙谐随口就来,而且颇合当代人的口吻。

比如，有人大概是想沾点皇族的贵气，竟冒充"爱新觉罗"，并以姓氏的尊贵来恭维启功先生。对这令许多人珍视甚至酷好的东西，他并不领情，而是随口来了一首颇具自嘲意味的五言："闻道乌衣燕，新雏话旧家。谁知王逸少，曾不署琅琊。"是说书圣王羲之就从不以出身高贵的琅琊家自居。他欣赏的是"万选皆凭词赋力，半文不受祖宗恩"。这其实才是常人心态。我想，如果有人无端当面指出鲁迅是某翰林的孙子，鲁迅的眼睛肯定会发出轻蔑的目光，说不定还会写一篇杂文予以笔伐。

又如，黄苗子夫妇在香港举办画展，启功先生题额时落了"启功敬题"，黄苗子夫妇就在电话中抗议不该用"敬"字，他立刻回答道："不，不！我已改名，叫'启恭（功）敬'了！"古人有以《汉书》精彩处下酒的美谈，与启功先生的幽默、诙谐的见识相遇，同样有此美此妙此受用。

见识之二，毛笔不是刀刃

临帖中有人误认为古人功夫深厚，写出来的字如同刀刻一般，甚至下死力用毛笔模拟刀刃效果。为此，启功先生曾写诗二首。其一："题记龙门字势雄，就中犹属《始平公》。学书别有观碑法，透过刀锋看笔锋。"其二："少谈汉魏怕徒劳，简牍摩挲未几遭。岂独甘卑爱唐宋，半生师笔不师刀"。朋友称赞高见。他说，是转述老师陈垣先生的见识，不过韵语化罢了。启功先生讲书法，专讲破除迷信，将人们习以为常的错误一一纠正过来。好像是二十讲，是他的书法心得。

《始平公造像记》为"龙门十二品"之一,阳刻的线条强化了刀味。包世臣《艺舟双辑》说它"具有龙威虎震之规",康有为说它"气象挥霍,体格凝重",吴昌硕说它"用笔沉猛,所谓纵横郁勃如古隶"。启功先生认为,这些均为中肯之论,《始平公》碑,唐、宋碑帖,当然都可以学,但不明白"透过刀锋看笔锋",就可能走弯路,甚至歧路。唯心目能辨刀与毫者,始足以言临刻本,否则见口技演员学百禽之语,遂谓其人之语言本来如此,不亦堪发大噱乎!

见识之三,没有吃饱饭,用不着吃消化药

临摹与创新应该是不难区别的两件事,但二者关系怎样,究竟怎样去做,又是一件极为复杂和难以把握的事。启功先生听齐白石老先生说过,字想怎么写就怎么写,意思是可以脱开碑帖。他认为这话不能说没有道理,但看白石老人夸赞的宋代陈抟的对联拓本"开张天岸马,奇逸人中龙",以及自书的"老树著花偏有态,春蚕食叶例抽丝",无不有深厚的临摹功夫。他由此悟到:白石老人晚年要融化和摆脱从前所学,才有此言。其实,这是漏掉前一半,只有后一半。一个人消化不佳时,可以服用药物以助消化,但吃的并不多,甚至没有吃饱的人,服用消化药,是会发生营养不良症的。

这看似再简单明白不过的道理,却未必容易明白。没有学会走的人也总想跑起来,这是学书之人常犯的错误。我由此还得到八个字:广博,精研,勤临,放心。

见识之四，做事从艺务必精心用意

启功先生说，年轻时没有见过刻印，很想一见铁笔在黑色石面上挥洒的大家风范。及至见到白石老人刻印，竟是在磨平的石面上小心地用墨笔写上要刻的反字，在小镜子上一照，略作修改，然后才一刀一刀刻下去。刻完后，再在小镜子上照照，修改几处，才醮印泥打出来，完全不是自己想象的那般挥洒自如。

为此，他对自己年轻时的幼稚想法作了自我批评，得出结论：精心用意地做事，尚且未必都能成功；鲁莽灭裂地做事，绝对没有成功的把握。

为警示自己精心用意做事，启功先生还有过一个重要举动。那是上世纪80年代后期，他移居师大的一处二层小楼。楼前有乔木数株，徐风拂来，枝叶摇曳，光影婆娑，遂命之为"浮光掠影之楼"，刻下一枚"浮光掠影"闲章。其命意是：治学切忌浮皮潦草，浅尝辄止，楼名'浮光掠影'，意为常以此戒之。

昨晚看戏，武打颇可观，但戏中的武打与真正的武术相比，中看不中用，恐怕就是因为源于浮光掠影，再加些花架子，仅供娱乐而已。

见识之五，无意而成才是境界

启功先生很不赞成有意识地在行楷中硬搀入些汉隶笔画，而认为无意中自然融入则不在此列，并说，"雅俗之判，就在于此"。他例举了台静农先生临宋人尺牍，不求太似，而却无不神似。临倪元璐、黄道周，与其说是写倪、黄的字体，不如说是写倪、黄的感情。一点一画，都是摹写感情的艺术语言。对此，他无不动情地赞叹道：静老的作品，是《石门颂》，却不是李瑞清的石门颂；是隶书，也不是邓石如、伊秉绶、何绍基的隶书；至于行书，外表看以倪、黄为基础，而一行之内，几行之间，信手而往，浩浩荡荡，到了酣适之处，真不知是倪是台，这种意境和乐趣，恐怕倪氏也不见得尝到的。临书者通过笔画和布局深入原作者的感情中而非仅止于表象，真可谓超过得其神韵，比得鱼忘筌、得意忘形又高一层，庶几与得意忘言近之，或者还高而实惠。

我还觉得启功先生这一看法，道出一个极重要的艺术深见：艺术离不开有意的追求，但在有意阶段，还不是艺术的境界，到了无意阶段，才是艺术的境界。弘一法师也说过："《祭侄稿》为作者情之所至、无意作书，故写得起伏跌宕、神采飞扬，得自然之妙；且以真挚情感运于笔墨，悲壮哀伤注于其间，其字不计工拙、随意无拘，纵笔豪放、血笔交融而一气呵成，故得神来之笔，被后人誉为'天下第二行书'。"弘一或曰李叔同是一个至情之人，或曰艺术和尚。这不是和尚的话，而是一位艺术家的心言，又非普通艺术家的见识，一定是一位成熟的艺术大家长期寂静后的心悟，由此竟又可以说是一位得道高僧的道情了。

见识之六，投师不如访友

《礼记》云："独学而无友，则孤陋而寡闻。"

俚语也说："投师不如访友。"师是正面教育，友是多方面启发。师的友，既有从高向下垂教的尊严一面，又有从旁辅导的轻松一面。

关于得益于师友，启功先生有很深的体会。其中，他说到香港大鉴赏家刘均量先生，早年受教于黄宾虹先生，不但擅画山水，而且鉴别古书画尤具特识。每遇流传名迹，常常看到深处、微处，绝不轻信著录。卓识又博，经验又多，所以一些伪品是瞒不过他的眼睛的。启功先生最佩服而且喜欢听刘先生的议论，遇到他指示伪品的伪在何处，常常拍案叫绝！

在这方面，我也有一些直接的感受。五年前，曾遇到一部《作家百简》，为姜德明先生所编。这对他而言，是与一百多位诗友的交往；对我来说，则可以通过这一百多位作家的一百多件书信影印件，在书法、语言、情感以及性格多方面开阔视野。之所以对此书重视，是十多年前就读过姜德明先生的《书叶集》。这本《书叶集》，是我读到的以故事形式写鲁迅的最好的一部书。这样，《书叶集》就成为我与《作家百简》的媒介，而《作家百简》则成为我扩大交友范围的又一媒介。师友们对我的直接帮助也很多，不必尽说。只要有心，处处可与学问相遇，而投师访友、广交朋友，尤为学问得来的广阔途径，庶几可称正道。我想，孔子的学问得之于友和弟子的应比师多。当然贵在观察、思考、研究、际遇。

见识之七，诗作好了，画自然好

在启功先生同宗远亲中，有一位溥心畬先生，是与张大千一样的大画家。每当向他请教书画的方法和道理，总是问起写诗的情况，甚至说，画不用多学，诗作好了，画自然会好。

起初，启功先生还以为可能是一种搪塞手段，后来，他学画的启蒙老师贾羲民先生也这样教导他。启功先生心想,两位先生并没有商量过,竟如此一样,是自己误解了心畲先生。又过几十年,启功先生说他重新拾笔画些小景,画完了,诗也有了,还常蒙观者褒奖,说那些小诗比画还要好些。

我想,真学问往往是穷其终身所得,或者是家传和师传几代后才有较完整表达见于天日。就上述所云,不是深谙画理、艺道很深的人,不会有此体验。进而又想:有时候,我们觉得有些道理挺玄,不能否认有人故作高深、故弄玄虚,但也不能否认有些深刻的道理正是在这"玄"中。有些道理一旦明了,会使人豁然开朗,有些道理却也会使人永远不会豁然开朗,只能在"玄之又玄"中去寻求"众妙之门"。

见识之八,玩物未必丧志

"玩物丧志"这话见于《尚书》。不知是否当年有人在"常委会"上说出来的,看表述,似应归于《教子篇》。查《成语辞海》,知"玩物丧志"前尚有一句"玩人丧德"。朱熹先生说:"玩物丧志之戒,乃为求多闻而不切己者说。"朱自清先生于是说:"照这一说,那些不载道之文就是玩物丧志。"章炳麟之说好像更决绝:"在学社久,无可为知己道,私自寻理,乃知读书为玩物丧志,程氏之言,诚卓绝已。"程氏所云我没有去查。总而言之,上述所言种种,或有情随时迁因素,却也不失为深思熟虑的结果。

启功先生从自己的经历和悉心体会中认识到:"玩物"的行动,并不应一律与"丧志"连在一起,更不见得每一个玩物者都必然丧志。他举出两个例子：其一是近代的叶遐庵先生有一方收藏印章，印文就是"玩物而不丧志"。表面看是声明自己玩物而不丧志，其深刻涵义正说明"玩物"与"丧志"未必有必然联系；其二是"京城第一玩家"王世襄，玩得既广且深，正是"贪玩"，使深奥变得显豁，生涩变为了如指掌。在摆出了桩桩件件事实之后，启功先生说："'玩物'而至于'研物'，不但不是'丧志'，反而是'立志'。"这个道理还说明：玩物丧志，只是小玩家；大玩家则能玩到艺术的本质处，实现性情与志向的一致。

见识之九，写字用测量法

写字用"测量法"应该是启功先生的一项发明。他说，发现这一密秘之初，自己也感到吃惊。要点是字的聚处并不在中心一点或一处，而在距离中心不远的四角处，可以称为ABCD四个聚处。从A到上框或左框是5，从A到下框或右框是8。这种五比八若往细里分，即是0.382：0.618，正好是"黄金定律"或"黄金分割点"的比例。写出来的字符合这个比例，便舒服好看。当然，写起字来，不必时时用比例尺去测量计算，但心中明白，便是增加了一种合乎科学规律的自觉。这使我想到，平时临帖总感觉差点什么，其实恐怕差就差在准确上，也即对这个"五八定律"的把握上。

启功先生还说"功夫"不是时间的简单相加，而主要是"准确"的积累。如同用枪打靶，每天盲目地放百粒子弹，不如精心用意手眼俱准地打一枪。包括笔画的"有力"，也不是用力有多大，而是由于轨道准确，给看者以"有力"的感觉。如果下笔、行笔时指、腕、肘、臂等任何一处有意识地去用了力，那些地方必然僵化，而写不出美观的"力感"。

受启功先生启发，退休后又拾起书法的学习，结合阅读《中国书法技法评注》，果有收获。

见识之十，从纸字看故事门道

启功先生主张对重要书家的片纸只字也予重视。认为越是草稿，书写越不矜持，字迹越富有自然之美，越有必要从个性上作分析。

对个性的分析，他举出一系列的例子。如"十年一觉扬州梦，赢得青楼薄幸名"的杜牧，笔迹竟是那么流动；而能使"西贼闻之惊破胆"的范仲淹，笔迹又是那么端重；佯狂自晦的杨疯子（凝式），从笔迹上也可看到他"抑塞磊落"的心情；玩世不恭的米颠（芾），最擅长用毛笔的机能，自称为"刷字"，笔法变化多端，而且写着写着，高起兴来便画个插图，如《珊瑚帖》的笔架。这把戏他还不止搞过一次，相传他给蔡京写信乞求帮助，说自己一家行旅艰难，只有一只小船，随着便画一只小船，还加说明是"如许大"，使得蔡京啼笑皆非。至于林逋字的清疏瘦劲；苏轼字的丰腴开朗，而结构上又深深表现出巧妙的机智。这些大家的片纸只字，即使写得并不精工，也成了巍峨的纪念塔。

我自己也喜欢观碑读帖。不是为临帖练字，是被其美感吸引，再深一步则是为其中的性情、人物、故事所吸引。对古人是这样，对今人直接观摩到大书家的机会不多，看过一些"个展",常驻足于匾牌之前忘乎所以。近得林鹏书法集,林书固然有可观处,姚奠中先生题签的书名,真是美不胜收,百看不厌。检点自己之所以写不好字,大概是因为"三不够":天赋不够,用功不够,得法不够。

见识之十一,在随缘中开眼

一位高僧说过:"人生的一切际遇,无非是为了帮助我们灵性的成长。"

启功先生回忆自己的成长际遇,有一件事印象特别深刻。

那是张大千先生来到溥心畬先生家相会。心畬先生打开一个箱子,请大千先生选画。尔后,一张大书案,二位各坐一边,在备好的单幅册页纸上,随手运笔如飞。各自的纸上或画一树一石、或画一花一鸟,互相把半成品掷向对方,对方有时立即补全,有时再画一部分又掷回给对方。大约不到三个小时,就画了几十张,这中间还给侍立在旁的几个青年画了几个扇面。启功自己就得到一个张画溥提字的扇面。那些已完成或半完成的册页,二位分手时各分一半,随后补完或题款。

启功先生感念,这是他平生受到的最大最奇的一次教导,虽然未能如佛、道所说,一举超生,但总算解开层层束缚,得了较大的自在。我想,人生得此际遇很难,能得大自在更是一种缘分,但等而下之,只要得到学习、提高和解放自己的机会,都不应该放过。

这几年,我的几位老领导大都退休赋闲在家,一年去拜访几次,与他们面谈,也有如坐春风的感觉,想到"随缘中开眼"这一层，更觉这是最不应错过的机会。

见识之十二，无处不是课堂

智慧的大门，随时为有探求心、上进心的人敞开。

随处有课堂，也是启功先生鉴画经历中最突出的感受。看画展、参加鉴定会，随在前辈后面，听品评、议论，可以得到许多平时得不到，专门请教也未必得到的见识。特别是意见不同时的唇枪舌剑，天机交会，简直就是知识和智慧的大展示。在如此的棱缝中，最宜锻炼自己思考、比较以至判断的能力。

启功先生回顾，第一次参加收购古书画鉴定会，是在马衡先生家中。出席的除了马衡先生（故宫博物院院长），还有陈垣先生（故宫理事、专门委员）、沈兼士先生（故宫文献馆馆长）、张廷济先生（故宫秘书长）、邓以蛰先生、张大千先生、唐兰先生。尤其是张大千先生，最乐于与晚辈忘年谈艺。后来谈及此事，谢稚柳先生也说，张先生不但古书画辩解敏锐，过目不忘，即对后学人才也是过目不忘的。

诚然，这样的机会自然更不易得，但作为有心人，无处不是课堂，随处随时可得学问，是无疑的，关键是随时带着一颗探求和上进的心。

有人说，什么都是习惯。优秀也是一种习惯，偷懒、堕落、放荡也是习惯。养成一种好的习惯终身受益。随时带着一颗探求和上进之心，就是一种终身受益的好习惯。

见识之十三，"弗晓得"是老成持重的标记

一个人随口说什么话，也即所谓的口头禅，不仅是他的习惯、他的标记，他的性格，简直就是他的灵魂再现。

王静安先生对学生提出研究结果或考证问题时，常用不同的三个字为答：一是"弗晓得"，一是"弗的确"，一是"不见得"。启功先生认为：以王先生的学问都这样，可以见得"凡肯说或敢说自己有'不清楚'、'没懂得'、'待研究'的人，必定是一位真正的伟大鉴定家。"

启功先生还忆及这样两件事：恽南田记王烟客早年见到黄子久的《秋山图》，以为"骇心洞目"，及至晚年再见，便觉索然无味。他自己在二十多岁时于秦仲文先生家看见一幅黄谷原绢本设色山水，觉得精彩绝伦，心生望尘莫及之叹。四十余岁时又在秦先生家谈到这幅画，秦先生说："你现在看就不同了。"及至展观，失望神情使秦先生不觉大笑。由此可见，经历丰富了，眼界提高了，便不轻易肯定或否定，很可能随口就说"弗晓得"。

这个"弗晓得"竟是大家的标记，而且是大家有见识的标记，从未想到，更未见过，见到了自然是长了见识。

见识之十四，纤微备尽，切近真迹

王羲之的《兰亭序》，是一篇草稿，在骈俪盛行的六朝前期，当然更是一篇不为风气所拘，具有特殊风骨的好文章。据研究者说，现存最有接近原本可能的，是白麻纸的《神龙本》，高二十四点五厘米，宽六十九点九厘米，藏于故宫博物院。

启功先生对兰亭帖诸本尤其是此本有过精心研究，认为这一卷与其他唐代拓摹、定武石刻的本子比较，有以下几项特点：1.字迹不但间架结构精美，行笔的过程、墨彩的浓淡也都非常清楚，古人说"摹书得在位置，失在神气"，这卷却有血有肉，不失神气。2. 有若干处破锋（"岁"、"君"等字）、断笔（"仰"、"可"等字）、贼毫（"趣"字、"足"旁），摹者都表现了谨慎精确的态度。3. 墨迹具有浓淡差别，改写各字，如"回"、"向之"、"痛"、"夫"、"文"和涂去的"良可"，都表现了层次的分明。还有两个字，即"每"字原来只写个"一"字，大约是因与下句"一契"的"一"太近，嫌其重复，改为"每"字，这里"每"字的一大横，与上下文各字一律是重墨，而"每"的其他部分却全是淡笔，表现了改写的程序。还有"齐"、"殇"二字一律是横放的间架，也全是重墨所写，中间夹一"彭"字，笔势比较收缩，墨色也较湿、较淡，可知最初没有想好这里用什么字，空了一格，及至下文写完，又回来补上"彭"字。4. 行气疏密，保存了起草时随手书写的自然姿态：前面开始时较疏，后边接近纸尾时较密。这幅摹写用的纸，在末行左边尚有余纸，可见末几行的拥挤并非由于摹写用纸的不够，而是依照底本的原式。至于定武石刻，把行款排匀，加上竖格后，这种现象便完全看不到了。

  毫错转折，纤微毕现，墨彩浓淡，锋断具在，是《神龙本》有别于各本的优点，而唯行家巨眼，诚如拨云见日，令观者必可同感一快矣。作为一个艺术家，有心有眼是基本的。自己自然不是艺术家，无心也无眼却也是基本的。

  心眼或曰眼力从何而来？细研之、精审之、常积之，然后才是洞见之。

见识之十五，不见唐摹，不足以言知书

高明的品酒师，对酒总有超常的敏感，启功先生对书法的品味也到了这地步。

在著名的《论书绝句一百首》中，有这样两首诗。

一首是：大地将沉万国鱼，昭陵玉匣劫灰余。先茔松柏俱零落，肠断羲之丧乱书。

另一首是：底从骏骨辨媸妍，定武椎轮且不传。赖有唐摹存血脉，神龙小印白麻笺。

诗后解释：前一首是说丧乱帖和孔侍中帖；后一首是说兰亭序帖，都是唐摹中流传至今的珍品。其中兰亭帖流传至唐太宗时，命拓书人分别钩摹，成为副本。摹手虽有工拙之分，但钩摹向拓，毕竟精细费工，在唐代已属难得，至宋代更不易得。于是，有人摹以刻石，遂有定武刻石本。虽也是名帖，实则只存梗概，无复神采。试与唐摹并观，如棋着之判死活，优劣立见矣。至清代李文田习见碑板字体刻法，而疑禊序，不过见橐驼谓马肿背耳。

"不见唐摹，不足以言知书"也是行家心得。《论书绝句》虽被启功先生私称"戏为"，实则窥秘得妙，积疑再释，恰似机锋一喝，令人眼亮心明矣。

写下这一截，回头看过，其实做好事尤需要有高远的见识。定武刻石未必不是一件好事，但却因限于见识，虽不是弄巧成拙，却与唐摹有了巨大差距。如此说来，这一点也不失为一条重要的见识。我写着此节，还想着上节的兰亭序，从前年得到的神龙影印本看过，果然一一得到印证。从此帖的夹带中，竟发现多次寻找没有成功的上海鲁迅纪念馆监制的鲁迅手稿《藤野先生》，大喜过望。展而观之，较之读《兰亭序》神龙本帖，还要有感觉，赏心悦目之事也。

见识之十六，"刷字"一说最得书法要旨与趣味

启功先生喜欢自云"刷字"。常对求字者说："刷几张？"

这"刷字"一说，来自宋代米元章。

宋徽宗以当时各书人见问，米历加评骘："蔡京不得笔，蔡卞得笔而少逸韵，蔡襄勒字，沈辽排字，黄庭坚描字，苏轼画字。"皇上又问："卿书如何？"米应声曰："臣书刷字。"

大概是心灵感应吧，启功先生曾作诗一首："臣书刷字墨淋漓，舒卷烟云势最奇，更有神通知不尽，蜀缣游戏到乌丝。"并说"刷字"正是笔尽其力，墨在毫中，挤于纸上，浓淡轻重，亦依稀若见。不仅最得书法的要旨与趣味，而此语之妙固不在六朝人下矣。"知不尽"则另有故事。苏东坡曾当面称赞米元章：文，"清雄绝俗"；字，"超妙入神"，米元章却起而辩解"尚有知不尽处"，自夸是学道所得。对此，启功先生感叹：颠语，戏语，自不待深究，其书之妙，则诚有知不能尽而言不能尽者也。由他这个学道所得，我还想到弘一大师的学佛所得。书无穷尽，穷而有源，也应是历来如此吧。

千年之后，这"刷字"的神通传到启功先生这里，求他"刷字"的人越来越多，假冒品也多起来。有人拿所购的字请当面鉴定。是自己的字，他便说："这张劣而不伪"，对伪冒而写得较

好者则说:"这字写得比我好。"只这一二句,洒脱率性之情跃然纸上。

近日,我也练练字,心中装不装着这个"刷"字,大不相同。

见识之十七,不觉有笔

昔苏东坡论笔之佳者,谓当使书者不觉有笔。启功先生肯定了这一妙喻,进而说:作书兴到时,直不觉手之运管,何论指笔,然后钗股漏痕,随机涌现。颜鲁公的《瀛州帖》和《祭侄文稿》,"赤日经天,有目共见,瀛州一帖,尤为欣快时所书。"并作诗曰:"真迹颜公此最奇,海隅同慰见心期。请看造极登峰处,纸上神行手不知。"

"不觉有笔",无疑是书法艺术的一种境界。此种妙境,不是忘乎所以,而是妙到自然。对此,沃兴华先生说:"信腕信手,一任情绪的驱使","通篇跌宕起伏,观赏者的感情随着作品节奏变化逐渐激昂,达到高潮。"宋陈深也有"其妙解处,殆出天造"之语。

同时,"不觉有笔",是以"笔熟如己"为基础,但又绝不是手熟,而是长期心得的结果。诚然,用笔尚不熟练,便"忘乎所以",就真有可能"无笔也无字"了。启功先生也曾说过"每笔起止,轨道准确,如走熟路,虽举步如飞,不忧蹉跌。路不熟而急奔,能免磕撞者幸矣,此义可通书法。"

"不觉有笔"也未必是大书法家的"专利"。毛笔不敢说,硬笔写字,有时专意去写,总不免不够流畅自然,反而是起草文稿时,"不觉有笔",倒能收到意想不到的效果。不过,练笔却应该是终身的,正像再健全的人,长期不动,也会致使不能动。

见识之十八,回头恋美

古人的草书,论起推崇来,第一便是怀素。对自叙帖长卷,虽然尚未读懂,却常有爱不释手之感。置于床头,不时看几眼,还真有几分球迷看球赛的热劲儿。能觉出什么,也说不出,但总想多看几眼,又如常说的"回头客"。一次参观一处名胜,导游小姐尚有几分姿色,一位朋友有意夸张挑逗,此小姐也不谦虚,随口就来了一句"回头客较多呗"。然而,在我心中却有一比,该小姐仅为白开水,自叙帖长卷却是清心韵远的香茗。此外两件,一件是"小草千字文",一件是"食鱼帖",其中之妙,连略知一二也未必达到,所以回头无多。而对"苦笋帖",无论在封面上遇到,招幌处看见,都想多看几眼,不忍离去。但也正像启功先生的感觉一样,此帖仅"戋戋两行,真有惜墨如金之感"。我曾想,倘若怀素先生想到后人对此帖如此酷爱,多刷几笔,保留者倍加珍惜,多留几行,那该多好。不过,也还是启功先生说得对:"真美精多,兼备何易。"有这两行劫火不及,至今仍巍然留于沪上博物馆中,让无数代中的无数人"惜墨如金"下去,不亦乐乎。

见识之十九,坡仙墨妙世无俦

前面谈及《兰亭序》和《祭侄文稿》,苏轼先生的《黄州寒食诗帖》则是又一个独一无二,合起来并称为"天下三大行书"。

关于《黄州寒食诗帖》,评者多认为,诗句沉郁苍凉又不失旷达，书法用笔随着诗句语境任意变化，跌宕起伏，达到"心手相畅"的境界。黄山谷跋：东坡此诗似李太白，犹恐太白有未到处；此书兼颜鲁公、杨少师、李西台笔意，试使东坡复为之，未必及此。历来公认是苏东坡一生中最辉煌的杰作。

令我没有想不到的是，在启功先生看来，苏轼自作诗却委托李太白之名行世的"太白仙诗"还要好于《黄州寒食帖》。他的原话是"东坡书经元祐党籍之禁，毁灭者多矣。""书卷传世者，必以黄州寒食诗及所谓太白仙诗者为巨擘。仙诗笔致尤挥洒流畅，且有鑫源诸家跋尾，倍堪珍重也。"且有诗云："梦泽云边放钓舟，坡仙墨妙世无俦，天花坠处何人会，但见春风绕树头。""太白仙诗"作为苏东坡书法第一，妙在何处，启功先生用苏诗作了巧妙的回答。是：其一"朝披梦泽云，笠钓青茫茫，寻丝得双鲤，中有三元章。"其二"人生烛上花，光灭巧妍尽，春风绕树头，日与化工进。"并云："窃谓坡书境界，亦正如其诗所喻，绕树春风，化工同进者。"

见识之二十，越是平淡，内容表现越深

过去，我经常想，平淡不仅是炉火纯青，而且是心灵的净化，及至看到启功先生说的"越是平淡，内容表现越深"，感到又深一层。

一说陶渊明的诗文充满田园气息，读起来让人心神宁静，是现代人精神的桃花源。此说反映了陶的一些面目，但是仅止于此，便不会吸引千百年来如此多的心向往之了；越是平淡，内容表现越深，恐怕才真正是他人不可比的陶诗特色。

启功先生特别指出，陶诗之所以达此境界，是因为表面平淡，其实有很多愤懑和不平；感情实质是浓烈的，但写得留有余地，留有较大空间，才给人平淡而越品越有味的感觉。并说曹操的诗也是诗意跳跃性很大，留有的空间很大。

顾随先生对此有过专门讨论。他认为，陶公将入世出世打成一片，将热烈的感情，有节制地、自然地、不勉强地表现出来。这"有节制地、自然地、不勉强地表现出来"，看上去就应该是平淡。《朱子语论》中也有过这样的议论："陶渊明诗，人皆说是平淡，据某看他自豪放，但豪放得来不觉耳。"这"不觉"的"豪放"应该就是"对浓烈的感情留有很大余地的一个'注解'"，不过也还是"平淡"的同义语。对此，叶嘉莹先生的看法是："陶渊明的作品里边有非常深微、幽隐的含意。"北大中文系主任袁行霈的看法也很有代表性，他认为，陶渊明不仅是诗人，也是哲人，具有深刻的哲学思考，这使他卓然于其他同辈诗人之上。作为一个文化符号，陶渊明以及他的诗文、事迹代表着清高、自然、萧散、隐逸、脱俗、不事二姓的气节，而且已将这些带入一个化境，表现为诗，因此他已经成为一个永远不会令人厌倦的话题。"化"作为一个哲学范畴，由来已久，儒道两家莫不讲"化"，但陶渊明讲"大化"、"幻化"、"迁化"，都极其卓越而自然。

我从几位大师的品评中体会到，陶渊明直觉的感受能力很强，品性和感情中隐藏着某种最美好的东西，有真情和自我的天性，完成了自己最超越的、最美好的一种品格，达到了大化的境界。还有恐怕就是他的诗的象征性了。这些品评都可以视为"越是平淡,内容表现越深"的注文。

见识之二十一,抄得好也可点铁成金

毛泽东称赞王勃"才高博学,为文光昌流丽"。

"落霞与孤鹜齐飞,秋水共长天一色"已成为王勃的代号,更是千古名句中的名句。

有人说,这是抄袭了庾信《华林园赋》中"落花与芝盖齐飞,杨柳共春旗一色"。启功先生说落花与芝盖齐飞很勉强,王勃的句子无论内容、形象还是韵味都高妙多了。修辞上有"化用"一说,王勃的名句正是"化用"的杰出之作。

孟子有"象忧亦忧,象喜亦喜"的句子,《红楼梦》用作谜语,谜底为"镜",就很高明。

"化用"也可以说是继承发展,不能说没有因袭的痕迹,但以发展创新为主。《诗经·硕人》写美女:"颈如蝤蛴,齿如瓠犀……",手法并不高明。曹植的《洛神赋》"延颈秀项,皓质呈露,芳泽无加,铅华弗御","丹唇外朗,皓齿内鲜",即较好,却仍有些笨。李商隐写冯贵妃"巧笑应堪敌万机,倾城端在著戎衣。晋阳已失休回首,更请君王猎一围。"容貌、神态、情感都表现出来了。前者只如画,后者如电影,既立体,又能动。

同样写离别,李白的"故人西辞黄鹤楼,烟花三月下扬州。孤帆远影碧空尽,惟见长江天际流",就比王勃的"无为在歧路,儿女共沾巾",高明得多,尽管王勃诗较前人要高,但仍撇不开一个"泪"字。

我这样说，自然已越出一般的"化用"，而是在同一主题下意境的"化用"，正如形式逻辑与辩证逻辑之别。

见识之二十二，以诗为文，以写诗的手法写文章

韩愈以文为诗，还是上世纪七十年代从毛泽东致陈毅的信中得知的。此后，也曾以此品味韩诗，因味觉较差，未必品出蜡味。然而，韩愈"以文为诗"的影子却一直没有消逝，是启功先生使我对这一问题有了全面认识。他认为，韩愈的诗开辟了议论的风气，在诗中用逻辑说理，宋人由此大开声势，形成了宋人诗的风格。但是，韩愈也以诗为文，用写诗的手法写文章，等于在古代文学作品中出现"边缘学"和"仿生学"。苏轼也是"以文为诗"，同时也是以诗为文。前面说过，诗人也是哲人。不只陶渊明如此，也是文人的普遍追求。越是大文豪越是特色鲜明。但特色未必都是优点，也许恰恰是一种缺点和缺陷。后人着意模仿，就可能强化了这种缺点和缺陷。然而，承接以至发展的河总是要流淌的。鲁迅也是以诗为文，他的杂文就是以诗为文的集大成之作，是诗化了的议论文。《野草》更是以诗为文和以文为诗的杰作，所以叫作散文诗。鲁迅很重体，同时又不受体的束缚。成仿吾是骂鲁迅很凶的一个，但指出的鲁迅的文章有体，鲁迅视此为知音。如此重体的鲁迅，是现代小说的开山人，也是用散文笔法写小说的开山人。为此，成仿吾只承认鲁迅的有些小说作品是散文，不承认是小说。在这个问题上，我赞成"但开风气不为师"。

见识之二十三，文章应有装饰

启功先生肯定"文章应有装饰"。

我不知道文章与装饰的关系，但知道，无装饰，便无文采。

文采重在文，而不在质。六朝以来，散体文曰"笔"，骈体文曰"文"。文者，图案也。推衍之，文当有规整，有装饰。实用品加装饰，是人类文化发展的结果。南朝梁·萧统《文选序》："盖踵其事而增华，变本而加厉。物既有之，文亦宜然。"然而，文章"踵事增华"的结果是，越到后来堆砌越多，走向极端。骈体文抒情、写景、咏物无不有其优越性，除表达意思外，还极具美感，也便于阅读，皇帝也喜欢。然而，"上有所好，下必甚焉"，再好的东西推向极端，也会令人生厌而走向泥潭。

写文章是给别人看的，自己也须觉得好看。如字，自觉其丑，别人怎观其美。"文辞己出"是一条，史才、史笔又是一条。用小说笔法写史，是太史公的发明。《资治通鉴》是故事汇编。中国古代小说的精华在史书之中。《通鉴》所写李泌，故事便在《邺侯家传》。《左传》、《史记》、《汉书》，其间都塑造了许多人物，可谓是小说之滥觞。《聊斋》便是有意模仿《史记》。此一切都可称为"踵事增华"，也即装饰的结果。佛教的典籍能令中国人喜欢，尤其是中国知识精英爱读，译者文词之美，也即装饰的匠心之运帮了大忙。在印度已几乎走向灭亡的佛经，用中国的语言和中国的文学形式翻译，才又大放光彩。玄奘文笔优美，底蕴深厚，对佛经的翻译传播贡献最大。

鲁迅的《故事新编》，尤其是《补天》，装饰感特别强，文采斐然，真不愧为色彩的大师。

　　见识之二十四，勿将风格绝对看

　　朱子认为，举一而反三，闻一而知十，乃学者用功之深，穷理之熟，然后能融会贯通。其实，对知识的整体控制，以至上升为智慧，应是更高境界的大学者。启功先生就是这样的大学者。

　　有人说，唐以前的诗是长出来的，唐人诗是嚷出来的，宋人诗是想出来的，宋以后诗是仿出来的。启功先生站在高处全面俯控唐宋文化，特别是唐宋诗风，认为：诗，一个时期有一个时期的风格、面目，但其间不能一刀切断。唐人"嚷"诗，出于无心，实大声宏，肆无忌惮；宋人多抽象说理，经过了熟虑深思，富于启发力，但都不能理解得太绝对。即如唐分四期，明清时期便有人议论，问一个作家历经两个时期，如何分？盛唐文学也不是唐文学的高峰。划出时期，大体分出风格面目，都是相对的，不可理解得太绝对。我很乐于接受这一不可绝对看的观点，虽然无福置身启功先生的课堂，但看从学者的课堂笔记，也能觉出听启功先生的课是多么美妙的享受。

　　其实，就本质而言，凡大学者都不绝对，一绝对便小儿科了。有人说鲁迅绝对。其实鲁迅的辩证法掌握和运用最好。他的绝对是艺术的绝对和绝对的艺术，较之普通大学者又高一层。所以又有人说：没有绝对，便没有艺术。这是又高一层的看法。

　　见识之二十五，诙谐要深刻而有分寸

　　文人雅士多诙谐成趣，鲁迅先生的自嘲尤为尖刻幽默，当然，也较沉重。大概是偏好所使，对启功先生较为轻松的诙谐幽默,也就较为留意。

近日通读《启功隽语》,感觉他的诙谐随时随处流露出来,又无不注意分寸。如,他有一方没有用过的闲章,叫"草屋",典出陶渊明的"草屋八九间"。用意是说:自己曾是"叛徒、特务、走资派、地、富、反、坏、右这个阵营里排行第八的右派,又是九儒十丐里的臭老九,身份在八九之间,所以用草屋的歇后语。"然而,这一闲章刻成后却一直未用,原因是等到可以写字、作画用闲章的时候,改革开放已使环境大变,也就不能昧着良心盖这个章,无病呻吟了。

举此一例,绝不是仅此而已,实在是举不胜举。

见识之二十六,平常中的非常

鲁迅先生写过一篇《死》,无异是沉痛的遗言;黄苗子写下《自悼文》,移风易俗,惊世骇俗,都是非常出自平常。启功先生没有刻意于非常,却在平常中更见非凡。生前,他为自己写下"墓志铭",即:

"中学生,副教授。博不精,专不透。名虽扬,实不够。高不成,低不就。瘫趋左,派曾右。面微圆,皮欠厚。妻已亡,并无后。丧犹新,病照旧。六十六,非不寿。八宝山,渐相凑。计平生,谥曰陋。身与名,一齐臭。"

历经沧桑,最终归结到"身与名,一起臭",这是先生的自虐、诙谐、超然、洒脱。其中的"博不精,专不透"可以算作对批判自己白专道路的软性否定;而"瘫趋左,派曾右"更是对自己在反右斗争中遭受不白之冤采取的黑色幽默。

如今，此铭果然镌刻于先生墓盖之上。许多歌功颂德的碑铭，未必引人留意，这自嘲意味颇足的"三字经"，却总是引游人驻足敬诵，会心警醒。

见识之二十七，微肉有骨，握拳透爪

启功先生的涉典成趣，有时也遭人误解。

某年，一位"贵人"携书乞教，也就是想从启功先生这里讨两句恭维回去。启功先生觉得"笔墨尚佳可"，便于彼册页上题书"微肉有骨，握拳透爪"。来人却面带愠色，问道"'微肉有骨'啥意思？""人手可谓爪乎？"同来的秘书亦愤愤然："我们大老远的来了，就给这评语？"

启功先生后来提及此事，说，明明是褒，他认作是贬。我要再说他"断柴枯骨"，还不得"怒发冲冠，冠为之裂"呢。

其实"微肉有骨"，语出《笔阵图》的"善笔力者多骨，不善笔力者多肉；多骨微肉者谓之筋书，多肉微骨者谓之墨猪。多力丰筋者圣，无力无筋者病。"启功先生的评语是说，骨骼瘦硬，属于"善笔力者"；"握拳透爪"则是《广艺舟双楫》评颜真卿《麻姑坛》的名句，意谓颜鲁公的名作"字外出力中藏棱"，鲁公诸碑中当以为第一也。详解即是：握拳，谓善藏；透爪，谓外不露爪，但力感可透。至于"断柴枯骨"，虽出自清代的《书学捷要》，是说"瘦而不润者，为枯骨，为断柴。"确为贬语。

至于"怒发冲冠，冠为之裂"。源于《史记·廉颇蔺相如列传》："相如持璧，却立倚柱，怒发上冲冠"。后来《晋书·王逊传》狗尾续貂,来了个"怒发冲冠,冠为之裂",夸饰失度,落下文坛千古笑柄。

见识之二十八,"何其母之"

关于"骂",鲁迅先生特意写过一篇《论"他妈的!"》,称:"假使依或人所说,牡丹是中国的'国花',那么,这就可以算是中国的'国骂'了。"钱理群教授说,观鲁迅此文,透过几乎人人常挂嘴边的"国骂",竟然蕴含着如此丰富的社会学、历史学、民族学、心理学的内涵,体现着历史发展的本质。

启功先生除了气愤时也常使用这"国骂",还创造性地将其改成古典的"其母之"三字。人问"何谓其母之",先生便带点犯坏的意味笑道:"古汉语的'其'就是现代汉语的'他','母'就是'妈','之'就是'的'。"说罢不由哈哈大笑。

鲁迅先生考察过"国骂"的由来,经史上有"役夫"、"死公"、"而母婢也",似乎没有这"他妈的";江浙的父子吃饭时有"这菜不坏,妈的,你尝尝看!"鲁迅说是已将此醇化为"我的亲爱的"了。

我没有鲁迅的深,也没有启功的雅,有时却也难免与"他妈的"有缘。近日大热,写这一条时,抬头望了一眼寒暑表,随口就来一句"29度,他妈的!"再想想这个"其母之",不觉大笑,竟至于前仰而后合。

重读《李白与杜甫》

温馨的回念和喜遇

郭沫若先生的《李白与杜甫》，我还是在二十岁以前读过，至今已40年矣。当时那一口鲜活与绵润的感觉，绝不是时下吃海鲜和喝美酒可以相比的。记得当时读到的还有《学生时代》、《革命春秋》、《鲁迅杂文选》等，都是那时能借到的好书。郭沫若的少年才子形象对我的影响是较持久的。他的重要历史研究著作也遇到过，却没有细读过。最近看到顾准说郭沫若的《奴隶制时代》和李亚农的《史论》，都是闭着眼睛跟斯大林走，觉得他们实在可怜。而我当年的感觉，却只有神圣。当时还借到了《阿Q正传》单行本，仅印于扉页的鲁迅手迹，就让我爱不释手。本来还想借阅《中国文学史》，图书馆老师说，你还读不懂，也就没有坚持。现在想来，算是一件憾事。为此我对孩子们的要求是：读不懂也先读着，将来会认识到好处，至少不至于遗憾。

在近40年的阅读中，也像住着有暖气的新居仍不免想起当年在茅屋烤火盆的情景，多次想到《李白与杜甫》，光顾书店时也多有留意。近日在太原尔雅书店终于购到新近再版的《李白与杜甫》。新版较原版本气派多了，将两个版本置于一处，恰于新老朋友会师，令我除了喜出望外，简直有点得意忘形了。

我聚精会神地打量着它们。新书的封面第一个赫然入目的是一句广告词："颠覆千年偏见"。上下各有小字云："一代文豪的封笔之作，鲜为人知的晚年心境"；"李白原来是道士，杜甫信的是禅宗。杜甫嗜酒实不亚于李白。"略大的一行字是："四十年来，此书争议不断，真正读懂的人少之又少。"

旧版本装帧的谦虚就不用说了，令人最感醒目的是目录前的三段毛主席语录。

第一段是："在阶级社会中，每一个人都在一定的阶级地位中生活，各种思想无不打上阶级的烙印。"

第二段是："无产阶级对于过去时代的文学艺术作品，也必须首先检查它们对待人民的态度如何，在历史上有无进步意义，而分别采取不同态度。"

第三段是："中国的长期封建社会中，创造了灿烂的古代文化。清理古代文化的发展过程，剔除其封建性的糟粕，吸收其民主性的精华，是发展民族新文化提高民族自信心的必要条件；但是决不能无批判地兼收并蓄。必须将古代封建统治阶级的一切腐朽的东西和古代优秀的人民文化即多少带有民主性和革命性的东西区别开来。"

选这样几段语录的是郭老本人，还是"编辑同志"，我没有考证。但从扬李抑杜与毛泽东步调一致看，应是与他的选择并不相左的。无论如何这是当年不可改变的现实。

名家评点入眼来

作者本人尤其名家评点是我关注的一个焦点，也是编辑先生重视的一个取向。

郭老自己在不同时期有几种说法。二十年代末说过："唐诗中我喜欢王维、孟浩然，喜欢李白、柳宗元，而不甚喜欢杜甫，更有点痛恨韩退之。"这话摘自《我的幼年》，应该说与他的天性有关。六十年代初在平和之中初露阶级斗争的锋芒，说："杜甫是封建社会的一位杰出诗人，他不能不受到历史的局限。例如他的忠君思想，他的'每饭不忘君'，便是无可掩饰的时代残疾。"这是写于《诗歌史中的双子星座》，发表于《光明日报》的文章，由此可见郭老的当年心景。这一年，他还出版了《读〈随园诗话〉札记》。此书我约略翻过，是手书影印本，当时吸引眼球的主要是书法，至今不时瞟两眼，算是我的望宝。不过，我所关注的不是他谈阶级斗争，而是其中的艺术论。郭老在后记中回顾到"九年前"替成都工部草堂写的一副对联："世上疮痍，诗中圣哲；民间疾苦，笔底波澜"，并且说："我也同样在称杜甫为'诗圣'。不过这种因袭的称谓是有些近于夸大的。"是否夸大，众说纷纭。其实，不论是称"圣"、称"仙"，还是奉为"神"，都是后人的"敬颂"，当然也未必不是一种价值判断。

到了晚年，也即七十年代晚些时候，郭老的地位更显赫了，常被称为当代鲁迅。鲁迅已被称为现代圣人，郭老至少是个亚圣罢。而且他是高官，是文化学术上处于首席位置的"霸主"，连毛泽东偶尔也对他和茅盾谦让一二。这时候他讲出来的话层次更高了。"千家注杜，太求甚解"，"一家注李，太不求甚解"就是这个时期的断言。这可能就是广告词中所谓的"颠覆千年偏见"吧。不过单看此论，郭老是多么居高而洒脱，然而看了全书，才强烈地感觉到他的苦衷也是很深的。

他人的评论，首先是茅盾先生在七十年代初说过："郭老《李白与杜甫》自必胜于《柳文指要》，对青年有用，对杜稍苛，对李有偏爱之处。论李杜思想甚多创见。"这话见于致周振甫的信中，不是私房话，也不是公开发表的言论。此说表明三点：其一，郭老"对杜稍苛"；其二，郭老"对李有偏爱之处"；其三，郭老此书"论李杜思想甚多创见。"我感觉此说体现出茅盾先生公允的大家风范，而且与毛泽东肯定和喜欢《柳文指要》的观点没有刻意保持一致，或许可称为难能可贵的"独立之思想"。

还是因为自己孤陋寡闻，我对恽逸群这个人竟没有印象，但对他说的类似论断的话却有似曾相识之感。他曾任国际新闻社香港分社主任、《新华日报》华中版总编辑、《解放日报》社长、复旦大学新闻系主任。他在八十年代说过："《李白与杜甫》一扫从来因袭的皮相之论。"这话对别的意见，尤其是不同观点，很有点"一扫"的气概。不过，将郭老之外的所谓"从来的因袭"统统归为"皮相之论"，未免太过。

杨廷治应该是一位学者，他九十年代在《北京大学学报》发表文章，针对古典文学研究领域，所谓相当普遍地存在着的全盘肯定和过高颂扬杜甫的倾向，认为《李白与杜甫》的出版，显然对这种倾向是一种冲击，至少或是从另一个角度提出了问题，或是在思想方法论方面提供了反面教训。并说，连对此书不满的萧涤非先生，也吸收了该书中许多正确的意见。我不知道杨廷治的身份和经历，他有明显倾向性，但不应该是偏袒。一定不是的。

周国平的话，是在世纪之交说的。他的看法是："《李白与杜甫》的确是郭老的封笔之作。"并说"重读这部书，我仍由衷地钦佩郭老以八十高龄，在连遭丧子惨祸之后，还能把一部历史著作写得这样文情并茂，充满活力。"他进而说："近些年来，对于郭沫若其人其学的非议时有耳闻，我不否认作为一个真实的人，他必有其弱点和失误，但我同时相信，凡是把郭沫若仅仅当作一个政治性人物加以评判的论者，自己便是站到了一种狭隘的政治立场上，他们手中的那把小尺子是完全无法衡量中国文化史上这位广有建树的伟人的。"周教授这个话说在这个时候就有仗义执言甚或史家良心的味道了，而且不失为一种世纪之论。

上引种种，各有千秋，而且无不带着时代的烙印，当然也有个人的志气。无论如何，郭老毕竟是诗人，是历史学家，是文学家，是古文字学家，他的历史和学术地位是不容置疑的。郭老在书中，也确实显示了"一览众山小"的魄力。在他写此书当初，另一位仅大他两岁的大家陈寅恪先生已去世两年了。在开篇的李白生平考中，郭老以无可商量的口吻对陈的李太白氏族考予以否定，并以较多的文字作出辩驳。对郭老的辩驳，尚未见到反驳，我不敢妄断这桩公案的是非，只是觉得郭老放笔写来，气势很足，不知为什么，我却无缘无故生出出门遭雨淋的感觉。

不知何向是向归

我自己还算不上一个合格的马恩信徒，但徐迟先生说过的"诗崇毛主席，文拜马克思"也未必不是我的心声。郭老在书中引用了恩格斯在《路德维希·费尔巴哈和德国古典哲学的终结》中的话："歌德和黑格尔各在自己的领域中都是奥林帕斯山上的宙斯，但是两个人都没有完全摆脱德国的庸人气味。"

郭老在引用后说："这句话同样可以移来批评李白与杜甫。生在封建制度的鼎盛时代，他们两人也都未能摆脱中国人的庸俗气味。"由此可以看出郭老引用的侧重点不在"宙斯"，而在"庸俗气味"。他心中是否另有一个"宙斯"？屈原可是？他多番颂扬的毛泽东恐怕也未必是。

读到此处，我忽然自问，一个中国诗人，"摆脱中国人的庸俗气味"就一定好吗？一个诗人，究竟应该向神人圣人方面去要求，还是向俗人方面去要求呢？在当时的"政治背景"下，如此批评在中国历史上具有双星意义的伟大诗人，是否正是郭老的深处所在呢？不过，以我目前的认识心想：任何一个诗人，都可能有向着神圣的一面，也有难以脱离"庸俗气味"的一面。而且，未必在某一方面走得很远和绝然，就一定是好的。

有人说，在那样一个学术荒凉、思想获罪的时代，在宣布自己的全部著作都应烧掉之后，以八旬高龄不惮烦劳写下这部书，并出版，其用意一定是很深的。也有人说，在铁屋的憋闷中，郭老想找个知己对酒当歌，终于找到了与之个性相似的李白。还有人说，他极想让诗人的魂魄离开这个喧闹的地球，进入"乘日月，御飞龙，游乎于四海之外"那样一个自由天空。这些说法都各有所见。我还想说的是：或者正是郭老还有这"天空"之想吧，所以对章士钊的《柳文指要》，毛泽东敦促快快协助出版，读后倍加褒奖；而对郭沫若的《李白与杜甫》，从未听说有过过问和褒贬。联系他老人家晚年对《十批判书》的非难，或许正是看出了其中的"微词"。然而,无论有无"微词",都没有改变毛泽东"褒章贬郭"的心怀。

读诗读己可为深

郭沫若是天才诗人,也是感情丰富的父亲,当然更是可以翻天覆地的历史学家。写《李白与杜甫》时,郭老已八十高龄,又有连遭丧子的打击和怆痛。他以一个史学家、文学家和诗人考证李白的史事,评论李诗的得失,有时却也忽然变成李白,将李白的家事与自己的家事,李白的哀痛与自己的哀痛混为一谈,融为一体。其中写到李白对儿女的牵挂,就情不自禁写道:"李白是那么旷达的人,为什么一说到子女就那么伤心?这里面应该有对孩子们母亲的怀念。"读了这一段,尤其是读到"娇女字平阳,折花倚桃边。折花不见我,泪下如流泉。小儿名伯禽,与姊亦齐肩。双行桃树下,抚背复谁怜。念此失次第,肝肠日忧煎。裂素写远意,因之汶阳川",似乎可以听到郭老痛哭失声,不能自已,连他院子里的海棠花也为之落英缤纷、花泪如雨。

然而,郭老毕竟是历史学家,历史学家未必不是哲学家。这样一个郭老从悲怆中怔住,尔后醒来,从悲愤中走出,又继续他的考证文字了。这一回不是郭老,而是我自己,竟如哽在喉,泪如泉涌,不能自已。虽然告诫自己"不哭,不哭!"泪还是忍不住流下来了。"人啊,就是这样,也只能是这样,天才也不例外,或者更加……"等话也随之涌出来了。

禅师说,一声棒喝,可切断意识之流,在一刹那,令意识出现一个断流,帮助我们获得一个深度认识。恰似从乌云满天撕开一个口子，看到湛蓝无边的天空；又如透过大海波涛，看到深层的宁静。在《李白与杜甫》一书中，也常遇到这样的棒喝，由此透过李白的忧患，郭老的悲愤，看到更深层次的东西。为此，我不能不慨叹：此书实忧患之作也！或许这正是一个史学家对身后的交待。

有学者也认为，郭老作《李白与杜甫》其意不在对李杜优劣的评判，不在去翻无关紧要的历史陈案，不在表示凤凰再生，更不在投人所好，而是借助李白与杜甫的人生旅程、人格缺陷和仕途坎坷，向人们提出一个严峻的问题：作为一代诗雄，在盛唐时代，为什么会出现如此不幸的结局——李白穷愁而死，杜甫抑郁而终。郭老正是通过对历史与现实的双重解析，从而给李杜，也给自己，做出了人生评价，或称终极关怀。我认为，这才是痛心切骨之论。果真如此，郭老不失为一代伟人，并且是又一个屈原。

然而，郭老毕竟是政治中心的大人物，他从感情漩涡走出来写李白政治上的得意与失意也绝非隔靴搔痒。

郭老是这样写的：李白应召当初，"仰天大笑出门去，我辈岂是蓬蒿人？"洋洋得意的神态，如闻其声，如见其人。这段经历，据说李白直到晚年都认为非常荣耀。"承恩初入银台门，著书独在金銮殿。龙驹雕镫白玉鞍，象床绮席黄金盘。当时笑我微贱者，却来请谒为交欢。"简直天下唯己，万事无忧，万年无虑！

其实，所谓"待诏翰林"，也就是以文学词章而备顾问的侍从而已。仅仅这么一点满足，便得意忘形到如此地步，所以唐玄宗压根就认为李白"非廊庙器"，只让他侍宴陪酒，写写应酬颂扬之章，毫无重用的意思，赐些金银，打发上路只是早晚的事。毛对郭是否也如此看？这一点，郭老自己应该比李白更明白。

　　诗人就是诗人，未必非要在"治国安邦"上一展宏图，更没有必要与政治上的强势者或曰天才的政治运动员去争高下。倒是杜甫的诗"李白斗酒诗百篇，长安市上酒家眠。天子呼来不上船，自称臣是酒中仙。"给足李白面子，为人间留下一个洒脱的酒仙。郭老好像没有如此洒脱。或者正因为没有如此洒脱，才竭晚年之力，留给后人这部"愤世之作"。

　　然而，真实的李白虽有放荡不羁的一面，恐怕却也并不如此洒脱。一是他在别朝前后，赋诗很多，或怨愤不已，或恻怆难平，虽有诀别之辞，难舍恋朝之意；二是受到如此沉重的打击之后，仍在此后的长期岁月中将那段"荣耀"作为处处炫耀的谈资；三是性格上相当矛盾，有时颇有浮云富贵、粪土王侯的气概，本质上却依然热衷官场，并不拒绝攀高和奉迎。由此可见，他是有意官场，却不宜官场。从古至今这样的人确实不少。

　　唉，人就是人，莫说做到酒仙，就是做到神仙也还是人。甚至越是认为悟透了、得道了，越可能近于可爱甚至滑稽。面对政治这个漩涡，两千年前的司马迁大概算个明白人，他曾经说过，"文史星历，近乎卜祝之间，固主上所戏弄，倡优畜之，流俗之所轻也"。近现代以来，陈寅恪先生大概算个较明白人，钱钟书先生或许也算个较明白人。不过，即使他们这样的，不明白起来的时候也会尤其不明白。

酒仙宜诗不宜政

李白因诗歌享誉百代,以至万世不朽;但政治上的失败却使他遗恨终身,简直是恨恨而死。

北大的李零教授说酒仙也是酒鬼。他的神思飘渺狂放不羁痛快淋漓一泻千里的诗情,全是借着酒劲释放出来。李教授甚至说,这就像有些摇滚歌手要吸毒,听的人也吸,吸毒状态下的声音不一样,外人难以体会。

郭老说:"李白是屈原式的,杜甫则是宋玉式的。封建意识愈朝后走,愈趋向宋玉式的忠君。"所以李白只能是酒仙,杜甫却是诗圣。

李白政治上失败的原因并不在于是否忠君,他对朝廷的忠心并不亚于"每饭不忘君"的杜甫。他明知道朝廷不肯重用他,却始终眷念着朝廷。在《鲁中送二从弟赴举之西京》一开首就是:"鲁客向西笑,君门若梦中。霜凋逐臣发,日忆明光宫。"对此,更看到本质的还是李零教授。他说,李白借酒浇愁,狂歌笑孔丘,看似洒脱至极,事实上也是出于无奈。郭老则说,能藐视权贵也是事实,但他的功名欲望非常强烈。他喜欢称道和自比的历史人物,如傅说、吕尚、管仲、范蠡、乐毅、鲁仲连、信陵君、张良、韩信、诸葛亮、谢安等,都是所谓"定国安邦"的风云人物。

接着,郭老一针见血地指出,不得志时拼命想做官,得志后便尽可能明哲保身,功成身退。这种处世方略,在封建时代的士大夫阶层是具有普遍性的。然而,李白这位诗人看来是很天真的，他一高兴起来便容易在幻想中生活，他又比较有节概，自负得有点惊人，乐观得也有点惊人，他又没有像曾为名相的姚崇、宋璟那样深得信赖，也没有武则天和李隆基所器重的齐瀚那样的才干，又不能"摧眉折腰事权贵"，尽管有"兼善天下"的壮志，岂能不是梦想？

甚至可以说，李白虽然是一位政治上有大志向的人，但他不是毛泽东，从农家小院走出，自己创立一个天下。总观其一生，别人给点残羹剩饭，就得意忘形；抬举一二，便将靴底翘得高高的，目空一切，岂能是政治中人？

作为诗人、酒仙，目中无人也好，藐视权贵也罢，都可以，但一热衷政治，便不相称。他又不善应酬周旋，"赐金还山"就算是最好结局了。

天生乎？天意乎？

李白第二次政治活动结果更惨。他虽然也曾想"为君谈笑静胡沙"，但夹在心胸狭隘的李亨、李璘中间，志向未伸，便有"寻阳的监狱在等待着他，夜郎的流窜在等待着他，迅速的衰老和难治的疾病也在等待着他"。

郭老写李白夹在两种私心之间遭罪，写得很深，同时还让人觉得：尽管很深，但仍有许多难言之隐没有写出来。这没有写出的，便是现在将郭老从地下叫起来，恐怕也不可能写出来。

我不知道郭老是否将自己的感受带入书中，他从李白的诗句"参商胡乃寻天兵"写起，讲到汉文帝刘恒与淮南王刘长之间的冲突，说"参商寻天兵"的故事，见于《左传》昭公元年，是说古代高辛氏有两个儿子老是在天上打仗，高辛氏便叫大儿子去主管商星（又名心星和大火），二儿子去主管参星。这两个星座是对立的，在晚上的天空中不能同时出现。两者既不见面，当然也就不会再打仗了。郭老说，这个神话很古，可能传自殷代。

我不知道郭老是否在说天意，但他解释说，卜辞十二辰中有两个不同结构的"子"字，即第一位的"子"与第六位的"巳"，是对立着的。然而，李白这个酒仙加诗仙偏偏对此看得不透、思得不深。看来在他身上，还是酒和诗较多，仙的成分并不足。

郭老说，李白从永王"东巡"，本来是出于一片报国忧民的诚意，谁想到竟落得成为一个叛逆的大罪人？他是异常悲愤而伤痛的。他在狱中做了《百忧章》、《万愤词》等诗，"举酒太息，泣血盈杯"，"泪血地而成泥，狱户春而不草"。

"菊花何太苦，遭此两重阳！"郭老说，花遭两次重阳，人遭两次重伤，赐金还山与夜郎流放对胸怀政治抱负的李白都是很沉重的打击，其心之苦可以想见。仗朝之年，横遭丧子之痛的郭老最懂得遭受打击的怆痛，他自己的悲愤也应该在其中了。

李白的死并不只因这两次沉重打击，酗酒也是原因之一，但这两次打击肯定是致命的。李白死时只有六十二岁，写下《临终歌》：

大鹏飞兮振八裔，
中天摧兮力不济。
馀风激兮万世，

游扶桑兮挂左袂。
后人得之兮传此,
仲尼亡兮谁为出涕?

郭老说李白临终照样自比为大鹏,自负之心至死不变,又想到孔仲尼泣麟。一方面自比仲尼,一方面叹息时无仲尼,而却寄希望于"后人"。郭老叹曰:"实际上如果仲尼还在,未必肯为他'出涕';而后人是没有辜负他的。他的诗歌被保留了一千多首,被传诵了一千多年,后人是没有辜负他的。"写到此处,郭老更应该想到自己的"时世"和"后世",或者他自心的矛盾也在其中吧。

李白虽然好为神仙,但热衷于用世之心终身不衰,鞠躬尽瘁、死而后已。可敬可佩乎?可悲可怜乎?天生乎?天意乎?

意味深长的大字报

当年是大字报盛行的时代,不管有意还是无意,受此思维惯性推动,郭老在书中也给李白贴出一张大字报。这张"大字报"与《我的第一张大字报》笔法上十分酷似,抄如下:

李白想做官。——说得冠冕一点,便是"兼善天下",很认真;饮酒,很认真;作诗,很认真;好神仙,也很认真。他常常看到一些神人、仙人的形象,向他招手,对他说话,授他以仙诀,有时还给他以白鹿、鸾凤之类,使他飞行于太清。这些,在他的诗里层见迭出,举不胜举。这和屈原在《离骚》里面乘龙驭凤,遨游九天的叙述有所不同——在《远游》里面虽然有类似处,但《远游》不是屈原的作品;屈原的是出于悬想,李白的是出于迷信。他深信那些仙翁、仙女、仙兽、仙禽等是实质的存在。他深信人可以长生不老，或者返老还童。他和秦始皇一样，真正相信东海上有神仙居住的三神山。他和汉武帝一样，真正相信西方的昆仑山上有西王母。他相信麻姑的指甲就和鸟爪一样，搔起背来却很轻。他相信比人要小得多的白鹤、黄鹄等会把人载着飞入仙境。他相信人可以长出羽毛（所谓"羽化"），像鸟一样飞翔；这样的人就叫做"羽人"。他甚至相信武昌的黄鹤楼就是仙人在那里"学飞术"的地方。——《望黄鹤楼》诗："颇闻列仙人，于此学飞术"。

山东的泰山，那样实际存在着的海拔一五三二米的山，他在天宝元年去登过，有《游泰山》诗六首以纪其事。他在那里却遇着了"玉女"（第一首）、"羽人"（第二首）、"青童"（第三首）、"众神"（第四首）、"鹤上仙"（第五首）、"仙人"（第六首），首首都在和神仙打交道。使得他"稽首再拜"，"叹息"，"踌躇"，"恍惚不忆归"，然而终是可望而不可及。值得注意的是，第四首里面有这样的话：

清斋三千日，裂素写道经；吟诵有所得，众神卫我形。

郭老这张大字报，没有毛泽东的《我的第一张大字报》句句有刀，但分量也不算轻。而且颇有《我的第一张大字报》和周办工作人员给总理的大字报相结合的味道，是恨爱交加。这一张大字报一出，再经郭老入木三分的分析，李白的迷仙形象就深深地打印在人们记忆中了。其实，信神仙也未必不可以，做白日梦也未必不可以。现实中没有的、得不到的，到虚幻中去寻，也是人区别于动物的神能。人有这样的神能，便有此表现。区别在于有的人显著一点，有的人平常一点，或者偶尔不平常，也不为他人在意，更没有写在诗里，记录在案。名人为名所累，无名之人，偶尔有点有价值的东西，也同无名一起失落了。其实，郭老稍稍回顾一下自己的身世，许多时光也未必不是在虚幻和妄想中度过的。不过未必是以仙的名义罢了。我想，李白对仙的追求，也有似坐禅修道，都是精神领域一定层次上的精神活动，或曰精神境界。对此，大可不必批到死去活来。

郭老猜测，"三千日"是"三七日"的字误。李白在泰山作了那么长时期的斋戒，使他精神异常，发生了幻觉了。"九转但能生羽翼，双凫忽去定何依？"服用了"九转金丹"，一双草鞋也就成了一对水鸟，可以载着人白日飞升。郭老还由此写到歌德的《浮士德》对于炼丹术也有诗吟咏，并且指出："但在西方，后来因知识有了进境，转为了科学的化学。在中国古代，则转来转去，没有转到科学的阶段而荒废了。"

此说恐怕是不错的。对此，顾准在《理想主义到经验主义》一书中，有一个根本分析：超脱尘世权威而拜倒在超人力量的西方人，固然是神秘主义，可是他比之把尘世的政治权威视为至高无上、禁止谈论"礼法"之外的一切东西，确实大大有助于科学的发展。郭老在《科学的春天》中也充分肯定想象，甚至幻想对科学进步的意义。但他在此没有充分肯定"酒"和"丹"对李白诗歌创作的意义。李零教授则是充分讲到酒的作用，但没有讲到丹的作用。我想，这酒和丹对李白成为酒仙和诗仙都是有极大关系的。如果他不是那样酷爱，那样执着，那样放任，反而倒不是已有的李白了。

郭老为什么要以如此重的笔墨来写这样一张大字报呢？转来转去，我想他的本意还在这样一句话：不醒为好。因为毕竟受过现代科学思想武装的郭老亲眼看到的故国，正在把盛世的政治权威崇拜到无以复加的地步。不醒的前提是什么呢？就是对所信、所爱、所欲、所述"很认真"。同时，越是说不要醒来的人，其实越是早已醒来了。由此可见，郭老的内心是痛苦的。他不仅受着尘世的折磨，恐怕还受着灵魂的折磨。把这折磨用曲笔告诉世人，恐怕正是他写作的本意。

郭老的内心很矛盾。他通过批判李白说：为了追求长生，秦皇汉武已经受了骗，魏晋的统治阶层也接着受了骗。李白也不过是在向这些愚蠢的统治者学步而已。我想，在写这话的时候，他应该也想到了秦始皇"二世、三世，以至万世"的预期。企图江山永固、永不变色，这样的努力，并没有止于"秦皇汉武、唐宗宋祖"。一些有宏伟思想的伟人，宏伟的思想往往与幻觉同步，甚至变为幻想，热衷幻想。由此是否可以得出一个等式：伟大的思想家——幻想家——神仙呆子呢？

相知也，相隔也

公元744年春夏之交，也即唐天宝三年，李白与杜甫相遇于洛阳。由此令人想到毛泽东与朱德的井冈山会师，想到马克思和恩格斯的终身友谊。然而，我手边的《中外历史年表》和《中国历史年表》都没有载入这件大事，倒是对安禄山兼范阳节度使一事没有落下。还是鲁迅先生说得透:放火者是英雄,点灯者是永远不会被在意的。

相遇后的李白与杜甫同游了开封、商丘、齐鲁等地,"醉眠秋共被,携手月同行";分别后一个说"何时石门路,重有金樽开?"一个道"何时一樽酒,重与细论文。"据郭老书中说,杜甫的现存一千四百四十余首诗中,和李白有关的将近二十首;李白有关杜甫的诗,虽然只剩下四首,但郭老说,这都是他们二位漫游齐鲁时期的诗,其前其后应该还有,可惜散佚了。事实上,其意义绝不是有几首直接关于二位的诗作,而更在于互相砥砺的间接意义。间接意义大于直接意义。人们往往对间接意义重视不够,没有重视它的记录和挖掘,被散佚了,这是很可惜的。

杜甫与李白一样,同样有着强烈的"兼善天下"愿望,然而却同样命运不济,大志不伸。因此,他在《赠李白》的七绝中慨然申诉:"秋来相顾尚飘蓬,未就丹砂愧葛洪。我自狂歌空度日,飞扬跋扈为谁雄?"有人说这是对李白有所规劝。郭老认为是愤世嫉俗之词,慨叹二人盖为英雄无用武之地。

我倾向郭老的看法,因为杜甫与李白一样"性豪业嗜酒,嫉恶怀刚肠……饮酣视八极,俗物多茫茫。"两人一样的性情豪爽,也一样的命运多舛。在一起除了豪饮,纵论天下大事,也发牢骚解闷。我认为牢骚也是个好东西。许多有价值的东西,经国大论也好,诗词文章也好,都是从牢骚来的。退一步说,可以泄愤,可以抒情,可以舒心,还可以激发诗人的灵感。毛泽东虽然有"牢骚太盛防断肠,风物长宜放眼量"之说,但那是针对要官者言，亲朋至友之间发发牢骚、吐吐心声，有气释放一番，未必不是一件好事。

郭老是善作翻案文章的高手，除了有关李杜总体翻案的文章，对一些具体诗作的理解也有"推到历史三千载"的气概。李白的一首《戏赠杜甫》："饭颗山头逢杜甫，顶戴笠子日卓午。借问别来太瘦生？总为从前作诗苦。"历代的诗评和现代的专家们普遍认为是李白讥讽杜甫，郭老却指出，诗题中的"戏"字为后人误加，专家讲反了，后两句不是讥讽，而是一问一答。"别来太瘦生"是李白发问，"总为从前作诗苦"是杜甫回答。"为人性僻耽佳句，语不惊人死不休"是杜甫个性使然，作诗向来苦费心思是他终其一生的秉性。"孰知二谢将能事，颇学阴何（南北朝诗人阴铿、何逊）苦用心"以及"知君苦思缘诗瘦，太向交游万事慵"等都是杜诗中的句子，他不仅体会自己的苦、今人的苦，也能体会到前人的苦。经郭老这么一分析，李杜心心相印，惺惺相惜之情跃然纸上。下面还有段文字，我认为也是书中最好的片段之一，抄在下面：

"清诗近要道，识子用心苦"（《贻阮隐居》），这就是所谓能识此中甘苦了。"苦用心"的结果自然会"瘦"，所以他在《暮登四安寺钟楼（原在今四川新津）寄裴十迪》中有这样的一句："知君苦思缘诗瘦。"这就是"借问别来太瘦生？总为从前作诗苦"的极周到的注脚。不仅"苦"字有了着落，连"瘦"字也有了来历。这样亲切而认真的诗，被解为"嘲诮"，解为"戏赠"，解为讥杜甫"拘束"或甚至"龌龊"，未必冤枉了李白，也唐突了杜甫!

　　郭老的分析是很有道理的。但是我想，就在郭老眼前，尤其五六十年代之交，国人普遍很瘦，甚至因饥饿而死，并不是因为作诗太苦。郭老如能对这一现实有所涉及和追问，就更好了。然而我并非不知道这是苛求于"古人"，只是那时的用心总在于"打派仗"，也太顺应潮流了。

　　杜甫《梦李白二首》后两句："孰云网恢恢，将老身反累。千秋万岁名，寂寞身后事"，把天道人心的微妙及微渺写尽了。老子的"天网恢恢，疏而不失"，意在天理如网，虽稀疏而不漏，善恶总有归结。杜甫反用其意，言李白虽善却得恶报，在活着的时候无人去顾怜其身陷囹圄的困苦，千秋万代之后尽管名扬天下，那毕竟是对寂寞身后的安慰。清代浦起龙《读杜心解》说："次章纯是迁谪之慨。为我耶？为彼耶？同声一哭！"然而，郭老却说是李杜之间消息隔绝，他写此诗时李白已遇赦放回，南游洞庭了。他不知此情，还耽心李白的冤罪千载难雪，令"名埋没而不彰"。这是地域上的相隔。这地隔之说也是可以成立的，不过，地相隔，心牵挂，便有误解，也是善意。人与人之间彼此友善才是最重要的，至于那些是非真假反倒在其次了。人的认识有高低，看法有不同，都很正常。就像对于当前的改革开放，别的许多大事也是一样，亿万人民能够或前或后，或左或右，虽然参差不齐，大体一致地向前走就好，大可不必去分其前后，求其一致，更不必斩头去尾。这样不是更好吗？

　　李白毕竟是谪仙和诗仙，其名也并没有"没而不彰"。首称其奇的是酒中八仙第一人贺知章,"既奇其姿,复请所为文",一首《蜀道难》,"读未竟,称叹者数回,号为'谪仙',解金龟换酒,与倾尽醉,期不间日,由是称誉光赫。"杜甫也称李白"落笔惊风雨,诗成泣鬼神"。郭老说,《蜀道难》应该是李白的少作,作于开元十八年之前,此正是以表示李白的"天才英丽"(此为李白二十岁时苏颋下的评语。唐玄宗时朝中文件多出苏手,袭封许国公,与燕国公张说并称为"燕许大手笔",大概相当于现在的党内第一支笔胡乔木。)杜甫还说,李白才气很高,壮志无法舒展,人生行路多有曲折,善人得不到援助,虽俊如祢衡而无一官半职,贫如原宪只是一位书生,因此才下山求出路,想办法糊口。然而食粮还未得到满足,贪污的诽谤更喧腾于众口。郭老说,杜甫此说把李白为扫荡胡尘,拯救天下苍生而下庐山,说成是为找饭吃而受到处分,李白看后也会感到意外的。这相隔就更重几分了。

  李白对此究竟持何态度?郭老认为李白诗中有"众鸟集荣柯,穷鱼守枯池。嗟嗟失权客,勤问何所规?"正是李白对杜甫的回答,明显是表达他所期待的知己,虽然同处在困难中,但并不像十几年前那样是真正的知己了。

  郭老对此虽然没有更多的阐述和感想,但只要对上世纪有了解的人都知道,毛泽东和他的战友们,周扬和田汉、夏衍,沈从文和丁玲等,各自都在变,基本上都是越变越远,知己、战友都可能成为路人、仇人。倒是冰心与巴金的友谊几乎经历了一个世纪。冰心有句话是"心里简单就行了"。越是简单的友谊,越是历久而弥坚。所谓政治上的战友其实也是靠不住的。什么样的时代便有什么样的人心，而人心又在加剧这时代的某些东西，如此而已。

　　关于诗歌达到的高度，比较公认的是屈原。杜甫推崇六朝诗文，说"李白诗句之佳者，往往似阴铿，又比之庾信和鲍照"，曰："清新庾开府，俊逸鲍参军。"李白虽然也尊重陶渊明和谢灵运，却有点轻视六朝文体，说过，"自建安以来，绮丽不足珍"。杜甫很看重宋玉，说自己要努力"窃攀屈宋宜方驾"，在《咏怀古迹》里还有"摇落深知宋玉悲，风流儒雅亦吾师"，就是特别敬佩宋玉。而李白并不怎么敬佩宋玉，《雪裳飞飞》中"我觉秋兴逸，谁言秋兴悲？"就是针对宋玉"悲哉秋之为气也"而言。郭老说："这里可以看出李杜二人的不同之处，至于屈原成就的水平，不仅李白没有达到，杜甫也没有达到。"此论应该是中肯的。

翻案之事放眼观

　　就翻案而言，书到一半，才是紧要处。这却使人想到：人，有时候是因为不认真、不谨慎而失误，有时候却是在很认真、很谨慎的情况下犯很严重的错误，好像是因为过于认真，才犯错误似的。伟人尤其如此。

　　刚参加工作的时候，听说某位领导能背诵几处碑文，心生敬佩；后来遇到傅山先生为深研古碑几天几夜不归及其矫健畅豁的书法，钦佩不已；再后来，读到郭老的《读〈随园诗话〉札记》，崇拜之心油然而生；及至读到臧克家先生编著的《毛泽东诗词鉴赏》，看到他对八十高龄的唐诗专家萧涤非同样有敬佩之心，从而坚定了一个信念：读书不仅要有疑问心，而且先有敬佩心。不是带着疑问之心去读书，而是由敬佩进而后生出疑问，这才是应有态度。

最近，北大的李零教授送我两本书，一本是《铄古铸今》，另一本是《何枝可依》，前者讲考古，后者虽是读书札记，插图却是他在河南浚县子贡墓前读碑的照片。这又使我想到，历史在前进中，包括我们身边由奋进者组成的洪流奔腾不息，不舍昼夜，逝者如斯夫。

郭老的天才和气魄，令人永远敬佩。他是考古大家，又是古文字学家，是破译甲骨文和简帛古书的名家，寻常碑文对他而言，大概就像我们重看小时候读过的识字课本和小人书。他的翻案文章聚焦于一篇碑文，既是慎重的选择，又是手到擒来的事。但不知为什么，却让我想到：郭沫若先生不仅为他的意识所误，也有他的才气所误。

这碑文出自唐人元稹之手。元稹与白居易齐名，小杜甫67岁，小李白78岁，大白居易7岁，其出生地洛阳与杜甫的出生地巩县相距百公里左右。他的诗名没有李白、杜甫、白居易那么大，但官做到宰相。官本位历来是中国人的首尊，由他来写杜甫的墓志铭，一定有着地位、名望等原因。因此据郭老说他的"抑李而扬杜，差不多成为封建士大夫阶层的定论。"

郭老的翻案文章首先用"颂扬"一词否定了这一"定论"的客观性。说元稹在《杜君（甫）墓系铭》中"颂扬"杜甫："上薄风雅，下该沈（佺期）宋（之问），言夺苏（武）李（陵），气吞曹（植）刘，掩颜（延年）谢（灵运）之孤高，杂徐（陵）庾（信）之流丽，尽得古人之体势，而兼文人之所独专矣。""诗人以来，未有如子美者！"

郭老显然是用嘲讽的口吻说："这真是绝顶的颂扬。"看到这样的批判意味很足的言语，令人想到姚文元对《海瑞罢官》批判的口气，对陶铸《松树的风格》批判的尖刻，尤其是批判陶铸不配谈"文采"那一句"真是羞死啦！"这恐怕是时代的浊浪所卷，连郭老这样的文坛老帅也不免下此浑水。

下面一段文字应该是元稹"扬杜抑李"的要言，郭老全文抄在书中进行了批判。此段文字是：

"是时山东人李白，亦以奇文取称，时人谓之李杜。余观其壮浪纵姿，摆去拘束，模写物象，及乐府歌诗，诚亦差肩于子美矣。至若铺陈终始，排比声韵，大或千言，次犹数百，辞气豪迈而风调清深，属对律切而脱弃凡近，则李尚不能历其藩翰，况堂奥乎？"

郭老出手便揪住元稹的偏心，批驳说"元稹所极力颂扬的排律，和六朝人的骈体文、后代的八股文，是一脉相承的东西。封建时代科考取士时长期采用过，是读书人的宦海梯航。那种完全脱离群众（正如元稹所说的'脱弃凡近'）、掉书袋、讲堆砌的文艺玩艺儿，正是李白之所以不屑为，而有意打破它的。杜甫晚年来特别嗜好，借以消磨岁月，卖弄学识。元稹可以说是嗜痂成癖了。"

看着郭老越来越重的批判，我最大的感受可以套用书前的毛主席语录来表达。就是在历史长河中，每个人都在一定的历史时期（或曰历史条件下）生活，各自的思想无不打上时代（或那个时期，那种历史条件）的烙印。元稹没有脱出这个框架，郭老同样没有脱出这个框架，以至毛泽东也没有脱出这个框架。这其中的许多倾向以至偏激，都不是人类之幸，而是人类之悲，甚至演变为一个时代的灾难。这就不仅是不幸和可悲，而是令人痛心了。联系电视无休无止的打打杀杀，难道这就是主流文化，是最可欣赏的人世吗？

　　应该说，李杜的路数不同，所长不同，以长比短，各有所短；以短比长，各有所长。这一点元稹应该明白，郭老更应该明白，只是他们各自受着一种力量支配，总是坚持了一面倒的立场。而且，郭老批判的目光并没有限于唐代，也没有限于封建时代，他除了感叹"无论是李也好，还是杜也好，他们的光焰在今天都不是那么灿烂了"外，尤其将批判的目光落向现代，因此说"然而，出乎意外的是解放以来的某些研究者却依然为元稹的见解束缚，抑李而扬杜，作出不公平的判断。"

　　郭老的批判，还引发了我的另一点感想，就是读《李白与杜甫》的同时，又找出郭老写于六十年代初的《读〈随园诗话〉札记》翻了翻。郭老以新观念、新理论来检阅传统文化，将历史的陈案翻过来，或者正是时代的使命。然而，老实说，这两本书，包括当年轰动诗坛的《女神》，轰动山城的《屈原》和后来的《蔡文姬》，特别是"文革"中的一些应景诗作，总觉得不像鲁迅的作品，尤其是《野草》那样令人百看不厌。同时，我还极不情愿地感觉到，郭老竟是如此严重地受到"时限"的影响。鲁迅虽然也曾说过"于现在有意义，才于将来有意义"的话，但目光总是那么深远。我竟会有此感觉，从内心检查似乎并没有对郭老不敬。由此却也意识到，感觉也是很麻烦的东西。有些感觉，如果出自大人物，就可能让一个时代翻天覆地。然而，翻天覆地或许也只是暂时的，同样经不起太阳月亮的交替出勤。

我并不认为一定要将李杜分为人民诗人和非人民诗人才是正确的和必要的，甚至觉得，根本就没有必要抑一个扬一个。还是韩愈说得好："李杜文章在，光焰万丈长。不知群儿愚，那用故谤伤！蚍蜉撼大树，可笑不自量。"他们都是伟大的诗人，并不因后世的某人的抑扬对这伟大有所增减。李杜，包括一切诗人及其诗作以及一切优秀文化，都来为我们社会的和谐进步服务就行了，何必如此抑扬？不过，我们的学生还得写论文，教授还得评诗讲课，专家学者还要"八仙过海"，都任其繁荣就是了。有人说西双版纳的密林，从地衣、苔藓、蕨类，到各种各样野花、野草、大小灌木、藤蔓，直到高大的树木、参天大树，密密丛丛，绿荫荫、水淋淋，或娇小纤细、委婉攀延，或枝干挺拔、花繁叶茂、相互依存、共生共荣，确实是一个无比繁荣的世界，我们的文化学术的蓬勃发展，不也应该这样吗？至于有其中的大人物还要引领时代潮流也不是不可以，但求不指责批判别人是逆流，弄出恶风腥雨来就好。根本标准是：只要是创造幸福环境，不给人民带来痛苦和灾难就好。由此我还想到"评法批儒"和"评《水浒》"。《水浒》招谁惹谁了，要引来如此轩然大波。当然，答案只有一个：现实斗争需要。此外还有一点，为了现实斗争需要而有所作为大有人在。当年郭老写出《甲申三百年祭》，被延安作为文件，那种英雄气概和历史气魄是令人羡慕的。然而他们都是人，都在变化的环境中变化。这变化既有向更好的方面变化的一面，也有向不好的方面变化的一面。事实上，令人不愿意看到的不好变化，不仅存在，而且较为严重。我不知道这里面是否存在一个窠臼或曰周期率，反正是毛泽东没有跳出去，郭老也没有跳出去。我没有因为他们没有跳出去而减少敬仰，却让人破除了对权威的迷信，增加了一些平常心。

抑扬文字等闲看

经常听到有人批评，目前浮躁之风很盛。浮躁之风不能说没有，但也未必就是主流。近日翻阅《中国古典诗词精品赏读》，关于杜甫的评介就有一段平心之论。在抄出之前，我突然又想到近来对"汪晖抄袭问题"炒得很热。汪晖也是我佩服的论者之一。接触过他的议论，为其鞭辟入里感佩。既然人家有理有据指出抄袭，这倒使我想到有引以为戒的必要。为什么要做贼似的抄袭呢？即便是顺手牵羊在人家的自留地边上摘取几穗嫩玉米，也不是道德行为，更不是规范行为。一定需要和必要，像周作人那样指名道姓"抄"出来，不就很好吗？

我要抄在下面的平心之论是：

"诗仙"李白和"诗圣"杜甫，历来公认是唐代诗坛上的双子星座。李诗不假人工，如行云流水，是后人可慕而不可学的天才美、自然美。而杜诗沉郁顿挫、深刻悲壮、气势磅礴，却又严格收纳在工整的音律节奏中，抑扬开阖、起伏呼应，都合乎于规矩，是人人可学的人工美、艺术美。羡太白之洒脱超俗者，多推崇李白。慕子美之学深品正者，推尊杜甫。正如严羽《沧浪诗话》所说："太白不能为子美之沉郁，子美不能为太白之飘逸"。

我正为这"和谐宽容"感到欣慰，一位朋友送来一份材料：萧涤非先生晚年关于《李白与杜甫》的讲话。萧先生讲，李杜优劣问题是一桩老公案。有的扬李抑杜，有的扬杜抑李。但他们之间，似乎有一种默契，有一条不可违反的准则，抑只管抑，却不抑得对方站不起来。"像郭老这样'爱之欲其生，恶之欲其死'的绝对化的抑扬法，还是前所未有的，也是有害的。"萧先生没有说，其实他应该明白，郭老写《李白与杜甫》的时代，是一个你死我活的斗争时代，或许大家已经把你死我活看作寻常，这才是尤其值得反思的大问题。

有句话是"庾信文章老更成"。人到老年，看问题一般会平和些、公允些。然而在那样一个特殊年代，万事皆殊而须殊。郭老是一个特殊，毛泽东也是一个特殊。萧涤非是唐诗专家，他的话又是晚年讲的，虽有不平之气，公允平和则是主要的。他讲到，第一个公开扬杜抑李的元稹，其偏颇在于不该把杜甫擅长的欢喜写的和李白不欢喜写的排律来作比较。第二个扬杜抑李的是白居易，他从诗的思想内容上突出了杜甫，但也丝毫没有要压垮李白的意思。到了北宋，扬李抑杜的有杨忆、欧阳修，但他们也不能不佩服杜甫。包括扬杜抑李最力的王安石，说李白的诗十句就有九句言妇人和酒，但也承认李白"豪宕飘逸，人固莫及"。萧先生还认为，韩愈的观点是可取的。他尤其赞赏苏轼把李杜二人比作端午竞渡的两条龙舟："扫地收千轨，争标看两艘。"最后，他总结说，用现在的话来说，李白与杜甫，一个是浪漫主义，一个是现实主义，各有各的路数，各有各的绝招，各有各的拿手戏，各有各的独到处。我们既需要李白，也需要杜甫。各人可以根据自己的偏好，向某一人多学一点，没有必要你死我活。

我认为萧涤非先生的观点比较客观、公允、开阔、老到的。然而，再读下去却也让我看到了他的不够开阔和开明，因为他对郭老也有以其人之道还治其人之身的一面。平心而论，我更欣赏苏东坡先生的观点，他的话"江流镜面净，点破千顷碧"，竟是如此的简捷、壮阔、大气，给人以尤其丰富的想象和回旋余地。此刻我忽然觉得，论其长短可以，畅所欲言也可以，只要言之成理，甚至只是"理"的半成品，都可以放它们到自由的天地去，不必像瘟疫一样怕，当然也不可自造瘟疫，害人害己。

"请出去"与"请进来"的争论

郭老在《关于杜甫》的开篇，就对杜甫作了一番阶级分析，得出结论："朱门酒肉臭，路有冻死骨"这一"人们所乐于称道的名句"是杜甫"站在地主阶级立场上"，"为统治阶级服务"的。"安得鞭雷公，滂沱洗吴越"的意愿，也为杜甫所敬仰的"中兴名将"李光弼血腥镇压二十万农民起义军而实现。

我不知道这意愿如果不实现，将会是怎样结果，但郭老分析的结果却是：杜甫应该从"人民诗人"的行列中请出去。

读这段书的当天夜里,我梦中突然晴空里飘出一片乌云,乌云下面是批斗杜甫的现场。

我在梦中想:杜甫也被列入"地富反坏右"了?还没有容我想下去,一队头戴高帽、胸挂木牌的被斗对象鱼贯而来了,吼喝之声也随之而至了。被惊醒的我,摸摸额头的汗珠,将台灯扭亮,又拿起昨晚入睡前看的书,郭老如破竹般地劈下去的一段文字,随之也出现在我的眼前了。

这劈出来的是非是:地主阶级意识和立场是杜甫思想的脊梁,贯穿着他大部分的诗和文。再劈下去,像切西瓜一样,更有了分明的判断:生在封建统治鼎盛的唐代,怀抱那样的意识,采取那样的立场,不足为怪。旧时的士大夫们要赞扬那样的意识和立场,也不足为怪。可怪的是解放前后的一些研究家们,沿袭着旧有的立场,对于杜甫不是采取批判的态度,而是依然全面颂扬,换上了一套新的辞令。

再劈下去,就不仅是切西瓜,而是要红烧西瓜了。这红烧出来的味道,自然要烈一些。即:"以前的专家们称杜甫为'诗圣',近时的专家们称为'人民诗人'。被称为'诗圣'时,人民没有过问过;被称为'人民诗人'时,人民恐怕就要追问个所以然了。"

这烈一些的、分量较重的批判,恐怕不免要令人心有余悸了。回头想想当年的峥嵘岁月,不由得使人想到:郭老的这段书,如果是一篇名文,肯定轰动文坛,尽管这样的话在当年是司空见惯的,但毕竟出自权威之口;如果是一纸鉴定,以"近时专家"为界，以往的会不会在九泉之下惶恐不安已无可考研，以来的惶惶不可终日则有资可考。如果是一张"大字报"，将会令多少专家学者被请进"牛棚"，也是可想而知的事。读这样一段文字，我没有想到原子弹爆炸的蘑菇云和光辐射，却想到切西瓜之时，这西瓜竟像炸弹一样爆炸了，它会不会炸到别人且是后话，首先是将当事人炸得面目全非。这是一定的。

这里又发生一个问题。毛泽东在"我的第一张大字报"之后，没有为此再来"我的第二张大字报"，也没有像批《水浒》那样，发动批判杜甫运动。是无意对杜甫过于为难，还是别有原因，总之是没有对杜甫形成更大的罹难，掀起更大的波澜，应该说是历史的幸运。

七年之后，郭老已作古。"近时专家"之一的萧涤非先生，在"能不谈最好不谈"的心情下，"索性"谈出了自己的意见，这意见也给自己炸出一身西瓜汁。

他首先言明，杜甫被称为"诗圣"人民是过问了的，而且是批准了的。陕北流传着一首民歌："唐朝诗圣有杜甫，能知百姓苦中苦。诗歌作了千万卷，不流千年存万古。"老一辈革命家也是有过批准的，敬爱的朱德委员长就为成都草堂提联："草堂留后世，诗圣著千秋"。

萧涤非先生还以自己的研究成果证明，杜甫是最有资格为"诗圣"的。还是在清华大学读本科及研究生时期，他就在导师黄节指导下，对《诗经》至清末的诗作过普查，得出的结论是"对社会现实和人民疾苦反映最为广泛、最为深刻、最为真挚，而且至老不衰、至死不变，在历史上也是有进步意义的，不能不排杜甫为首屈一指。"

萧先生还说，郭老过去也是看重杜甫的，他这次抑杜不过是自己翻自己的案。

接着更是说出一句四两拨千斤的话："而我们的非议，也不过是以前日之郭老反后日之郭老而已。"郭老除了为草堂撰写的楹联称杜甫为"诗中圣哲"，被制成邮票外，还为川剧学校题过"诗圣至今剩草堂"。

萧涤非先生的上述批评应该说是既有力又大体不失公允，但是他也好像是越说越激动，随着激动，火药味也浓烈起来，这便有了"西瓜汁"效应了。

我认为，评论者无论怎样评论，包括"请进来"还是"请出去"，都与杜甫关系不大。千年前的杜甫，千年以来的杜甫，是怎样的杜甫，并不是任何人的一两篇评论或者一两本书可以评定的，杜甫是不是诗圣，是不是人民诗人，都与杜甫本人关系不大，倒是与评论者本人关系较大。

说到这里，似觉言犹未尽，那就再多说几句。

有人说，郭老一生热衷于政治，晚年又有高层政治生活体验，这对他产生两大影响：一方面，使《李白与杜甫》有一定的政治内涵；另一方面，由于他的政治洞察力，笔下的历史人物，在当时看来颇具生命力。

也有人说，论者如果站到一种狭隘的政治立场上，手中的那把小尺子就无法衡量中国现代文化史上这位广有建树的伟人。

还有人说，我们应以宽容和知人论世的态度去评说郭沫若其人，理解和珍惜他留下的文学遗产。

我说，他们的看法各有道理，但最重要的是以宽容的态度，对我们的传统文化、"五四"传统、"文革"之乱进行较冷静的审视、批判、评说。批判和评说的目的无他，只为推动百花齐放、百家争鸣的文化繁荣局面。其中最本质的一点是宽厚，宽厚是与大国风范最相称的。

千般评说为哪般？

一位朋友在网上看到，《中国现代小说史》的作者夏志清先生说，上世纪70年代末，钱锺书访美时曾说过，毛泽东读唐诗，最爱"三李"——李白、李贺、李商隐，反不喜"人民诗人"杜甫，郭沫若就听从圣旨写了此书。

郭老的女儿郭平英在一次访谈中说，《李白与杜甫》"是一部学术著作，但偏巧观点与主席相同，可能使这个问题复杂了。"

文史专家桑逢康也说："迄今为止，没有任何确凿的过硬的材料，能够直接证明郭沫若写《李白与杜甫》，是为了迎合甚至秉承毛泽东的旨意。"

郭平英的话是很中肯的，桑逢康让"材料"说话的态度是正确的。钱锺书先生是否说过上面的话，只是夏志清先生的转述。钱锺书先生做学问很严谨，他的《管锥编》人称每个字都用戥称过。但他的散文机智而富于讽刺，有时说出话来也不是没有偏激的一面。

以上各说都是在不同生存和认识空间下说的。当然相同的空间下也有不同的观点。毛泽东不甚喜欢杜甫是他自己的偏好。常人可以有偏好，伟人就不可以有偏好吗？毛泽东说杜甫的诗"大多数不怎么样"也是自己的偏好所致。说"郭老不仅是尊孔，而且是反法。尊孔反法，国民党也是一样啊，林彪也是一样啊"就是很严重的政治问题了。因为那是一个上纲上线的年代，毛泽东则是上纲上线的首席专家。

郭老在诗词欣赏上与毛泽东有同样的偏好，也没什么反常和不应该。即使秉承毛泽东的旨意写一本书，也很正常。一些人对此表示反感，也只是一种认识，未必就是"世德"和真理。无论是自己写一本书，还是秉承谁的旨意写一本书，都不应该将历史和事实当橡皮膏来玩，甚而因此对他人造成"重灾区"。

临了，我还想说，那么多评论和争论，着眼和着重的都是政治是非或类政治是非，面对艺术却不谈艺术，这恐怕也是一个"传统"，或者说未必不是一个被强化了的"根深蒂固的旧念"。我不认为这是好事。我很想读到郭老对李白与杜甫诗歌艺术的品评，很少，甚至几乎没有。没有专章专节不说，散落在各章的艺术品评也没有。这是我读《李白与杜甫》一书留下的最大的遗憾。

泰戈尔的神韵

"神韵"一词,通常解释是:"精神韵致"。我对泰戈尔作品"神韵"的认识,不仅是这样,而是一头连着大地,一头通向至上的神,是上神的心跳与大地的律动。《柏拉图文艺对话集》第一篇《论诗的灵感》中说到,廷尼科斯平生只写过一首《谢神歌》,却被称为"诗神的作品"。这位诗神的身世和经历已无可查考。与他相比,可以称为"万卷诗人"的泰戈尔却是离我们并不遥远的"诗神"。

国家重点学科比较文学与世界文学学科带头人曹顺庆指导完成的一篇博士论文指出,泰戈尔是一个具有宗教虔诚精神的诗人和哲学家,贯穿于他的诗和哲学思想中的人格,不仅体现为人性,而且体现为神性,是人性与神性的统一。泰戈尔自己在他的《什么是艺术》一文中也说过:"这个人格的人,是人身上的至上人。它与这个伟大的世界有着自己的人格关系,并且为寻求某种东西以满足人格来到这个世界。"

这里的所谓"至上人"即是神。它昭示了泰戈尔人格概念中人性与神性的统一。面对这位既是主人、父亲、国王,又是朋友或情人的神,他乞求赐予,希望从中得到精神力量;他诉说苦闷,希望从中得到慰安;他表达爱慕,希望能够与神结合。这个神不是抽象的,而是具体的,泰戈尔自己一再表明:"在我们崇拜的所有真实对象中,我们崇拜他;在任何我们的爱是真实的地方，我们爱他。在善良的妇女身上我们感受到他，在诚实的男人身上我们认识他，在我们的孩子身上，他一次又一次地再生，这个永生的孩子！"

泰戈尔心目中这个神，不是他自己的创造，而是对传统宗教文化的继承。印度古代《奥义书》认为"梵"是宇宙的本源，世界万物都是"梵"的派生，而且提出"梵我同一"的思想。"梵"是最高存在，"我"是个体存在，二者是同一的，梵即我，我即梵。

泰戈尔是有限的，也是无限的，他的伟大正在于以有限求无限。所谓有限，就是现实生活，具体事物，当下人生，以及每一个个体的人；所谓无限，即为具有超越性的永恒，是最高存在，理想化的人生境界，以及人的本质和本体的体现。泰戈尔认为无限存在于有限之中，人只能通过有限来表达无限，人格就是这样的有限与无限的统一。他甚至说："在我的生命中有有限的一面，我们每前进一步都消耗自己，我们还有另一面，我们的志向、快乐和牺牲精神是无限的。人的这种无限的方面必定在一些具有不朽因素的象征中得以显现。"

泰戈尔的终极追求就是由人到至上人。这是以人格追求和人格修养为核心的宗教，泰戈尔自称为"诗人的宗教"。这都具体体现在他一生的诗歌创作中。如果说他16岁时完成的诗集《帕努辛赫诗抄》，只是他"诗人宗教"的初步模仿，28岁时创作的《心灵集》是他心灵神秘体验的初期产物，32岁时用他的艺术之手创造的第一个神的形象是他的一大进步，34岁时出版的《缤纷集》让这一进步达到完成神的雏形的地步,那么,从38岁的《祭品集》到48岁的《吉檀迦利》,则使他的神秘体验逐渐达到高峰。"吉檀迦利"的意思就是"献歌",是献给神的歌。诗人在为献歌而感到无限快乐的同时,也在不断完善自我,净化自我,达到一个新的境界,我们不妨称之为"诗神"。

"诗神"泰戈尔的所思所想是那样神秘、微妙,渗透着印度古哲学的意念——梵——宇宙万物的统一体——人类和谐的最高象征。然而,泰戈尔并不是一个本来意义上的宗教者、冥想家,并没有沉浸在纯粹的精神意念世界中,同康德——差不多一辈子都没有离开过自己的家乡科尼斯堡相反,泰戈尔一生积极投身社会运动,热爱旅行,足迹遍及印度次大陆和远东、近东、欧洲。正如季羡林先生说的那样,在八十年的漫长人生旅途中,他始终不是一个把自己关在象牙之塔、不食人间烟火的印度古代的仙人。他关心自己民族的兴亡,反对殖民主义和帝国主义的掠夺,抗议英国的鸦片贸易,抗议法西斯的横暴,抗议日本军国主义分子侵华,关心周围的社会,同情弱小者、儿童和妇女,歌唱世界大同。所有这一切都以水乳交融的诗情与哲理表露在他的伟人的文学创作中。由此可见,泰戈尔的神韵是完整的。不仅是一头连着大地,而且是深深扎根于大地,时刻关注和感受到大地的水火与冷暖。同时,始终不忘超越的使命,不忘通向神,实现由人到神的升华。正因为这样,他才以毕生完成了"诗人的宗教",实现了人和"至上人"的统一。

然而,我经过多年读泰戈尔,总不免在心里发问:如此丰富的所见所闻，与他的所思所想是和谐还是分裂？是相互冲突还是互为补充？泰戈尔自己说："多少旅人曾在那榕树下休憩，渡船曾把多少人送到对岸的集市。早晨起床整理行装，正打算神色黯然地向爱说爱笑的嫂子辞行，忽然听说她带着孩子要和我们同行。"　在我的感觉中，这"榕树"不在别处，就在上神庭院的中心点上；由彼岸渡来的也不是别人，正是泰戈尔和他的乡亲们来这里买西瓜和水萝卜的"集市"；又说又笑的嫂子更不是旁人，正是上神的近邻，我们共同尊敬的"王母娘娘"。泰戈尔获得诺贝尔文学奖的散文诗集《吉檀迦利》，就是这"神韵"的记录。

　　他在《吉》的开头便唱道："你已令我无尽，这是你的愿望。这易碎的器皿，被你一次次清空，又一次次汲满新鲜的生命。"　我由此想到，中国现代文学史上的著名诗歌流派"新月派"，包括徐志摩、闻一多、林徽因等人在内的"新月派"，就得名于泰戈尔的散文诗集《新月集》。然而，这"新月派"仅仅是"诗神"留下的部分子孙，他们的诗作仅仅是这"神韵"的"边角"。《月》中写着："无垠的天穹静止地临于头上，不息的海水在足下汹涌。孩子们会集在无边无际的世界的海边，叫着，跳着。""太阳微笑着，望着你的打扮。""白鹤庄重而安静地立在檬果树边的泥泽里。"诗人在问："当傍晚圆圆的满月挂在迦昙波的枝头时，有人能去捉住它么？"有人说，泰戈尔的诗、散文诗、散文、随笔，共同之处是行云流水，皆有微妙之意趣。这微妙，乃是心灵的微妙，是纯粹的精神世界、理想世界的微妙，它使得精神与理想不复僵滞而充满了灵动;这微妙,乃是生活的微妙,是世俗世界日常生活的微妙,它体现了作者高超的体验力和感悟力,使日常生活摆脱了凡俗枯瘪而变得人情味儿充盈荡漾。当然,这微妙还不止这些。不过,这说得太多,我只着两个字:神韵——上神的心跳与大地韵律相和谐的神韵。"诗神"泰戈尔本人也以他的诗句告诉我们:"在你双手不朽的触摸中,我卑微的心在欢乐里融化,勃发出神圣的乐声。""你乐音的光芒普照世界。你乐音的声韵回荡诸天。你乐音的圣洁之流冲决所有无情的屏障,奔腾向前。"

是的,正是这位"诗神",以他特有的"神韵",将他那创造了罕见之美与无上智慧的散文诗的笔触投射到凡俗的日常生活之中,为我们奉献了世界散文诗创作中不可忽略的精品。是天?是地?——是天地一体。是梵——无所谓宗教,也无所谓世俗,无所谓永恒,自然也就无所谓短暂——是不分彼此的最高和谐。

有人说,诗意的泰戈尔在散文中或许调侃,圣洁的泰戈尔在随笔中或许嬉戏,平和的泰戈尔在讲话中或许愤怒,冥想的泰戈尔在思想中或许实际。然而,只是转瞬之间,泰戈尔就会凭借着日常生活中的一个细节,魔法般踏入永恒,为我们放射出耀眼的光芒。

"诗神"泰戈尔自己呢?他一面说:"笛音是永恒的音乐,它像湿婆蓬松乱发中飞落的恒河,在大地广袤的胸脯上奔腾不息;又如神王宫阙的仙童临世,用人世的尘粒做天国的游戏。"一面却又说:"结亲的喜乐与普通乐曲有什么相同之处?隐秘的不满，深深的失望，遭受欺压的愤恨，渺小欲望包藏的自私，龌龊乏味的唇枪舌剑，不容宽恕的狭隘纷争，生活里习以为常的封尘的贫困——这一切的形迹，神奇的笛音中可以发现么？"

"诗神"泰戈尔从14岁立足诗坛，一生创作了两千多首似天籁、如梵音、诉说神所垂怜的心曲诗篇；二千余个激动人心、优美动听的歌曲，其中《人民的意志》于1950年被定为印度国歌；百余部深刻反映社会现实，艺术功夫深厚的小说，数十部抒情色彩浓郁、情节跌宕起伏的戏剧及大量对社会产生重大影响的论著。泰戈尔七十高龄时学习作画，留有一千五百余幅作品，曾作为艺术珍品在世界许多有名的地方展出。人说泰戈尔不愧是一位全方位体现并参与创造了印度现代文明的文化巨人。我说，这都证明他是无与伦比的"诗神"，绝不仅仅是一个巨人。"诗神"泰戈尔第一次前往喜马拉雅山与"上神"会面时还很小。小泰戈尔用衣摆兜着五颜六色的石子，欢天喜地地回到父亲身边，洋洋得意地说："成千上万颗呢，我每天去捡。"父亲说："很好，很好，用石子装饰那座山吧。"这可以视为"诗神"的第一批杰作。父亲的承诺，则是代表"上神"赐给他的"诗山"。面对此情此景，泰戈尔的答词是怎样的呢？他说："天帝倘若大发慈悲，满足我的心愿，我将以'丰盛'来证明。"我们的一天就是"一天"，或者"24小时"。"诗神"泰戈尔呢？他的天是亢奋起来的情绪，是雨丝、琴曲、闲坐、幽暗浑然的交融，是无穷的赠予。他自己呢？是始终还有余地可以盛下的"我"。为此，他曾说："它是他的终极目的，它是他的最大财富，它是他的最大期望，它是他的最大快乐。"它是诗，他则是"诗神"泰戈尔。

其实我们不妨通过对若干诺贝尔文学奖得主的检阅，来体察一下泰戈尔的超越。第一届诺贝尔文学奖得主苏利·普吕多姆以"高尚的理想，完美的艺术和罕有的心灵与智慧的结晶"受到特别表彰。第三届获奖人比昂松以"作品高贵、宏伟和才华横溢、灵感新颖和精神纯洁"而著称。第四届奖授给"诗作新颖和独特性成就巨大"的米斯塔尔。第五届的埃切加赖写出"大量出色的剧作"。第六届的显克维奇作为一位小说家在"史诗般的叙事艺术"方面特别杰出。第九届的奥伊肯因"对真理的热切探求、思想的洞察、广阔的视野和热情、雄浑的表现手法"受到公认。其实在他们之后才获得诺贝尔文学奖的"诗神"泰戈尔可以视为是他们几位的一个综合，他在这几个方面的才华和贡献都非同寻常地突出和重大。就在泰戈尔刚刚踏上欧洲这块土地的时候，梅·辛克莱在出席泰戈尔诗歌朗诵会后就忍不住高度赞扬："不仅仅是因为这些诗具有绝对的美——诗的完美，而且还因为它们是我只能偶然瞥见，往往在痛苦和令人捉摸不定的感觉中才能见到的神圣东西变成了现实。"后来也成为诺贝尔文学奖得主的爱尔兰诗人叶芝是怎样赞颂的呢？他听完朗诵后无比激动地说，泰戈尔达到了与诗神交流的境地。他还在为《吉檀迦利》所作的序中写到："这些诗的感情显示了我毕生梦寐以求的世界。"

应该说诗人更懂诗人，伟大的诗人之间的心永远是相通的，与神心神交融的诗人则更加互为珍惜。仅与泰戈尔相差两年获得诺贝尔文学奖的瑞典著名诗人海登斯塔姆说："当我们终于找到了具有真正伟大水平的一个理想诗人时，我们不应该忽视他。我们第一次，也许在相当长时间里可以引为自豪的是，我们先于报刊发现了一个伟大的名字。我们不应该坐失良机。"当年瑞典文学院诺贝尔奖委员会在给泰戈尔的颁奖词中也说："我们毫无理由因这位诗人在欧洲的知名度相对不高而有所犹豫"，并且充分肯定："在富于想象力的文学领域中，很少有人在音域与色彩上能如此变化多端，并以相同的和谐与优美来表达种种不同的心境，从灵魂到永恒的渴望，一直到天真无邪的童孩在游戏时所激起的那种欢悦之情。"进而认定："凭着他先知的天赋，泰戈尔随心所欲地描绘了他创造性的心灵所呈现的景象，这种景象好像是在开天辟地的远古时代。"可惜中国的诗神屈原没有在场，他如果在场的话，一定会说出与泰戈尔更加心神相融的嘉言。

"诗神"泰戈尔一再说到《奥义书》。钻研《奥义书》，使他的家庭与世前时期的印度建立起密切联系。孩童时代，他几乎每天以纯正的发音朗读《奥义书》的诗行，在宁静的气氛中进行祈祷；与此同时，精心品尝了莎士比亚的戏剧趣味。这对泰戈尔心的培养、神的塑造、灵的出落都是一件非同寻常的大事。"诗神"泰戈尔非凡的经历同样深刻而具体地表明他天地相连的神韵。他回顾说：池塘水面上阳光熠熠闪烁，菩提树伸长身影，恒河水通过石砌的沟渠，清泉般流入自家南花园的池塘。他的神思像个流浪汉，在教室外面的广阔天地里游荡。他在书房的一隅，用六个字母、八个字母、十个字母拼凑各种各样的字组，用幼稚的词汇堆砌抒发飘忽的情思。他坐在一株老楝树下，谛听井水凄清地流入果园,将奇妙的思绪融入想象,送到不远的恒河水流里漂放。无始往昔的未闻的福音,对着无尽未来轰响,仿佛千秋万世聆听过的宇宙梵音。面对这旷古深远的天地,他的心沐浴着灌顶大礼的圣水,他的神迎着朝起朝落的朝霞,他的深厚的思绪踏着更加深厚的暮色,他以肃穆的姿态静立着,以他的全部以及全部以外的一切品味着《奥义书》的诗行,感知着宏大的存在以亲缘的纽带维系着的万物。他曾经写诗的地方是别墅最高处的距离上神最近的圆顶阁楼,坐在里面,只有树木的枝梢和空渺的天宇映入眼帘。他走下高耸的阁楼,看到日落黄昏。他泛舟波平浪静的恒河之上,缓流的水面上是柔润的夕辉,甜美的安谧,无边的宁静,悠远的银河,以及由此交融而成的乐土般的屋景——天国的图画。"诗神"泰戈尔恍惚记得,亿万年之前,年轻的陆地在沧海里沐浴完毕,昂首伫立着赞颂朝气蓬勃的太阳的时候,地球肥沃的新土和远古生命的激情,把他养育成一棵大树。他通过肢体汲取第一束阳光,怀着婴儿似的莫名的兴奋,在苍穹下摇晃;他以密集的根须抓住泥土母亲,吮吸她甘美的乳汁;神秘的欢乐催绽他的新叶,催开他的花朵;每与大地面对面坐在一起,便隐隐忆起往昔的情义。他说:"我仿佛在天宇、河流、古老苍翠的大地的轻舟上消度年华,尽阅真挚、丰富的情感变化。"笑吟吟的黎明将臂膀伸向苍穹,光芒四射的太阳乘车驶过无垠的晴空。整个世界仿佛欢呼着天帝的胜利出现,仙境奇花的芳菲唤醒了凡世的花香。由此,他深深感受到:"当我们在崇高爱情的影响下完美地认识真理时,我们才真正地懂得美。此后我们的目光才纯净,心灵才圣洁，才不受阻挠地看见世界各地蕴藏的欢乐。"在"诗神"泰戈尔的眼界中，人类的智慧甚至能深入到日月星辰中去探求深奥的理论。他坚信，人的道路伸向大的一方，这是他前进的方向，也是他的力的方向和真理的方向。然而，当用自己的手筑起围墙把自己围困起来时，就无法听到世界上日夜诵念的"大"的咒语，这咒语就无法进入内心。这样，那唯一的大神就会被千百个恶神小鬼所取代。"诗神"泰戈尔在心中是这样认为的：有一天，那皎洁的月色将开启我的心扉，在天空和清风中将传诵这亘古的真言：我们人类的生活中，总有一天能够深刻地领悟创造世界的最终意义，轻易地消除一切烦恼、怒气和以自我为中心的个人生活中一切难以忍受的扭曲。他认为，在人的内心之中有一个永生的境界，那里演奏着所有的永恒之曲。今天我们的节日就是那里的节日，我们的节日存在于每日的幕布之后。在我们日常生活的内部有一股隐藏的、永恒的生命之流，它在我们的内心为每一天注入情趣并不停地流向大海。

　　"诗神"泰戈尔心中的梵，就是"神哲"老子的道。梵是无限的，无限意味着它似小实大，似大实小。无限又意味着它能超越一切，无所不包。在无限之中有一种旋律，在远近之间回旋振荡，就像从巨大的心脏发出的脉搏把觉悟的潮流送到世界各地，又把它从各地吸回到无限之中。泰戈尔的神思始终游走在这"似小实大，似大实小"之中，而且他的诗心永远向着"大"的一面。他说："我们无从知道那无限者与世界的其他生灵之间有什么联系，但我们知道，他是人心中的人。我们只有在解除私利的束缚,为大众谋福利的过程中才能发现他的身影,只有通过不断的奉献才能经常见到他。"

一切伟大的文学家、诗人本来就是世界的。泰戈尔的心、眼、神本来也是世界的。通着上神连着大地的他,在品赏英国诗歌时作过一个比较:华尔华兹诗歌的情韵中有心灵与自然的直接碰撞,因而极为朴实,当然朴实不等于平浅。受到特别的赞赏的叶芝的诗歌没有落入回声般的俗套,而是真心的袒露。他对"真心"的解释是,金刚石通过反射天空的阳光表现自己,可是人心只有通过反映比自己更加高尚的东西,在高尚之物的光华中显露自己,同时也折射那种光华。他又说:"诗人并非单单折射出情愫之光,他采集他所在国度的心的色泽,以特殊方式把情愫之光美化后再加以折射。"他认为,只有像诗人叶芝那样让自己的诗歌在古朴的阡陌上潺湲流动,在山川感知鲜活境界的轰响,才能以战无不胜的灵魂认识自己,用无形手指扪触人世惊天动地的兴衰的奥秘,并为平静遍布广浩的天宇而快慰。

面对既是主人、父亲、国王,又是朋友或情人的神,他乞求赐予,希望从中得到精神力量;他诉说苦闷,希望从中得到慰安;他表达爱慕,希望能够与神结合。

歌德的学问

应该说,歌德的学问是不易学来的,尤其不敢轻言可以学到家。我的所谓《歌德的学问》,只是读《歌德谈话录》的笔记。这是他学问的边沿、外壳,还是核心,却不甚了了。不过我想,即使仅触及它的边沿,也仍然不失为智慧海洋的几杯圣水。下面,就让我们一杯一杯来共饮吧。

认识杯

"自知之明"这个词,我还是30年前于毛泽东书信中读到的。歌德却说"每个人都自信有自知之明,许多人却因此彻底失败了。"由此可以看出一个大矛盾:中国人说"人贵有自知之明",外国人说"自信有自知之明不免彻底失败"。看来,其中的学问太大了。走在人生路上,是应该学到这门学问,还是应该回避这门学问,也成难题。恐怕许多人即使掉进这个坑里,甚至死在这个坑里,仍然不明不白。不过,最大的问题,还在于本无自知之明,却"自信有自知之明"。若此,掌管一方,就可能因自以为是使一方遭殃;掌管一国,就可能因自以为是之种种使一国黑暗,而且还都是好心办坏事。至于涉及制约的制度种种,另当别论。

歌德反对去做超出正业而且违反个人自然倾向的事。认为有才能的人看到旁人做的事总是自信也能做,总有一天会为浪费精力追悔莫及。这一重要学问是歌德从教训中得来的。为此他还说:"假如我没有在石头上费过那么多的功夫,把时间用得节省些,我就很可能把最珍贵的金刚钻拿到手了。"我想,别的学问或者不注意也罢,莫把宝贵的光阴浪费在"石头"上这一条太有必要深刻领会了。

歌德的眼界很高,眼光很大。他说,要在世界上划出一个时代,有两个众所周知的条件:第一要有一副好头脑,其次要继承一份巨大的遗产。拿破仑继承了法国革命,弗里德里希大帝继承了西里西亚战争,路德继承了教皇的黑暗,而他所分享到的遗产则是牛顿学说的错误。他相信,将来的人会承认落到他手里的并不是一份可怜的遗产。

胸怀博大、目光深远的歌德看到太阳落山,朗诵出一句古诗:"西沉的永远是这同一个太阳。"而后高兴地说,"到了75岁,人总不免偶尔想到死。不过我对此处之泰然,因为我深信人类精神是不朽的,它就像太阳,用肉眼来看,它像是落下去了,而实际上它永远不落,永远不停地在照耀着。"他相信永生,像太阳一样的永生。

歌德不是"检察长",也不是国家审计署官员,然而他对以往世界的"思想宝库"进行盘点后说:"这个世界现在太老了。几千年以来,那么多的重要人物已生活过,思考过,现在可找到和可说出的新东西已不多了。就连我关于颜色的学说也不完全是新的。柏拉图、达芬奇还有许多其他卓越人物都已在一些个别方面先我有所发现,有所论述。""我努力在这个思想混乱的世界里再开辟一条达到真理的门路。这就是我的功绩。"他像是个历史学家、哲学家、学问的经理人、掌门人。他站在历史的一个终点或驿站发言。

　　人与自然和谐是当今世界的首要问题。十年前，季羡林先生在为范增的《庄子显灵记》作序时就说过，人类在大自然面前翘尾巴的高度与人类前途的危险性成正比。其实早他170多年前歌德对这一问题就作过具体、生动、深刻的论述。其论述是："人有一种想法是很自然的，就是把自己看成造物的目的，把其他一切事物都联系到人来看，看成只是为人服务和由人利用的。人把植物界和动物界都据为己有，把人以外的一切物作为自己的适当的营养品。他为这些好处感谢他的上帝对他慈父般的爱护。他从牛取奶，从蜂取蜜，从羊取毛。他既然认为一切物都有供人利用的目的，于是就认为一切物都是为他而创造出来的。"然而，"这种办法暂时也许行得通，暂时可以用在科学领域里，但是不久就会发现一些现象，从这种窄狭观点很难把它们解释得通；如果不站在一种较高的立场上，不久就会陷入明显的矛盾。"

　　"自由思想"和"人性问题"都是重大问题。大凡大学问家都对这两个问题有所论及。歌德认为：人，生来就有自由本能，却处在陈腐世界的狭窄圈套里，要学会适应它。幸运遭到阻挠，活动受到限制，愿望得不到满足，这些都不是某个特殊时代的特殊现象，而是每个时代的每个人都碰得着的不幸遭遇。这可能就是普遍的永久的人性与社会之间的不可避免的矛盾吧。鲁迅先生那篇《文学与出汗》写得很精彩，辩驳很有力。然而此刻我挥汗读《歌德谈话录》，写这与出汗没有太多联系的"普遍的永久的人性"的时候，确实难以分清自己出的究竟是"资产阶级的香汗，还是无产阶级的臭汗"，只是相信在我们这个世界上，"普遍的永久性的人性"是存在的，写"普遍的永久的人性"的文学作品存在的可能会更永久一些。

政治杯

歌德好像还是一位政治家。他的热衷于政治与中国历代文人没有两样。他的政治眼界恐怕并不在名牌大学的名牌政治教授之下。倘若他做大国总统顾问，应该并不比基辛格逊色。毛泽东说过：天下大乱达到天下大治，每七八年又来一次。歌德则说："时代永远在前进，人世间的事物每过50年就要换一个样子。在1800年还很完善的制度，到了1850年，也许就已变成有毛病的了。"历史的必然性很难明白，或者自以为明白，其实未必明白。包括伟人和圣人，他们在指出或带领大家走出一条路径的当初，同样无不受到当时的历史环境，或曰历史机遇的左右。

接下来歌德说出的一段话可就太重要了，恐怕是目睹了许多泪和血，才说出来的话："还有一点，对于一个国家来说，只有植根于本土、出自本国一般需要，而不是猴子式摹仿外国的东西，才是好的。对于某一国人民处在某一时代是有益的营养，对于另一国人民也许就是一种毒药。所以想把不植根于本土、不适应本国需要的外国革新引进来，这种企图总是愚蠢的；而一切有这种意图的革命总是不成功的，因为这种革命没有上帝支持，上帝对这种胡作非为是要制止的。"

这一点尤其值得深思。大凡大学问家几乎无一例外采取了相同的立场。这不是一个简单的立场问题,也不是一个简单的革命不革命的问题。革命是创造幸福的手段,也未必不是带来灾难的过程。只有站在更远处才能看得更明白,比如上帝那里。

歌德不是一位平民作家,他却考虑到作品应该让更多普通的读者接受和爱读。他不主张风格流于晦涩,认为愈醉心于某一哲学派别,也就愈写的坏。这让我想到章诒和的《最后的贵族》,她是以平民的笔写出贵族的生活、心态和气质,让多数人愿意接受、爱读。歌德的《浮士德》就不是这样。他是为平民写的,平民却未必懂。我与研究生毕业的女儿讨论,这应在她的专业范围。她最大的感受却是隔膜,感觉是另一个语言系统。这又让我再次想到最值得写的却难以语言表达这个命题。这是一方面。另一方面,真有价值却难表达的东西,即使写出来也未必有人懂恐怕是又一个方面的问题。

学习外国是一个老话题,也是一个不断有新要求的大问题。对此,歌德的意见是:来到这个国家,不仅会"很容易地、很快地学到这个国家的语言,而且还会认识到这个国家的要素,诸如土地、气候、生活方式、习俗、社交和政治制度。"这话是歌德1825年说的话。

在我们这个世界上,无聊的攻击从来就像空气一样无处不在。面对拜伦受到的关于"抄袭的攻击",歌德认为应该这样回答:"我的作品中的东西都是我自己的,至于我的根据是书本还是生活,那都是一样,关键在于我是否运用得恰当!"这样的"大智大勇"不仅用于回答论敌,就是用于外交场合也不逊色。

创作杯

歌德的一生似乎始终处于创作状态，他的创作体会应该是丰富而深厚的。将这丰富和深厚提炼到人格的高度，应该是他的《创作论》的核心价值观。

好像是鲁迅先生说过，他小说中的典型是从多处一嘴一毛凑起来的，没有对"个别"的把握，便没有"集合"。歌德认为艺术的高大难关是在对于个别事物的掌握。写诗对把握个别事物要求更高，要经过三四次的仔细观察，深入彻底的研究，才能把握一个事物的特征。好像苏东坡对此点也很在意，在他的圈子里，不仅有讨论，而且有竞赛。他的诗文，高明的一点，也往往是由于对个别事物有过人的把握。通过几十年在黑白文字和白山黑水之间摸爬滚打，我对把握事物尤其是把握个别事物对文字表达的极端重要性和极其困难性也有些感受，因此真心认为歌德这句看似较为平常的话，却是一条很有用的学问。同时，我还认为，没有对个别事物的深刻把握，对一般规律的认识也会失之肤浅。

人类的核心学问是什么？至今我尚未遇到古今中外任何人对这一问题的经典回答。然而歌德认为："生平有些或许算是好的东西是不可言传的，而可以言传的东西又不值得费力去传。人生就像靠近游泳场的避暑旅馆，初住进这种旅馆，你很快就结识一些人，和他们成了朋友，这些人已早来了一些时候，再过几个星期就要回去了。别离的心情是沉重的。接着你又碰上了第二代人，你和他们在一起生活过一些时候，彼此很亲密。可是这批人也离开了，留下你孤单单一个人和第三代人同住。他们刚来，你却正要离开，和他们打不上什么交道。人生真正的舒服生活，就好像推一块石头上山，石头不停地滚下来又推上去。我的年表将是这番话的很清楚的说明。"

我觉得，一个人的经历就是他的学问。如果这个人是伟人，由他的经历而产生出来的学问，就有了伟大的性质。如果是诗人，是哲人，是圣人，其经历产生的学问就可能更加与众不同，并有了传承的意义。于是人以"文"传，"文"以人传，究竟谁以谁传，也就很难说得明白了。当然，尤其难以说明白的是那些难以言传的学问。30年前，一位老领导谈起自己的经历，说真正用得上的学问很难用语言传达给别人，能用语言传达的只是学问的皮毛或边沿。这个问题困惑了我30年。我在这困惑中得到许多启示，也失掉许多勇气。现在重读《谈话》，好像再次遇到知音，同时也加重了这一困惑。

中国有句老话是"世事洞明皆学问，人情练达即文章"。歌德的经历传达出来的学问却是：世事洞明有学问，人情练达没文章。在中国，一些人情练达的高人就无不守着不立文字的老例。我始终不明白的是：他们是无须写？无可写？还是任何文字都不足以承担那些最值得传续的真学问？因此可以得出结论：真有用的大学问可能早已丢在历史的河边了。

歌德坚信产生伟大作品必不可少的条件是"不受干扰的、天真无瑕的、梦游症式的创作活动。"他不仅坚信了，还以《少年维特》为证，吐露心声："我像鹈鹕一样，是用自己的心血把那部作品哺育出来的。其中有大量的出自我自己心胸中的东西，大量的感情和思想，足够写一部比此书长十倍的长篇小说。我经常说，自从此书出版之后，我只重读过一遍，我当心以后不要再读它，它简直是一堆火箭弹！一看到它，我心里就感到不自在，深怕重新感到当初产生这部作品时的那种病态心情。"我在这段话边上批道：他捧出的不仅是一颗心，而且是文学的全部秘密。

将感情融入生活，从生活提炼感情融入文学，这不仅是学问，而且是比学问更重要的生命的内涵。

歌德叫人取来一部装满素描和版画的画册。他默默地看了几幅之后说，"那是一种感性魔力，是任何艺术所不可缺少的，而在这类题材中则全靠它才引人入胜。另一方面，在表现较高的意趣时，艺术家走到理想方面，就很难同时显出应有的感性魔力，因而不免枯燥乏味。在这方面，青年人和老年人就有宜与不宜之分，因此艺术家选择题材时应省度自己的年纪。我写《伊菲姬尼亚》和《塔索》那两部剧本获得了成功，就因为当时我还够年轻，还可以把我的感性气质渗透到理想性的题材里去，使它有生气。现在我年老了，理想性题材对我已不合适，我宁愿选择本身已具有感性因素的题材。"

歌德接着说，"为舞台上演而写作是一种特殊的工作，如果对舞台没有彻底了解，最好还是不写。每个人都认为一种有趣的情节搬上舞台后也还一样有趣，可是没有这么回事！读起来很好乃至思考起来也很好的东西，一旦搬上舞台，效果就很不一样，写在书上使我们着迷的东西，搬上舞台可能就枯燥无味。读过我的《赫尔曼与窦绿台》的人认为它可以上演。托普法就尝试过，但是效果如何呢？特别是演得不太高明时，谁能说它在各方面都是一部好剧本呢？一个人为舞台上演写剧本，既要懂行，又要有才能。这两点都是难能罕见的，如果不结合在一起，就很难收到好效果。"

歌德是一个诗人，但他毕竟不是一个一般诗人，他对诗人和写作有着尤其深入和实际的思考。他认为，对于诗人，世界是生成的，这指的是内心世界，而不是经验的现象世界；如果诗人也要成功地描绘出现象世界，他就必须深入研究实际生活。为此他说："爱与恨，希望与绝望，或者你把心灵的情况和情绪叫做什么其他名称，这整个领域对于诗人是天生的，他可以成功地把它描绘出来，但是诗人不是生下来就知道法庭怎样判案，议会怎样工作，国王怎样加冕。如果他要写这类题材而不愿违背真相，他就必须向经验和文化遗产请教。"他以自己的《浮士德》写作为例继续说："我可以凭预感知道怎样去描绘主角悲观厌世的阴暗心情和甘泪卿（浮士德骗奸而终于遗弃的乡村姑娘）的恋爱情绪，但是例如下面两行诗：

缺月珊珊来，

凄然凝泪光。

就需要对自然的观察了。

他不仅承认"《浮士德》是没有哪一行诗不带着仔细深入研究世界与生活的明显标志，读者也丝毫不怀疑整部诗是最丰富的经验的结果"；而且指出"如果不是先凭预感把世界放在内心里，我就会视而不见，而一切研究和经验都不过是徒劳无补了。

我们周围有光也有颜色,但是我们自己的眼里如果没有光和颜色,也就看不到外面的光和颜色了。"

在这一点上,歌德说出了他的经验,也说出一个规律,或者说是普遍真理。但我更欣赏中国古人的说法。刘勰在论述文学与自然关系的《物色篇》中有八个字:"随物宛转","与心徘徊"。这是他对"神与物冥"的进一步发挥。他的原话是:"写气图貌,既随物以宛转;属采附声,亦与心而徘徊"。王元化先生说:这句话正是为了说明作家在模写并表现自然的时候,必然克服自己的主观随意性,以与客观对象宛转适合。并说"随物宛转"是以物为主,以心服从于物;"与心徘徊"却是以心为主,用心去驾驭物。表面看来这两句话是矛盾的,实际上它们却是互相补充,相反而相成的。

歌德更是一位追求卓越和非同寻常的诗人。我认为,尽管就人生而言他要比中国的屈原平和而幸福得多,但就艺术的追求和对艺术标准的判断而言,他应该就是中国的屈原。他是在为非凡写作,也是为伟大目标写作。为此他说:"我毋宁更认为,一部诗作愈莫测高深,愈不易凭知解力去理解,也就愈好。""《浮士德》这部诗有些不同寻常,要想单凭知解能力去了解它,那是徒劳的。"

同时他批评说:"一些个别的研究者和作者们人格上的欠缺,是最近我们文学界一切弊病的根源。特别在批评方面,这种缺点对世界很有害,因为它不是混淆是非,就是用一种微不足道的真相去取消对我们更好的伟大事物。""我如果不曾通过科学研究来考察这类人，就决不会看出他们多么卑鄙，多么不关心真正伟大的目标。可是通过研究，我看出多数人讲学问只是把它看作饭碗，他们甚至奉谬误为神圣，藉此谋生。"

这批评真是一针见血。它好像是针对当前的中国说的。我们现在依然存在或者说正在生长的弊病，却被200年前的歌德刺痛，难道说这仅仅是一种悲哀吗？我同时却想到有人说过，有些丑态表演也不过是丑态表演，最怕的还是以神圣的面目欺世盗名或曰欺天罔地。

鉴赏杯

歌德对他同时代的诗人的批评很是耐人寻味，价值极高，应该是他学问的极重要部分。我将它们作为作文的尺度，也作为做人的目标。

席勒是与歌德齐名的诗人，是他为数不多的交流和倾诉者之一。他们二位多年在一起，兴趣相同，朝夕晤谈，甚至某些个别思想，很难说哪是歌德的，哪是席勒的。有许多诗句是两人合作的。有的是歌德想出来，而诗是席勒写的，有时情况正相反。有时一个开头，一个接第二句。真可谓是你中有我、我中有你。这使我想到启功先生回顾到的大画家溥心畬和张大千二位先生在一起共同作画、互相切磋的情景。这都是精彩的历史瞬间，或曰令人羡慕的历史精彩。歌德和席勒彼此对对方的了解甚至理解都很深，优缺点也看得很清楚。在歌德看来，席勒身上一切都是高傲庄严的，只有一双眼睛是柔和的。他的才能也正像他的体格。他大胆地抓住一个大题目，把它翻来覆去地看，想尽办法来处理它。但是，他仿佛只从外边来看对象，并不擅长于平心静气地发展内在方面。他的才能是散漫随意的。所以他老是决定不下来，没完没了。他经常临预演前还要把剧中某个角色更动一下。

歌德有一次说到：席勒的性格是光明磊落的，他痛恨人们有意或确实向他表示任何空洞的尊敬和陈腐的崇拜。歌德亲眼看见过一位素昧平生的外科大夫没有经过传达就闯进门来拜访他，他那副暴躁的神色使那个可怜的家伙惊慌失措，抱头鼠窜了。歌德说："我和席勒尽管志向一致，性格很不同。这种不同不仅表现在心理方面，也表现在生理方面。对席勒有益的空气对我却像毒气。有一天我就在他的书桌旁边坐下来写点杂记。身体不适，愈来愈厉害，几乎发晕。最后发现身旁一个抽屉里发出一种怪难闻的气味。我把抽屉打开，发现里面装的全是些烂苹果，不免大吃一惊。这时席勒夫人进来了，告诉我那只抽屉里经常装着烂苹果，因为席勒觉得烂苹果的气味对他有益，离开它，席勒就简直不能生活，也不能工作。"我不知道歌德如此说，除了表明个体的差异以外，是否还表明席勒的作品有一种烂苹果味，而他的作品则是圣洁的。歌德没有这样说，要想知道确实如何，就需对他们二位的作品做深入的比较研究。

莎士比亚是歌德的太阳和尺度。他说："不过我们对莎士比亚简直谈不出什么来，谈得出的全不恰当。莎士比亚并不是一个适合在舞台上演的剧体诗人。他从来不考虑舞台。对他的伟大心灵来说，舞台太窄狭了，甚至这整个可以眼见的世界也太窄狭了。"

"他太丰富，太雄壮了。一个创作家每年只应该读一种莎士比亚的剧本，否则他的创作才能就会被莎士比亚压垮。"

"莎士比亚所写的剧本全是吐自衷曲，而且他的时代以及当时舞台的布置对他也没有提出什么要求，人们满足于莎士比亚拿给他们的东西。莎士比亚是一个伟大的心理学家，从他的剧本中我们可以学会懂得人类的思想感情。"

"如果你想认识莎士比亚的毫无拘束的自由心灵，你最好去读《特洛伊勒斯与克丽西达》，莎士比亚在这部剧本里以自己的方式处理了荷马史诗《伊利亚特》中的材料。"

"莎士比亚给我们的是银盘装着金橘。我们通过学习，拿到了他的银盘，但是我们只能拿土豆来装进盘里。"

拜伦是歌德高度重视并很喜欢的同时代诗人，他惊赞拜伦的非凡才能，好像谈到拜伦的时候比其他诗人都多。他说："依我看，在我所说的创造才能方面，世间还没有人比拜伦更卓越。他解开戏剧纠纷（Knoten）的方式总是出人意外，比人们所能想到的更高明。""莎士比亚也是如此，特别在写福尔斯塔夫时。我看到福尔斯塔夫诓骗陷入困境时，不免自问怎样才能使他脱身，莎士比亚的解决办法总是远远超出我的意外。诗人站得高，俯瞰情节发展的始终，一切都看得很清楚，比视野狭窄的读者总是处在远为便利的地位。"

"在掌握外在事物和洞察过去情境方面，他可以比得上莎士比亚。不过单作为一个人来看，莎士比亚却比拜伦高明。莎士比亚的爽朗心情对拜伦是个拦路虎，他觉得跨不过去。"然而他又说:"我对拜伦的作品读得愈多,也就愈惊赞他的伟大才能。拜伦无疑是本世纪最大的有才能的诗人,他既不是古典时代的,也不是浪漫时代的,他体现的是现时代。"

有时把范围放大一些,比较层次更高一些,眼光反而更深刻也更敏锐一些。歌德就是这样整体把握拜伦的,所以他看到:"要把拜伦作为一个人来看,又要把他作为一个英国人来看,又要把他作为一个有卓越才能的人来看。他的好品质主要是属于人的,他的坏品质是属于英国人和一个英国上议院的议员的,至于他的才能,则是无可比拟的。"

歌德对拜伦的不是创作才能,而是人生能力上的缺点也看得很清楚。他认为,"拜伦太无自知之明了。他逞一时的狂热,既认识不到,也不去想一想他在干什么。他总是责己过宽而责人过严,这就会惹人恨,致他于死命。"

"处在英国上议院议员这样高的地位,对拜伦是很不利的;因为凡是有才能的人总会受到外在世界的压迫,特别是像他那样出身地位高而家产又很富的人。对于有才能的人,中等阶层的地位远为有利,所以我们看到凡是大艺术家和大诗人都属于中产阶层。拜伦那种放荡不羁的倾向如果出现在一个出身较微、家产较薄的人身上,就远没有在他身上那样危险。他的境遇使他有力量把每个幻想付诸实施,这就使他陷入数不尽的纠纷。此外,像他那样地位高的人能对谁起敬畏之心呢?他想到什么就说什么,这就使他和世人发生了解决不完的冲突。"

莫里哀在歌德看来仅在莎士比亚之下。他神往莎士比亚,惊赞拜伦，却愿意更多地向莫里哀学习。他说："莫里哀是很伟大的，我们每次重温他的作品，每次都重新感到惊讶。他是个与众不同的人，他的喜剧作品跨到了悲剧界限边上，都写得很聪明，没有人有胆量去摹仿他。"

"我自幼就熟悉莫里哀，不仅因为我喜爱他的完美的艺术处理，特别是因为这位诗人的可爱的性格和有高度修养的精神生活。他有一种优美的特质。一种妥帖得体的机智和一种适应当时社会环境的情调，这只有像他那样生性优美的人每天都能和当代最卓越的人物打交道才能形成。"

他高度赞颂说："莫里哀真是一位纯真而伟大的人物啊！他统治着他那个时代的风尚。""我每年都要读几部莫里哀的作品，正如我经常要翻阅版刻的意大利大画师的作品一样。因为我们这些小人物不能把这类作品的伟大处铭刻在心里，所以需要经常温习，以便使原来的印象不断更新。"

雨果在歌德的眼中应该怎样定位，只要看过他对雨果的看法，也就有了定位。他对爱克曼说："要想看到雨果的写作风格，你最好读一读他写拿破仑的《两个岛》。"他继续说："雨果没有顶好的形象吗？他对题材不是用很自由的精神来处理的吗？"然后又走到爱克曼身边对他说，"你且只看这一段，多么妙！"他读了暴风雨中的电光从下面往上射到这位英雄身上那一段。"这段很美！因为形象很真实。在山峰上你经常可以看到山下风雨纵横，电光直朝山上射去。"

我们不仅应该惊佩歌德的眼光，更应该惊佩歌德的眼力。经常看到却等于看不到，然而他看到了，而且向我们提醒了。他认为："法国诗人对事物有知识，德国头脑简单的人们却以为在知识上下功夫就显不出他们的才能。其实一切才能都要靠知识来营养。这样才会有施展才能的力量。"这既是对雨果的肯定，也是指出一个真理。

然而，他又说："不过《浮士德》这部诗有些不同寻常，要想单凭知解力去了解它，那是徒劳的。第一部是从个人的某种昏暗状态中产生的。不过这种昏暗状态对人也有些魔力，人还是想用心去了解它，不辞困倦，正如对待一切不可解决的问题那样。"

"人们还来问我在《浮士德》里要体现的是什么观念，仿佛以为我自己懂得这是什么而且说得出来！从天上下来，通过世界，下到地狱，这当然不是空的，但这不是观念，而是动作情节的过程。此外，恶魔赌输了，而一个一直在艰苦的迷途中挣扎、向较完善境界前进的人终于得到了解救，这当然是一个起作用的、可以解释许多问题的好思想，但这不是什么观念，不是全部戏剧乃至每一幕都以这种观念为根据。倘若我在《浮士德》里所描绘的那丰富多彩、变化多端的生活能够用贯串始终的观念这样一条细绳串在一起，那倒是一件绝妙的玩艺哩！"

天才杯

我们曾经多次看到一个其实并不算奇怪的现象：谈论天才最多的是天才；否定天才论的也是天才，倒好像是一个天才独有的世界似的。常人对这个世界很神往，但也只是神往而已。歌德应该是天才，他对天才的见解和理解也有天才的意义。他说："天才和创造力很接近。因为天才到底是什么呢？它不过是成就见得上帝和大自然的伟大事业的那种创造力，因此天才这种创造力是产生结果的，长久起作用的。莫扎特的全部乐曲就属于这一类，其中蕴藏着一种生育力，一代接着一代地发挥作用，取之不尽，用之不竭。"

"看一个人是否富于创造力，不能只凭他的作品或事业的数量。在文学领域里，有些诗人被认为富于创造力，因为诗集一卷接着一卷地出版。但是依我的看法，这种人应该被看作最无创造力的，因为他们写出来的诗既无生命，又无持久性。反之，哥尔斯密写的诗很少，在数量上不值得一提，但我还是要说他是最富于创造力的，正是因为他的少量诗有内在的生命，而且还会持久。"

"每种最高级的创造、每种重要的发明、每种产生后果的伟大思想，都不是人力所能达到的，都是超越一切尘世力量之上的。人应该把它看作来自上界、出乎望外的礼物，看作纯是上帝的婴儿，而且应该抱着欢欣感激的心情去接受它，尊重它。它接近精灵或护神，能任意操纵人，使人不自觉地听它指使，而同时却自以为在凭自己的动机行事。在这种情况下，人应该经常被看作世界主宰的一种工具，看作配得上接受神力的一种容器。我这样说，因为我考虑到一种思想往往能改变整个世纪的面貌，而某些个别人物往往凭他们创造的成果给他们那个时代打下烙印，使后世人永记不忘，继续发生有益的影响。"

"创造力在休息和睡眠中和在活动中都可以起作用。水有助于创造力，空气尤其如此。空旷田野中的新鲜空气对人最适宜。在那里，仿佛上帝把灵气直接嘘给人，人由此受到神力的影响。拜伦每天花大部分时间在露天里过活，时而在海滨骑马遨游，时而坐帆船和用橹划船，时而在海里洗澡，用游泳来锻炼身体。他是从来少见的一个最富于创造力的人物。"

歌德死于1832年3月22日，享年83岁。我相信天才的歌德是不朽的，也是不死的，到现在他应该是264岁。我以读他的谈话录和做笔记的方式与天才的永生的264岁的歌德交流，虽然我依然不会成为天才，但相信可以沾溉天才的雨露，向着天才走近一步。

中国杯

在歌德那个时代，不知道有多少西方名人在关心中国，黑格尔算一个，歌德也算一个。我没有看到莎士比亚关于中国的任何言论。歌德谈中国虽然有其局限性，却也有其深刻性和独见性。他从诗中认识中国，也以诗的语言谈论中国。他说："并不像人们所猜想的那样奇怪。中国人在思想、行为和情感方面几乎和我们一样，使我们很快就感到他们是我们的同类人，只是在他们那里一切都比我们这里更明朗，更纯洁，也更合乎道德。在他们那里，一切都是可以理解的，平易近人的，没有强烈的情欲和飞腾动荡的诗兴，因此和我写的《赫尔曼与窦绿台》以及英国理查生写的小说有很多类似的地方。他们还有一个特点，人和大自然是生活在一起的。你经常听到金鱼在池子里跳跃，鸟儿在枝头歌唱不停，白天总是阳光灿烂，夜晚也总是月白风清。月亮是经常谈到的，只是月亮不改变自然风景，它和太阳一样明亮。房屋内部和中国画一样整洁雅致。例如我听到美妙的姑娘们在笑，等我见到她们时，她们正躺在藤椅上，这就是一个顶美妙的情景。藤椅令人想到极轻极雅。故事里穿插着无数的典故，援用起来很像格言，例如说有一个姑娘脚步轻盈，站在一朵花上，花也没有损伤；又说有一个德才兼备的年轻人三十岁就荣幸地和皇帝谈话，又说有一对钟情的男女在长期相识中很贞洁自持，有一次他俩不得不同在一间房里过夜，就谈了一夜的话，谁也不惹谁。还有许多典故都涉及道德和礼仪。正是这种在一切方面保持严格的节制，使得中国维持到几千年之久，而且还会长存下去。"

"我愈来愈深信，诗是人类的共同财产。诗随时随地由成百上千的人创作出来。这个诗人比那个诗人写得好一点，在水面上浮游得久一点，不过如此罢了。我们德国人如果不跳开周围环境的小圈子朝外面看一看，我们就会陷入上面说的那种学究气的昏头昏脑。所以我喜欢环视四周的外国民族情况，我也劝每个人都这么办。民族文学在现代算不了很大的一回事，世界文学的时代已快来临了。现在每个人都应该出力促使它早日来临。"歌德在这里提出"世界文学"，比马克思、恩格斯在《共产党宣言》里提出这个名词恰恰早二十年。其基本的区别在于歌德从唯心的普遍人性论出发，而马克思主义创始人则从经济和世界市场的观点出发。

结尾

歌德说过，莎士比亚是"说不尽的莎士比亚。"我感觉"歌德的学问也是说不尽的",至少是我的这篇小文盛不下如此多的重要、精彩和厚重。

编后附言

梵澄先生的沉静,顾颉刚先生的底蕴,冯友兰先生的宏远,顾随先生的诗心,闻一多先生的担当,胡适先生的微笑,总在我心里萦绕。因此,我写了梵澄先生名下,颉刚先生归来,友兰先生的期许,闻一多先生的挺身而出,适之先生微笑的思想,顾随先生的诗己诗人。

从师心语·神会鲁迅

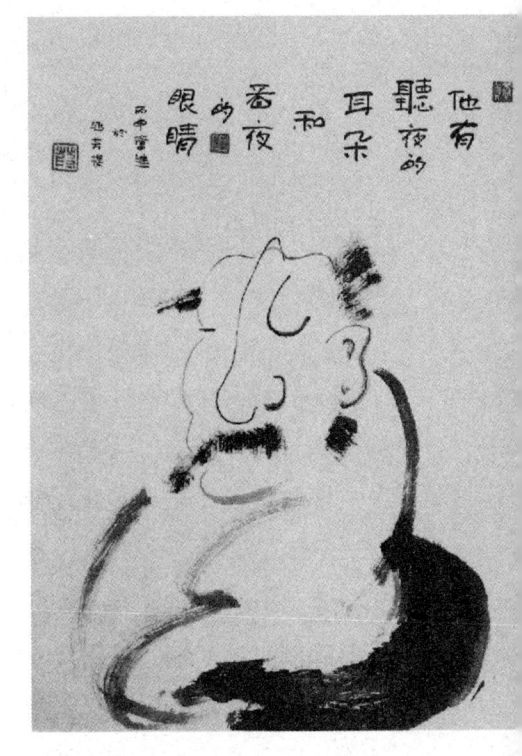

鲁迅一生与黑暗搏斗。自在暗中,看一切暗。我们这些在阳光下回看暗夜的人,永远隔着一层光。

从序开始

一书到手,先看封面,看目录,看序言,对作者及其意图心中有数,再看正文,是一种读书习惯。

好像鲁迅也是这习惯。他的眼很"刁",是新是旧,是优是劣,一望便知。

鲁迅厌恶老面孔,希望新人新作不断面世,革故求新的愿望异常强烈。这"强烈"尤其表现在他的笔下。在常人眼中,变化极为有限的太阳、月亮、星星,到了鲁迅笔下,不时变换了它们的颜色,改变了它们的态度,流露出崭新的冷暖。这"颜色"、"态度"、"冷暖",无不与人民的遭遇和命运息息相关。《狂人日记》就将日月的明暗与狮子的雄心、兔子的怯懦、狐狸的狡猾相照应,揭示出黑漆漆的吃人的网。直面这黑漆漆的吃人世界,与黑暗社会包括"自己"进行殊死的抗争,构成《呐喊》的基调——光明与黑暗交战的基调;育成有着无穷力量的人格——正义与献身精神为核心精神的人格。

鲁迅引用过这样一句箴言:"绝望之为虚妄,正与希望相同!"并将自己浸血的经验和胸中的思绪注入这箴言。我在阳光最慷慨的年代来到这已算不得风起云涌的人世,始终生活于饱含光明与温馨、温暖与晴朗的关怀下。这样的我,与鲁迅的苦闷、寂寞、悲凉、愤激、灵魂的颤抖、渺茫的痛苦以及"抉心自食",总不免有些隔膜。

今天，拿起鲁迅的第一本杂文集《热风》，再次来到鲁迅亲手构筑的思想和艺术景区游览。本书《题记》与书中第一篇文章已相隔七年之久，是七年后的回首，也是对当下的检阅。《题记》说明，书中的文章是针对倡扶乩、保国粹、谈官经、笑骂白话文、嘲讽改革者而发，提出一个大希望：文字（指作者的文章）与时弊同时灭亡。

所谓"时弊"，是时代之弊，时下之弊，最怕的是"时"后以至"时时"之弊。革除时弊也要"从序开始"。

我的"从序开始"，还有一个私下的小承诺，结合《鲁迅传》、《中国小说史略》和《汉文学史纲要》等书的阅读，循序渐进地进入鲁迅"体内"——将光明寄托于黑暗的毁灭的"体内"。或许这正是鲁迅的寄意，也即书名《热风》的来由。当然，更直接地说，"热风"是对"空气寒冽"的反称。

我在温馨中谈寒冷，不免隔膜。

"山莽"柔情

读《热风》,忽然想到"于山感旧"四个字。四个字这样排列,未必通,我此刻却不明不白、不知深浅地想到了这四个字,并由此展现出一幅幅画面。

我的童年包围在四周环青的"山莽"中。几十年了,一与这"山莽"联接就来灵感。所谓"山莽",只是我自造的一个新词,无非是取其广袤、莽苍、憨厚之意。没有想到翻开字典查对,这"莽"字的本意竟是"密生的草"。这就更增加了令我尤其满意的绵软、馨香之意。

据说人的健康是靠太阳的能量来维持的。午夜以后,我们住在的地球这一面,离太阳最远,这时的失眠最不利于健康。然而,我在失眠的时候,却能找到维护健康的"安乐窝"。这便是神游于我的"山莽"里。渺小了,躺在像长毛毯一样的草窝中,变作一只小兔子;伟大了,头枕着此山,脚蹬着彼山,将心怀坦露给太阳或月亮;兴奋了,变成无与伦比的巨鹰,尽情地展开自己的伟翅与巨爪。无论是渺小还是雄伟,低落还是兴奋,都不是我太在意的变化,我所在意的只是这"山莽"带来的灵感。

我不知道这"灵感"由何生出,却看到,头顶上有环顾着我的"日月峰",峰下是"仙人坪",再往下,像人的肚脐间的地方有几处零落而低矮的小屋,正是我的故家。家的四周有桃、李、杏、梨,几株大槐树已有参天的意味。这里永远是我的"灵感"

居住和走出来的所在。

晨光初临的时候，鸟鸣随着鸡啼，在鸟鸣鸡啼的伴奏下读《热风》第一个系列《随感录》若干篇，由"山莽"托起的算不上太灵敏的心感受到：鲁迅先生颇像一只领护雏鸡的老母鸡，于自家门前的山坡上刨来刨去，总是把虫子一一捉住，奉献给嗷嗷待哺的小雏；又像一只医道精深的啄木鸟，在枯老待医的病树上，敲着、听着、啄着、跳着，一旦诊出为害树心的虫子，无论有多深，有多大阻力，都要钻进去，一一钳住它们，吞到肚子里，经他的像电磨一样的胃的消化，吐出痛快淋漓的战斗檄文来。

我儿时的"山莽"情怀中，并没有鲁迅的世界，却有啄木鸟与猫头鹰相伴。白天是啄木鸟的天空，晚上是猫头鹰的世界。后来，大概因为常读鲁迅，依然住在我心中的"啄木鸟"和"猫头鹰"，有了更强烈的使命，就是"为黑暗报丧"，"为光明呼号"；啄出老枯树中的虫害，医她的千年宿疾。再后来，大概是由于黑暗早已越离越远的缘故吧，其使命竟变成"为平等呼号"，"为民主报喜"。

此外，我还深入到鲁迅的或者说我自己的魂的世界去考察。察觉到的是：人一半是光明一半是黑暗，一半是天使一半是魔鬼，是灵与肉、圣与凡、无限与有限、空与色的交织。

然而，我的神思突然出窍了。出窍中似乎听到鲁迅自己说，他也是一个吃人者，他曾吃妹妹的肉；他也是树心中的一枚虫子，也曾为害这棵大树；他也是一个病毒的携带者，做好消毒工作也包括对自己的消毒。

知味的幸福

将《热风》从第一篇读到第十篇。画下一些杠杠道道。回头想想,竟没有多少感觉。或者说,不是知之无多,而是"本味又何由知"?

我读书很在乎感觉,不为别的,只为感觉。我甚至认为,世界上的事不为感觉而存在,却为感觉而美好。我喜欢将有感觉说成"有味",对"有味"特别钟情。天赋我感觉之能,又赋我知味之福,正是快乐的至高所在。鲁迅先生"抉心自食、欲知本味",不也正是对"味"的非同寻常的酷求吗?

千里之外的一位作家朋友读《旷思敛语》后说:越读越有味。回头想想,也不过凭着感觉写下一些感想,他能感觉有味,是对我的赐福。

我还说过,别的书读腻了,拿起鲁迅的书,又津津有味读起来。这"津津有味",不是口中生津,却是心中生趣,是知味的幸福,至味的幸福,我甚至视之为是鲁迅对我的特别关照。

我很奇怪,此刻读书,包括读鲁迅的书,竟然"无味"以至"无觉"了。难道我已化影而去,彷徨于无地了吗?我不相信上帝会收回我的知味之觉,幸福之能。

我至今仍然坚信,我的心灵的光线尚且醒着,我的思维之须仍有味的触觉。

凭着知觉,我终于明白,鲁迅先生曾经冷嘲热讽的"时弊",包括与国运息息相关的"宿疾",有的消失了,有的淡化了,有的转化了,却也有的变为顽症了。其中一些"宿疾"要彻底消灭,不是革命和改革可以完全奏效的。它们似乎已深入到骨髓,既非啄木鸟可医,也非输血可救。

我的心暂时放下这"宿疾",回到"清凉山上"。夏天,山凹里的风凉凉的;冬天,山凹里的风温温的;春秋,山凹里的风清香清香的。不过,这都是有限的感觉,也是有限的幸福。

还有,我常常被有底无边的风吹出知觉知味的手,吹出飞升知味的翅膀,吹出流动成味的清泉。这是"有限幸福"向"无限幸福"的伸张。

惯心病

鲁迅先生说过，对于异族，一称禽兽，二称圣上，从不称朋友，说他也同我们一样的。这曾是上世纪初叶的"现状"，以及此"现状"下的"惯心病"。

先生说过此话已快一个世纪了，如此称呼是不再有了，但盘踞国民心底的"惯心病"是否痊愈，会不会以新的方式出现，值得想一想。更加严重的"心疾"或许不再发作了，但去掉"小家子气"，比去掉"穷"还要难。

近日看新改编的电视剧《四世同堂》。冠晓荷一家尽管也有不缺钙的，但基本上是个失却人格的"破落户"。"大赤包"者，民族危亡中的脓包是也。这脓包是阿Q头上的癞疮疤，还是一种文化毒素生出的痈疽？值得深思。

写到这里，突然听到来自不同方向的三种声音："人的心灵不曾完整诞生"是其一，这是从"曾帮助亿万读者发现智慧的真谛"的凯尔特那里来的；"黎明是宇宙最大的奇迹"是其二，这也是《凯尔特的智慧》中的话，但我总觉得它的发源地还要遥远；"色彩来自光线的创口"是其三，这是英国第一位重要的浪漫诗人威廉·布莱克的创作，凯尔特人同样把它当成自己的智慧。"宝书"这个词曾被高频率使用，现在，我把《凯尔特的智慧》当作自己现有的宝书，用这一宝贝来医治我的"惯心病"，开拓心灵的新园地。

我们无比激动地伴随了黎明，我们史无前例地创造了奇迹，我们的创口尚在愈合之中，留有的带色彩的伤疤仍在闪光。愈合伤口，平复伤疤，开垦新园，都是治愈"惯心病"的内在要求。

今年春早，寒流不断袭来，让我们不时很苦涩地重温冬天的寒冷；夏季雨多，灾情不断传来，让我们多日里很不情愿地感受惊心动魄；秋季缺水，干燥令人难耐，让我们长久地忍受肌肤干裂的煎熬。我们生存和发展的这块天地还不是一个完美的天地。我不知道天道人心是否同一个东西，有时候却是如此的酷似。"忘记过去就意味着背叛"是列宁说过的话。相反，在甜蜜中回味苦味，应该可以更知苦甜的区别。

本来如此就好吗？只要是新的就好吗？这两种疑问，同时扯着我的心。我不知道这是否"惯心病"闹的。

心软与望远

宇宙最狡黠的色彩从黎明开始,于瞬间包裹了大地。眼前出现一个金黄的世界。这是比任何金银财宝都珍贵的世界。认识它的美好,感受它的宝贵,回报它的奉献,是我们的天职,也是上帝赋予人的特权。

我的心灵从晨光中醒来,在与鲁迅以及鲁迅以外的对话中渐渐明白,积弱积贫的国度,改革和革命的运动异常剧烈,反改革与反革命的阻力也异常剧烈,二者相触,正如正负电相接,必然产生异常剧烈的巨震。我不明白这金黄世界为什么也会这样。我并不是没有看到以往的许多解释,包括最令人信服的《资本论》,但有时候仍会在心里自问:为什么是这样?为什么会这样呢?这就是人类向往的世界或为了向往必然如此的世界吗?这也确曾是曾被鲁迅先生诅咒的世界啊!

万千生灵在光与夜相互交织相互祝福的缝隙中醒来。只有试图去相信这种原始的韵律,才会在生命中感受平衡。

科学家丁肇中讲过:正物质的我,如果再有一个正好相等的反物质的我,二者见面,即变成光。这不是一个不可思议的可能,而是一个具有着可怕的现实意义的科学判断。

鲁迅说过的"旧像愈摧破,人类便愈进步"就一定是正确的吗?当然我不是不明白负有神圣的使命处于摧毁中的一代人是最艰难困苦和艰苦卓绝的一代。或者这正如果树在寒冷中发芽,而后开花结果。享用果实的我们，应该想到萌芽在寒冷中的愤发、挣扎、苦斗与不屈不挠。然而，我们难道不应该有更好的方案和更新更美的奋斗史吗？

纵观百年人世，远望千年历史，我们永远是黑暗与光明的子女。革命是必然的，改革也是必然的。然而，我的心则像一块软软的海绵，而不是坚硬的钢。因此，此心总是倾向于较为温和的改革，而不是暴力革命。

"壮志饥餐胡虏肉，笑谈渴饮匈奴血。"处于铁蹄下的民众，这样的情绪和意志是最无可厚非的，然而鲁迅先生却也说："杀人者在毁坏世界，救人者在修补它，而炮灰资格的诸公，却总在恭维杀人者。"又说："我们改良点自己，保全些别人；想些互助的方法，改了互豁的局面罢！"

人心很古？

文评家说，《热风·人心很古》是一篇好文章。

我读后并无特别感觉，倒是"注七"引起我心的波动。其注曰：晋代陶潜《与子俨等疏》"五六月中，北窗下卧，遇凉风暂至，自谓是羲皇上人。"

将心的波动与注文照镜省察，得出答案：累，生休息意；热，生纳凉意；吵，生清静意；挤，生宽松意。引出感想：现代人向往古人生活，大概是向往闲适、散漫、无法无天，外加婚配的随便。总而言之，未必想与自然如一，即使文中所云最合中国式理想的锡兰岛维达族的原始生活，向往的人怕也不会很多。

人，不满足是永远的，希望将来比现在好也是永远的。都是永恒之心。不过，此为动力之本，也是痛苦之源。人在百无聊赖的时候，或许生出非同寻常的向往也是有的，不过痛苦也就随之而来。然而呢？或许这时候痛苦也是一种味。

进而省察，上述种种，都是点灯的油，裁衣的料，作文的词，做饭的柴米油盐，还不是陶渊明的诗境。

陶渊明的诗境是什么？

是情感与景物交融的飘渺，是历史与现实交会的意蕴，是实有与空虚交合的幽深，是梦与影交并的虚无，是混沌与无限交通的广博，是静默与坦然交感的纯静……这其中难免也有无聊在内。这样说，好像把一切角色与荣誉都当作附属物、当作宾词的鲁迅也在内。

　　凯尔特人认为，呼吸是灵魂的通道；我相信，诗境尽管也有无聊在内，总体而言是灵魂的乐园，是不是神圣的颂歌便说不定。苏东坡先生诗曰："暮鼓朝钟自击撞，闭门孤枕对残釭。白灰旋拨通红火，卧听萧萧雨打窗。"自是对宁静、清淡的描写，或许还是旷达襟怀的抒发，但也未必没有无聊，只是浅浅的无聊罢了。

　　一天早晨，阳光还没有到来时，我就着灯光重读《人心很古》，开着的窗户让新鲜空气带着花香阵阵袭来，顿觉清新惬意。这"羲皇上人"的感受虽也曾是一些人留恋"国粹"的原因，每当变革，虽然总不免有人感叹"世道浇漓，人心不古"，但毕竟还是新生活的向往者居多。上古留下的，除了"三皇五帝"的空名还在，大概就是这个千疮百孔、面目全非的地球。此外，诗三百篇虽然还要流传下去，并且不时从许多人的口中和笔下流出来，但诗中的所作所为并没有流入现代生活。陶渊明的诗，喜爱的人不少，或者也在逐渐减少，别的不说，不为五斗米折腰的人却是越来越少了。

逼出来的文学

有谁不愿意天堂的和风一往情深地在自己、亲人、朋友之间尽情地舞动，轻轻地抚摸呢？

然而，曾几何时黑暗总是吞灭了光明、温柔和天堂的温馨。在挣扎中呼号，在挣扎中歌唱，在挣扎中咏叹，在挣扎中思想，在挣扎中拼打，甚至在挣扎中牺牲。于是文章、诗歌、哲学都被逼出来了。尤其值得令人深思的是：这被逼出来的诗文总是留存久远。也就是说，当时的笑，早已云散；倒是哭，像带着愁苦面容的月亮总是挂在天空，悲凉的色彩总是较久远地袭向人们的心头。或近或远，或圆或缺，则由所处的情景决定。

黑暗与光明的交织便是人类的历史。

于黑暗中等待曙光是最强烈的企盼。我们不必一味地去诅咒黑暗。据说黑暗是最原始的子宫，夜间，子宫开始孕育。然而，那些不堪回首的黑暗却是水深火热。在水深火热中，有呼号，有歌唱，也有诗与哲学，都是逼出来的文学。

鲁迅总是看得很深："曙光在头上，不抬起头，便永远只能看见物质的闪光。"

呼号下面有痛苦，抬头所望有光明，一弛一张之为道。逼迫下的诗歌也有旋律，黑暗中的心跳也有抒情，由痛苦产生的哲学尤为深刻。

当然，也像鲁迅一样，我们尤其热切希望社会"有平等的气息,互助共存的气息";同样深恶痛绝以"做皇帝为最高理想",以"用自己的尸体永远占着一块地"为没奈何的最低理想。

为了实现"希望",鲁迅赞赏"用骨肉碰钝了锋刃,血液浇灭了烟焰"。仅这句话,就可见鲁迅与黑暗的斗争有多么决绝。在黑暗中为光明而奋斗的先辈曾是经受了怎样的岁月。这是永远不该忘记的血的教训,这是血写的历史记录。我不知道这是否必然产生文学的血土,却知道由此产生的是真正的文学,是不朽的史诗。

鲁迅永远是一个战士,是永不妥协的向着光明推翻黑暗的战士。呼号、歌唱、诗、哲学,永远是战斗的武器,心灵的血肉。逼出来的文学是真文学。战斗中的歌声是最有激情的歌声。黑暗中苦斗的哲学是最深刻、锐利的哲学。

战斗中的鲁迅,与黑暗抗争的鲁迅,情绪是激烈的,挖苦是刺骨的,但他永远是向着光明,冲击黑暗,洗涤灵魂的榜样;永远是向往真理,为真理而战的英雄;永远是读不完、说不尽的史诗。这一英雄史诗般的丰碑已永于天地,永远不倒,被称为"民族魂"。

鲁迅的灵魂也常被毒蛇缠住,但他宁愿抉心自食,决不向毒害人的畜生屈服;宁愿腐朽火速到来,决不与野草装饰的地面妥协;宁愿被侮辱、蔑视,连眼珠也不转过去。他的灵魂,永远是光明而美丽的诗。

记住这些,不是为了留恋这些,更不是恢复这些,而是为了更加美好的未来。

在语言里打拼

现在，我们的说与写，也即口头语言和书面语言也还不完全相同。然而，大体而言，心里想的、口中说的以及笔下写的，区别早已不是那么明显了。即使这样，相当多的人包括大学生，说起来头头是道，一写便干枯无味，甚至面目全非。这是为什么呢？

有学者说，在古代说与写的语言也是一样的，是史官或文人将此拉开了距离。无论如何，就找到的所见，在鲁迅拼死提倡白话文之前，说与写完全是两套语言。多数人于文言，不会写，不会读，不知所云。然而，所谓"高雅人"对新生的白话文却哂之曰："鄙俚浅陋，不值一哂。"

我们在庆幸使用白话文方便的同时，不应该忘记鲁迅、胡适等先驱在这方面的打拼。如果说仓颉是古代创造汉字的四眼神，鲁迅、胡适则是现代的圣人。至今读《鲁迅全集》，仍然不能不惊叹他的初创之功。他真是天才的语言大师。他的语言虽然是初创的白话文，却是那样的丰富而深刻，流畅而简净、通脱而润泽。这需要多大的天才和多么勤奋的努力啊！有人说，鲁迅的语言，是中国文体过渡时期的优秀代表。这情形犹如莎士比亚之在英国，旷世难匹。如果要问，中国自新文学运动以来谁最伟大？谁最能代表这个时期？答案只有一个：是鲁迅。鲁迅的小说，比之中国几千年来所有这方面的杰作，更高一步；鲁迅的随笔杂感，更是提供了前不见古人而后不见来者的独特风格——观察之深刻，谈锋之犀利，文笔之简洁，比喻之巧妙，又飘溢着幽默之气氛，呈现出高不可攀、美不胜收、深不可悉察的非凡气象；鲁迅的散文诗，更是以压倒古今的绝对优势，在那里独享着"非人间笔墨"的非凡称誉。难怪有人要以极端的表达方式说，读鲁迅会让人感到一种即便喝毒酒也不怕死的凄厉的风味。面对此说，我无以复加，却由衷赞成和赞佩。我总觉得鲁迅的天才的分量和勤奋的分量都是无人可比的。

我并非不知道，在方言林立的古国，文言对中华大一统的意义。然而，单看鲁迅先生语言提升的功夫，也是十分令人佩服的：从对古旧书的耳濡目染，到对古老鬼魂的摆脱；从对庄周韩非灵性的汲取，到对其毒素的扬清；从对文章的改革，到对新气象的追求；从对以活人的舌唇为源泉，博采口语，到对语言贫乏欠缺的救治与丰富。其中的努力，其中的甘苦，其中的收获，其中的成就，怎能不令人敬而仰之呢？

在语言新生中，鲁迅向古典文辞相求，也向佛学名词相求。这里各举一例，以见其良苦用心。

例一：《阿Q正传》"不能收其放心"。这里的"放心"，不是现代汉语的放开忧虑牵挂的心，而是"将放逐之心收回"。孟子曰："仁，人心也；义，人路也；舍其路而弗由，放其心而不知求，哀哉！人有鸡犬放，则知求之，有放心，而不知求。学问之道无他，求其放心而已矣。"程朱于此均有心解。程子曰："心至重，鸡犬至轻。鸡犬放则知求之，心放而不知求，岂爱其至轻而忘其至重哉？弗思而已矣。"

　　例二：《〈阿Q正传〉的成因》："我常常说，我的文章不是涌出来的，是挤出来的。听的人往往误解为谦逊，其实是实情。我没有什么话要说，也没有什么文章要做，但有一种自害的脾气，有时不免呐喊几声，想给人们去添点热闹。"这段话很有味，而"自害"一词，就是鲁迅先生从佛教的"寻自害"中迁移过来的。《三藏法教》曰，谓毁戒之人，身口意业悉皆不净，常受贫穷，福不归身，善神远离，是名自害。

　　有人说鲁迅是一个"唯一者"，达到的高度是唯一者，达到的深度是唯一者，为达此高此深而所做的付出也是唯一者，其至高性领会涉及的是超验语境上的自性之我。有人将郭沫若与他相比，认为郭在泛神论的影响下"发现了一个八面玲珑的形而上学的庄严世界"，不具有原创与唯一心的特性，没有道的"自本自根"性，也没有神的"自因"意味，不曾像鲁迅那样，从自身内趣寻找其根，回归其本，即便他在最张扬个性的时候，其个性主义的价值观并没有铆在相应的思想磐石上，因此留下向传统文人滑动的可能性，以至为其后变为"弄臣"留下永远的遗憾。我同时也很佩服孙郁先生关于鲁迅与胡适、陈独秀、苏曼殊的简要而深刻的比较。书中别处已有引述，在此不赘。其实，他们之间单就语言而言，其高下也是显而易见的。

心安于现在

"做了人类想成仙;生在地上要上天;明明是现代人,吸着现代的空气,却偏要勒派朽腐的名教,僵死的语言,污蔑尽现在,这都是'现在屠杀者'。"鲁迅总是既为着现在,也为着将来。因此他接着警告说:"杀了'现在',也即杀了'将来'。——将来是子孙的时代。"

然而,目前再读此文,我总觉得,鲁迅刺痛的范围还要大,包括九十年后,小数点老后、老后的我等的灵魂。其实,就"实物"而言,这样的人任何时候都有;就灵魂而言,他刺痛的是全体心灵的一个区域——黑暗的、美好的、隐密的区域。

历史走螺旋式上升的路,好像是早已被揭示的一个定见。然而,我们,活在这现代的活的历史上的人,却也用肉眼看到,历史尽管不是太阳的东升西沉,不是海洋的潮起潮落,却也有往返、有反复、有徘徊。尤其是大力推动的前进,不免走向歧路、走向回头、甚至走向黑暗。这是人类最大的悲哀。其中,有好心办坏事,有黑心办黑事,也有借机推一把,将本已出现的危机推向更加深重的深渊。近日,我在重读鲁迅的同时,交叉读了《十一届三中全会前后到十二大》。此书大概可以视为现代史的史料吧,至少应该是"长编"应有之料。看看其当面,想想其背面,再从当面和背面以外加以思考,愈加感到鲁迅的远见。

越是想上天和想成仙的人物,越会走错路,越有可能成为黑暗的推动者。

对鲁迅先生的纪念不会停止，鲁迅所揭示的弊端最好终止。不过，善良的愿望不等于实际的结果。这是人类最无奈的事。

从对鲁迅先生的纪念的历史也可以看出一些消息：

以鲁迅的逝世为坐标，当年郁达夫先生面对黑暗的现实说，因鲁迅的一死，使人家看出中国还是奴隶性很浓厚的半绝望的国家。

八年后，在中华民族生死存亡的关头，闻一多先生说，有鲁迅那样的骨头，哪怕只有一点，中国也不至于这样了。

十年后，针对联合抗日，叶圣陶说，鲁迅先生之所以伟大，就在于他奉行那"相濡以沫"的信念，并写下纪念诗，其中有"相濡以沫沫成海，试听如潮继志词"两句。

十五年后，在中国面临转折和选择的关键时刻，王元化先生说，爱国主义精神像火把一样，燃烧在鲁迅的全部人格里面。纪念鲁迅，继承鲁迅，最好的选择是脚踏实地走方向正确的路。

距离王元化的话又过了两个十五年了，我想，是否可以说，多读读鲁迅，可以静心，可以远见；可以深刻，可以洞见；更可以安心于现在，寄望于将来。

没有当下，便没有过去和未来。回头想来，对于"人心不古"的慷慨激昂是多余，总想上天是妄想，帮倒忙是没安好心，脚踏在地上，安心于现在的美好家园建设，是最实际、最正确、最有希望的选择。

不自满

《易》曰:"君子终日乾乾,夕惕。若厉,无咎。"最浅显的理解是,整天勤勤恳恳,即使夜晚也时刻警惕,谨慎行事,虽有危险,也不至于遭受灾祸。读书,也是读自己,饱学之士,尤其是"饱经之人",应该有更深远的理解。

中道即人道应该是不错的。

有人说,鲁迅先生激进,其实熟谙中国传统文化和现代辩证法的鲁迅,思想并不极端,行为也不激进。相反,他面对国人中自满、自卑两端,以至由此演成的恶习,都说过一些中肯而极有分量的话。看到他下面几句话,我曾想了想。此话是:"多有不自满的人的种族,永远前进,永远有希望;多有只知责人不知反省的人的种族,祸哉祸哉!" 这是鲁迅先生郑重其事说过的话。类似的话培根、叔本华、蒙田也说过,而且无不与本民族当时的社会背景以及国际环境相联系。

听说在国外对鲁迅以至《易经》的研究,都有不少学者。"鲁学"与"红学"、"易学"都是从国内到国际的显学。有人说外国人研究得更深,走得更远。其实都是在走自己的路,说自己的话。无论如何,这是令人欢欣的。不过,我们自己却有两种不好的倾向,一方面以自古就有自吹自擂,一方面将"五四"的优良传统说得一钱不值,这是与鲁迅所说的自满同样有害的倾向。

鲁迅先生逝世三十年后,身居台湾的胡适先生仍然继续收集世界各国怕老婆的故事。他认为,凡是有怕老婆故事的国家都是自由民主的国家;反之,凡是没有怕老婆故事的国家都是独裁或集权的国家。由此看来,他不是为自己怕老婆找理由,所关心的还是国家的前途命运问题。

由"守中道"说到"不自满",再说到怕老婆的故事,无非是在关系国家前途命运的重大问题上,以不自满为好。我们没有必要自我感觉很大,包括当大人和充大国。永远"不自满"才是坚持大道的根本。

有人说,钱锺书读着书玩索,玩出一部《管锥编》。鲁迅先生读书也有玩索的一面,但"随便翻翻"却也不单是玩玩而已。他道义上的东西很多,道义外的东西也很多。胡适喜欢玩《水经注》,但他的一些大构思,现在却时髦起来。毛泽东在读书之余挤出时间工作,但绝不是贪玩,好像也不单是为了大目标。这些都很难以只言片语说明白。总之,他们都不自满。

本质要求

近日，在随意拿起放下，放下又拿起的阅读中，竟将《鲁迅》、《易经》、《论语》"混为一谈"。

刚刚看到鲁迅先生说："人类尚未长成，人道自然也尚未长成，但总在那里发荣滋长。"忽然又看到《易经》上说，"天地之大德曰生。"对此，朋友或许又将开玩笑说："你的读书是天马行空"。我自己的感觉却是"蜻蜓点水"。

鲁迅先生说过此话又过去一个甲子了，《易经》上的话离我们更远了，发荣滋长的本质并没有改变。但滋长了几千年的老大人类，也还有许多小孩子脾气，经常做出一些幼稚可笑之事。二十世纪是人类成长较快的时期，却也是争战不断、动荡不已的时期。二十一世纪似乎更快一些。但愿快中求稳，始终以和谐为主题，以宽容为本质要求。

记得我上小学的地方曾经是一个驴马圈，教室前面是堆积如山的粪堆，也是孩子们的乐园。当时我们所做的游戏是"争江山"。就是先由一个孩子占据"山顶"，别的孩子向上冲，不断地冲上去，不断地从粪山上滚下来，最终占据"山顶"的就是"王"。我不知道这"争江山"是孩子们的本性使然，还是血液中流淌着一部人类世界历史。拿破仑是最能打仗的一个，却也从"粪山"上滚下来，流放到那个孤独的小岛上去了。这是孩子们不知道的，知道了也不会在意。

人类发荣滋长，总有人长大起来，以至长为圣人。圣人孔子说的"六十而耳顺"，经师解释为"耳闻其言，而知其微旨"。胡适说："我想，还是容忍的意思"。人满一甲子，宽容之心多起来，"逆耳"的感受少下去，自心和谐了也应该是一种理解。到了"七十而随心所欲不逾矩"，已是"宽容"到"自由"的境地了。人类的成长到长成，也应该走由"宽容"到"宽容到自由"的路。

宽容的长成正如人的体能和智能长成，是一个综合指标。放眼五洲四海，宽容精神还不够广大和稳定，正是人类尚未长成的证明。培根和蒙田都说过类似的话：如果一个人必须生活于他人之中，就必须允许每个人都拥有按自己的特性生存的权利。

净空法师说，眼鼻耳口有着同等重要的地位，不能人为分出大小高下，各就其位，和协相处，就是健康。如果今天将口抬高，明天将眼拿下，后天将鼻子打倒，心血来潮又将耳朵请到前面来，便没有健康可言。有人将此表现为相声，让人们从中感受到和谐，感受到真理。 菩萨的千般变化，就是千般适应，世界各种宗教、各种文化，都应互相适应，共存共荣。世界的大同，不是由一种模式统一，而是共同繁荣发展。

宽容是人类成长的必要环境，也是人类长成的本质要求。

我曾有意写一部鉴赏毛泽东文章的书，书名都想好了，是《文章昆仑毛泽东》。曾与出版社的朋友谈到初步构思：从欣赏文章的角度，将毛泽东与孔子、老子、庄子以至与释迦牟尼比；与马克思、恩格斯比，以至比到黑格尔；与华盛顿、林肯比，以至比到尼克松。可谓是古今中外、上下左右、天上地下的大比较。这是一个老虎吃天的构思，至今没有实行。出版社的朋友催过几次，竟没有动笔。还想以此写鲁迅，写人和魂。或者就写一部《鲁迅演义》放心去写。这里的"放心"不是"将放逐之心收回"的意思，而是"把心放大了去写"的意思。这或者尤其是一个更狂妄的想法。至今没有开笔，就是因为目前仍在"本质要求"是什么的探求中。

远离残忍

"巡抚想放耶稣,众人却要求将他钉上十字架",这件事我总也不明白其底理。近日遇到一些事,似有所悟。因为他们也是人民的一部分,不敢深想下去。

大概还是鲁迅说得透彻:"拿'残酷'做娱乐,拿'他人的苦'做赏玩,做慰安。"如此所为,是否国际通行的恶习?读过罗伯茨的《世界文明通史》,当可有所明白。《顾准的历史笔记》也是很深刻的人的心史和精确答案。

有人讲过这样一个故事,一个小偷杀人后,逃匿二十年,每天都在极度惶恐中度过。一位高僧为拯救他,告知伤害过的人并没有死,依然生活在某处,不想却招来出常人所料的结果:这个逃犯索性将那受过伤害的人杀了。原因是,为这二十年无辜背上的罪名感到愤怒。一些惯犯是什么心态,由此可见一斑。此种心态并不是幸福的砝码,倒正是毁灭幸福的祸根。

人哪,千万不要认为自己是个无辜者,只要心中还有残忍,或者跟随了残忍,哪怕是随大流,自己的灵魂也有洗礼的必要。无论是报复者、参与者、还是看客。

《山海经》上的许多奇鸟异兽,它们的叫声就是它们的名字。也等于说,它们只要叫,就是在叫自己。"叫自己",也可以理解为不忘记自己的本性。孔夫子说,"仁者为人"。也可以理解为不要忘记自己叫作人。远离"残忍"而近"仁",才不枉称为"人"。

　　人类,至少古今中外的许多人,都愿为世界的美好作出贡献以至更大贡献。然而,在贡献中,因为所持不同,所求不同,所为不同,或者为见高下弄到"你死我活"的死胡同。难道这便是人类应有的境界与追求吗?

阴暗的企盼

许多事物，不是不美好，而是不认识其美好所在；不是不重要，而是不认识重要何处；不是不丑恶，而是不认识其丑恶本质，及其危害将至和无所不至。比如，鲁迅先生早就批判揭露过的"治外法权"，就是很严重的"丧权辱国"之耻。

将近一百年过去了，国家昌盛了，人民幸福自由了，但有些"国民"心中还做着"治外法权"的"美梦"。与此相匹配的是"租界"。有了这两个条件，或者两件法宝，就等于有了"安全岛"、"幸福岛"。只要有绿卡，就成为"特殊公民"，为所欲为，不受中国法律管辖，这是何等幸福的好事。据说，目前竟有四千"特殊公民"，持有四千个亿的人民币将"租界"办到了国外，在"安全岛"上过着"幸福"的日子。他们最企盼最渴望的就是"治外法权"。

由此好事，令我想起一件似乎不相干的事：在西欧一些国家，以及美国的华侨餐馆里，有两样很不协调的东西：一样是封建时代产生的财神，一样是"文革"造神必挂的"语录"。胡适在一次谈话中说到：辛亥革命成功，大家都剪发了，而美国华人街的华侨还是拖着长辫子的。可见历史的残留是很顽强的，包括"治外法权"。甚至包括皇帝梦。甚至包括神仙梦。甚至包括寻求长生不老药。甚至包括穿起"皇帝的新装"招摇过市。

无论如何，"治外法权"的企盼是阴暗的，说严重一点，甚至可说是"狗崽子"心态。好人盼甘霖，却也有人盼冰雹。究其所以，不用点蜡烛也能看清此中阴暗，放在太阳下面晒一晒，更可见其丑陋。

　　人，总要有企盼，有希望，有寄望，从生前到身后。但应该怎样去盼，去望，去想，去修炼，去行为，大有分别。从有分别到无分别，我不知道是更大的欲，还是无欲，但都不应该是阴暗的企盼。

人类之幸

"生命不怕死,在死的面前笑着跳着,跨过了灭亡的人们向前进。"这是鲁迅的生命观,开放扩大的生命观。

一个旧的生命结束,是否意味着一个新的生命诞生,我是不知道的,也没有办法往来于那边作调研。我只知道婴儿落地都是哭,好像只有老子是哈哈大笑。这"哭"与"笑"都是很费思量的事。或者可以理解为"天生"。为什么是这样的"天生"呢?

我们可以说,生死都是常规。蒙田甚至说,死亡与我们无关。理由是:未死的人未知死的滋味;已死的人没有告诉我们死的感觉。苏格拉底则说过"那边可能更好"。这似乎可以理解为:死也是一种幸福。因为不死便到不了"更好"的那边,享受不到"那边可能更好"的待遇。由此说来,怕死恐怕只是一种自欺欺人而已。

以乐观的态度面对死亡,倘有余暇,将死而复生的感性记录积累成册,必当是一份好材料。我的一位朋友有不可一世的毛病。我说,死后都烧灰,你能烧成金子?恐怕与"舍利子"也无缘吧。

上世纪末,似乎有一种传言,地球的生命到限了,人类到了自己的末日了。如此无稽之谈竟也有人"杞人忧天"。对这无边的事情,却有无边的担忧。相反,车祸天天有,一年几十万,人们的忧患意识似乎并不强烈。大概还是恰如鲁迅早就指出的:

"想到人类的灭亡是一件大寂寞大悲哀的事,然而若干人们的灭亡,却并非寂寞悲哀的事。"

然而,他又说:"一个人死了,在死者自身和他的眷属是悲惨的事,但在一村一镇的人看起来,不算什么。"这话说过八十多年了,而现在的我们却欣喜地看到,如此冷漠的国民之心觉醒起来了,关爱之心、博爱之心扩大起来了。汶川地震、玉树地震的自愿者、救援者,举国牵动的援救行动,足以说明:有好的政党、好的政府就有互助互爱的国民。世界各国的慰问和援助也不是虚情假意。这是中国之幸、世界之幸、人类之幸。

本文原题为"从两边猜猜",包括了好几个两边,但我还是情不自禁地说,这是人类之幸,在不由自主中,将题目也作了调换。同时我想,鲁迅倘若有知,也必定改变原有的感观,做出志贺的诗文。

今天早晨,我在黑暗与黎明交接的时候望了一会儿天,忽然想到,多亏有许多事不知谜底。这谜底全部揭穿了,还有美好人间吗?

阎罗王的感悟

鲁迅晚年写过一篇《死》,等于沉痛的遗言,但没有写到死的体验。是战斗的宣言,而不是临终遗嘱,更不是关于人死体验的研究。

关于死的体验无人不经受,却也没有人公布于众。不是不想公布,不便公布,而是未及公布。有人说过,恐惧死亡,是不知死后何去,所去何如,包括生不如死的人,也还是留恋于生,而不是向往于死。孔夫子虽然对人生问题知之较多,但对人死问题,也只敢说:未知生焉知死。

杨绛先生经受痛失亲人之苦,锺书先生走了,女儿钱瑗也过早地先去了,好好一家人走散了。痛思之余,她终于写出一本环绕死的书:《走到人生边上》,也可以说是"走在人死边上",或者说是走在边上的人想想边下的事。然而,也不过是编辑传言,聚焦感悟,文学家的想象,依然没有真切的关于死的感受。

我刚想有人快快乐乐将死而复生的感受写一写,竟在随便翻翻中,碰到鲁迅以"风声"为笔名的奇文——《智识即罪恶》。此文不是写知识越多越反动,而是写死后受审的经过,题目即是阎罗王的判决词。

阎罗王是否是哲学家,此判词是否哲学经典,有待讨论;似乎早已在阴间通行的"智识即罪恶",是否是死后的真情实感,恐怕讨论也是枉然,有多少人是从死而复生的实践中涌现出来的死亡专家呢？

  不过，我的感受是：不管阎罗王是否是哲学家，鲁迅的这篇文章却是将太阳下、月亮边和地球上的道理说透彻了；而且是对时下依然存在或者说更加存在的知识和伪知识泛滥、人才和对路人才奇缺的一种极大的嘲讽。

  受此嘲讽刺激，我产生两点感想：其一，拥有智识未必是人才，更未必等于幸福，不要把阎罗王也看不起的智识当作赖以生存与发展的本钱。其二，对于鲁迅以及鲁迅以外的散落在文艺百花园的思想火花，有必要经常盘点，在盘点中反思，在反思中图改，在图改中进步。总而言之，不管阎罗王是否赞成，这件大事大有必要认真去做。

  进而言之，"智识即罪恶"即便是反语，但作为警醒沉睡者的钟声，作为对麻木不仁的一剂真切的良药，大有正视的必要，因为这毕竟是阎罗王遍阅死生之后的感悟。

从天才说到"软骨病"

读鲁迅文章,似有云成雨落、树欲静而风不止的感觉。这感觉,与看月亮星星的感觉不同,与感受大海的波涛、日出的蓬勃有所相似。

鲁迅的心大概像太阳一样热,也像太阳一样亮。正因为热而亮,才使所照见的一切显出原形本相。他对社会弊端的揭露,对美的揭示,对美的创造,都充分显示出太阳一样的力量。太阳是天才,鲁迅也是天才。无论是否有争论,天才还是天才。无论怎样贬损,太阳还是太阳,照样光照永年。

然而,天才的鲁迅总是说,哪里有什么天才呢,只是把别人喝咖啡的时间用于读书和工作上罢了。当然,这也是对的。但是,每当想到鲁迅这谦虚而会心的坦言,我总会想,天才也要勤奋,但勤奋却未必造就天才。若能,也只能成为一个天生的勤奋者,而不会是一个天才的巨子。

这里说到的天才,是一个很难透彻表述的重大问题。有人说,今天的研究者对尼采等资料的占有都远远超过鲁迅,然而鲁迅就凭着一鳞半爪的资料,一下子就精确地切到世界文化走向的最新脉搏。他能如此,与其说是靠知识的习得,靠聪颖的理解,不如说是一种心声共振。"心声共振"仍然没有完全表述鲁迅的天才。就说他的《中国小说史略》,有哪一部中国文学史能与此相比呢?不仅是资料的收集甄别,尤其是见解的独到深刻,别人比不上。别人难道就没有这样努力过？中国有一个孔子，便没有第二个；有一个老子，便没有第二个；有一个庄子，便没有第二个；有一个屈原，便没有第二个；有一个司马迁，便没有第二个；有一个苏东坡，便没有第二个；有一个鲁迅，便没有第二个。他们都是一个时空的太阳，只有一个。

我总觉得，同样接受太阳月亮的眷顾，鲁迅的所作所为，尤其是天才的创造性劳动，是最无愧于太阳月亮的。他不仅有天才的智慧和能量，而且有天才骨头和热量。他的文章，同样是有感而发，却是那样深刻，那样优美，那样幽默而洞明。比如，南朝梁江淹《恨赋》曰："试望平原，蔓草萦骨，拱木敛魂。人生到此，天道宁论！于是仆本恨人，心惊不已，直念古者，犹恨而死。"鲁迅读后写出《恨恨而死》，既有感于古人之恨，又有感于今人之伪，尤其从古今怪现象中揭示出"恨恨而死"的莫名其妙，活画出了自暴自弃、全无用处的软骨病的灵魂。

"恨恨而死"本应是壮烈的表现，却是真的烈士不屑一顾的作为。连未必明白棉花是白是红，谷子是长在树上还是草上，罗盘除了看风水还有什么用途，也配"恨恨而死"？只能说明，糊里糊涂的"恨恨而死"是将软骨病带到了灵魂里去了，或者只是一种没出息吧。

诚然，社会制度在更替，改革开放在深入，"恨恨而死"的瘟疫在淡出，但总还有人加入到这恨恨而死的队伍中来，狂饮滥赌而死的还不算，经不住工作压力自杀的也不算，考不上大学和考上了交不起学费寻死的也不用算，仅鲁迅所谓的"不平和愤恨的分子"也经不起统计。这恐怕已是一种侵入灵魂的"软骨"病。为此,有必要听听鲁迅先生的忠告:必须先改造了自己,再改造社会。同时我想,我们的许多应有的"大"竟被"软骨病的小"给吞没了,消解了,阻碍了。我甚至想,这"软骨病"还是天才的大敌。一些天才的幼苗或者就是被这"软骨病"吞灭了。他们或者本来没有鲁迅的天才,然而,首先不是没有鲁迅的天才,而是没有鲁迅的骨头。没有这天才的骨头,凭什么来支撑其天才呢?

鲁迅应该微笑

"事实胜于雄辩",也许是对的吧,因为这是西哲说的。也许不对,因为鲁迅先生针对西哲的话说过:"在我们中国,是不适用的。"

当然,无论西哲,还是鲁迅,都应以事实为准则。不幸的是,鲁迅所言中的,经常令时间老人摆脱不开。久而久之,他的话倒成了事实,成了真理,这也是没办法的事。

历史的真相越来越证明,事实比嘴皮子要硬。无须等到铁树开花,枯木逢春,这方面的证明材料比比皆是。

由美国次贷危机引发的全球金融危机,使国内外许多企业停产破产,工人下岗,各种救企救市活动如火如荼。一度时期,这方面的报道成为主流。将"波及不到中国","国情不同"等推断碰回去了。到深圳等外向度强的企业走走,感受尤为强烈。"掩耳盗铃"向来被认为是可笑之举。当然,"事实有时候也是橡皮膏","事实也难免不是容器"。这也是事实。

据厉以宁先生讲,事实教育了西方资本主义,制度内的调整成为不可阻挡的趋势。我们的制度,我们的国体,经受了大灾大难的考验,在大灾大难面前尤见其优越性。汶川大地震后,我写过一篇《家园》,面对王家岭矿难和玉树地震,我又想起那些话。灾难令人撕心裂肺,历历在心的救灾故事,却使人心慰心喜。尤为可喜的是,不同制度国家之间减少了意识形态的排斥,多了相互信任、相互学习、相互借鉴和相互支助。可以说,现在全世界的人是越来越聪明智慧了,尤其懂得接受事实的教育,拜事实为师了。我想,鲁迅先生倘能看到这变化和进步,应该微笑,也一定会发出会心的微笑。

有朋友说,鲁迅一生在他断断续续、吞吞吐吐、隐晦曲折、流畅沉郁、意绪深广、内蕴怪异、肃杀悲怆、佶屈聱牙、飘逸精妙、幽夐黯然、一唱三叹、冷峻冲荡、沉郁犀利、悲凉通透、简练奇崛、辛辣老到、调式玄奥、情韵苍凉、文采丰饶、美不胜收、天马行空,以至清淡静穆的写作中,讲四千年的"吃人"史,讲无主名的杀人团,讲谁也看不见的地狱,讲坟墓,讲死后,讲梦魇,讲冰谷,讲铁屋子,讲灰土,讲火宅,讲明枪,讲暗器,讲无处不在的驱逐与牢笼,讲"自己想吃人,又怕被人吃了,都用极深的眼光面面相觑",讲无物之阵,讲人之间的高墙,讲世界并不相同的悲欢,讲神之子和人之子的被钉杀,讲人血馒头,讲市民醉心看女尸,讲村人把同类的辛酸当甘蔗,讲被弃在尘芥下的玩物,讲造物主滥造滥毁生命,讲未来的黄金世界也会杀死叛徒,讲春天过后还是秋,讲"无论谁胜,地狱至今也还是照样的地狱",讲希望无所为有无所谓无,讲痛苦与人生连带,讲人的无聊与虚空,讲人不过是中间物,讲做工筑台同时在掘坑造坟,等等。当然也讲"我"未必没有吃过人,讲"我自己帮助着排筵宴",讲"皮袍下面藏着的'小'",讲心中的"鬼"与"毒"以及"可怕的冰块"……

这位朋友说到"36讲",我想面对中国人民和世界人民,以及他们的首脑这一点大意思或者小意思,反正是够意思,鲁迅应该微笑。

鲁迅与孔子都有一个寂寞的灵魂

"比沙漠可怕的人世在这里。"

"没有花，没有诗，没有光，没有热，没有艺术，而且没有趣味，而且至于没有好奇心。"这也是九十多年前鲁迅先生在《为"俄国剧团"》一文中写下的话。这样的如同沙漠的所在在哪里？好像是盲诗人爱罗先珂来过，且不堪忍受的那个国度。这个国度曾经有过孔子的过去和现在，也有鲁迅的现在和未来。他们都有各自的世界，但都不是我们现在生存和发展的世界。

我在欣欣向荣的改革发展年代，到过草原、到过戈壁、到过沙漠，但是，那里有牛羊、有油田、有风力发电，因此也有花、也有诗、也有艺术，更有热火朝天和欢声笑语。花在人们的脸上，诗在人们的心里，艺术在发展的大变化中，热火朝天在人们的干劲里，欢声笑语钻入沙漠，撒向云天。

我不是有意与鲁迅唱反调，也不是专意对伟大的文学艺术家寂寞的心情不理解，而是要在光与暗的对比中感受寂寞。

通常的寂寞是可怕的，会令人莫名其妙地发慌；然而，寂寞对于艺术和艺术家的意义却是不容置疑的。梅兰芳和孟小冬是寂寞的，然而正是这寂寞成就了两位伟大的表演艺术家。有人甚至呼吁，去掉一些浮躁，增加一些寂寞吧！这是艺术的呼唤。艺术之外呢？我认为，艺术之外也需要寂寞，甚至政治领域也需要寂寞。只有热闹和喧嚣，比寂寞更可怕。

然而，寂寞毕竟是难以忍受的。更可怕的寂寞是什么？或许正是该有的没有，不该有的却太有吧。

更深层次的寂寞是什么？似乎应该是：花多反而没有花，诗多反而没有诗，光多反而没有光。这是否是艺术家的寂寞？是否是艺术的温床？是否是最有价值的寂寞？我只能在是否中是否着，却怕是是否不出个结果来。

我不知道"孤独"与"寂寞"各有哪些"相同"与"不同"，但却看到一位朋友说，鲁迅的灵魂是孤独的，屈原的灵魂是孤独的，孔子的灵魂也是孤独的。他们正视人世、直面人生并以这样的直面生活和奋斗在当世和当时，然而他们的灵魂却无不抛在寂寞的沙漠里。有朋友甚至说，孔子向往中庸圣境，然而他也和鲁迅一样，通过对人生观察与体悟，看到了这世界"中庸不可得"，然而却"知其不可为而为之"，粘滞其中，弄到惶惶然如丧家之犬。在这一点上鲁迅可算是孔子的知己。

无论是将中庸捧上天，还是打入十八层地狱，都是因为"需要"，不一定是本应如此。我们这个时代也需要点"寂寞"和"冷静"。这不是因为"需要"，而是因为"必然"。

还是"所谓国学"的时代

人们常说六十年一周转,我却从读鲁迅中读出了九十年一周转。

公元1922年10月4日,鲁迅先生写下《所谓国学》,说是"现在暴发的'国学家'之所谓'国学',一是商人遗老们多印了几十部旧书赚钱,二是洋场上的文豪又做了几篇鸳鸯蝴蝶体小说出版"。

这状况明明发生在八十多年前,是鲁迅先生当年抨击的"现行",九十多年过去了,鲁迅逝世已经七十八年了,却使人感觉到这篇《所谓国学》更像是《人民日报》的"今日谈"或时评,或者近日的《读书报》的"社论"。

据说,今年的图书订货会摇头叹气的老板很多,一年不如一年的感叹也很多,"冷饭快炒"干不下去了,"花花绿绿"也撑不下去了,一厢情愿的"填鸭子"买卖不好做了。这倒未必是坏事。明智的商家或许借此喘一口气,想一想"上帝的胃口"和社会的责任;作家们或许因此醒一醒脑,良心发现,从此想想艺术的本质和创作的事;管理部门或许睁开半只眼,望望应该收拾的场面;"国学"专家们或许真正走进"国学"的园地内,做一些真正的开发和研究工作。

会不会出现冷饭炒不下去,转而炒坏饭的局面呢?当真如此,那将是稍有良知的人们必将唾弃的"罪恶"行为。所幸的是,"九十年一周转"虽成定局,但与构成"罪恶"尚有一定距离。不是普通人的提倡,而是国家领导人的提倡对时局和良好局面的发展大有益处。

我手头有一本书,是提倡读经典的。序文是季羡林先生写的,题目就是:天下第一好事,还是读书。读点经典,多读经典就来源于主要领导人的倡导。另有一本书说,越是这样无休止的发展,其所带来的紧张和焦虑就越严重,越是强大,越是害怕,对未知的世界越是茫然。怎么办呢?传统中曾有过的办法是向心灵内部去寻求,寻求内心的和平与宽容,达到一种和谐的境界,而不是不断地向外扩张。还有一本书说,纵观历史,所有成功的大国都接受其他种族、语种、宗教和文化的人,并让他们融入自己的民族。

鲁迅先生并不反对读书,也不反对"国学",他反感和反击的是借机出一个题目愚弄国民,发"国难"财。因此他说:"试去翻一翻历史里的儒林和文苑传罢,可有一个将旧书当古董的鸿儒,可有一个以拆白饷阅者的文士?"

听朋友说,到国门内外走走,在飞机上或飞机场可以看到一道风景:在那里专心于读书的,白皮肤是德国人,黄皮肤则是日本人,专心致志玩手机的则是中国人。另有一说,现在一些中国人买书,不是为了读书,而是为了收藏古董或装潢"书房"。对于如此现象,鲁迅先生不知又当作何感想?

连横与合纵

旧书新出，若能推陈出新，合于时宜，也算不枉费心机。若有了经典的意义，当然更好。

许寿裳先生的《亡友鲁迅印象记》和《我所认识的鲁迅》，是我三十年前就读过的书，好像当时读后的感觉是沉重。新近有好事者将两书合并，翻新为许著《鲁迅传》。这回大概是忘的功能发生奇效，加上时过境迁的原因，读后的感觉竟是清新。对旧书感到清新，或者有我心情好的成分，但书的自身的功力则应是主要的。

以同乡、同学、同事、知己好友写出的亡友鲁迅，毕竟不同于远望者眼中的鲁迅。一切都是就近接触，就近看到，就近感受，是就近写出来的活动着的鲁迅。那事件，那交往，那细节，那流动，那思考，那回味，无不散发着鲁迅的体温。当然也有许先生的声息。仅这体温带给我们的信息，就像刚采摘的蔬果，跳动着鲜活；恰如刚出笼的馒头，冒着热气，散发着清香；或是刚出塘的鲜藕，呈露着生机勃勃的玉色。由此看来，这"就近"是一个先决条件，能将"就近"塑铸为永远，则是作者的莫大之功。

我多次说过，在我心中鲁迅先生是第一巨人。虽不敢视为知己，却时时心交神会，总认为已经走近鲁迅。重读许先生的两部书，或者说翻新出版的这部"传"，竟使几十年一再读鲁迅的我，深深感觉出与鲁迅的相"隔"。许先生笔下有一个鲁迅，我心中有着的几乎是另一个鲁迅。

感谢鲁博推荐了毛边全套单行本和回忆鲁迅丛书。这一回重读鲁迅，我将鲁迅原著作为演武场地，将环绕他的回忆录作为评判席、啦啦队和圈外散客。从鲁著的字里行间，评判者的断语，啦啦队的喊声，散客的眼神中，全方位感受鲁迅，感悟鲁迅。其实，也就是我读鲁迅，包括鲁迅读我，还不敢说是将鲁迅揉碎了成我。想着沙滩拾贝，只怕是贝滩宝沙——对成滩的贝视而不见，却将贝中的沙当成宝贝。

许广平先生说得好，回忆是不轻的沉痛，能从沉痛中淘净出一些真材实料，就是吉光片羽，也弥足珍视。如何珍视？我想到以连横与合纵之法走近鲁迅，是否得法，尚不敢说；更不敢说是对两位许先生的回音。但自以为如此选择，未必不是一条路。无论如何，我想，总不至于让鲁迅先生讪笑我的大不敬吧。

以"闲"遇"味"

关于读书,是否也有闲来无事多此一举的一面,在我好像是的。同时又觉得,读书与吃饭一样,不厌其精,同时也有求于粗纤维的功效。

不必因苛求精美圈禁自己,实行贪多快进与细嚼慢咽二重唱,并在轻松快乐中享受甘美、感受愉悦是我关于读书的大部主张。

以上是读鲁迅《坟·摩罗诗力说》后,想到并写在书上的话。有朋友说,我对"遇"字情有独钟,我的读书正是随遇而想,随想而"味",许多书都是在书中之遇后陆续到手的。我尤其看重的仍然是"味"。是因"味"而遇,遇而又"味","味"而再遇。一旦与"味"相遇,便特别惬意。然而,要得"味",则要有"闲"心情。因此,因钟爱"味",也便爱上了"闲",这就是以"闲"遇"味"。

读书与吃饭不一样的是:作为饭,别人嚼过,和自己嚼后吐出再进,均不可思议;而读书,而文章,无论是别人嚼过,还是自己反复嚼过,包括借助他人咀嚼的感受再感受,反而更有味,而且不断有新味发现。这大概就是所谓"笃好斯文","随其嗜欲","较而可知"吧。

毛泽东读《离骚》有这样的味遇,孙犁读《史记》有这样的味遇,钱锺书编著《宋诗选》未必没有这样的味遇,我的读鲁迅也经常有这样的味遇。

  关于读书知世,季羡林先生的看法颇为高大宏远。他说,人类之所以能够进步,永远不停地向前迈进,靠的就是能读书又能写书的本领。我不大朝着这一宏旨去想,更不常想,我只是一个"求味"派,甚至坚信对"味"的追求,并不与读书的大旨相左,至少是不会退到"一万年前的蠢猪至今仍然是蠢猪"的境地,相反,还磨锐了我的味觉,让我有了更多的相遇和奇遇。

  无论如何,我对以"闲"遇"味"很满意。

鲁迅与钱锺书平行读

从国家领导岗位退下来的李岚清，自谓"江南老童生"，并自刻闲章一枚。

其中深意何在，我没有读懂，但直觉到其自信、自谦、自奋、自得、自奉，以至自觉和自励都在其中了。

一个偶然的机会，遇到一位看似简朴，内涵很深的老者，竟相谈甚欢。在我，大有与神圣相遇的感觉，求教心切；在他，像是从山洞里走出来巡风，也想多听听地面的风声，竟两成其美。

我为什么要将上面两件事同时说出来呢？因为这看似不相及的两件事都对我静下心来读点书有帮助，并且正是受此启发，我才决心对鲁迅和钱锺书实行"平行读"。

我手头有一本书叫做《鲁迅与钱锺书并行论》，我曾经在书上写下这样几句话："平行的两条线永远不会交叉，'平行读'却会在不断的交叉中出现'奇观'。会不会出现'核反应'那样的'巨爆效应'，决定的因素不是书，而是读者能量的储备。"

据说鲁迅学说文解字，诵汉魏文章，看佛经，集古碑，既是他的充电过程，也是他的新生过程。这对于他辑佚、创作、翻译"三绝"都是"根本功夫"。林辰先生在《鲁迅传》中也说，鲁迅如蜂之采百花以酿蜜一样，博采群书，辛苦经营，搜罗之宏富，采集之精审，训诂之精核，少有可比。

据说钱锺书先生也像马克思一样，经常泡在图书馆里。图书馆就是他的花坡。他常泡于此,也是采花酿蜜。家中积起来的读书卡片如山如海就是证明。有人统计,从先秦到近代,他征引的中国作家达三千人之多,典籍七千种之多。我想,在其纵深的任何一处切出一个横断面,都会是一个百科全书的大切片吧。

不过也有人说,钱锺书有一部长篇小说《围城》,却赶不上鲁迅的一部中篇有份量;钱锺书的散文机智、幽默,妙语连珠,趣典不断且有哲思,却只可与梁实秋、林语堂、周作人列于一排,而鲁迅却要独自放在高处;钱锺书先有了一篇不算短的《中国文学小史序论》,《中国文学小史》终于没有写出来,鲁迅先有了一部《中国小说史略》,然后才有了不足二百字的小序。

我们在称体重的时候,常会随口问:天平准吗?我觉得上述比较不是戥称的结果,却是大体准确的。

我对鲁迅与钱锺书并行读的感受是什么呢?正像很难说清晒过多少太阳,饮过多少泉水,从中吸收过多少营养一样,也很难说清楚。但是,最简单的感觉却是:鲁迅先生是一个永远不落的太阳;钱锺书先生则是一座森林茂密、泉水叮咚、高不见顶、深不见底的苍山。

神会心契

鲁迅的《野草》，就前后比较，是乘无形电梯升上去的。越到后来，越走向太阳的背面，钻入海底的深处，受到冥冥的昭示。

如果说开篇的《秋夜》，还是太阳暂时远离的地方；接下来的《求乞者》、《希望》、《雪》、《风筝》，都还是太阳下面的事，是生活，是猛士的直面人生；及至《死火》，《狗的驳诘》，《失掉的好地狱》，尤其是到了《死后》和《墓碣文》，思之线越拉越长，越抛越远，渐渐与神灵之上的"中寒"、"深渊"、"尘"、"梦魇"、"火花"、"方生，将生和未生"拉起手来，以至神会心契，达到神籁自韵的境界。

《庄子·齐物篇》，不仅限于地籁、人籁之声，而且是自然和谐、无声之声、众声之源的"天籁"，以此消解彼此间的隔膜、是非、时空、价值、知性、名言、概念，识见及烦、畏乃至生死的系缚，从有限进入无限之域。

鲁迅，不是庄子，然而他同样进入无限之域，正像大希腊《颂歌》所称颂的："哦，我的灵魂并不追求永恒的生命，而是要穷尽可能的领域。"

然而，鲁迅无论如何神采英拔，无论走到多远，都是人间鲁迅。我所谓的"神会心契"，正是他与人民大众的"神会心契"。为此，他在明与暗，生与死，过去与未来之际憎恶，抗争，大笑，歌唱。他明知神魂无法追蹑，却偏要造一座新坟，是埋藏，也是留恋。无论埋藏，还是留恋，都是为了在那样一个世界，天下不舒服的人们还多着，也都是与人民大众的"神会心契"。

孙郁的《鲁迅与胡适》，是上世纪之末写的书，到我手上也有十多年了，书上的痕迹可以证明在我的以往是读过的。今天随手一翻，竟翻到这样一件事：有人诬蔑鲁迅的《中国小说史略》是抄袭，胡适挺身做出最有力的辩解。他作为一个有良心的大学者，是不能容忍无中生有和颠倒黑白的。鲁迅对胡适研究《红楼梦》的成绩也有高度评价，谓之"乃较然彰明，知曹雪芹实生于荣华，终于苓落，半生经历，绝似'石头'，著书西郊，未就而没；晚出全书，乃高鹗续成之者矣。"应该说他们之间也是一种"神会心契"。

孙郁先生有一个深评：胡适锋芒毕露，像一代骄子；而周氏兄弟，则如深深庭院间的高僧，不动声色间，有气象万千。然而，这似乎也并不影响他们的"神会心契"。

不过，说到高僧以至佛，鲁迅与胡适又是不一样的。胡适对佛，尤其是禅宗的研究，用过功，有专著，但结论却竟是"骗人"。鲁迅则不同，他对佛用力尤勤，置言很少。就我的读书相遇而言，看到他在为王品青编《痴华鬘》也即《百喻经》题记中说："尝闻天竺寓言之富，如大林深泉，他国艺文，往往蒙其影响，即翻为华言之佛中，亦随在可见，明徐元太辑《喻林》，颇加搜录，然卷帙繁重，不易得之。佛藏中经，以譬喻为名者，也可五六种，惟《百喻经》最为条贯。"如果说这尚是以文学家的眼光读经，那么他进而说过："释迦牟尼真是大哲。我平常对人生有许多难以解决的问题，而他居然大部分早已明白启示了，真是大哲。"这应该说是对佛及其经投以很近的目光，很深的心交了。这自然也是"神会心契"，只是这回的"神会心契"已经深入到佛一定境界了。

对蔫读书的礼赞

鲁迅先生主张"写不出的时候不硬写",不过有时候也难免不勉力为之。这都是责任所使,心中装着苦难,怀有巨大责任,怎能不"铁肩担道义,辣手著文章"呢?

与鲁迅相比,我是一个无所作为的享乐者,是为享乐而读书。我总觉得古人的"头悬梁,锥刺股"未必可取;进而认为,这样的苦读对天生的心、神、思、灵都有摧残和阻碍。所以得出结论:还是以读不下去的时候不硬读为是。倘若硬读,尽管眼盯着书,甚至口中念念有词,脑中的神恐怕早已疲倦,休眠,溜走。这样,便不能会心,难有感悟,甚至记忆的功能也失去敏锐。这还是就积极一面考虑的。再进一点,像日过中天,各种植物会收了他的神儿,鸟儿也停了他的歌唱,羊儿则俯在山坡上,草儿也懒得看了,门口的大黄狗刚才还凶神恶煞,此刻却关闭了他的耳目。我想,这都是造物主主张的结果。既然如此,何必反其道而行之呢?

好像是鲁迅先生在《病后杂谈》中讲到一个要诀:一是对于世事要"浮光掠影",随时忘却,不甚了然,仿佛有些关心,却又并不恳切;二是对于现实要"蔽聪塞明",麻木冷静,不受感触,先有努力,后成自然。他好像并不赞成这样,是反讽,我却觉得这是一种很好的蔫蔫的读书法。

这一经验并非轻易而来,而是经历了千般日晒雨打才得到的真经。努力后的自然，紧张后的闲逸，不仅是一种无须责备的享受，而且是像地球转动一样的规律。打个比方吧，上山砍柴累了，坐在太阳下看看白云；间苗累了，伸伸懒腰；担担累了，换换肩膀；游泳累了，仰于水面喘息片刻，就是太阳对地球的关照，大体而言也是只给一半的光。在变换中劳动，在休息中读书，蔫蔫的读书，才是幸福。

我很想在与"蔫"字的搭配中找一个好词，来支持我的观点。然而，翻阅了几部字典，都是否定的意思。王力编写的古汉语字典，在"蔫"字项下引用了一句唐诗："树头初日照西檐，树底蔫花夜雨霑。"我的感觉还不算不美，引申义却是"精神不振"和"泄气"的意思。然而我却仍然认为：蔫，然而能久；不与鲜争强，却也有自己的一席之地。

还有一件事，恐怕要永远让我记忆犹新。我的一位本家伯父，称为蔫人。蔫蔫地说话，蔫蔫地做事，蔫蔫地活着，从不惹人在意，然而却活了九十多岁，成为我们村迄今无人可比的寿星状元。而他的一位叔伯兄弟，人称"小钢牛"，干什么都争人三分和争前三分，大冬天都要光着膀子干活。在他活着的时候，从来没有与医药沾过边。都说，以他的身板，大概要活一百多岁。然而，没有活到五十岁，便得暴病死了。我对蔫读书的肯定，这件事也应该是原因之一。

做一个独立的人

关于"父亲"这个词,记不清是什么时候第一次听到了。总之是自己做了父亲,仍然对其含义没有更加明确的"意识"。

读鲁迅的《我们现在怎样做父亲》,仍然没有循着强化"父亲意识"去思考,而是对意外发现的官本位的由来有了更高强的意识。

"汉有举孝,唐有孝悌力田科,清末也还有孝廉方正,都能换到官做。"正因如此,下有"父恩谕之于先",上有"皇恩施之于后",加之如孔融所言:"子于父是发情的遗物,母于子是寄放豆芽菜的瓦盆。"爱既荡然,做官成为唯一的幸福之路。于是,在中国的官路上出现了比蚂蚁搬家还要强烈的拥挤景观和轰动效应。原来我认为这是世界上唯一的轰烈与拥挤现象,现在又看到首都的堵车景象可以与之齐观。

这后面的引号中的话,是鲁迅引自路粹,路粹引自圣人之后孔融,冠冕堂皇写在《后汉书·孔融传》,又出现在《鲁迅全集》中的。原话是:"父之于子,当有何亲?论其本意,实为情欲发耳。子之于母,亦复奚为?譬如物寄瓶中,出则离矣。"

由此看来,做父母也像种玉米,栽西瓜、土豆,还没有养宠物经心。然而,同时却也有人说做父母是一件大事,是一个难题。我现在已经做了二三十年的父亲,虽然尽职,总也怕没有做好。就我的本意,还是在本能的基础上,尽其本分,顺其自然为是。我想，如果做一个问卷调查，做母亲的承认是将子宫作为官芽的试管，做父母的是将家庭作为官苗的发育器，认为社会就是争官的打擂场的怕也不多，但是，望子成龙的那点情结却没有稍减趋势。

圣人之后也几乎是圣人的孔融的话也过于直白和偏激了。为了这直白和偏激，我才加了几句更为直白和偏激的话。不过，就我心中的感受而言，认为还是鲁迅的意见比较切实：尽教育的义务，交给他们自助的能力，全部为他们"成为一个独立的人"。至于官与财两条，鲁迅先生没有继续往下说，我的意见是：发，还是要发的。这个"发"字可以理解为财运之发，官运之发。在"发"的过程中，加点激素也不是不可以，但却不要成为唯一的希求和苦恼的根源。

关于"成为一个独立的人"这一条，恐怕可以视为鲁迅人生的主旨。胡适是这样看鲁迅的，其他一些学者也都持大体相同的看法。一位学者的一本书，书名为《回到你自己》，应该说尤其是这意思的延伸和引深。

为了今日之种种

鲁迅四十岁前写下《我们现在怎样做父亲》时，他还不是一个父亲，却已是一位向吃人的封建社会冲锋的战士。

据说鲁迅晚年得子，喜不自胜。他的书案原本不许别人染指，包括夫人许广平也不例外。然而却一任周海婴乱闹乱动。一说郁达夫曾微言鲁迅溺爱太过，鲁迅为此以诗回答：无情未必真豪杰，怜子如何不丈夫。知否兴风狂啸者，回眸时看小於菟。写下这《答客诮》时，鲁迅52岁了，距离写《我们现在怎样做父亲》已12年了，再有四年便病逝了。

查《鲁迅年谱》，写《我们现在怎样做父亲》的同时，先生还翻译了日本小说家有岛武郎的小说《与幼小者》。他在《热风·随感录六十三"与幼小者"》中说："做了《我们现在怎样做父亲》的后两日，在有岛武郎《著作集》里看《与幼小者》这一篇小说，觉得很有许多好的话。"我回头看了这"好的话"，有："你们若不是毫不客气地拿我做一个踏脚，超越了我，向着高的远的地方进去，那便是错的"；有："像贮着力量的小狮一样，刚强勇猛，舍了我，踏到人生上去就是了"；有："你们从我的倒毙的所在，跨出新的脚步去。但那里走，怎么走的事，你们也可以从我的足迹上探索出来"。

令人敬仰啊，还不是一个父亲，却有着普通父亲所没有的放大的心和放大的眼。他以大眼光静观中国的历史和现状，与封建伦常一切愚昧落后的毒魂以及陋习进行殊死决战。然而面对"无物之阵"却也有沉痛的浩叹。

　　40岁之前，我不止一次读过此文，不能说没有感慨。五十多岁以后再读此文，终于认识到，做一个从心理到生理以及教育方法完全健康的父亲，并不是一件容易事。这项任务现在还应该响亮地提出来。即使我们不是继续向封建宣战，也应该提出来——为昨日之种种，也为今日之种种。

　　我们需要爱，将爱奉于社会的人，也应该同时奉于亲人特别是子孙。这不仅正常，而且是对于一切不正常的否定。这便是天性。有此天性，较之灭绝天性，要伟大得多。鲁迅先生说得好："所以觉醒的人，此后应将这天性的爱，更加扩张，更加醇化；用无我的爱，自己牺牲于后起新人。"如此，是为今日之种种，也是为未来之种种。

从"银字儿"说开去

《坟》中的《宋民间之所谓小说及其后来》是关于小说史的文章。像这样关于小说史的文章在《鲁迅全集》中还有十多篇。在这一篇中,说到宋人对小说有一个很俏皮的名字,叫做"银字儿"。

为什么叫"银字儿",鲁迅先生没有说,我也没有翻箱倒柜去查询。但由此知道宋代的说书场有说胭粉、灵怪的"银字儿",有说刀棒、发迹的"说公案",有说金鼓之事的"说铁骑儿",有演说佛书的"说经",有讲前代书史文传兴废争战之事的讲史书。上述种种统称为"说话"。其中"惟有小说,是说话中最难的一科。所以说话人'最'畏小说。盖小说者,能讲一朝一代故事,顷刻间提破","非同讲史,易于铺张,而且又需'谈古论今,如水之流'的口辩"。

我在这里遇到两个生词,一是"提破"一是"捏合"。看注释,前指说明故事的结局,后指史实与虚构的结合。

近赴台湾考察,最大的愿望是看看那边的图书有什么不同。看后感觉没有什么特别。当然,我不是希望着"不同",而是希望"和而不同"。遇到一本鲁迅的《中国小说史略》注释本,是宁波人周锡山先生注释的。他在前言和解读中说到,鲁迅继王国维撰写中国第一部戏剧史,开创中国戏曲学科之后,撰写中国第一部小说史,开创了中国小说学科,厥功甚伟。看到此论,我深感欣慰。

不过，我这里抄出的"银字儿"这个词，大概也算小说长河中的一朵小花。说说它，也是自己的兴趣。等于在小说史的河边上散步，随手采下一朵小花儿，看一眼，闻一闻，想一想。

就在重审此文的时候，看到再版的《毛泽东诗词鉴赏》，新增一篇香港刘济昆先生的心得《毛泽东诗词的非凡魅力》。其中说到他从上世纪五十年代就对毛泽东诗词予以极大关注，从未间断，九十年代初，台湾宣布"终止动员戡乱时期"之日，《毛泽东诗词全集》在台湾出版，引起轰动。"党国要人"也竟人手一册。我由此想，万事怕持之以恒，若对这个"银字儿"有几千年的经手，应该也会有意想不到的收获吧。

寻光的历程

读《论雷峰塔的倒掉》和《再论雷峰塔的倒掉》两篇名文，似乎没有什么感想。这是大凡选本都入选的文章，读过当然不止一遍，大概有三五遍了吧，怎么竟会是这样呢？

有的文章，初读即擦出火花；有的文章，反复读后才有新感触涌现；有的文章，再三读后却不知该说什么。不过，对《再论雷峰塔的倒掉》的"悲剧将人生有价值的毁灭给人看，喜剧将那些无价值的撕破给人看"这一句倒是有些感想，感想者何？又说不出来了。虽说说不出，总还有点放它不下。

赴台湾考察中，在车上也曾想过这两篇文章的事。在民生书局遇到朱正著三联书店出版的《鲁迅传》，翻了翻，没有提到这两篇文章，回到家里又翻了翻他与邵燕祥合著的《重读鲁迅》，是一部用鲁迅的批判精神重读鲁迅的书，也没有收入这两篇文章。我想从别人眼中、心中或走过的路径走近这两篇文章，朱正这里已经无路可走。

在钱理群的《与鲁迅相遇》中总算与《再论雷峰塔的倒掉》相遇。他说到"鲁迅提醒人们要区分'奴才式的破坏'与'革新的破坏者'，后者内心有'理想的光'，他自己就是这样的有理想的破坏者。"寥寥数语，抓住了此文的"心"，对于我这样的阅读者颇有辅导和启蒙意义。

再查阅《鲁迅年谱》，1924年10月28日条目下说："文章含蓄地指出：反动势力对人民的镇压，也像他们建造的雷峰塔那样，是'终究要倒掉的'"；11月3日条目下有"作《〈论雷峰塔的倒掉〉篇末附记》"；1925年26日是"作《再论雷峰塔的倒掉》"，内容提示与钱理群所说一致。

回头看上面提到的《附记》，除了说明雷峰塔并非就是宝淑塔，还说，"然而我却确乎知道雷峰塔下并无白娘娘"，然而，"仍然希望他倒掉"。这正说明鲁迅心中的爱憎情结。

近日得到一本《鲁迅杂文选集》，这两篇文章都选到了。看"名家解读"，一说是反对封建专制，用鲜明的形象来议理；二说是除了"破坏说"，还说到"毁了照着老例修，修了照着老例毁"这一可悲可怕的轮回循环。

我的向导没有白找。然而，师傅引进门，修行在自己。我也应该有自己的感觉，自己的受用。这感觉和受用是无须去说的。或者有人要问，我也可以用"只可意会不可言传"来搪塞。然而，我无须搪塞，直言说出自己的感觉，也未必不是一种快意。

那么我自己的感觉是什么呢？在找过向导之后再读，感觉或曰感想竟是：法海不是一个好和尚，即是因为他既不尚和也不尚爱；鲁迅的心量比和尚大得多，即是因为他智商高于天，情商同样令人高不可攀。此外呢？鲁迅对景的破坏与建设早有告诫，可惜被当作耳旁风，不知这"奴才式的破坏"还要持续多久。

回头想来，我的读书竟是为着寻光，尤其是读鲁迅的书，自然也是为着借光看事。这样说来，这一篇可说是"寻光的历程"，于是用这几个字做了题目。

"豁达闳大"应是国人的普遍气度

这是一个奇遇。

正读着鲁迅的《看镜有感》,随手翻了一下也在读的《〈管锥编〉与杜甫新解》,所谈也是镜子问题。

《管锥编》对古典哲学中镜子的象征意义转述了两点:其一为"明察",即洞察善恶;其二为"涵容",即为一种极度的宁静与空虚。并引用《庄子·应帝王》云:"至人之用心若镜,不将不迎,应用不藏。"

鲁迅先生从汉代的"镜子"谈起,极赏汉唐的"豁达宏大之风"。与宋代相比,前者气度闳放,魄力雄大,对外界事物犹如"将彼俘来一样,自由驱使,绝不介怀"。宋呢?由于孱弱衰敝,神经过敏,"每遇外国的东西,便仿佛彼来俘我一样",于是推拒、惶恐、退缩,抖成一团。

与倒霉人物偏多忌讳相反,开放尤须豁达闳大的气度。不说鲁迅所处的时代,便是钱锺书先生著《管锥编》的年代,豁达闳大的国风也只怕是奢望。

我在此转抄两位先生的话,是因为看到"大国风范"亮光的我辈,应该循着"豁达闳大"之路大步前行。

我继续翻阅《钱锺书散文选》。在题目是《马克思传》这篇正文不到200字的文章下面有一个小注。小注告诉我们,钱锺书先生之所以推荐《马克思传》,看中的竟是此传写了马克思的

"不通世故，善于得罪朋友，孩子气十足，绝不是我们理想中的大胡子"。这是否也是"豁达闳大"呢？我想也应该是。

有人让鲁迅推荐青年必读书，鲁迅的回答是"从来没有留意过，所以现在答不出"。我想这同样是因为他的"豁达闳大"，所以才有这样的回答。

宗白华先生在《艺境》中说："荷马史诗中罗亚城的发现者希里曼惊赞中国长城"好像是洪水以前巨人族的神话式的创造"，"是人类的双手所曾创造的最奇伟的作品"。我想他将这件事转述于国人，也是为推动"豁达闳大"。

将上述三者联系起来，得出的结论是：豁达闳大不仅需要眼光，尤其需要底气。

鲁迅、钱锺书都是长城式人物。宗白华先生对美学的贡献也很了不起。他们都有"豁达宏大"的气度。我把他们的宏论写在这里，当然是为着"豁达闳大"。我想，这声音绝不是微弱的。

"豁达闳大"应是国人的普遍气度。

鲁迅的一个失望

鲁迅赴西安一月有余,失望而归。

行前,他一直没有忘记构思未来的巨著《杨贵妃》;此行,固然是接受西北大学邀请,作夏期讲演,同时,也想借此机会为创作这部长篇历史小说收集材料。 然而,据说唐朝的天空不见了,看见的不过是很多的白杨树和很大的石榴树,还喝了不少灌注"文肠"的黄河水。于是,当朋友问起,他的回答是:"没有什么怎样。"接下来呢?他"于是废然而去了,我仍旧废然而住"了。

这里的"废然"是个关键词。鲁迅作文喜欢用重词,他在《即小见大》的开头便说:"北京大学的反对讲义收费风潮,芒硝火焰似的起来,又芒硝火焰似的消灭了,其间就是开除了一个学生冯省三。"其中的"芒硝火焰"一词就有同样之重,同样之妙。由此可见,鲁迅当时的心情是何等沮丧和失望。

或者我想,鲁迅的"废然而住",尽管是说"自愧无以对'不耻下问'的朋友们"所问的"你以为那边怎样?"但我总觉得是对"唐朝的天空不见了"的"废然而住",是对再无兴致构思《杨贵妃》的"废然而住",并由此想到释迦牟尼的"应无所住而生其心"。在我的感觉中,或者说事实上鲁迅这里的"住"与释迦牟尼此言是一个"住"。

照说,鲁迅此次赴西安,游览了华清宫旧址,洗过温泉浴,碑林也观看了，还去了孔庙、荐福寺和大小雁塔，曲江灞桥和昭陵石刻也都没有落下，并从古物中得到历史的启发，后来还写了《看镜有感》，对汉代的"闳放"和"毫无拘忌"、唐人的"也不算弱"多有褒扬。这样的"游历"和如此而来的感想还不够多吗？怎么就"废然而住"了呢？我总觉得，鲁迅说出这四个字，潜意识中还是在《杨贵妃》这一面。

　　读过郁达夫的《鲁迅设想的〈杨贵妃〉腹案》，会更强烈地意识到，鲁迅的这次"废然而住"是中国文学史也是世界文学史上的一个遗憾。据郁达夫讲，鲁迅先生的腹案"实在是一个妙不可言的设想"。此腹案的大意是，以玄宗之明，哪里看不破安禄山和她的关系？所以七月七日长生殿上，玄宗只以来生为约，实在是心里有点厌了，仿佛是说："我和你今生的爱情是已经完了！"到了马嵬坡，军士们虽说要杀她，玄宗若对她还有爱情，哪会不保全她的生命呢？所以，杨贵妃的马嵬坡之死，或者就是玄宗授意的。后来到了玄宗老日，重新想起当日行乐的情形，心里才后悔起来，所以梧桐秋雨，生出一场大大的神经病来，才有道士以催眠术替他医病，使他和贵妃相见而收场。鲁迅看人看事总是深一层也高一筹，所以写出的东西也有过人的深刻与奇妙，这是无与伦比的。所以，郁达夫又说，这个长篇若做出来，"一定可以为我们的小说界辟一生面"。有同样感受的还有鲁迅的挚友许寿裳。他更是直截了当地说："他的知人论世，总是比别人深刻一层。"然而，在我看来，不仅是"总是比别人深一层"，而且总是比别人更多地注重"独见"。因此，总是在别人看不到和尚未看到的地方"看到些什么"。因此又可以说，他对这个"独"字特别神往，特别钟情。甚至可以说，鲁迅的脑袋构造也与别人不一样，是一个"独特的和特殊的佳构"。再进一步，还可以说，多数人永远是人，有的人却由人而神，这固然是因为后来者的特别神往和崇拜而创造的结果，恐怕首先还是因为他们自己的创造"高人一等"和"超人一筹"，他们自己才首先是神的创造者。由此还可以说，神不仅是他造的，而且首先是自造的，只不过没有像出口产品那样，打上"中国制造"罢了。

好像鲁迅自己也说过："文艺是国民精神所发的火光，同时也是引导国民精神的前途的灯火。"我曾想过，像神话中的天有十日，我们肯定受不了，然而如果有十个月亮环绕周天，一定壮观。《杨贵妃》的胎死腹中，也就等同于此处的火光熄灭，在我们的前途上虽然不是少了一个太阳或月亮，至少也是看不到此处的灯火，这难道不是中国的一个损失吗？

他的顺手牵羊也是如此伟大

鲁迅西安之行很失望,说是"胡里胡涂的回来了";而用我们眼光看,收获并不菲。一部《中国小说的历史的变迁》,就被称为《中国小说史略》的缩编版,或曰白话版。

这部《变迁》是在当时的西北大学讲演十一次,计十二小时,经过整理,编为《中国小说史略》的附录。我手边五种版本的《中国小说史略》都有这个附录。其中台湾五南文库的本子有评注者周锡山说:"本篇所讲题旨与《中国小说史略》相同,其内容可与《中国小说史略》互补,所以作为《中国小说史略》的附录。"

这两部书,我都算读过。今年以来,为寻求小说、文艺作品以至文章的标准,又读《史略》,附录的《变迁》好像没有再读。不是认为没有必要,而是为别事别书分心。总之,这两部书我都很佩服,认为和《野草》一样,是可以反复品味的。然而,与《史略》相比,《变迁》只是顺手牵羊的产物。

陪同鲁迅讲演的刘依仁回忆说:"鲁迅先生的讲演,真如他的写文章一样,理论形象化,绝不抽象笼统,举出代表作品,找出恰当例证,具体发挥,没有废话,使听者不厌,并感到确有独到之处。"

由于职业的关系,我常听一些人讲话。"独到之处"肯定是有的,但废话也很可怕。我曾不明白为什么要这样,一位朋友的回答打开了我的心锁：把听众当傻子。我还曾想，如果都向鲁迅学习，不讲废话，而且"确有独到之处"，恐怕也会像让我们天天吃满汉全席，让人受不了。然而，由于爱好关系，也听看"百家讲坛"，有时候竟然比天天吃满汉全席还让人受不了，原因还是废话太多。由此看来，鲁迅的不讲废话，也是缺者为贵。当然也有朋友说：不讲真话，那是因为讲假话占便宜；废话太多，那是因为有用的话太少；讲话不深刻，那是因为本来肤浅。听他这样道来，我愈加怀念鲁迅先生，有时会想，要是有录音录像资料该多好啊。

一段时间，有一种十分恶劣的提法，称鲁迅的东西为"鲁货"。动不动就说"那些鲁货！"意思是对鲁迅厌恶到极端。这真如另有论者所说，如果一种浅薄之论真的能获宠于众，一种低级趣味真的能使天下道翁"咯吱咯吱，也不要紧，那我们也可以借此看看鲁迅在公众中有着怎样的一种遭遇，看看我们的知识者有了怎样的文明程度"。如此深刻的妙论，也应该是学习鲁迅的一个结果。鲁迅曾经说过"有脊梁的中国人"。在那样黑暗的时代，那样险恶的时候，像鲁迅那样有思想、有艺术的硬骨头是多了吗？是多余吗？是叛徒和巴儿狗更可爱可敬吗？退一万步说，也是读鲁迅的书越多越觉得真有货，而那些恶狠狠称"鲁货"的人，只能说是一些"什么货色！"我这样说，或者也只是"浮浅的愤然"，却总还有真诚在，真诚距离真理，总比哗众取宠要近得多。

陈漱渝先生在一篇序文中引用到钱锺书先生在"鲁迅与中外

文化国际学术讨论会"上的讲话,他讲的是:"鲁迅是个伟人,人物愈伟大,可供观察的方面就愈多,'中外文化'是个大题目,题目愈大,可发生问题的范围就愈广。中外一堂,各个角度、各种观点的意见都可以畅言无忌,不必曲意求同。"鲁迅和钱锺书都是充分吮吸了"中外文化"学养的学者型作家,或曰作家型学者。陈漱渝先生在文中还说到,据统计,鲁迅先生翻译了14国近100位作家的200多种作品。他本人的创作中,涉及了25个国家的380多位外国人士。钱锺书先生的《谈艺录》援引的中外文学资料多达1100多种,其中征引历代名家诗话达130种,中国诗话史上的代表作无一遗漏。《管锥编》征引了4000位作者的上万种著作,其中涉及西方作家和学者千人以上,西方著作约1800种。他们都是博采中外、熔铸古今的大家,他们为人类留下的瑰丽的文化遗产,都是中西文化撞击、融合、提升的精神结晶,他们的学识和贡献令人叹为观止,他们都是"说不尽"的"唯一者"。那些称"鲁货"的猖狂者,只是藏在幕布后面的鼠辈而已。

他们的一次次轰动,虽然未必是他们的本意,却是意料中的必然;他们的不断地被研究,虽然也未必是他们的希望,却也成为必然。据记,鲁迅在北大讲中国小说史,其轰动效应真是非同寻常。小说家王鲁彦忆到:他叙述着极平常的中国小说史实,用着极平常的语句,既不赞誉,也不贬毁。然而,就是这极平常的话语,却不时激发出笑声,使他不得不中断下来。听他讲中国小说史,仿佛听到了全人类的灵魂的历史,每一件事态的、甚至人心的重重叠叠的外套,都给他连根撕掉了……于是大家的眼前浮露出来了一盏光耀的明灯,灯光下映出一条宽阔的大道……

我不知道别人读这《变迁》是何感觉,在我,不说更深刻地去体会它的深广,仅是这阅读过程中,就如同面对波光闪闪的长河大江,江面上有交响乐,我总觉它不仅是那样清晰——条分缕析而阳光灿烂,那样悦耳——悠扬自然而动人心魄,那样深邃——近在眼前而远在天外,言简意赅而深不见底,而且是那样的气魄恢宏。不为别的,仅为这感觉,我也是百觉不厌。

如果从广大着眼来研究《变迁》,我同意曾彦修也即严秀先生的观点:鲁迅是全民族的鲁迅,是中华民族共同的旗帜。仅从"阶级斗争"需要来认识和看待鲁迅,是把鲁迅降低了。鲁迅的伟大之处正在于他在反蒙昧、反专制、争人权、争自由、争平等中战斗一生。正是有了鲁迅的第一声呐喊,中国才开始出现了真正的"人"字——更出现了女人也是"人"的观念。鲁迅的伟大是在中国宣扬了"人",而不是"阶级斗争"。在中国,在世界,鲁迅只有一个。

甘为泥土还不够

将"天才"与"绿豆芽"想在一处的是天才的鲁迅先生。

鲁迅是天才,这是的确的。他就是超拔得多、高超得多,"出格"得多,别人比不上。他身上的许多"出彩",或者说"精彩"和"光彩",别人没有。他虽然一再否认自己是天才,却并不全盘否认天才,并且有关于天才的"泥土论"。

他说:"我想,天才大半是天赋的;独有这培养天才的泥土,似乎大家都可以做。做土的功效,比要求天才还切近;否则,纵有成千成百的天才,也因为没有泥土,不能发达,要像一碟子绿豆芽。"

"豆芽菜"很鲜明,发出鲜活的光,但如果不能植于泥土,便会被"天然"吃掉。有多少天才的嫩芽夭折,是很难说明白的,但从近百年来中国竟然没有自然科学的诺贝尔奖获得者,虽然不能由此就断定嫩芽因为没有适合的土壤萎去了,但总可以说明做土的工效还很不够。

最近看到一本书,《毛泽东与林彪反革命集团的斗争》,是汪东兴口述的。其中讲到:陈伯达弄出来几段语录,是专论天才的。有恩格斯称马克思为天才,列宁称马克思、恩格斯为天才,毛泽东称马、恩、列、斯为天才。好像对当时的陈伯达、林彪最有用的是列宁的一条。意思是天才人物不是成千成百产生出来的,而没有"十来个"天才的领袖人物的互相配合,就无法进行坚持不懈的斗争。毛泽东在这件语录上写下《我的一点意见》,有力回击了陈伯达的阴谋诡计,其结果也就可想而知了。读了这本书,我还是不明白天才是什么,反而感觉到天才多了,也未必是好事。同时觉得,自吹自擂为天才者也不少。老子就主张"绝圣弃智"。大家都憨憨的,很平和,绝不掀起波浪,水面便较平静。然而,这样的人类世界,似乎从来没有过。真那样,恐怕也会令人担忧和不能满意。

回答什么是天才好像比回答什么是老玉米还要有点难。天才人物并不简单就是玉米中的大玉米,芝麻中的西瓜。自从盘古开天地,三皇五帝到如今,中国历史上以及世界的历史上产生过多少天才,不好说清,也不好准说。但是,天才总要生出来、长起来。这与生长的产床、空气、泥土都有关系。然而,怎样就是最适宜的条件,也不好准说。

现在的空气,是呼吁天才,还是泯灭天才,众说纷纭;是需要天才,还是厌恶天才,莫衷一是。由此看来,做好这土的工作还真不容易,而且很有必要与改造空气联系起来。

有人说,望子成龙也是泯灭天才。因为一方面是成龙心切,做出许多不利于天才成长的举动;另一方面是只望自家成龙,不望他家成龙,加上学校的教育,社会的导向,都是各演各的戏,各唱各的曲,其目的是什么,方向是什么,好像也不大了然,恰如鲁迅所说:"现在社会上的论调和趋势,一面固然要求天才,一面却要他灭亡,连预备的土也想扫尽。"

这就可见,做土的工作很必要,改造空气的工作尤其必要。

究竟怎样做土的工作，怎样改造空气，难以尽言。但是，只要阔大胸怀、脚踏实地，愿为广沃大地的一粒泥土，而不是如一则相声所说的将嘴巴提升到头顶上去，老老实实各就其位，总会好一些。

偏激才有艺术

我早就说过，鲁迅先生也有偏激，为艺术的偏激，当然也有为爱憎的偏激，为道义的偏激。

在我的印象中，鲁迅喜欢家乡的"社戏"，而对京剧却有偏激之见，对梅兰芳的看法竟偏激到让人无论如何不能接受的地步。

近日看到一个材料，鲁迅1924年7月赴西安讲学期间，分别于17日、18日、26日观看了易俗社的演出。鲁迅对易俗社演新剧早有所知，赴秦途中还谈到这个剧社，看了节目很是满意。他还提议大家把在陕西挣到的讲课收入，除了路费，全部捐助易俗社。此外，据孙伏圆回忆，鲁迅还于8月3日出席了省长刘镇华在易俗社开设的宴会。他平素是不愿参加这种繁文俗礼的，这次却欣然赴宴，一边看戏，一边畅谈，一边就餐。

鲁迅对梅兰芳的批评是太过偏激了，而且这不能不说是他犯了一个高级错误。然而，反过去想，如果他压根就不是这样一个人，是有一个更加伟大的鲁迅立在我们面前呢？还是反而连现在这样一个鲁迅也没有了呢？我的答案倾向于后者。鲁迅看人论世，常常是截取类型，一戟以中要害，总难免抓住一点不及其余。比如，他还说过托尔斯泰、伊孛生（易卜生）、罗丹都老了，尼采一脸凶相，勖本华尔（叔本华）一脸苦相，淮尔特（王尔德）穿上他那审美的衣装的时候已经有点呆相了，而罗曼·罗兰似乎带点怪气，戈尔基（高尔基）又简直像个流氓。或者说，这都是特定情况的特殊观感。但是，毕竟可以证明他是太偏激了。然而，可以说他偏激，却不能否认他的艺术眼光；或者正是为了艺术地抓住一点，才有此偏激。偏激和艺术有时候是难解难分的。也许正是有此偏激，有偏激下的特殊观感，才构成他特有的独特艺术。

偏激才有艺术。要艺术地表现一个人，或者一件事，艺术家们常常会抓住一点不及其余。或者说截取一点，略去其余。这似乎又是艺术家的常态。

无论如何，偏激才有艺术是被历史和现实都证明了的存在，而且是合理的存在。鲁迅是有偏激的一面，然而，他却也有沉郁的一面，同时还有平和温暖的一面，更有他的全面的辩证法。他的幽默、聪慧、风趣，是很真挚的，是很有人情味的。他的微笑完全是由平静的心田流出来的，好像没有经历过沧桑的过滤。据我猜测，正是这偏激、沉郁、温暖、幽默，构成博大精深而又深邃无限的鲁迅。

鲁迅的示范之作

春日读《春末闲谈》，感觉鲁迅先生真是无与伦比的著文高手。能如此高的根本原因，则是因为他是他自己。

盛年鲁迅已经很惹人注目，当时他虽然还不像太阳那样光耀无比，却让越来越多的人感觉他的存在及其存在价值。比如，他写了一篇《咬文嚼字》发表在《京报》副刊上，就有人出来攻击说："名人名声越高，作品也越要郑重"，妄图以此来束缚鲁迅。鲁迅反击曰："我并不觉得我有'名'，即使有之，也毫不想因此而作文更加郑重。"这就是鲁迅，这就是有着坚定自我意识的鲁迅。不为名利却有着更大的"名利"，如此的鲁迅横空出世。不过，这个上引号的"名利"二字应理解为"人类之名"和"大众之利"。

当时的鲁迅刚开始与许广平通信，他编写的《莽原》周刊作为《京报》随报附送。目的是"很希望中国的青年站出来，对于中国的社会、文明，都毫不忌惮地加以批评"。也可以说，此时的鲁迅所坚持的就是"以人为本"的思想和方针，全心全意为个性的解放和劳苦大众的解放而战斗。当然再说得宽泛一点也可以叫做"文明批评"和"社会批评"。为此，他每天都要动笔改削来自青年作者的稿子，弄得看书和休息的工夫也没有了。《春末闲谈》和接着发表的《灯下漫笔》，就是这"文明批评"和"社会批评"的示范之作。

鲁迅的示范之作，当然首先是他的思想本质上充分体现出对有害事物的抗争与发掘美点的高度统一。因此常将小说、散文、诗、政论熔于一炉，于是便成就了他独创的文章体例——"杂文体"。《春末闲谈》正是这样一篇"杂文体"的示范之作。

鲁迅后来在《且介亭杂文序言》中说："作者的任务，是在对于有害的事物，立刻给以反响或抗争，是感应的神经，是攻守的手足。""当然不敢说是史诗，其中有着时代的眉目，也决不是英雄的八宝箱，一朝打开，便见光辉灿烂。我只是在深夜的街头摆着一个地摊，所有的无非几个小钉，几个瓦碟，但也希望，并且相信有些人会从中寻出合乎他的用处的东西。"在我看来，这并非什么"鸿篇巨制"的杂文，却正是一个时代的史诗。它绝不无病呻吟，也不干巴巴地直说，他正是对于有害的事物立刻给以反响或抗争的战斗檄文，是诗的文和文的诗。

《春末闲谈》这篇杂文，当然首先是对社会的黑暗有很深的感应，而后好像是从《诗经》上的"螟蛉有子，蜾蠃负之"，得到一点印象，并将这印象与社会的黑暗，也即极大有害事物联系起来，对统治者的愚民政策给予了彻底而有力的揭露和嘲讽。

然而，鲁迅先生对于有害事物的抗争和对美点的发掘，真是体验得太深了，因此才结合得天衣无缝而又美不胜收。你瞧，他说："当长夏无事，遣暑林阴，瞥见二虫一拉一拒的时候，便如睹慈母教女，满怀好意，而青虫的婉转抗拒，则活像一个不识好歹的毛鸦头。"美、妙、奇一应俱在，我都不敢再往下读去，生怕碰到什么破坏了这美、妙、奇。鲁迅大概也是这样想的，于是他说："但究竟是夷人可恶，偏要讲什么科学。科学虽然给我们许多惊奇，但也搅坏了我们许多好梦。"

接下来可就不单是美，而是让这美有了一个更大的用场。用于他说的为统治者们着想，最好是发明一种割去被统治者的脑袋，尚可做服役和战争的机器的良策。然而，"人类升为万物之灵，自然是可贺的，但没有了细腰蜂的毒针，却很使圣君、贤臣、圣贤、圣贤之徒以至现在的阔人、学者、教育家觉得棘手"。

读到这里，我不知再说什么了。还好，恰巧读到一篇朱正先生的鉴赏文章，他说：螺蠃的特别之处，就在于它能使自己的猎获物一方面"虽死犹生"，长期保鲜；另一方面"虽生犹死"，吃的时候绝不会抗拒和逃逸。要做到这样，圣君贤臣可就大为为难了。经他这样一说，也就让人更加明白了，然而却也破坏了朦胧含蓄的美。由此可见，鲁迅的范文还有一种朦胧、曲折、含蓄的美，也是很值得借鉴的。

我不知道我这样说是否合鲁迅的意，但从《春末闲谈》看到和感受到的却正是这样。不过，鲁迅的为文，绝不会在雕虫小技上兜圈子，他着重突出的是重大主旨，也即当时的统治者所持的愚民政策。由他批判的愚民政策，我们可以联想到现在的外企，对于员工的掠夺是榨取他们的青春，既有对聪明智慧的需求，也有对愚昧和顺的渴望，然而却也不时会出现一些不如意的不大不小的"波动"。这可真是难办得很，为求满意，最好也应在"虽生犹死"和"虽死犹生"上多多设法——也就是专门组织一个研究班子来研究青虫的伎俩。

然而，中国几千年，世界几百年，竟有那样多的高手设计出种种的方案。这些方案，或许都有其满意之所在吧，同时却也增添了不少的新乱子。人还不如小青虫能耐，这真是没法可想，或许正是上帝的本意和正义吧。这比天还大的事，真是不知该说什么是好。回过头来，还是说说鲁迅的奇想妙构。我想，他的奇思妙构绝不单单是一种为文的技术，一定还有更深层的原因。近日刚好读到一本《回到你自己》的书，其中说到，鲁迅认为人不能满足于当下，粘滞于当下，而应当不断地怀疑和批判当下，寻找人的"性灵之光"、"致人性之全"。又说，鲁迅对于自己，常有一种欠缺感，这种欠缺感推动着他不断寻找自己，向上超越。进而说，"回到自己"不是达到某种至高的目标，而是在"没有上帝来主持"的情况下，"自己裁判"、"以己为中枢"，不断地走路，不断地寻找。"回到"，是一个不断敞开的过程。原我就在这过程中。甚至说，鲁迅不惮开罪天下的大无畏，正是以独自性的生命领悟为前提。并且说，一种勇敢如果以外物为根据，是不可靠的。比如屈原，不可谓不勇敢，但是他并没有把最终的根据收回到自己，而始终把自己看做一个臣民，所以一旦君子不察其芳，国人莫知于我，活下去的勇气就成为问题了。

我很赞同上述所说，并且认为，这样的鲁迅，"回到自己"的鲁迅，只能产生于20世纪。此前没有，此后也还没有看到。我还相信，这正是鲁迅"奇想妙构"的根因。没有如此的鲁迅，便没有"奇想妙构"走到如此之远的鲁迅。这两个鲁迅，是互为存在的。这样的鲁迅，正是大而深、深而美的鲁迅。不说别的，仅仅他为文学青年写下的范文《春末闲谈》，即可说明这一切。

生在彼时与此时

鲁迅写《灯下漫笔》的前几日,写过一篇散文诗《死火》,收入《野草》。这死火,"有炎炎的形,但毫不摇动,全体冰结","纠结如珊瑚网","那冷气能使指头焦灼",堕入其间,令人生死不得、生死不能。

这完全是一个通天彻地的"冰谷",北洋军阀统治下的人间,就是这样一个寒森森的"冰谷"——被冻得要死的酷世界。

鲁迅处于这样的现实中,看着这样的现实,想着这样的现实,又有一双深邃敏锐的眼,洞察万有的心,快速感应的神经,他构思出来的、令我们无论如何想不到的一个伟大的概括,即几千年中国历史已有将有的三样时代:鲁迅生前已有过两样,一是想做奴隶而不得的时代;二是暂时做稳了奴隶的时代;鲁迅身后也是他想到了但没有看到的中国历史上未曾有过的第三样时代。

读这篇书,我想到这样一句话:生在彼时与彼地。

生在"想做奴隶而不得的时代",只能是"离乱人,不及太平犬";生在"暂时做稳了奴隶的时代",《汉书·汤誓》虽然有"编胪欢,腾天歌",但照鲁迅看来,不过是有了"暂时做稳了奴隶"的条件。事实上,几千年的文明史、统治者精心治理的、出现于史家笔下的文明史,如此而已。

推而论之,无论是生在"一是"的时代,还是生在"二是"的时代,对多数人而言,都不过是做奴隶的材料而已。他们就像作家手上的文字，令人随心驱使；也如厨子手中的面团，是蒸，是煮，还是煎，全看宴席的需要。

如此人世下人民就此绝望了吗？习惯于受此宰割蹂躏了吗？没有！许多仁人志士都怀有改变的信念。鲁迅的目光向未来望去，看到了"中国历史上未曾有过的第三样时代"。为此，他说："自然，也不满于现在的，但是，无须反顾，因为前面还有道路在。而创造这中国历史上未曾有过的第三样时代，则是现在的青年的使命。"

我们已经幸福地生活在这第三样时代了，而创造这第三样时代的则是毛泽东他们那一代人。我对此类剧作包括电视剧百看不厌，就是始终怀着一颗礼敬的心。我们永远不应该忘记他们！永远不应该忘记我们是生活在这样一个美好的第三样时代！更不应该忘记这第三样时代来之不易！

灯下的天地不大，《灯下漫笔》的天地却很大。此刻令我觉得，而且是强烈地感觉到，我们有必要经常地反复地想一想这样一句话：生在彼时与此时。

生在彼时的人们，想到的是改变现实；生在此时的我们，致力的是发展现实。改变中不能没有发展，发展中也不能没有改变。心中的目标必须如一，这是人世间最大的主旨。

顺着这"改变"二字，我又想了想：生在哪里由不得你，变成什么样子，却与你的努力有着非同小可的关系。这样想着，"奴隶"二字突然加入我的思绪的河里来。是的，有的人由奴隶变为主人，有的人由主人退回为奴隶，这好像也不完全是由生在彼时与此时、彼地与此地决定的。这一点尤其值得深思之。

"心神俱旺"左右看

鲁迅说读了译成中文的拜伦的诗,心神俱旺。说到底,他是一个诗人,是文学家的诗人,是诗人的文学家。歌德也说:"在创造才能方面,世间还没有人比拜伦更卓越。"

拜伦的诗,我或多或少读过一点,也是译为中文的,但没有"心神俱旺"。大概是因为我还不是一个诗人,也没有可能成为一位文学家,所以没有如此敏感的心灵。当然,我也不是"精品收藏家"或"废品收购站"。我的不能"心神俱旺",就是因为这样的什么都不是。

然而,此刻的我,毕竟在做着对"精品"欣赏的工作。读鲁迅的《灯下漫笔》,将文后的二十二条注释一起读,虽然没有心神俱旺,却将文章与注释联成一篇作品了。

袁世凯作为北洋军阀的首领,官至直隶总督,军机大臣,内阁总理大臣,一路走来,心神俱旺,但最令他心神俱旺的,还是攫取新政府的权力,做了临时大总统。或许正是由于过于心神俱旺了吧,做了临时大总统还不知足,想冠冕堂皇登上九五大宝,做个皇帝。然而,登基大典的喧嚣还在尘扬四起,仅仅八十三天就滚蛋了。正像鲁迅说的,袁世凯想做皇帝的那一年,蔡松坡到云南去起义了。起义的当然不只一个蔡松坡。

我想,蔡锷溜出北京,到云南组织讨袁,也是心神俱旺的。他在历史上写下如此浓墨重彩的一笔,后世读者每读史于此,也应该是心神俱旺的。不过，对于他的早逝，我们却无论如何也心神俱旺不起来，每想到此，唯有黯然神伤。

正当我的黯然神伤还在持续的时候，鲁迅先生又来告诉我："假如有一种暴力，'将人不当人'，不但不当人，还不及牛马，不算什么东西"；"有如元朝的定律，打死别人的奴隶，赔一头牛，则人们便心悦诚服，恭颂太平盛世。"读到这里，我不知道自己是心神黯然，还是心神俱旺，我简直不知道自己是什么东西，自己的心是什么东西。

五胡十六国的杀人，五代宋末元末的杀人，黄巢、张献忠的杀人，近代军阀的杀人，翻开历史，总会看到乱哄哄的你杀过来，我杀过去，弄到《现代评论》所载的军阀统治下的四川"男小孩只八枚铜板一斤，女小孩连这个价钱也卖不了"。为此，引出了鲁迅的愤极之言："所谓中国的文明者，其实不过是安排给阔人的人肉筵宴。"

鲁迅的一生都是以"现代中国最苦痛的灵魂"存在着。这个寂寞冷静的灵魂，以自己特有的方式"凝视"外在世界，"审视"内在世界，以滚烫的生命之流，在荒芜的地下运行、奔突，以火山爆发一样的火焰和比太阳核心热力还要强烈万倍的泥浆，冲向一切黑暗。我没有勇气再读下去了。因为这样读着，"心神俱旺"这四个字，已经对我是极其严重的压迫了。

同授而异路

鲁迅与苏曼殊同样师从章太炎，却因志趣有异，走上不同的道路。虽然人是很复杂的，但一块红土地既长红薯，也长山药或者谷黍，还是因为基因有异。

鲁迅也曾喜用古字，但就根本而言，最敬佩太炎先生的还是他的革命精神；苏氏曾与章太炎、柳亚子结为南社，倾心的却是其文字古奥，学问弥深。用现在的眼光来看，苏曼殊走的是一条常规的路；鲁迅却为时代所逼和人生的更大目标，走上革命的道路，成就伟大的革命的一生。道不同不相为谋。后来鲁迅对老师章太炎的冷静评价，以及与苏曼殊的疏远，都是时代的必然。

我查阅了《鲁迅全集》，关于苏曼殊有四处，说到三层意思：其一，苏曼殊的文字有简古倾向；其二，苏曼殊的日语非常好；其三，"随曼殊"连我自己在梦中也没有想到过。这其三是因为有人在杭州假冒鲁迅，写了四句诗，其中一句是"待到他年随公去"。这个"公"就是苏曼殊。鲁迅在此是辟谣。

有人将早期的鲁迅、陈独秀、苏曼殊作比较。说陈独秀是表里如一的硬汉，想到的动辄身体力行；苏氏则风情万种、放浪形骸、有钱花光，和尚也做得很浪漫；鲁迅好像有点内向，不大愿与生人讲话，把孤傲内敛于学术与译著上。这只是初步的、较浅的比较。

苏曼殊的颓废、浪漫、好学，及其诗人气质，深得陈独秀的

神会鲁迅

喜欢；文字中流露出来的奇异、幽远、玄妙，鲁迅也喜欢浏览一下。但是，在文学这条崎岖的道路上，陈独秀、章士钊、苏曼殊都没有鲁迅走得远。这已经深了一层，深向的不仅是风格和个性，已有点本质的意味。

更深一层，孙郁先生有过这样一个揭示，我以往的《小语》中也引用过，不妨重复在这里。他说：

鲁迅在文章上的修养，远在陈独秀、苏曼殊之上，这是大家公认的。陈氏诗文豪情万丈，但止于此岸；苏氏柔情万种，毕竟是才子式的低徊；鲁迅却天马行空，走在生死之界，上究苍穹，下诘阴狱，横扫人世，走得比二人都远。

这样的鲁迅，不是凭空走来的。有人说，读鲁迅的书，觉得他的源头是从古希腊和古中国来。他的文字背后拖着历史的巨影，人间的血色溅射其间。在古今中外有两个人伴他一生。在中国是嵇康。他校勘《嵇康集》，跨度二十三年，抄校十余次。外国是尼采。尼采对他的影响是深切的，在他的藏书中，有多册尼采的著作。鲁迅的胡子、目光、气质也都有点像尼采。尼采的尊个性、张精神、超越自我、独立人格对鲁迅有终身影响。尼采的精神闪光是切入到鲁迅的肉体里的。在鲁迅的《野草》之中，也分明有着《查拉图斯特拉如果说》的韵致和以绝望的心反抗绝望。

我敬佩鲁迅，热爱鲁迅的深刻冷峻下面，燃烧的挚火和流淌岩浆。同时，我并不排斥陈苏。陈独秀和苏曼殊的诗，都有诱人的豪放之气。陈诗有才子与侠客的痕迹；苏诗写得溅血、壮怀、很有风骨。他们诗中的孤苦、豪放、悲烈，很能引起我的神往。

抄几截如下:

　　湘娥鼓瑟灵均泫，才子佳人共一魂；
　　誓忍悲酸争万劫，青衫不见有啼痕。

　　丹顿裴伦是我师，才如江海命如丝；
　　朱弦休为佳人绝，孤愤酸情欲语谁。

　　以上是陈氏写给苏氏的诗，以下为苏氏的《以诗并画留别汤国顿二首》：

　　蹈海鲁连不帝秦，茫茫烟水着浮身。
　　国民孤愤英雄泪，洒上鲛绡赠故人。

　　海天龙战血玄黄，披发长歌揽大荒。
　　易水萧萧人去也，一天明月白如霜。

　　近日我在重读《人间词话》，王国维先生在此书中列出一系列识别诗词优劣的标准，并对古今诗词有多方面的深刻比较。以他的标准来看，陈苏二人的诗与古代名家相比还是可以立见高下的。我也读一读鲁迅的古体诗，感觉是不仅在陈苏之上，而且也不在古人之下，至少是可以与唐宋名家比肩的。

　　中国的道家有"无为"与"有为"的概念。有人对此有这样一个解释：一个人在他的活动中，让他的自然才能充分而自由地发挥，就是无为。反之是有为。我想，如果由此去检索陈独秀、苏曼殊，特别是鲁迅身上有多少"无为"和"有为"，将是一件很有意义的工作。

《杂忆》之"杂"

鲁迅《坟》中有一篇《杂忆》，以往我似乎也读过，今天重读，却忽然问："杂忆"，难道像"无题"一样，内容不为"一题"所限么？

有了此疑问，便去翻《鲁迅日记》，没有相关记载；又去查《鲁迅年谱》，有记载，没有说明，同一天还写了《失掉的好地狱》——"野草"之十五，也没有关于标题的说明。

于是，我只好依自己的理解去捉摸：

文章分四部分。第一部分，写"使忘却的旧恨复活，助革命成功"。回忆所至，却有拜伦的诗，鲁迅年轻时读拜伦诗的情景，拜伦诗时下在中国的处境，苏曼殊译拜伦诗的光景。由此漫出去，漫到惹起复仇和反抗者感应的波兰诗人密茨凯维支，匈牙利诗人裴多菲，菲律宾文人黎萨尔，德国作家霍普德曼和苏德曼。而后笔锋一转，再漫上去，有清兵惨杀汉人的《扬州十日记》，清兵屠城的《嘉定屠城记略》，明末抗清思想家朱之瑜的《朱舜水集》，南明抗清领袖张煌言的《张苍水集》；而后又漫回来，忆及以反清革命为主题的粤剧《黄萧养回头》，最后落脚到革命军马前卒邹容的《革命军》。我由这一部分的"杂"得到了一个"漫"字，不是水自纵横之漫，而是漫天彻地上下通透之漫。鲁迅为文，似乎很倾向于这样的"漫"。有时候顺着一条大道漫上去，有时候又随着一条大江漫下去。

第二部分,据说是写"复仇思想可是减退了"的教训的。而我读过第一篇,觉得是从"文明"写到"野蛮",从抽象的文明到具体的野蛮,辛亥革命者似乎力行"文明",却为"野蛮"的惯性所冲垮。读第二遍,觉得文明的建立需要相当的力量,否则必然滑向自毁与他毁。这样去读似乎对"杂"的理解没有打开闸门,然而我的思绪却忽然为鲁迅汹涌着的思想之流所冲开,于是在脑子的某处流出"杂想"二字。第三遍与注释一起来读,嗅到一点政治气味,辛亥革命不彻底,致使国家民族再遭兵火,是惨痛的血训,这对"杂"的含义,似乎又增加了一层爱与恨的博大。

第三部分,明明知道有人说过是对"宽恕"的剖析,由于我心中带着一个"杂"问,便觉处处是杂。自己他人、上帝人类、"以目偿头"、"以头偿目"、"宽恕是美德,或者倒是卑怯的坏人所创造",是"杂";由清末的轭下写到共和的空气,由教授的心态写到爱罗先珂的被驱逐,由"我的欣羡和感受"写到翻译剧本《桃色的云》,全是"杂"。但这"杂"却集中到一点:中国人在"杂受"中。

第四部分,无疑是写当权者以至国民心理的卑怯及其卑怯行为的,但却从孔老先生的"毋友不如己者"写起,写到"大半都曾做过仇敌"的诸国,写到将对强敌的怨愤转向对弱小的发泄,写到"深沉的勇气"和"明白的理性",写到"国民倘没有智,没有勇,而单靠一种所谓'气',实在是非常危险的"。由此,我又为"杂"的理解,想到一个"深"字。这深是深到国民性的病根的骨子里去了。

　　在随着鲁迅的笔法杂来杂去、漫来漫去之后，我又静下心来去归纳。九九归一的结果是：鲁迅实在是治疗民族病的大师，他这"杂"和"漫"都是为疾病和治病之为也。

反读"国骂"知多少

鲁迅先生写过一篇《论"他妈的!"》。这不是一篇重要文章,但也不失为"改造国民灵魂"的一剂发汗小药。

在读这篇不算重要的文章的时候,我觉得惯常去读,就是顺着鲁迅的意思再行"口诛笔伐",也不过是在乱贴乱糊的"小广告"上再涂一层墨。想将这贴死在国人习惯上的"小广告"揭下来,又无能为力,于是,便反过来,将眼光聚焦于"国骂"的反面,从反面作一些领略。

先说这"国骂"反面的"国花"。中国人对"国花"的认识及其亲切程度,似乎远远无法与"国骂"相比。

再说"这骂的翻译,在中国原极容易的,别国却似乎为难"。因为他们实在没有如此灵通和智慧。德文译本作"我使用过你的妈",日文译本作"你的妈是我的母狗"。这样反过来读的印象是:别国,或者尤其是德国和日本,骂的词汇实在是少得可怜,竟没有中国人随口就来的对应用语,气势及丰盛上,就更是低下数等了,这着实应该令人看不起。

在反读之中,由鲁迅先生做导游,将"历史门"轻轻推开,便可以看到:"晋朝已经是太重门第,重到过度了;华胄世业,子弟便易于得官;即使是一个酒囊饭袋,也还是不失为清品。"酒囊饭袋可以为高官,或者更应当是高官,承祖宗余荫,空腹高心,以旧业骄人,小百姓使用一下"国骂",似乎也属正常,算不得"是可忍孰不可忍",或者还应该认为是正义和仗义。这里明显为我们划出一条界沟,为"国骂"提供"充足理由",以此刺向"国骂"的根基,是很高明的。

在"历史小道"逗留中,"到了金元,已奉夷狄为帝王,自不妨拜屠沽作卿士,'等'的上下本该从此有些难定了,但偏有人想辛辛苦苦地爬进'上等'去"。爬上爬进之后,或者从此文雅起来,或者用起"国骂"来,更气足,更洒脱,更有层次。由此可见,小百姓的"国骂"虽然也是"国骂",却没有"爬上去"和"爬进去"的"文雅之士"来得洒脱和潇洒。做了上等人,连这对"国骂"的使用也与众不同呢。

不过由此我们却可以更加强烈地感受到:"中国人至今还有无数'等',还是依赖门第,还是倚仗祖宗。倘不改造,即永远有无声的或有声的'国骂'。"由此可知,鲁迅对这个"等"是深恶痛绝的,论其厌恶程度,或者还在"国骂"之上呢。

走到这里,我的反读似乎应该打住了。那么从正面来看,鲁迅似乎没有说过中国的词汇最丰富,世界第一,但对骂的词汇的丰富很佩服,认为这一点无疑最在他国之上的。我佩服的是鲁迅的杂文之风已成为一种传统,流淌在现代中国人的血管里。但实际情况是杂文并没有发达起来,手机短信却非常发达。就在我写到此处的时候,收到朋友的一条短信,信载:一个老外问中国朋友傻B、牛B和装B是什么意思。中国朋友告诉他,B是个副词,形容很厉害,比如傻B就是"傻的很厉害",牛B就是"牛的很厉害",装B就是"装的很厉害"。不久,老外到女朋友家吃饭，女朋友的妈妈烧的菜很好吃，老外竖起大拇指说——你妈B！女朋友气得上去就是一耳光，打的老外目瞪口呆。

由此可见，在这"国骂"上老外怕要永远低人一等了。

"节烈"幽灵

中国人对贞节好像是重视的。然而,细论起来,似乎今人不如古人,尤其与宋朝"业儒"的"饿死事小失节事大"相去甚远。然而,男人对自己倒未必,对对方却不含糊。这一点似乎是古今如一,亘古未变。不过,就整体而言,又是人类不如鸟类。有一些鸟,夫妻终身为伴,一方因故死了,对方也郁闷而死。不知道它们是否也有贞节观念,从一而终却是坚定不移的。与此相比,人类就惭愧多了。

我们并非提倡人向鸟学,一个个郁闷而死,不过总该讲点公道良心。为此,鲁迅先生在《我之节烈观》一文中曾发愿:"要除去制造和赏玩别人痛苦的昏迷和强暴。""要人类都受正当的幸福。"因为宋儒们奉出的"极难,极苦,不愿身受,然而不利自他,无益于社会国家,于人生将来又毫无意义的行为",事实上是虐杀的武器。我不知道如此是把人太当人,还是不当人,总之不是人的正常行为,如此活着生不如死,人不是人。鲁迅是在向这"人不是人"开战。

可以庆贺的是,经过先驱的呼号,革命的结果,鲁迅先生所发下的宏愿,基本实现了。但是,害人的幽灵并未消除尽净。去到偏远的乡村,偶而还可面见的石牌坊,夏天没在深草中,冬天盖于冰雪下。那里面是否住着烈妇的幽灵,我不能确切地知道。然而,还可以看到新贴上的红春联,以及烧过香的痕迹,似乎是将节烈牌坊升格为神灵了。更可怕的是这"神灵"或"幽灵",向更广泛的范围扩散开来,经过一些聪明人改造,升华为"既要做婊子又要立牌坊"这样一种伪道德。

我想,鲁迅先生如果重写一篇《我之节烈观》,在"不但针砭世人,还可以从'日下'之中,除去自己"的氛围之下,可能会引出一批新材料。像"道德日下"、"腐败日重"、"丧失人格"等等,都可入选。中国足球的高端许多不便见阳光的"创举",也可以入选。

"既要做婊子又要立牌坊"这一古老鬼魂的变种品,一时半会儿还不会烟消云散,也不会成为无人在意的一缕轻烟。因为这个"杂种"虽对道德有害,却对一些人有利。现在是重金钱、重实惠的时代,当然不会节出终身,烈出性命,但或许并不因为道学家和传统力量的作用,总觉得名誉声望也是较为实惠的"必须品",又不想以此实惠影响更多实惠,于是"既要做婊子又要立牌坊"就成为必要选择。这与制售假冒伪劣商品,是一路货色,不过更其恶劣罢了。

"世道浇漓,人心不古"的老调子是没有必要再唱下去了,节烈的陋规更没有必要"沉渣泛起"了。但假节烈比真节烈面目更可憎,因此,也就确有必要与旧的节烈观一起埋葬。

不过,我仍然担心,此时此刻,节烈的幽灵已无处归宿,然而又以处处为归宿,它一旦为假节烈利用,便会弄出更多的"时代特色"来。

前些年,假药事件总也不断,假烟酒假名牌好像很有市场,在一片咒骂声中，却也有人说过假比没有强的话。如今，似乎也可以说"既要做婊子又要立牌坊"并不像赤裸裸做婊子那么刺眼。然而，我虽然赞赏宽容的态度和宽容的精神，总觉得假货假人假道德还是应该统统归于扫除之列。在这一方面，鲁迅先生也早有发愿：要除去虚伪的脸谱。要除去世上害己害人的昏迷和强暴。

　　此外，我还想到，这个"伪"字似乎与人世是与生俱来的。比如随时应酬，"伪"一下也是为了彼此免除尴尬，这时"伪一下"就很适用。由此看来，正确的选择是：将善意的伪先留着，别意的伪却不能留，一切"害己害人的昏迷和强暴"更应该扫除殆净。

可怕的"本能"

有感于猪肉注水，畜禽饲激素，奶品添加三聚氰胺，再读《世说新语·汰侈》，感触颇深。《汰侈》载："武帝（司马炎）尝降王武子（济）家，武子共馔……蒸豚肥美，异于常味。"帝怪而问之，答曰："以人乳饮豚。"豚，小猪也。小猪饲以人乳，可想其味之鲜、其饲家思维之异了。据说对此种奢华，连晋武帝都十分愤慨，饭没吃完就离开了。然而，上有异好，下有异举，似乎也是必然，因此，种种歪风、邪风、以至血雨腥风的形成，也就在所难免。

鲁迅先生曾说："生物为保存生命起见，具有种种本能，最显著的是食欲。因有食欲才摄取食品，因有食品才发生温热，保存了生命。""所以食欲是保存自己，保存现在生命的事；性欲是保存后裔，保存永久生命的事。"我想，鲁夫子所云，只是最低要求。如果大家，包括一些皇帝在内，都满意和满足这最低要求，便没有"三宫六院"和"奇珍异味"了，也便没有臣下献好皇上的"人乳之豚"了。

圣人总是有超人的智慧，与圣有缘的人说出来的话总是高出一筹。孙大圣就说过："皇帝轮流坐，明年到我家。"现代人，尤其高出一筹的聪明人，较之孙大圣又高出一筹，超脱几分。明知皇帝的宝座轮不到自家，明年轮不到，后年轮不到，今生今世以至来生来世前途都较为渺茫，于是乎以"平民之身"享受帝王生活便成为最实惠的选择。皇帝有的我有，皇帝没有的我也有，就成为一些人并非自夸的现行。阎世番不就有过"皇帝没有我富，皇帝没有我乐"的自供状吗？现在的一些豪家，虽然没有如此的"自供状"，却有并不逊色的"新生活"，在没有忍住的斗富中也会偶尔露出庐山真面目。

写到这里，一位朋友来访，说到某县一煤管局长敛财两个亿，结果家破人亡，亲属也受到牵连。我的思绪尚未从文章中走出，便脱口说：也是皇帝梦未醒吧。这句话尚未写完，又听说某县的土地局长竟弄到三个亿，仅北京一市就有住宅30多处。这回，我没有"脱口而出"，只有"目瞪口呆"。这"目瞪口呆"或许也是一种本能吧。

朋友走后，我在健身器上边走边听果宁法师讲"生命的和谐"。果宁法师开示要懂得施舍。有一颗施舍心，对生命的和谐和社会的和谐都是好事。听后我想，好是好，就怕与人的本能并不一致，就怕奢欲也是人的本能，并由着这本能"发扬光大"。

蟹壳内外

《论雷峰塔的倒掉》一文，是鲁迅杂文名篇。我的初读还是在三十年前，此后又读过几遍已记不清了。

只记得当年读后，与鲁迅先生有一样的哀乐，一样的爱憎，想得较多的是妇女的解放。后来再读，心态有所变化，留下的眉批是：白娘子的命运大为好转，以至莫须特别给予关心了，"法海"的下场倒有必要关注一下。据说玉皇大帝怪他荼毒生灵，想要拿办他，他终于躲到蟹壳里不敢出来。时下也有一些有头有脸的"法海"式人物并不躲在蟹壳里，而是逍遥法外、为所欲为，如之奈何？

不只是为什么，我还真去留心过蟹壳里是否住着一个法海和尚，感想却要出乎鲁迅先生意外了。我看到的所谓法海的居室，已为人们新造的残留物所充塞。然而我想这毕竟不是应该由法海和尚负责的事，法海和尚对这样的"新世界"也一定会深恶痛绝的，因为他虽然不为人们所同情，但毕竟不满意居住在这样一个"黑暗的小天地里"。

最近得到一本书，是大和尚海涛法师写的。他说："任他雪山万丈高，太阳一出化江水；任他愚痴烦恼长，心田一开化甘露。""生命中所有事件的发生，不论当时多么痛苦、悲惨，都只有一个目的，那就是赐予你智慧、力量与觉醒。"经他这么一说，"从容"这件鲁迅先生从来不敢想的事，也变得较为容易了。然而，我还是会想到惨死在日本鬼子屠刀下的和尚和大师。面对屠刀和血腥，他们令人想到"从容"二字吗？蟹壳内外是一个大千世界。和尚也在观世界，也在随世界之变而改变观感。海涛和尚和法海和尚看到的是两个世界，致力的是两个目标。从容是好的，但人类社会要宽容则需全人类共同努力。

"压缩饼干"

据说将地球的空虚部分压掉，剩余部分只有黄豆那么大，被称为"黑洞"。我没有想过将这粒"黄豆"装于贴身的衣兜里周游寰宇，却由此想到历史就像一块海绵，空虚的部分，也填入了许多空气和水分；又像一块软面包，虽然适口，其实有许多是虚的，如果将其制作成一块"压缩饼干"，则另是一种光景。

鲁迅先生笔下的历史或曰古代史是这样两句话：一、想做奴隶而不得的时代；二、暂时做稳了奴隶的时代。

毛泽东也有一句话：一些阶级胜利了，一些阶级消灭了，这就是历史。

北大的李零教授暂时还没有很高的历史地位，却也有自己的一块纵切面的小饼干，是：全球只有一个道理，即过去叫"资本主义"，现在取其广义，叫"发展"的大道理，或曰"硬道理"。

我没有那么高的概括能力，不善于制作"压缩饼干"，只是凭着一颗热心感觉到：以改变民族的命运为己任，与民族的苦乐同喜悲，是上世纪初叶那一辈人最值得敬佩的精神。由此想到陈晋先生的一句话："毛泽东属于这样一个时代：那是在黑夜沉沉的奋斗岁月里，寻找希望与实现希望的时代；那是在振兴中华的艰难行程中，需要伟人和产生伟人的时代。"李零先生将声音压低了说："人穷也得有根打狗棍：先解决挨打，再解决挨饿。这是当年的硬道理。""中国别无选择。"

在那样一个时代，鲁迅先生做些什么呢？他主张和践行的是："自己背着因袭的重担，肩住了黑暗的闸门，放他们到宽阔光明的地方去；此后幸福地度日，合理地做人。"由此看来，鲁迅不仅是一个"个人至上"主义者，人道主义者，理想主义者，更是一个现实主义者。正如严秀所说，他的任务是先治好民族的灵魂。他是改造民族灵魂的思想家。当年上海进步文化界推崇鲁迅是中国的"民族魂"永远有效。我还有一个强烈的感觉，许多人都是站在历史的岸边说事，他却要把自己摆到正在行进的历史里，为"现在的现实"也为"未来的现实"奉献一切。

鲁迅先生以及他们那一代人并非不明白，人生最痛苦的是梦醒了无路可以走。假使寻不着出路，倒不如爽性在梦里。而且他更明白万不可做将来的梦，因为要做将来的梦，必定以梦造一个未来的美好世界，为了实现这美好世界，就要先有许多人来受苦，代价是很大的。他甚至说，这首先就要使人练敏了感觉来更深切地感觉痛苦，甚至"叫起灵魂来目睹他自己腐烂的尸骸"，那是需要勇气的英雄行为。然而，鲁迅先生又说，我们无权去劝诱人做牺牲，也无权去阻止人做牺牲。面对十字路口，真不知该如何选择。看来，他不仅是做"压缩饼干"的高手，是先驱，是猛士，是冲杀在前的呐喊者，更是一个慎重的思考者。

究竟何者为良药？是无觉，还是大觉？是磨钝了自己的感觉到平静的幸福中去，还是叫醒了自己的感觉为将来的幸福而战？他们那一辈人终于在苦闷与徬徨中选择了后者。因此，那是一个英雄辈出的时代，也是一个以血的代价换取光明的时代。

据说顾准先生反思了当年列宁跟第二国际考茨基、伯恩斯坦的论战，重新思考了列宁的《无产阶级革命和叛徒考茨基》、考茨基的《共产主义与恐怖主义》等等著作，终于得出这样的结论："论到夺取政权，考茨基错了。论到'娜拉走后怎样'，考茨基对了。"

这是一个很深奥的理论问题，也是一个很现实的历史问题，又是一个很尖锐的现实问题。

顾准先生看问题总是很深、很远，也很透。还是上世纪七十年代初，在那样的时候，他就说在革命战争留下来的那些人目睹的是苏联军舰游弋全球，目睹的是他们的生活水平还赶不上捷克，目睹的是萨哈罗夫的抗议和受迫害。而究竟什么叫共产主义？迄今的定义，比马克思亲自拟定的定义"每个人的自由发展，是整个社会发展的条件"愈来愈分歧，愈来愈不一致，也愈来愈难理解。

顾准先生所说的"愈来愈难理解"，现在已不难理解。不过他又说，让一千年前的人活过来看现在的世界，他们会说，这就是共产主义。不过每一代人都不会满意他的处境，都在力求向上、向上还向上。因此每一代人都有他的问题。至善是一个目标，但这是一个水涨船高的目标，是永远达不到的目标。因此，他又说，娜拉出走了，问题没有完结。

我同意顾准先生的看法和说法，不过，我还听到过这样一种说法：许多人一生都在"无法承受痛苦"的错误想法中度过，为此有人出主意，既然你已经承受了痛苦，尚未做的，只是去感受痛苦以外的其他感受。这说法也不错,也是一块营养丰富的"压缩饼干"。

前后看看

现在是改革开放三十年都过去几年了。再往前推三个三十年，鲁迅先生在北京女子高等师范学校作了《娜拉走后怎样》的报告。这在当时是一个热门话题，正像现在的谈养生，谈绿豆涨价二十倍。不过这个话题的现实意义更强烈，历史意义更深刻罢了。

今天，似乎是一个不产生热门话题的时代，或者是一个路过了热门又没有进入冷门的空白时代。娜拉走与不走的问题不大有人去关心了。但是，为了珍惜改革的成果，有必要记住鲁迅先生说过的一些话。我经过反复琢磨，认为集中到一点，用一句话说，就是娜拉出走后要解决的唯一问题——经济权问题。事实上这个问题仍在解决中，是改革中的大课题。鲁迅先生说，中国的改革，即使搬动一张桌子，改造一个火炉也要血。如此不易得来的东西，我们更应该以坚定不移的态度来维护和发扬它。

争得经济权有多种方式。选择何种方式，都要打上深深的时代烙印。传统的说法，当然是"五四"以来的传统说法，是要通过多方面的斗争，甚至剧烈的战斗去争取。这只是一个方面的选择，别的选择也不是没有先例。做出这个选择是不容易的，因为这是一个需要做出重大牺牲的选择，因为这是一个中国人不知驻足过多少精神驿站，跨越了不知多么难以想象的历史峰峦的岁月；这是一个不知有多少领袖人物，以自己的荣辱成败，积酿成或甜或苦的老酒的岁月；这是一个迎着曙光在苦斗的黑暗中需要领航者，需要播火者，需要牺牲者，需要接受一次次特殊的精神洗礼的岁月。在如此岁月里，斗争是普遍真理。敢于斗争和善于斗争的伟人，就是掌握真理并以真理唤起民众的领袖人物。在那样一个时代里，连太阳、月亮都是在斗争中度过的。终于胜利了。这胜利又使我们进入一个反思的时代，并且是对反思也反思的时代。过去的前提是"斗争"，现在的前提是"和谐"。"斗争"的路我们已经走过，当然今后也会有斗争，但"和谐"应该是主题。

我非常赞赏"和谐"，然而我同时敬佩"斗争"的勇士们的无畏精神，敬佩那些为了民族的胜利、民众的利益、民众的经济权而牺牲的勇士们和觉悟者。但就目前而言，这都不是最重要的，最重要的是我们应该在平稳中前进，在前进中慎重选择。

先驱者和勇士们的前赴后继是必然的。我们看到，在百年巨变的过程中，后者总是对前者的继承和发展，正是这前后相承的历史变迁，使中华民族的发展越来越波澜壮阔，使中国近代以来的主题越来越灿烂夺目，使中国人的奋斗越来越接近激动人心的目标。对此，有一个最简要的概括：摧毁封建专制的牢笼，建立人民当家做主的政权；推翻帝国主义的压迫，完成民族的独立和解放；摆脱贫穷愚昧的困扰，实现中华民族的伟大复兴。更简要地说，近代以来，中国人民梦寻的焦点，就是实现中华民族的伟大复兴。复兴三步棋，恐怕是哪一节也少不得。

争经济权曾经是要流血的，这是事实，也是真理。要求经济权具体而平凡,但具体的小的作为往往更难。鲁迅做过一个生动的比喻:脱下棉袄救一个将要冻死的人和坐在菩提树下冥想普度一切人类的方法,哪个难实行?这也是不言而喻的。

　　孰是孰非,往前看看,往后看看,或者前后都看看,前后都想想,也就不言而喻了。

从师心语·野读野草

思想是流动的水,还是聚散的云?构成这"流动"和"聚散"的色彩和佳构又是什么?答案在《野草》中,也在天籁之声中。

没有方向的臆说
——我读《野草》

关于《野草》，我是不成局面地读过几回的。

老实说，并没有读懂。

没有读懂不等于没有感觉。读懂了恐怕反倒不是我自己的感觉了。

我的所谓"野读"，并非野人读《野草》，并非山野之人携带着一个小本子到野外读《野草》，也并非为了某种空间上的契合到旷野的阅读中找感觉。虽然也有携带着心爱的《野草》，到旷野里找感觉的时候，但原题为《〈野草〉臆说》。所谓"臆说"，不过是凭着随意去感觉，且说出这感觉。改为"野读"，不过增加了几分山野之人的随意和放任而已。此外，还较无边际地读过几本与《野草》有关的书，此内也在其中了。根本而言呢？选择"野读"二字，竟是放心到旷野之中去从容驰骋这么一点旷野而已。

丸尾常喜说，《野草》难解的大部分，是由诗与哲学融合的品格所致，这也是让许多读者着迷的原因。

然而，他又说，难懂使读者苦恼。

我的感觉却是，快乐正在这苦恼中，正在这苦恼与快乐的融合中。（我的这一感觉，不期而然与鲁迅同样的境遇相遇。就在我作此篇修改时，读到孙郁的《苦行者之遇》。其中说到，一方面是尼采式的飞扬，一方面是沉寂到荒古里的冥思。这仿佛是一个矛盾。但正是在现代主义的潜语和古老的碑文拓片间，最灵动的与最幽默的存在走到了一起。还说到，对于鲁迅的这一特质，当时几乎天天与他在一起的齐寿山、陈师曾、钱稻孙大约都看到了，但要真正走进这个小个子绍兴人的世界，并不那么容易。）

思想是流动的水，还是聚散的云？构成这"流动"和"聚散"的色彩和佳构又是什么？我曾到阳光、风声和浪花间去寻问。

水流，是有方向又没有方向的；云的聚散也是有方向又没有方向的；我对有方向又没有方向的"流动"和"聚散"无限神往。有朋友要为我写一个条幅，问我写什么，我几乎未加思索便说，就写"是非本无主，天地自有限"吧。什么意思呢？大概还是对"流动"与"聚散"的一点感受吧。

水的流动和云的聚散都不是动物的行为。这似水如云的"臆说"以至"野读的随意、放任、旷远"也应该不是动物的行为，当然也不是神的行为。

虽然有人说过"非人即鬼，非鬼即神，非神即魔"。我倒觉得，神者虽神，但既为天地万物之创造与主宰，怎么可以随心所"臆"呢？至于魔，有时虽然偏好于多管闲事，兴起一点风浪，但也只限于此罢。我的"臆说"也好，"随意、放任、旷远"也罢，好像是只有人才有的幸福。

维纳斯在卷动的浪尖上打开贝衣，女娲在坍塌的天柱下铺开婚床。这究竟是欲望的宣泄，还是奉献的冲动呢？我这非神非魔非鬼也非动物行为的所谓"臆说"和"随任",毕竟不是宣泄,似乎也并非一时冲动,好像只是借了《野草》的意象,并对这"意象"注入一些自以为是和自以为非,以及似是而非和企求旷远罢了。

"月亮被撕成闪光的麦粒,播向诚实的天空和土地。"我仅以虔敬的宽容之心在这一片区耕耘。

我愿意由着自己的心向"旷远和宽容"方面去远行。

凝重的《题辞》
——读《题辞》

夜读《题辞》。

一个凝重的声音从遥远沉沉而来。

这沉沉而来,不是从地面,而是从地的背面;不是迅速地,而是缓缓地涌动着来。给我的感觉是:像地球戴着沉重的镣铐,像小驴拉着如磐的大磨,像星月褪去光辉,只留下沉重——吞天坠地的沉重。

我企图走向背面,与凝重会面;进入凝重,同凝魂交谈,却为地面阻隔,只听到那"根本不深,花叶不美"在轻风中发出微弱的呼唤。这呼唤,是心音,是血脉的搏动。虽然微弱,却无限深广。

微弱的我暂时还有记忆,记起鲁迅先生如是说:

今夜周围是这么寂静,屋后面的山脚下腾起野烧的微光;南普陀寺还在做牵丝傀儡戏,时时传来锣鼓声,每一间隔中,就更加显得寂静。

我沉静下去了,寂静浓到如酒,令人微醺,望后窗外骨立的乱山中许多白点,是丛冢,一粒深黄色火,是南普陀寺的琉璃灯。前面则海天微茫,黑絮一般的夜色简直似乎要扑到心坎里,我靠了石栏远眺,听得自己的心音,四远还仿佛有无量悲哀,苦恼,零落,死灭,都杂入这寂静中,使它变成药酒,加色,加味,加香。这时,我曾经想要写,但是不能写,无从写。这也就是我所谓"当我沉默的时候,我觉得充实,我将开口,同时感到空虚"。

这是先生分别写于《写在〈坟〉后面》和《怎么写——夜记之一》的话,时间间隔不到一年,《野草·题辞》恰恰写在二者之间。在我的感觉中,这也应该是《野草》的题辞,或曰《题辞》的别版。鲁迅先生是否同意,已无从商量。他另有一句话:"我姑且举灰黑的手装作喝干了一杯酒……"我觉得也该入《题辞》,然而,同样无从征求他的意见了。

微弱的我暂时还可转动自己的颈项。我扭头去看,鲁迅并没有站在我的身后,没有说出任何话,没有发出任何声音,嘴里也没有吃吃地笑声,口唇间也没有"漏出人与兽的,非人间所有,所以无言词的言语"。

我拉开窗帘。夜色扑向面前。

路灯还在执勤,四远有不同的响声,既非天籁,也不是悲凉的水……

我非道家,也非佛家,当然更不是耶稣和穆罕默德。我只是以一种形式暂时存在着,自以为是地存在着,似是而非地存在着;并有一颗宽容、放任、旷远的心同时存在着。

这样一个暂时存在,向更深远的空虚望去,望到的还是空虚。然而心境却宽阔起来了,宽阔到无边无际,比宇宙还大。

不在一个月亮下
——读《秋夜》

这依然是一个秋夜,但已不是鲁迅的秋夜。

天空依然有一个月亮,但也已不是"窘得发白"的月亮。

月亮是从刚刚退去的像大海一样的云中上来的。那些褪去的云虽然远离,四方赶来的云却又为她筑起一个温馨的巢。刚才,我特意出去望过月,又大又圆,据说是若干年才能见到一次的大月亮。看着这大月亮和温馨的巢,无论如何,与"窘得发白"的月亮联系不起来。

"铁屋子"已经毁坏,"想做奴隶而不得的时代"过去了,"暂时做稳了奴隶的时代"并没有来,一个全新的"中国历史上未曾有过的第三样时代"方兴未艾。

我在这"方兴未艾"的大时代的大月亮下读《秋夜》。读着这并不比月亮更冷、乌云更暗、秋田更湿润的《秋夜》,我的心却渐渐向深海沉下去。

据说哲学是从关心头顶的星空开始的,但我的心却沉入海底里。又说,哲学是对人类永恒故乡的怀念和追寻,而我却好似脚底注磁,腿部灌铅,迈不开追寻的脚步。还有一种说法,哲学家探求的是整个世界的全貌和本质。这全貌何样,本质何在,我全然无觉无识。

全然无觉无识的我向《野草》碰去。碰上去不是软软的、甜甜的、绵绵的，而是重重的、深深的、冷冷的，空旷，邃远，斑驳陆离、随便峻急都在其中了。

我曾站在鲁迅写《秋夜》的院子外面，看着院子后面的两株枣树问过，这便是"一株是枣树，还有一株也是枣树"的那两株树吗？得到的回答是：那两株在鲁迅逝世后不久就死了。面前的这两株是后补的。我敬佩"默默地铁似的直刺着奇怪而高的天空"的枣树的性格，同时却为"窘得发白"的月亮不安。

我俯下身去，想听听小红花的梦。我不知道小红花是否还做春天的梦：秋后要有春。我并不欣赏落叶的梦：春后还是秋。不管是秋还是春，鲁迅都强烈地感觉到：逝去，逝去，一切一切，和光阴一同早逝去，在逝去，要逝去了。

我好像不是在梦里，而是在梦外。又好像既是在梦里，又是在梦外。在梦里，看到鲁迅在做梦；在梦外，听到鲁迅曾让陈师曾为自己刻过一封印，取名"俟堂"，即等死的意思。然而正是在这等死的苦寂的日子里，尼采的飞扬和古碑的沉雄在他心中实现了一定强度的碰撞和融合，泛出几丝色彩，酿成"朗然大气、直冲霄汉的无畏的诗意"，铸就"深沉雄大的气魄"。

我敬仰这沉雄，乐于感受这以沉雄为底色的"水洗了般的灵秀"。

北岛说，路灯拉长的身影，连接着每个路口，连接着每个梦。我却甘愿将美好的梦揉碎了，撒向所有，撒向普遍，撒向永远。

夜游的恶鸟随鲁夫子西去了，横江东来的孤鹤伴随苏子归来，前有神人老子，后有圣人孔子。他们都不会远去。

野读《野草》

心"影"
——读《影的告别》

鲁迅的梦都很文学,也很哲学。越是此等文字,越可领略其非同寻常的原创力。它不是用文字组织的,而是以生命写就的。有人说,读鲁迅的书是与鲁迅的生命相遇。我曾发愿:用直觉、用感悟,用心灵去读鲁迅,用性灵去寻找那生命的相遇。

据说,就梦而言,阳光下是一种梦,灯光下是一种梦,夜幕下又是一种梦。

梦到天上,与玉帝喝茶;梦到地狱,与阎罗谈哲学。这都是人的行状,未必是上帝的本意。

我在灯下读《影的告别》。

我在似梦非梦里读《影的告别》。

我在梦中继续读《影的告别》。

我梦见影也有声音,也有悲叹,也有感慨,也有哀呼,我不晓得这是否是鲁迅的声音和意愿。

我梦见影也有颜色。这颜色是色块,是彩条,是交响乐,是宇宙的旋转,是生命的律动……

梦分明告诉我:这是吴冠中说过的话。

我从梦中走出,找到吴冠中的书,却没有找到同样的话。在不明白是失望还是满足中,却看到他在《大精神与大艺术》的题目下写道:鲁迅先生说,非有天马行空似的大精神,则无大艺术产生。

这"大精神"和"大艺术"对我而言最多只是梦。然而鲁迅却在梦中告诉我:已不是梦的时候了,也不是希望将来的时候了。

我回答:我所希望的或者只是一个影;我所不希望的或者也只是一个影。

有人说《影的告别》是"自身内面世界的分裂",是生命的非常世界。我只觉得它是鲁迅的灵魂的画像——生命的魂,魂的生命交结成一个影,从梦中走出来,不知是有是无,是去是住,是存是没,是迎接白天到来,还是甘愿在黑暗里彷徨于无地。然而,他终于作出抉择:甘愿被黑暗沉没。在沉没中吞灭黑暗。

他的这种决绝的献身精神令人永远敬仰。然而我却梦见鲁迅在写交代材料,脸色很暗淡,目光很决绝,头发像刚割过的韭菜茬。他好像是为他自己和他自己以外的过去、现在和未来作交代。他没有说让我看,也没有说不让我看,但我还是看到了。

他写下的正是《影的告别》中的那些话。我弄不懂,更弄不明白,正要当面请教,却被邻家的狗的狂叫声惊醒了。

野读《野草》

摆脱不开的求乞
——读《求乞者》

白天在公园里散步的时候,读过一点随身携带的《野草》。所读正是《求乞者》。是在湖旁的丁香树下读的。不时有人走来走去,还有人在唱歌唱戏。我的心静不下来,也沉不进去。

晚饭后,我先读了一会别的书,妻子和孩子们都睡了,我又打开《野草》重读这《求乞者》。刚读了第一遍,便被几位教授的争论将我从书上拉开了。

一位教授说:鲁迅先生赞美敢于反抗的"摩罗"精神,而对奴隶的求乞思想,表示了神圣的憎恶。

另一位教授似乎是补充。他说:鲁迅是"将可能导致内心软弱的心里欲求(如布施、同情、怜悯之类)和情感联系(如布施心)通通排除、割断,铸造一颗冰冷的铁石之心。"

又一位教授说得更果决。他竟说这是鲁迅式的"拒绝":这回拒绝的是"温暖,同情,怜悯与慈爱。"

他们说得是吗?鲁迅是那样吗?鲁迅的心是那样吗?我总觉得鲁迅和鲁迅的心依然有怜悯和求乞。他怜悯一切怜悯,同情一切真诚和果敢。然而他只能用"无所谓和沉没求乞……"这是他的悲哀,更是他的无奈。他的心在滴血。何以为证?本文的题目就是:求乞者。而不是别的,别无他有。

我没有说出我的所思所想,更没有肯定地说出我的所思所想。我好像是静静地听着,默默地想着。想到的除了鲁迅还有我自己。是:鲁迅是在那样的年代,面对那样的存在,作出那样的择抉;我呢?是在这样的年代,面对这样的存在,作出这样的择断。我依然是一个求乞者。

我向过去求乞,听到孔子在桥头一声叹息:逝者如斯夫;我向当前求乞,眼见诗人吟唱:花朵只有一个季节;我向未来求乞,一位哲人向我指点:理想像皎洁的月亮,可望而不可及。

是的,鲁迅是有不屈的精神,伟大的思想,深情的企盼,丰厚的回顾,永往直前的战绩,一往情深的大爱,然而,他依然只有向虚无求乞。

我不知道根是为了茎叶,还是茎叶是为了根;不知道花是为了果,还是果是为了花。所以,我向未知求乞。

我从一位艺术家那里得知:艺术的金钥匙是错觉,错觉之母是感觉,感觉之母是感情。天机云锦用在我,剪裁妙处非刀尺。所以,我向感情求乞感觉,向感觉求乞错觉。

一位诗哲说,意境是一缕魂灵,一团思绪,一涡浅笑,一行珠泪,一声叹息。它崎岖而寻常,热烈而恬静,深刻而朴素,温婉而倔强,微妙而率真。然而,这并不是求乞者的实象。

一位文学家九十六岁的时候开始与自己讨论哲学问题,心态和文字愈加平和。然而,谁能说这平和中没有求乞?平和中的勇敢和敏锐依然是求乞,平和自身也未必不是求乞的一个果。

超级求乞大盗
——读《求乞者》外篇

　　街道很整洁宽阔，路灯很明亮整齐，大楼很挺拔气派，然而，却到处都是繁华和喧腾。

　　我面对时代的阳光反思：

　　我不只是一个求乞者。

　　我还是一个奢侈者。

　　没有阳光的时候和阳光杀不到的地方，全是我的天下。

　　在浑水之下，一任挥洒。天上的繁星，地上的繁霜，江海的鱼虾，未有此多，未有此潇洒。

　　雨多了，那是因为大地发烧；云来了，那是因为星星太烦。太阳的光照不论尺寸，地球的存在不问理由。一任挥洒，无隙不乘，无际无边，无休无止。

　　山中有我的"原生态"，闹市有我的"伊甸园"。无神长乘的德气，嬴母山却也是我的领地；无文鳐鱼的本领，却也白天去西海游玩，晚上来东海夜宴。管它春夏与秋冬，管它田里的草和虫，只管自己丰收。

　　亹爱山的类算什么东西，它不过雌雄同体，是吃醋者的解药而已。我早已雌雄不分，不识醋酸，不辨糖甜，酒海肉林也不屑一顾，只知道什么是腻烦。

　　有人说我是浮玉山的彘，长着牛尾巴，叫声似犬吠。其实，它不过吃人不吐骨头而已。有人说我性如暮蓉,花开四方,无果而终,人食而无子。我不要此性,担心为人争食。

我遍游龙首山、鸟危山、皇人山、女床山、丹穴山、不周山,尝遍凤凰的心、肥蝣的肝、蚌鱼的胆、豪彘的脑髓、猛豹的脚趾、鸠的舌头、溪边的皮、牦牛的骨。然而,还不仅如此,天下所有,无一不是我的盛宴。

天生自有通道,人生自有门票,来此一遭,任其逍遥。

还是为了爱
——读《我的失恋》

我最早读《野草》，是在刚上中学的时候。

当年最有感觉的是《我的失恋》，现在再读《野草》，最无感觉的，竟然也是《我的失恋》。

记得郭沫若是7岁时已有性的冲动，对象是美丽的嫂子。他爬上一个树桩，望着嫂子，第一次勃起并射精。准确地说，他的意中人是嫂子，怀中物却是树桩。我的觉醒没有这么早，是在上中学之前便萌动过对漂亮女孩子的苦恼。

因为有着这样一份原始的、似是而非的失恋史，所以对《我的失恋》格外敏感。好像当时曾向年轻的女班主任请教过，她抿嘴笑着，没有回答。至今想起来依然是一个甜美的梦。

孙玉石教授在《〈野草〉研究》中说，《我的失恋》和《颓败线的颤动》是鞭挞青年空虚和负义的灵魂。或许是吧。

然而，他在《〈野草〉重释》中又说，这首"拟古的新打油诗"实在并没有什么幽深的微言大义，只是与这种青年人以感伤的恋爱为题的文学创作和轻浮的感情抒写现象"开开玩笑"而已。也或许是吧。

片山智行说，作者也许是对理应担负未来的青年们不关心社会状况的深刻局面，而神魂颠倒于浅薄的恋爱诗中表示的一种不快和反拨。或许仍然是吧。

"反拨"一词在此用的很大气,形成了大格局。

不过我尚不能以此为满足。

如此的是什么连带着以往的恋爱信息不时在脑中浮现?于是,我发短信请教编注过《鲁迅全集》的陈漱渝先生。先生发来一篇《聊备一说》。文章简直可谓一池清澈见底的水。我由此"水"得知:鲁迅先生的这篇拟古的新打油诗"反对的只是那种无病呻吟、感情消沉的爱情诗"。"四个'回她什么',个个都是有来历的,决非向壁虚造。"

据说,林语堂的老婆廖翠凤最忌讳别人说她"胖",最喜欢人家赞美她又尖又挺直的"鼻子",所以每逢妻子不开心的时候,林语堂都去捏她的鼻子,妻子自己就笑起来。我想,这"鼻子"确实是个关键。鲁迅先生也像林语堂在关键时候捏妻子的鼻子,是最善于抓关键的。四个"回她什么"的"猫头鹰"、"冰糖葫芦"、"发汗药"和"赤练蛇",都是"失恋"的关键词,都让鲁迅先生一抓就着。我又想,这四个关键词,应该都是"恋者"的爱物,却也是"被恋者"的厌物,尤其是对"厌恶者"表达"反感"、"鞭挞"、"反对"、"反拨"最形象有力的答词。

野读《野草》

盲目的大追求
——读《复仇》

月亮告诉我,她是一个色块。她在移动中变化着颜色,放射出并不耀眼的温柔的却是冰凉的光华。

有人说,外在的生命来自自然,内在的生命有更高的来源。只有外在的生命状态单纯时,内在生命才向你开启。活得越简单,离神——也即内在的本源——或谓更高级的存在越近。

然而,为欲望、野心、身份、称谓遮蔽;为财富、权力、地位、名声带累;为一切一切的烦恼和非烦恼尘封,生命的本相便远你而去。

当然也有人说,面对在者,请以无语的食指戳破时间的封锁,蔑视语言一寸一厘地老去。

这是人性的普遍的盲目的大追求。在屋宇下、在天空下,在田野里、在荒野里,在闹市里、在沙漠里、在海洋里,在空气到过和继续到过的一切所在里。四面八方地来,八面玲珑地来,密密层层地来,如槐蚕爬上墙壁,如蚂蚁要扛鳌头。

赏鉴吧,这"生命的飞扬的极致的大欢喜"。为他人赏鉴,有他人赏鉴。当演员,当观众。既当演员,又当观众。演员也是观众,观众也是演员。站在对象的远处,一朵云和一盏灯,一阵风和一种回响……一道光芒划破情绪的潜质,撞击思绪的洞壁……满足,欢欣;失望,绝望。

不错，我们有千奇百怪的养生秘方，有愈加先进的医疗技术，有超级补品，有高雅健身房，有从外到内的整容术。然而，这一切哪样又能留得住青春的脚步？哪样可以改变生命的稍纵即逝？

这是人世间最本质的无奈。

灵感者言：有人在一滴水里寻找起源，有人在一串数字中构筑比例，提炼和谐。

迎风独立于阳光普照的大地，一位老者拔下苍白的须发一根根打结，企图捆绑滔滔不绝的河流。

……当然也有人手持一把短尺，测量苍茫，然后阔笑自语：在者如斯，逝者如斯。

无聊愈加广大，生活的质量便愈加低劣。

无聊从钱眼里钻出，钻到每个人的心里，涨满毛孔，从毛孔钻出，钻入似乎等待涨满的毛孔。

地球变成一枚大金币，长满无聊的毛孔的大金币。孔夫子无奈了，耶稣无奈了，老子在沉思，释迦牟尼和弥勒佛在微笑。

野读《野草》

神也留恋未酬壮志
——读《复仇(其二)》

古希腊哲学家克里安忒,患牙龈炎禁食有效,医生建议恢复饮食,他却说:"我在这条路上已经走得太远了,犯不着走回头路",于是平静地死去。

鲁迅先生对于死,好像没有这份从容。他的绝笔是写给内山完造的日文便条。大意是:没有到半夜又气喘起来了,拜托内山给须藤先生挂个电话,请他速来看一下。

我对于鲁迅先生的早逝至今遗憾不已。本可以问世的《杨贵妃》、《中国文学史》、《文字研究》或许还有别的更伟大的构建都没有问世,都成为永远的遗憾了。当代人,尤其是他们那个级别的,八十也是早逝,九十才属正常,百岁已不罕见。鲁迅要是活到八十以上当是什么样子?

什么时候真正懂得珍惜文化,真正懂得宝爱自己的文化大师,那才是一个民族的真正进步。不管蒋介石有多少不好,没有杀害鲁迅这一点是好的;不管蒋介石有多少好,仅杀害瞿秋白这一件,就是滔天之罪。我这样说,小而言之,是为心中常常泛起的遗憾的苦水;大而言之,是对中国与世界文化的惋惜与遗憾。

鲁迅不想死。到此为止,还是希望好起来。用许广平的话说:"他并不希望轻易放下他的奋斗"。

耶稣也不想死。他留下的最后一句话是:"以罗伊,以罗伊，拉马撒巴各大尼?!"翻译出来是：我的上帝，你为什么离弃我?!

神也迷恋人间生活，留恋未酬壮志，系恋人间奋斗，追求死后永生。

苏格拉底被迫喝下毒酒尚未失去知觉时说过"或许那边更好"。

苏格拉底面对死亡的从容是令人敬佩的。中国的庄子对一切以至生死的那份洒脱，竟让千秋万代不知多少人心灵得到安慰。

鲁迅只活了56岁。耶稣被钉杀的年纪，复活的年纪，升天的年纪，我全不知道，但知道他不肯喝那没药调和的酒，他要分明地玩味以色列人怎样对付他们的神之子。

人之子的鲁迅，以他的敏锐、智慧和真诚，直面了血腥与血污；神之子的耶稣，以他的自身，感受了血腥与血污。他们都是真味的亲历者、鉴定者。

耶稣是为他的"同族同宗"钉杀的。当看到"外侮"这两个字时，便不由自主想到"内侮"这两个更加令人不安的字！

野读《野草》

用猫头鹰的耳朵谛听
—— 读《希望》

我的心平静到极点。

平静的心像盲人的耳朵。

一个遥远的声音告诉我：平静的心没有颜色，没有声音，然而并非四壁皆空。

我需要一颗空廓的心：没有云，没有星，没有月，没有日光的圆盘，唯有晴朗的空旷。

"心境皆空，触处洞然。"我却不能洞然。

"星，月光，僵坠的蝴蝶，暗中的花，猫头鹰的不祥之言，杜鹃的啼血，笑的渺茫，爱的翔舞……"。一切都在这存在中存在，一切都在这存在中变色，一切都在这存在中消逝，一切都在这存在中升华……

我听到了，我以猫头鹰的耳朵听到了他在空虚的暗夜中肉搏。这肉搏有方向也有目标，有剑也有盾，却是无边的方向和无边的目标。在这无边的方向与无边的目标中也有歌声，带着血腥的歌声，是血和铁，火焰和毒，恢复和报仇。这歌声正是《希望》。悲凉缥缈的青春正是在这歌声中加速了它的隐没。然而，这就是身外的青春固在吗？这就是人类社会固有的悲哀吗？这就是绝望中的希望和希望中的绝望吗？

太阳即便隐去，暗夜即便毫无顾忌地笼罩，只要是太阳存在的世界，就依然有星光、有月光、有夜里的花、有僵坠的蝴蝶、有诅咒黑暗的猫头鹰……

"绝望之为虚妄，正与希望相同！"他心中终究还有一盏灯。

这灯，并非照见五蕴皆空的灯，并非身心世界洞然无物的世界。他不相信"虚空的暗夜"与人类长存。

这长存的世界。这骤变、速变、缓缓而变、无知无觉中变化的长存的世界。

逝去的都逝去了，走来的都走来了，他在"逝去"与"走来"中看到"虚空的暗夜"必然逝去。

"将来是永远要有的，并且总要光明起来；只要不做黑暗的附着物，为光明而灭亡，则我们一定有悠久的将来，而且一定是光明的将来。"

猫头鹰仍然在叫，但听起来已是那样悠扬悦耳。这悦耳中有几分清脆、几分浑厚、几分温馨、几分甘美，是清脆、浑厚、温馨、甘美的和鸣，是希望和美好的赞歌！

"精魂"的真相
——读《雪》

雪是雨的精魂。这是鲁迅先生说的。

我们经常遇到雨和雪,与鲁迅先生有同样的相遇,然而所遇到的却只是雨雪的肌肤,而不是含于其中,表于其外的"精魂"。

历代文人墨客咏雪诗篇不可胜数,便是邻里乡亲,面对壮美的雪景也会兴叹不已。

旷大壮美莫过于《沁园春·雪》,清醇隽美莫过于《野草·雪》。

《沁园春·雪》将雨的精魂——雪,立于天地间。这雨的精魂在毛泽东那里成为天地的魄力,宇宙的气象,人心的果敢,以及在巨变中的匆匆走过的过客。

《野草·雪》为雪定位为雨的精魂,是极健壮的处子的皮肤,是旋转的升腾着的精魂的舞蹈,是弥漫且升腾的太空的旋转、升腾、闪烁。这旋转、升腾、闪烁着的正是雨的精魂及其机动和动向。

这雨的精魂未必不是人的精魂,这处子的皮肤未必不是人的健美,这升腾的旋转未必不是人的动向,以至心的动向。

这清醇隽美的雨的精魂——雪,还隐约着青春的消息。有了这"精魂"的统辖,青春的支配,血红的宝珠山茶,不仅呈现殷红若丹的面目,且有了坚强的性格;白中隐青的单瓣梅和深黄的磬口的蜡梅花,虽然还被包围在冷风中,心中却有了几分暖意;

冷绿的杂草,虽然还在雪的覆盖之下,却也将是遍布天下的主色调;蜜蜂嗡嗡地闹着的声音已经临近,彩蝶轻轻飞舞着的日子也快到来。这一切都在禀告着他心中的暖意。

这并不相融的两个世界构成鲁迅心中的两个"天地",或者说两个"天下"。然而,这却让人更加看到,鲁迅那颗冷缩的心还有温热,还有阳光,还有灿烂,更有广大。

鲁迅先生的灵魂还是温暖的。

旋风伴着雪花蓬勃地奋飞,日光随着晶莹灿烂地生光,包藏火焰的大雾拥抱着轻盈,旋转,升腾,弥漫,闪烁,轻轻地吟唱。想到些什么?先生的心似乎是轻快而畅展的……又想到些什么?先生的心突然被寒冷笼罩,忽然冰冷、坚硬而且孤独。

"大风吹雪盈空际"。"在无边的旷野上,在凛冽的天宇下,闪闪的旋转着的是雨的精魂……"

"是的,那是孤独的雪,是死掉的雨,是雨的精魂。"

先生透过这雪,这"雨的精魂",看到了天地的本质,人生的本来。无论如何,他对眼前的天地,对天地的本来,对一切的美,还是有信心的,是热爱的,是寄予极大希望的,然而又生出疑问,产生回环,心头结出一层霜……

孤独,然而坚强;微小,然而广大;死去,然而永恒地存在。这正是"精魂"的真相。

内疚的下游与上游
——读《风筝》

一冬无雪，大地干裂，人们呼吸进出的简直是火龙。

阴天，一连的阴天，然而并不是雨雪的准备，而是老天的一张内疚着的脸。

鲁迅的内疚是一种伟大的品质，老天的内疚呢？

我这次重读《风筝》，并没有沿着伟大的思想向广大的背景和伟大的使命去想，而是从"内疚"的上游与下游各自想了想：下游是"自责"；上游是"博爱"。

在"内疚"的心态下，曾经葱茏的树木是"灰黑色的秃树枝"，浮动的风筝引出的是"惊异和悲哀"，是寂寞的瓦片似的枯寂，是伶仃憔悴的可怜模样，是瘦的不堪的失了色瑟缩着的慌恐，是仿佛变了铅块的很重很重的一颗心。

"自责"，一颗铅块似的很重的心坠下去。攫住心灵的是"严冬的肃杀"，是"又不竟堕下去而至于断绝"，是"很重很重地堕着，堕着"，以至于要"躲到肃杀的严冬中去"，而严冬所给的是"非常的寒威和冷气"。

我惊异于鲁迅"内疚"之深，"自责"之严的同时，也向上游看到"博爱"像春天一样温煦的荡漾。是杨柳发芽，是山桃吐蕾，是风筝在天地间的点缀，是对一切美好的憧憬。

鲁迅真是著文高手，色调大师。在《风筝》这篇还算不得最斑斓多彩的散文诗中,与"内疚"、"自责"、"博爱"相随相称相衬的竟也有十余种色调:可归"内疚"的有秃树枝的灰黑,蟹风筝的淡墨,蜈蚣风筝的嫩蓝,还有冬的肃杀;可衬托"自责"的有"憔悴的模样","瘦弱的不堪",惊惶的局促,辛苦的条文,还有悲哀的冷气;可装入"博爱"的则有柳绿桃红,还有春日的明朗,跳跃着的活泼,春色悠然的荡漾。它们都是构成整体完美的部件,又是完美丰满的章节。

有时我会追问:是天的不完美孕育了人的不完美,还是人的不完美影响到天的不完美。这样想的时候,我会望望天空,摸摸心口,望到和摸到的仍然是一个大问号。

写到这里,我突然悟到,我是将一篇文章打碎了读,才有以上"三昧"。然而,面对难免的面对,还是要看老天那张内疚着的脸。

野读《野草》

在梦中飞旋的心动图
——读《好的故事》

一个好的故事在我梦中的眼前飞翔翻动。

像大风搅动雪花,不分上下,不分左右。

这翻动的故事突然变作一面巨镜,将乌桕,新禾,野花,鸡,狗,丛树和枯木,茅屋,塔,伽蓝,农夫和村妇,村女,晒着的衣裳,和尚,蓑笠,天,云,竹……所有的所有都卷入翻翔、奔腾、扩大、缩小、前进、后退、消失、复原、融合。

我企图像翻书一样,将这翔动的故事一页一页欣赏,却完全不能自主。没有一页的结束,也没有一页的开始,只有永远的展开、扩大,永远的联动、生动,永远的翻飞、奔腾,永远的复变、融合……

我怀疑这好的故事就是人心,就是心的瞬思联翩……

我努力让翻动的心安静、安泰,然而却不能够。我只能在翔动中观摩,而且不知这梦何时结束,这好的故事何处是结尾。

有人说,鲁迅在《好的故事》里悍然击碎的是中国传统文化精神中最富魅惑力的所谓"隐士逸人"的美丽优雅人生。

有人说,昏暗的现实给予鲁迅的只有绝望和虚无,孤独和寂寞;美的东西只存在于短暂的梦境中。这是20世纪20年代一个先觉的知识者所不能不感受到的生命存在的痛苦。

有人说,在《好的故事》里,诗人的自由联想扩展到更加虚幻的领域,然而,在有着不可解决的两极的现实世界中美丽的事物是不可能存在的,所以诗人一旦从梦中醒来,就不可能追回和完成这个好的故事。

  我说,在"好的故事"里欣赏极度的美丽,在美好的被撕碎中感受极度的痛苦,在二者的对立中感受极度的深沉,应该就是全部。

野读《野草》

哲学的大观园
——读《过客》

在说不定时候的时候,我会在公园的凉亭下读一会书。不时有人走过来,望一眼,说不定也说几句不相干的话。他们都是过客。

这一天下午,在我读书读到太阳落山的时候,有一位老者走来,坐在我对面,望着西天的彩霞。我的目光从书上移开,向他望去。一种异样的目光深深吸引了我。这目光,不是欣赏,不是感奋,也不是哀怜和怨恨,当然更不是悲苦和痛切,大概是深远和持重,又不只是深远和持重。

我从老者目光中移开,移到《过客》上,继而又移开,移到经常与《过客》以及关于《过客》相遇的种种。

有人说,《野草》是作者精神王国中最迷离、困惑、深刻的一隅。我感觉,《过客》尤其如此。

有人说,《野草》塑造的是鲁迅这个现代先觉者的精神形象。我看到《过客》是这形象最困惑和挣扎最酷烈的一面。

有人说,《野草》是鲁迅诗化的哲学。我感觉《过客》是这一哲学诗哲化、戏剧化的浓缩。

有人说,《野草》是以诗的语言,哲学式的猜想,扑朔迷离的方式表达了对人的价值与社会存在的理解。我感觉,《过客》则集中体现了这理解和不理解的两面,是理解与不理解构成的一个深不见底的大谜团。

我同意孙郁所说的《过客》中的"过客意识"是对鲁迅的世界给予了最恰当的解释。

我同意片山智行曾说过的《过客》是把人的"行为"本身作为问题的作品。

我同意钱理群后来又说的向前走是鲁迅生命的底线和绝对命令。

我也同意王乾坤反复思考后竟说的过客首先是一个悟透了生活的智者,断灭了一切尘世的希望,并以超人的勇气承受和反抗这种断灭,而且不为结果,而为承当。

然而,我在咀嚼上述种种"所说、曾说、说过和竟说"的同时,却突然想到:《过客》中的老翁、过客、小女孩如同大树、中树、小树,是人的不同年龄的三个阶段。三个阶段无不伴随着希望,也无不伴随着绝望。希望与绝望既与年轮有关,又有更复杂的原因。然而即便同样的事物和同样的原因,在他们各自的眼中、心中又都有不一样的结论和看法。

我这样想了。想到的时候我的心还是一般轻重。当我如实写在纸上的时候,我的心却变成一团没有头绪的轻飘飘的棉花。

我没有去管它,我继续我的所想和所写。

我继续想:人是万物的尺度,还是不断自我否定、自我分裂变化的主体?"过客意识"既有尼采的超人思想,又有鲁迅自身特有的顽强战斗的特质。像鲁迅的《过客》这样如此展示人的超越自卑,超越困境,如此深刻地描摹人的生存意志的,在中国文

野读《野草》

学史上是前所未有的超越。我读过几本关于《野草》的书，并乐于在他们要言不烦的解读面前静心想一想。然而我同样选择了"往前走"，不问结果，不问为什么，不问终点地往前走。

把"一切神秘庄重的道德命令统统抛弃，维系他生命核心的不是理念，而是生存的意志"，是"走便是意义"。

为了了却四千年前的旧账做一世牺牲的奉献者的形象在《过客》中可以看到，但过客却不是一个结算者。

佛的"应无所住"的影子在《过客》中也可以看到，但"过客"也不是佛。

尼采称其为"旅行者"或"漫游者"的查拉图斯特拉的影子可以看到，但过客怎么会是查拉图斯特拉呢？

《铸剑》中的宴之敖者，《理水》中的禹，《非攻》中的墨子，他们的影子都在《过客》中再现，但他们都不是完整的"过客"。

"过客"是信念的缩编，是永不消逝的灵魂的显著。

美的精魂
——读《死火》

天边的火烧云不知是烧完,还是为黑暗吞没。反正是在看不到云也看不到星的时候,我回到屋里的台灯下继续读《死火》。

有人说,梦是读《野草》的一个重要的入口指示,复杂的体验只能诉诸于梦。这梦中的火在冰谷中,是死的。这死火面对的是冰谷的洁白,却也是生与死的处择。或者可以说,《死火》正是鲁迅心魂的一幅彩照。

将情热藏于冷中,将外在的美携入冰谷的心脏中,为美赋予惊心动魄的力量,据说唯有"火的冰的人"才有如此惊心动魄的创造力!

对"死火"寄予力量,寄予情热,寄予极度的矛盾,正是《死火》的灵魂。一个极具创造力的灵魂。一个极具纠结的灵魂。

——"死火"在冰谷中,留在这里吧,将永远冰结;带出去吧,必将烧完。然而,他却在极度矛盾中升华。这或许正是他的生命的魂——心魂——魂的本质。

吴冠中说,人更像只会点头和摇头的蛹,天天盼望着蜕化蛾。然而,你蜕化成蜂也罢,蝶也罢,你依然时刻充满着忧虑:越过那生活的巨石,振翅的空间是不是阳光灿烂,天高地广?有没有绿树让你栖息?有没有百花让你施展传粉、酿蜜的天赋……他没有直接回答,然而,他却说,面对艺术世界,以至自然天地，你不必伤感，不必憔悴，有艺术世界可让你精骛八极，心游万仞。

"死火"是美的精魂。《死火》是"美的精魂"的心电图。

它们都比人更善解"狗"意
——读《狗的驳诘》

我梦见鲁迅与狗对话。周边有许多评论家：有植物界的，动物界的，微生物界的，自然界的……

小草说：狗的驳诘，以狗取胜，是意料中事，只因人比狗多了一项脸红的本领，就像草木霜蔫，终归是自己的短处。

麦苗说：小时候都可爱，人狗是一样的；大后有分别心，人狗也是一样的。从绿到黄，节节生心，也由不得自己。

老鹰说：人狗相诘，是因为处于同一层面，飞起来再看，又是一番境界。山外青山楼外楼，一路层峦叠嶂，一生水陆兼程。

恐龙骨说：亿万年前就这样，生物进化，势利也进化。山本是山，水本是水，偏要加入情感，弄出山穷水复，就是多事。

朝菌说：人心能变化无常，那是上帝给了他较从容的时光。让他朝不保夕，便少去蜚短流长。

大山说：人的丑恶甚至于无脸见狗，狗的聪明甚至于与人持平。人狗都是动物。动物有势利心，也有分别心，都不及我大山老爷自然如泰。

白云说：你们的话，连同狗的话，都可以刻在我上身，至于人话，只能到翻滚的黑云中去寻找。

我说了黑话吗？我在梦中费力地想。屋外传来狗叫声。这狗的叫声呜呜的，像一位望九老人的哭声。我竟是被这样的叫声惊醒的吗？

烂下去的"破公司"
——读《失掉的好地狱》

昨天,一位朋友对我说,他的公司要倒闭了。我说,你那破公司倒闭是唯一出路。他面露愠色。不过,愠色中仍有几分愧意。

"失掉的好地狱"并非地狱,也非天堂,也是一个经营不善的破公司。

古人云,善之代不善,天命也。但不善而代善,却也未必不是天命。又云,不善进不善,善也蔑由至矣。

在鲁迅的眼中,心中,天天目见的军阀混战的旧中国未必不是一个经营不善的破烂公司。在这个破烂公司里,有称为神和称为魔的战斗……无论谁胜,地狱照样是地狱,破公司照样是破公司。

公司的老板虽然是个"奇伟的男子",这个"奇伟的男子"虽然还是往日的奇伟,甚至美丽,慈悲,遍身有大光辉,然而他是魔鬼。这个是魔鬼的奇伟男子有悲叹,甚至悲愤,甚至去寻那野兽与恶鬼的同路,因为他已经明白:"一切都已完结"。

必然完结的"破公司"虽然仍有秩序,但火焰不再怒吼,油锅不再沸腾,钢叉的震颤也不如往日的和鸣,一切的一切失去往昔的"太平"景象。

佛经说,曼陀罗花色白而有妙香,花大,见之者能适意,故称适意花。然而,仍然开着的"适意花",花已细小到惨白可怜,老板看见它已不再适意,而是徒增悲伤。

"天地作蜂蜜色的时候,就是魔鬼战胜天神,掌握了主宰一切的大威权的时候。"那时候,老板的野心膨胀到无可膨胀。他上收天国,中收人间,下收地狱。他稳坐中央,遍身发大光辉。而此刻,他唯有失落、悲叹、愤激,去走野兽的同路。

是的,即使是地狱吧,一旦失掉往昔的局面,剑树也会消却光芒,花草必会趋向残败,大火炬呢?有时不过冒些无光的青烟,员工们也只有失望的绝叫。

不过,人类中的野心家毕竟是最聪明的一群。这些聪明绝顶的"英雄们",没有解放人类的"雄心",却有统治地狱的"野心"。当听到"反狱的绝叫",便"应声而起,仗义执言,与魔鬼战斗。战声遍满三界,远过雷霆。终于运大谋略,布大网罗,使魔鬼并且不得不从地狱出走。最后的胜利,是地狱门上也竖了人类的旌旗!"

这是人类的成功,却是鬼魂的不幸……

军阀混战下的中国,未必不是这样一个破烂公司,有幸生活在那里,生不如死,人不如鬼。在普遍的国度里,什么都不是,所有的只是:可怜;什么都没有了,所是的只有:绝叫;什么都不通行,通行的仅存:不幸。

鲁迅先生自己也说过,他的《野草》"大半是废弛在地狱边沿的惨白色小花"。这"惨白色小花"是否是对那个通行不幸的"破公司"的祭奠呢?

野读《野草》

不仅是"为文而深"
——读《墓碣文》

我梦见自己在读《墓碣文》,反反复复读这读不懂的《墓碣文》。像赌徒下了赌注,似瘾君子为毒瘾催发,竟有所缘故地选择这个时候与这万难读懂的《墓碣文》进行着生与死的决战。

当我读到额有汗珠,牙根发麻,大雨劈头浇来的时候,鲁迅用并不沉重的声音告诉我:这"胸腹俱破,中无心肝"的死尸,不是别人,而是他自己;这墓碣的刻辞,不为别人,是为他自己;这"抉心自食"者,不是别人,正是他自己。

我刚要趋前请教,他却突然化作一道闪光不知所踪。

我回头再来读这读不懂的《墓碣文》,面目却全非了:墓碣已不是原有的墓碣,刻辞也不是原有的刻辞,死尸却成为我自己。我默诵道,这是最酷烈的咀嚼:于天上看见深渊,于一切眼中看见无所有,从狂热中看见寒酷,从无希望中看见得救;这是最酷烈的抉择:"抉心自食,欲知本味。创痛酷烈,本味何能知?……痛定之后,徐徐食之。"

这分明还是鲁迅的声音:这是没有年代的抒发,没有限量的思索。

吴冠中说,在四处寻美中,也时时碰见丑,并且日益认识到丑的作用和力量。

吴冠中的话是否是《墓碣文》的解?尼采曾孤独地宣告了上

帝的"死讯",因此对生命的虚无境状感到惊慌。《墓碣文》把鲁迅的虚无体认推到了最高地带,其中不乏几分直指虚无而坦言自救的悲壮与大气。

鲁迅正是借着这《墓碣文》,把对自我生命的"真界"、"本味"的探究推进到了最深处;把在生命求索的路上所经历的艰难、创痛,直至惨烈的困惑陈说到最惨烈、最明白。

我昨晚读过《鲁迅评点中国作家》。我从孔子读到庄子,从屈原读到司马迁,从司马相如读到刘向,从蔡邕、蔡琰父女读到曹操、曹丕、曹植父子,并在"自身不净,则外物随之"、"汪洋辟阖,仪态万方"、"逸响伟辞,卓绝一世"、"九死未悔"、"驰神逞想"、"蓄神奇于温厚,寓感怆于和平,意愈浅愈深,词愈近愈远"、"益以玮奇之意,饰以绮丽之辞"、"力倡通脱,通脱即随便之意"等字样下画上横线。我知道这不是鲁迅"抉心自食"的结果,却是鲁迅肯定过的为文之道。"抉心自食"决不限于此,但却是以此为出发点走下去的漫漫长路最惨烈的一次灵魂拷问。

残忍的毒笑
——读《颓败线的颤动》

我梦见一处景观。是一座人型山，有大胸怀大气魄的人型山。是佛？还是毛泽东？我看不明白，也想不清楚。只看见在他老人家的颔下胸前，一层层绿，一层层黄，一层层红，还有一层层蓝和白。层层排列着、交织着，是地与天的美在此尽情地展示着。下面是大片的、清澈见底的蓝汪汪的水。我想知道这景观入心的原因。由此想到昨晚入睡前所读却是《颓败线的颤动》，这在惨烈的《野草》中也是尤为惨烈的文字，怎么会有如此明美的风景进入我的心境呢？

我正因惊异而百思不解的时候，忽然看见一位老者佝偻着渺小的身躯踯躅在水边。她的脚似乎忽然一绊，失衡落入水中。霎时，蓝汪汪的如一块巨大的蓝宝石的水面卷起波涛，翻起黑浪。

我突然明白：这是一种我不明白的力量让我在剧烈的对比中感受世情啊！

她以渺小的身躯在饥饿、苦痛、惊异、羞辱中挣扎，这一切全是为了自己的女儿。然而，得到的唯有冷骂和毒笑，冷骂和毒笑的也恰恰是她自己的女儿和女儿的儿女。

这冷骂和毒笑在人造的空气中扩大、收缩、弥漫、震荡，变为可怕的满是毒牙和毒刺的荒海。

《墓碣文》中抉心自食的是"脸上却绝无哀乐之状"的"死

尸"，《颤动》中将"活尸"抛向荒野逼使她走投无路的却正是她自己的至亲。

于是，"她赤身露体地，石像似的站在荒野的中央"。"举两手尽量向天，口唇间漏出人与兽的，非人间所有，所以无词的言语。"

"她那伟如石像，然而已经荒废的、颓败的身躯的全面都颤动了。""空中也即刻一同振颤，仿佛暴风雨中的荒海的波涛。"

我的胸中于是同样涌起波涛，而成旋涡，口鼻不能呼吸，似堵入一座大山，又似飓风翻腾。

这"赤身露体地，石像似的站在荒野的中央"的正是"吃狼乳长大"的鲁迅，还有与鲁迅一样的许多人。

这"举两手尽量向天，口唇间漏出人与兽的、非人间所有，所以无词的言语"的也是鲁迅，还有与鲁迅一样的许多人。

这"以颤动带动空中振颤，形成似暴风雨中荒海的波涛"正是鲁迅自己以及与他一样的许多人生存的田地。

鲁迅先生曾经自述："我先前何尝不出于自愿，在生活的路上，将血一滴一滴地滴过去，以饲别人，虽自觉渐渐瘦弱，也以为快活。而现在呢，人们笑我瘦弱了，连饮过我血的人，也来嘲笑我的瘦弱了。我听得甚至有人说：'他一世过着这样无聊的生活，本早可以死了的，但还活着，可见他没出息。'于是也乘我困苦的时候，竭力给我一下闷棍，然而，这是他们在替社会除去无用的废物呵！这实在使我愤怒，怨恨了，有时简直想报复。我并没有略存求得称誉，报答之心，不过以为喝过血的人们，看见没有血喝了就该走散,不要记着我是血的债主,临走时还要打杀我,并且为消灭债券,放火烧掉我的一间可怜的灰棚。我其实并不以债主自居,也没有债券。他们的这种办法,是太过的。"

"她于是抬起眼睛向着天空,并无词的言语也沉默尽绝,惟有颤动,辐射若太阳光,使空中的波涛立刻回旋,如遭飓风,汹涌奔腾于无边的荒野。"

"研讨会"记录
——读《立论》

我在梦中看到鲁迅先生举起弹弓，一弹，击中一只灰色的鸟儿。然而，仅此一举，却引出世界舆论哗然。而且我在梦中确切地记得有过一个关于《立论》的研讨会，醒来后看到书桌上有一张昨晚入睡前抄下的读书记录。

冯雪峰说："《立论》所讽刺的是有普遍的典型性和深刻的社会意义的现象。"

孙玉石说："《立论》这个非常简单的寓言性的故事，却包含了鲁迅多年思考并坚持反对的一种中庸处世的人生哲学。"

黄美冰说："哈哈是不说的谎言，默认的真相，是明哲保身的虚伪。看似折中、圆融，实则圆滑、恶劣。"

片山智行说："《立论》的确是讽刺'哈哈主义'的见风使舵处世哲学的作品，但鲁迅所强调的恐怕是对中国革命的不可缺少的克服民族'病根'（'马马虎虎'）问题。"

丸尾常喜说："《立论》阻断正面的交流，对于以'不立论'为'立论'的窍门这种讽刺性的现实加以自嘲而豁达的讽刺。饶有意味的是，作者一面写作这样的作品，一面却置身于激烈的论争之中。"

鲁迅先生自己说："中国人的不敢正视各方面，用瞒和骗，造出奇妙的逃路来，而自以为正路……在这路上，就证明着国民性的怯弱、懒惰,而又巧滑。一天一天的满足着,即一天一天的堕落着,但却又觉得日见其光荣。"

我说:"他们的所说未必道貌岸然,然而却违背了《立论》的处世准则,因此也就违背了五千年文化之道的'潜规则',正确的选择应该是:啊呀,您瞧,这,哈哈!"

抄到这里,大概是睡眠来了,"哈哈"和后面的惊叹号都有点迷迷糊糊、东倒西歪的样子。然而,此刻看这记录的我却突然想到:偷懒和巧滑竟是如此无可救药,我这样的写法恐怕也是一次偷懒和巧滑。

散发着腐气的冷漠
——读《死后》

"死亡是花朵,生命不过是树木。树木的存在是为了花朵,而花朵的存在却不是为了树木。当树木开花,它应该感到快乐,它应该跳舞。"

这话是印度的智者奥修说的。据说借此可以带你走向心灵的自由之路。

鲁迅似乎没有说过这样的话,他大概也没有想过仅仅自己的自由,他的一生似乎都在争大众的自由。然而他于"死后"却听到别人如是说:

"死了?……"

"嗡。……这……"

"哼!……"

"啧。……唉!……"

我并不十分欣赏死亡这朵鲜美的花朵,面对生存的意义则希望它鲜艳烂漫。对人生的冷漠也有所感受,而且注意到了孙玉石教授对那一段文章的诠释:

第一种人仅以"死了?……"表明对于躺在地上的人,是死是活,略带疑问,但无动于衷,漠不关心。

第二种人仅以"嗡。……这……"表明已确认死了,但见此状况,仅止感叹,不置可否,与《立论》中所说:"啊呀!这孩子呵！您瞧！多么……"是一样的。

第三种人仅以"哼！……"表明对地上的人为死者，明显是知道的，但与己无关，冷漠得很，只是一声哼然，略含蔑视，较之鲁迅一再说过的麻木的看客，还要令人心冷。

第四种人仅以"啧。……唉！……"表明也是明知此为死亡者，但心里毫无同情和关切，无恨无爱，叹息而已。

孙玉石教授还说了一段较长的话，也抄在下面：

鲁迅先生"对于中国民众永远是戏剧的看客"这一现象，又一次作了充分的但又十分含蓄的讽刺。这些反应，或属同类，或为高贵者，对于不幸者，没有一点关心和同情。这一点上他们是无差别的。鲁迅从否定的方面再一次表达了他的批判性的人生哲学：无关心、无同情的麻木人性是中国人生命存在中的大敌。

我认为：这最后一句，是理解《死后》的一把金钥匙。

好像王乾坤教授的看法大体也是一样的。他说《死后》是死者对"六面碰壁"般的人生状态的"盖棺定论"。是以死人的思想最后表示了对这个无情、无聊、无耻的世界之"愤怒"、"气闷"、"烦厌"，是复仇的快意，是含泪的笑，是生命力之歌。

鲁迅先生生前耿耿，"死后"依然耿耿的是：侵入民族灵魂中的病根——麻木的却是自欺欺人的，怯懦的却是自命清高的，自私而不关心痛痒的痼疾。

据说"生和死是最深的奥秘"，鲁迅对此奥秘的探究好像并不热衷，而对一个民族的生存和怎样生存始终是很热衷的，在探究的路上走得很远，对关于此的"麻木"憎得很深。

不过，他对中国人的清醒似乎也有自己的看法。他在《死》中说：大约有权势和金钱的以为死后超出轮回，像活着的时候一样超人一等；有小金钱的人无此雄才大略，只预备安心做鬼；穷到一无所有的人，好像做鬼也不安心，是希望立即重新投胎的。

野读《野草》

面向"无物之阵"的白刃战
—— 读《这样的战士》

鲁迅先生说,有感于文人学士帮助军阀,写下《这样的战士》。

然而,竹内好和片山智行都指出,这篇作品并非单就具体事件发的感想,应该说它是将中国"黑暗"状况的特征以及与此进行持续战斗的鲁迅的特质鲜明形象化的艺术作品。

事实上,鲁迅的作品往往就具体事件有感而发,又往往经过他作为一个作家独特的思想熔铸,这样也就在艺术形象中汇进了更深厚的历史和人生内涵。

86年前鲁迅先生写下《这样的战士》。近半个世纪以来,我读过多遍。每读都有所感,所感又无不与当时的时代背景相联系。此刻重读,则有以下几点感想:

一、他孤独但觉醒。他是屈原,是尼采,是鲁迅,是黑暗的铁屋子最早的觉醒者。

二、他走进无物之阵。这无物之阵一无所有,又一无所无。面对这一切,他举起了投枪。

三、他看透一切伪装。直面一切伪装,他举起了投枪,微笑着一掷,正中其心窝。

四、他终于在无物之阵中衰老,寿终,但他一个都不宽恕。

"鲁迅或者是这样的战士,或者不全是这样的战士。"我这样想的时候,同时想到前几天为一个条幅写下的解释。

条幅是:"是非本无主,天地自有限。"解释是:"这是久经沧桑的心悟。天地间的是非并非谁说了算,或者根本无所谓是非;心中的天地越小,是非越多。或者含义还要丰富。"

我何以要想到这些呢?我想,这并不是鲁迅所希望。然而我又想,他不会为此而举起投枪,或者只会发出善意的微笑。

野读《野草》

愚人不是奴才
——读《聪明人和傻子和奴才》

读《野草》前,早听说过的是《聪明人和傻子和奴才》;读《野草》后,起初感受最显著的是《聪明人和傻子和奴才》;及至以后的以后反复读过《野草》,最看不起的还是《聪明人和傻子和奴才》。

这是为什么呢?

我从孙玉石先生那里看到相互对立的两个词:"素称难懂"和"比较明了"。前者指《野草》,后者是指《聪明人和傻子和奴才》。

据说"素称难懂",是因为其"隐藏性和深奥性"或者可称为深奥的哲思和广博的哲诗。

虽说《聪明人和傻子和奴才》少了一些哲思和哲诗,我依旧顺着惯性走到它的后面去,寻找那应该寻找的隐藏性。鲁迅在《写在〈坟〉后面》中说过这样的话:"古人说,不读书便成愚人,那自然也不错的。然而,世界却正是由愚人造成,聪明人决不能支持世界,尤其是中国的聪明人。"

在《华盖集·杂感》中他又说:"我们听到呻吟,叹息,哭泣,哀求,无须吃惊。见了酷烈的沉默,就应该留心了;见有什么像毒蛇似的在尸林中蜿蜒,怨鬼似的在黑暗中奔驰,就更应该留心了:这在预告'真的愤怒'将要到来。"

我将寻找的目光扩大到鲁迅之外。

列宁的《论大俄罗斯人的民族自豪感》中有这样的论述："谁都不会因为生下来是奴隶而有罪，但是，如果一个奴隶不但不去追求自己的自由，反而为自己的奴隶地位进行辩护和粉饰……那他就理应是受到憎恶，鄙视和唾弃的下贱奴才了。"

鲁迅的心与列宁的心是相通的。他们同样都有一颗伟大的心。他们同样都有被压迫民族和被压迫阶级最伟大的性格。

我敬佩如此伟大的心灵和如此伟大的性格。转而向自己内心去寻找。

我鄙夷诉苦，同时鄙夷由同情生出的一切惨然之说，尤其鄙夷虚情假意的冤苦和虚情假意的同情和慰安。我同时乐于接受厨川白村的观点：我们最需要的不是策士，不是能干的人，不是博闻多识，而是"生得热烈，不知深浅的傻瓜"。不过，我愿意将这句话换做："满腔热情、勇往直前的愚人。"

野读《野草》

极短时的相对
——读《腊叶》

孩子们将鲜艳的花瓣和灿烂的红叶轻轻夹在洁净的新书里,她们脸上溢出来的心花比夹进书里的红叶更美。

那份虔诚,那份单纯,那份真挚,那份充满美好向往的憧憬,令我想到注入清泉的滴露。

这夹进的不仅是一片美,不仅是一颗稚嫩的心,不仅是永不消散的希望,还是由爱心、纯真、憧憬、希望组成的梦。

有人说,童年是遥远处伫立着的一个个美丽而真切的梦,这些美丽的梦如同大海的泡沫中恍兮惚兮诞生的爱神,神秘而霞光闪闪。孩子们哪里知道人间的紧张、沉重与急迫呢。即使告诉她们,她们也不会在意,回答你的只有天真烂漫的以及像银铃般清脆的笑声。

《腊叶》也读过许多遍了。以往读,感受到的主要是青葱、浅绛、绯红等色别,是团团的绿,是绿的葱郁,是红、黄、绿的斑驳,至多是将坠的被蚀而斑斓的怜悯之色。

现在再读,却越来越感到生命的短促、紧张、沉重与急迫了。落入眼中的,更多的是树叶的凋零,鲜艳的褪色,群叶的飘散,尤其是暂得保存的极短时中的相对。

我并无浅薄的伤秋。因为我在内心深处明白:许多我们宝之又宝、奋争不息的东西不过是表象,或者如同佛家所说,不过是虚妄。

或者我依然自在这虚妄之中挣扎，但当我提了一双眼睛，再去读《腊叶》，或者说用心去悟"腊叶"，用灵去嗅"腊叶"，用"虚无"去感受"腊叶"。入眼的竟是：自念这暂得保存，自念这与群叶的一同飘散，自念这极短时的相对，而且这一切都明眸似的向我凝视，令我发窘。在这窘的状态中，我好像有所明白：生机勃勃的葱郁也只能在极短时中相对，何况这将坠的病叶呢？所谓的"永不褪色"也只能在极短时中相对，何况这将坠的被蚀而斑斓呢？号称"一世而万世"的江山也只能在极短时中相对，何况这暂得保存呢？被一再坚信的"牢而不破"也只能在极短时中相对，何况这凝视和飘散呢？

不过，我并非不知道"无所住心，即是智慧"，"时间的流水无法冲去这瞬间的意义——两只小船在岸边相依相偎，你吻了我，我吻了你，互道晚安，彼此祝福明天的启航"。

叛逆的猛士横空出世
——读《在淡淡的血痕中》

有人说，鲁迅是一位摧毁旧世界的"恶魔"，是在自己的旗帜上写着"否定"两个大字的叛逆的先驱。

也有人说，马克思对自己思想和任务的说明，也同样适用于鲁迅及其同时代人。这说明的核心含义是：在批判旧世界中发现新世界。

鲁迅所处的时代，是人类的苦难集中爆发和急剧变革的大动荡的时代。生活在其中的尤其是其中的先觉者是最敏感的神经。如果把一部人类史比作四季运行和天气变化，他们恰恰遇到了最酷烈的时刻。

在酷烈中抗争，是唯一的希望与前途，是真的猛士的使命。

叛逆的猛士横空出世。是时代的呼唤，是斗争的必须，是时运的必然。

叛逆的猛士看透了造化的把戏，敢于直面惨淡的人生，敢于正视淋漓的鲜血，决不允许以血痕的褪色而隐瞒事实的真实。

叛逆的猛士奋战在无边的暗夜中。是狼、是兽、是猫头鹰，是用"野兽的奶汁喂养大"的"莱漠斯"，是诅咒黑暗的恶鸟。在孤独的战斗中，受了伤，不过钻入草莽，舐掉血迹，至多呻吟几声，便继续投入战斗。

叛逆的猛士是鬼，是魔，是神！他"上究苍穹，下诘阴域，横扫人世",要掀翻黑暗的铁屋子,抗住黑暗的闸门,还人间一个光明敞亮的天地。

　　叛逆的猛士是一切黑暗的抗拒者,更是一切光明的开启者。

野读《野草》

来自万米高空的报告
——读《一觉》

我于万米高空像蜜蜂感受花蕊一样感受《一觉》。

水波涌起云山,冰冻生成玉殿。飞机在这云山玉殿中散步。我怀疑飞机是契入玉书中的一枚书签。

机舱内各色皮肤璧出的彩色通道上,有比彩蝶还要美丽的空姐飘来飘去。我于这飘来飘去中虽然没有读出生命的奥秘,美的奥秘,画的奥秘,却感受到惬意。然而,这惬意却为《一觉》中的死的大寂寞所笼罩。我于这笼罩中,突然感觉到沉重了,飞机也似乎下沉了,坠着我的心。空旷的玉殿也随之黯然、沉重、狭小了。

我于这黯然、沉重、狭小中默默地想:鲁迅先生目睹"死"的袭来,深切地感受"生"的存在;目睹树叶发光,深切地感受血色不能永远鲜新;目睹"超然无事的逍遥",深切地感受青年魂灵已经粗暴的应当赞颂。

然而,不知是缘于机件搏击空气发出的轰鸣,还是斜阳穿透云层激发的灵光,忽然有"漂去黑暗,筛出净明"这样一个意念飘然而至。

我的眼前顿时天宽地阔。

我于这天宽地阔中强化着已有的新感受。

我虽然知道唯"死亡"可以驱除对"生存"的麻木,唯"黑暗"可以激发对"光明"的向往，但此刻在这各色皮肤壁出的通道上，我却尤为强烈地意识到：从激赏灵魂的粗暴，到普及宽容的文化，才是人类应有的觉醒。为这觉醒，我们应有不同的《一觉》。

飞机仍在云山玉殿中悠悠地散步。我继续着我的思想：嫩白杨在轰炸中，尚能发出乌光；野蓟经了几乎致死的摧折，还要开一朵小花；榆叶梅并没有为死伤退缩，反而使花开得更加烂漫了；曾经的青年在战火下献上的《浅草》，被鲁迅誉为更丰饶的赠品。从这一切中难道不应该读出生命的顽强说与平等论？

一个活着的人总要做点什么，死后呢？死后如能催动花开，催动草绿，催动天蓝，也便罢了。然而，即使不能，依然可以继续更有意义的活着——鲁迅就是这样继续更有意义地活着。

鲁迅死去又活着已经70多年了，毛泽东死去又活着也已有30多年了，释迦牟尼灭度和永生已成为永久。尽管野蓟依然是野蓟，白杨依然是白杨，榆叶梅依然是榆叶梅，死生依然在一定的空间运行，但人类社会毕竟在觉醒中懂得：由狭隘走向宽容才应该为永久的追求。

飞机缓缓降落，白云缓缓飘动。我于这缓缓中感受宽容的惬意。

野话《野草》
——行走在《野草》里外

  我是一个很愚笨的人。

  读龄近五十多年，过眼的书不止千卷，《野草》大概读过有十多遍了吧，至今仍然没有读懂，于头脑中入出的只是一些碎影残片罢了。

  去年以来，因为写《心悟鲁迅》，想请鲁博的老馆长陈漱渝老师讲讲《野草》。陈老师谦虚讲不好，向我推荐了孙玉石先生的《〈野草〉研究》，我于搜求中又遇到他的《〈野草〉重释》。孙郁、钱理群、王乾坤等几位书中关于《野草》部分也瞅了瞅；片山智行的《鲁迅〈野草〉全释》，丸尾常喜的《〈耻辱和恢复〉——〈呐喊〉与〈野草〉》也看了看；冯雪峰、李何林、李国涛等几位前辈关于《野草》的著述也算留意了；别的著作涉及《野草》的文字遇到时也略加想一想。总而言之，谈不上研究，却不能说没有涉猎。

  李慎之先生有一句话很适合我的感觉：《野草》简直不是人间笔墨，孙郁所云《野草》是鲁迅精神王国中最迷离、困惑、深刻的一隅，却与我的感觉很相近。钱理群理解也较深刻：如果你仅仅看到承担黑暗的鲁迅，而看不到这承担后面的"坦然"、"欣然"、"大笑"和"歌唱"，你就不能真正理解《野草》。

  我只是一个山野之人。我只能以山野之心感觉《野草》，感受《野草》。我对《野草》的诗意浓郁、情感沉重酷烈的深髓尤其神往；对鲁迅极减省的景色描写、心魂描述同样惊叹不已。

《野草》是我的终身伴侣。我自信对这一终身伴侣总算触碰出过一些感觉：

《野草》是正视天堂深入地狱的抉心自食，嚼出了人间的和非人间的酸甜苦辣。

《野草》是上究苍穹，下诘阴域，横扫人世的神哭鬼泣，滴落在人间和非人间的不仅是血和泪。

《野草》是走进无物之阵的战士的苦涩微笑，其笑意有酷烈，有决绝，有超越，也有彷徨和失意。

《野草》是逼视灵魂深处，熔铸天地气魄，深察人世微妙的诗人绝唱，吟唱的不仅是情感、韵律和色彩，也不仅是诗哲的融合和微妙的意韵。

《野草》是超越超级品酒师的感觉，感觉到的不仅是甜绵、轻重和意味无穷。

或者还可以说，《野草》是对灵魂深处的逼视；是人类思维的穷尽；是诱惑也是挑战；是吸引也是拒绝；是朋友也是对手；是悲愤也是广阔；是感性历程也是形而上的延伸；是古典精神的终结也是现代意识的深入；是对黑暗的决绝也是与黑暗肉搏后的再生。

《野草》究竟是什么？我只觉得《野草》是非语言铸就的思想，穿透一切语言及其思想，以及非语言和非思想的一切。

《野草》是说不尽的，是深深吸引你却难以彻底感觉的最深最大最灵最美的之最。我所感觉到的仅仅还是并非不是人间的"残感碎觉"。或者连这"残感碎觉"也根本与《野草》无关。

  2011年10月20日记于旷世斋
  2013年10月20日修改并记
  2013年11月10日再改
  2013年11月28日又改
  2013年12月20日又删改两次
  2013年12月31日再略加删节

从师心语·劳动教育

编进去的是生命,编出来的是幸福。

我的第一个老师
——写在父亲系列散文前面

我的老师很多。在我的人生中，我的老师有两大部分。他们无论是过去，还是现在，都无私无留永远相伴着我。

第一个部分，是我的实体型老师——是面对面、心碰心教育我，以他们的言传身教哺育我的所有人。他们当中，时间有长有短，性格有不同，然而他们都是我终身受益的良师益友和长辈。不管他们是健在，还是已经亡故，我都永远感激和感谢他们，对他们永怀感念之心，每天都愿意随着太阳和星月的出进将我的诚爱献上。

第二部分，是书中的老师——他们并没有当面教过我，从来没有见过面，有的甚至灵魂也与我相隔万里千年，但由于他们的思想，他的著作，他们铭刻在历史上的所有印痕，尤其是他们高尚的灵魂和精神，永远是我学不完，取不尽的宝藏和力量。无论古今，还是中外，对他们的书读的越多，对他们的热爱和敬仰就越深厚。只是回头看来，我对他们的书的阅读和领受万难有一。因此，我永远怀着一份歉疚之意，忏悔之心，愿意让太阳和星月每天都带去我的深悔和检讨。

第一部分老师，排在第一位的是我的父亲。父亲给我的着重在于"劳动教育"。这"劳动教育"合起来讲是让我养成热爱劳动的习惯，懂得享受劳动的快乐。分开讲：教，是父亲为我树立劳动的榜样；育，是父亲培养我形成热劳动的习惯。第二部分老师，排在第一位的是鲁迅先生。鲁迅先生对我的影响是广大的，最根本的是精神的影响，世界观的影响。

关于这第二部分老师，可谓是老师教我，我且有所领受的心得，本书有三章，分别是：叩访群师；神会鲁迅；野读野草。这，虽然没有包括我的这部分的全部老师，总算是有所主次地随谈出一些受教学习的感受。

关于我的第一部老师我也零零碎碎写过一点，散落在已出的和未出的几本书中。不过，都只是或多或少呈现出一点端倪而已。目前可以联成篇的暂时只有这五篇"父亲系列散文"。

这里还有一点补充。就是在我刚上小学的时候，我的第一个启蒙老师赵金余先生写过一批奖状，我的父亲作为当年的劳动模范也得到一张。后来，父亲虽然还得到很多奖状，但只有这一张，在我家老屋的墙上贴了二十多年。再后来，老屋漏雨翻修，我把奖状揭下来，郑重其事保存起来，然而现在却怎么也找不到了。

我想在此说的有两件事：一件是赵老师的字写得实在好。当时在十里八乡，以至全县都很有名。后来，甚至是几十年后，我读有关书法的书多起来，本地以至全国书法家的字见到的也多起来，再去品读他的字，仍然是越看越好。我感觉他的字是王体为主，兼有颜赵。是以王为心、为神、为韵，以颜为骨、为形、为体，且有赵的意态和墨趣。他的大字最能体现颜真卿的宽博和雄强，但还是以王为主，不仅深含王的神韵，而且依然是王的浑圆和遒劲。他在我村任教七八年，当时正是盛行标语口号的时期。赵老师在一条街上只勾勒一两条标语。大一点的房墙有两三个字，小房的墙上只有一个大字。当时我对书法一无所知，却也受其美的吸引，上学路上总是一边看字一边走路，有时还会站下来看一会，甚至走过去了又回头来看。在我看字的时候，别人打招呼，我也不去理会，像没有听到一样，因此被一些人说我癔症。赵老师的小楷，最接近于王羲之的《兰亭序》。那温润，那灵秀，那清和，那激荡而平静，波澜起伏而自然贴切、抑扬顿挫而潇洒自如，无不令人留连忘返。

第二件事，也是赵老师的原因和影响，我小学其间的全部作业，中学以前的全部作文，全是毛笔字做的。按说我的毛笔字应有一些基础，但至今依然写得很不好，除了慧根不够，主要是当时少不更事，没有向赵老师学习书法的自觉，始终与其真传失之交臂。除此之外，还可能是因为"移情别恋"吧。因为当年的赵老师和后来的几位老师，也曾表扬过我字写得好，但是，我终究没有把学习书法作为一种目标，只是随兴而习，失兴而罢，罢的时间始终占据主流。在此，也只有向我的早已亡故的敬爱的赵老师和其他各位老师呈上我的敬仰和深悔了。

第三件事，好像是上面布置的"作业"，是写一篇作文，指定的题目是《我敬佩的一个人》。赵老师选择了写我们村的老支书赵生勤，是一位三八老党员，抗日战争时期曾任县武委会主任，而后又退为一个小乡的总支书记，在我上小学也即赵老师写他的时候是我们村的党支部书记，再后来成为一个放羊工，也是我的入党介绍人之一。赵老师写的都是真人真事。现在想起来的是三层意思：老支书的革命经历要略、老支书的工作业绩举要、老支书公而忘私精神礼赞。我能如此详知并经久不忘这件事，一是赵老师的作文小楷深深吸引了我，二是赵老师当面念给老支书听时那种声情并茂神情深深打动了我。这件事到现在已经快六十年了，不仅让我经常想起，而且越到后来当时的情景越是清晰地展现出来。我之所以始终没有达到老支书的精神境界，大根除了底质不清，就是没有挡住来自各方面的污染吧。但这件事给我的正能量，给我的激励和鞭策，我将永远感激不尽。

　　关于赵老师的三件事与父亲的教育有怎样的关系呢？因为我从小就习惯像朋友一样与父亲交流，这三件事自然也向父亲汇报交流。父亲总是以他的纯洁之心肯定其是，清除其非，让正义、正直、善良、美好在我的心灵中深深扎根。到现在，父亲已经去世快二十年了。父亲在哪里呢？他老人家虽然常来到我的梦中，但讨论的似乎已不是这样的具体问题。不过，我坚信，父亲所给我的是更高的信仰——是劳动的教育，是劳动和爱的信仰；是勤劳、正直和真诚的信仰。

　　接下来与这第一个老师密切相关的还有我的叔父。因为想说的意思在《读书小语》的一篇文章中已经说过，且就便转引如下吧：

　　"现在想起来，我最早接触莎士比亚，还是在上小学高年级的时候。看到的是一个选本，或者单行本。是在做中学语文教师的叔父留在故家的书中翻出来的。要说我当年就能读懂莎士比亚，是不可能的；就是现在，也未必能读懂啊。但是，当时确实觉得很异样，很特别，很喜欢。为什么没有像读鲁迅一样，一经接触就不放弃，而且不断扩大和深入了所读范围呢？恐怕还是不同国度和种种环境所使吧？一个人改变环境很难，环境对一个人的限制和改变却是严重的。

我的叔父是五十年代的老大学生，上大学前就是淮海子弟学校的教师，工资收入已不算低。大概一来是求学读书的愿望还很强烈，二来是总有一种志向在推动，才重新报考了大学。大学毕业后，分配到一个县域中学，校址在一个山庄大庙里，工资反比上大学前低了许多。而后该校并入县城一中，他从班主任做到副校长，再到县教育局长。

叔父是我读书的领路人。他不仅是让我从小喜好读书的人，而且是最早对我的写作给予及时而有力的鼓励支持的人。即便是读一本书，写一篇小作文，抑或是通信中一点一滴的进步，都会得到叔父的肯定和鼓励。叔父在我身上付出的心血，比他的几个儿女都多。我写父亲的散文，他每读到，都要来信或电话谈谈他的激动和感想。后来他退休了，更成为我的第一读者。他读过我的《旷思敛语》后说，原以为你和我的学识水平差不多，看了书觉得强我十倍。叔父还把我的书送给他的学友，共同对我鼓励。我明知这鼓励就像哄小孩子吃饭，尽拣好的说，但还是能让我多吃几口。我甚至对叔父说过，父亲的编筐也和我的写作一样，似乎对过程比结果还要重视。从编织过程中享受到的快乐比钱到手时得着的快乐还要多。对我如此谬说，叔父也很理解，因为他自己也是一个重视劳动过程胜过收获结果的人。叔父去世后，我失去了一个文友和知音，也曾取回他的几十本日记，想写点什么，至今依然没有形成成熟的思路。这固然有忙的原因，却也与我的疏懒和随任不无关系。在此，我只有向敬爱的叔父奉上一炉香的同时，也呈上我的检讨。

2017年5月5日

父亲的遗传
——父亲系列散文五篇之一

要说遗传，我觉得身教是最好的遗传教育。我的父亲所给我的遗传，就是热爱劳动。

我记忆中，他除了正常下地劳动，上山放羊，一生总在编条子。晚上在煤油灯下编，天不亮就起来编，饭前饭后也编。所以父亲留给我的印象总是在编条子。所编什物，有车围、驮篓、柿饼和苹果篓子、玉米筐子、箩头、篮子、筛子，应有尽有。有什么需要，他都可以编出来。我从小就喜欢书，通过各种途径，积累了一些书。有小人书，有小画书，有故事书，也有几本小说和散文之类，还有我读不懂的古书。现在经常出现在脑际的，是《穆桂英招亲》，尤其是穆桂英将公爹杨六郎挑于马下的情节。不仅是情节，那一页一页图画，都历历在目。那时候，不像现在的孩子们，要什么书，一买就是成套成套的一大摞，所以对书，甚至像破烂一样的书都特别珍爱。我的那些书大都是有头无尾，有内容无封面。无封面的，母亲就用豆面调水沾上一个，有的还是用旧布沾的——因为那时纸张奇缺，能买到的草纸韧性太差。有封面的书也会再加一个封面保护起来。我现在还给一些常看的书包装牛皮纸书衣，就是那时养成的习惯。敬惜纸字的观念，也是当年在一书难求的困境中树立起来的。为保管我那些心爱的"宝书"，父亲还为我编了一个小书柜。这个小书柜可以锁起来，有花眼格，从外面可以看到书名。我可以把这用上等荆条编成的小书柜搬到院子里的屋橡下看书。还可以将小书柜当座椅，坐在上面看书。但我一次也没有坐过。因为在我心里，它是个神圣物件，容不得丝毫亵渎。

我们家还有一个父亲置放"小五金"工具的小篮子，编制十分精致，是祖传下来的编织工艺精品，有大碗那么大，边口翻下来的那一圈边花尤其精美高雅，技术难度很大。父亲说他的编织工艺始终没有达到小篮子的境界，在别的人家也从来没有见过如此精美的小篮子。说这话的时候，父亲发自内心的自豪感会溢于脸上。好像我们的祖上不是贫苦的农民，而是不是出将入相的豪门也是经天纬地的文豪之家。现在想起来，我当年真是不懂事。既没有把可以引以为自豪的劳艺之家作为自己的圣地，也没有把父亲精心制作的小书柜作为心血结成的瑰宝。小书柜编成后，开始还非常心爱，每天看书后都规规矩矩入柜，把它当传家宝一样敬重。应该说岁月让我更懂事了，却磨掉了对它宝爱和珍惜之心。有了替代物之后，竟将它扔掉了。其实，如此精美的荆制小书柜，不仅是父亲的精心杰作，而且是我们家祖传的一脉相承的艺术结晶。只有这样的深含父亲深情和心血的，并有深厚根脉的"至宝"，才是为我不断增加资本的最珍贵的资产，也是父亲留给我的最重要的遗产。

父亲经常为了编织而顾不上吃饭，让我母亲催了又催，惹她生气。当年编小书柜的时候，尤其如此。现在想起来很对不起父亲，尤其对不起父亲制作这宝贵遗产付出的心血和父爱。这一遗产中饱含着父亲多少劳动的智慧,劳动的痴迷,劳动的榜样,劳动的精华,劳动的希望和劳动的境界啊!其中所蕴含的父爱就更是无尽的宝藏了吧。父亲就是以他对劳动的痴迷和精益求精的编织在实行身传心教——教我读书,教我劳动,教我做人,教我懂得爱。尽管我在此后的岁月中读过很多书,遇到过许多好老师,但只有父亲才是引我进入读书之门的第一个老师,只有那个荆制的小书柜才是我进入读书之境的神圣之物。

我相信在人类的发展历程中,一定有许多不识字的名师,甚至大师级人物,他们也和我的父亲一样,是不识字的老师。中国有句名言叫得意而忘言,甚至认为字词都是神通的障碍。父亲虽然没有达到如此高的境界,但我深信父亲对我的教育都是在无言无词中进行的。我觉得,唯有这,才是人世间最高级而又最深厚的教育。

退一步说,父亲虽然不识字,但他深知读书识字的重要,每说起自己不识字,他就十分痛苦,因为以他超群的记忆力和感悟力,他是应该识字并有书本学问的。然而他的所有智慧和技能都在认字和书本之外。除了编织,父亲还喜欢甚至酷爱戏,很早就给我讲戏里的故事,并常在我面前念工尺谱。所有这一切,都是在父亲编织的时候进行的。现在回想起来,父亲对戏的酷爱,虽然对我产生很深的影响,父亲所讲的故事虽然推动了我的读书和是非观念的形成,但对我影响最深刻最深厚最深邃的还是他无言的编条子。父亲总是不停地编,我总是"糗"在旁边看他编。这不是小狗"糗"骨头,好像是得着一种艺术或艺道的享受。这个

"糗"字,是几位师友共同贡献的,就是守在那里,想得到,不走开,有喜欢的意思,欣赏的意思,守着的意思,还有求取的意思,更多的是快乐和满足的意思。我印象中,本地话常说"他就是qiu住不走",包从括黄昏到深夜qiu着人家的媳妇不回家。我们老家还有一句粗话,叫做"憨狗糗羊蛋。"是对痴情的极端表述。我曾听说,有人竟对追求他的女儿的小伙子直言别再"憨狗糗羊蛋"了,为此差点激出人命来。后来终归被小伙子的痴情征服,接受人家为女婿。更让人记忆犹新的是,此事还形成一个方圆无人不晓的典故:就是这位丈人被人称为"羊蛋他爹",他的真实姓名反倒被遗忘了。或者还是金岳霖糗林徽因那样,付奉一生,虽然忘乎所以,但依然是发乎于情,止乎于礼。但这绝不是婚外恋,也不只是子承父性,而是艺心的神通。总之就是这么个意思,却苦于找不到这个字。

我首先请教经常请教的钮老师,他也说常这么说,没有见过这个字。我的大女儿是学中文的研究生,他说没有查出相应的字,东北话里把"取"读作qiu。振江查出了这个"糗"字,说是百度里面的解释有上述的含义。济南话里的"糗",就保留了它古汉语的动词意义,并且有了延伸。比如,用慢火以较长时间熬煮糊状米饭,济南人就说"糗饭"。长时间闲呆在一个地方,济南人也说作"糗"。如:"我都糗在这里好几年了。"再如:"成天糗在家里无所事事,你也不出去找个活干?"我们这里也说"糗饭",许多方言与山东是一样的。但这个"糗"字,还应有更积极的意义,加上女儿说的"求取"的意思就较完整了。然而我对这个字还是有点不放心。因为无论是"米"字旁,还是右边的"臭"字,都与我想表达的意和音无关。岢峰尤其持否定态度,说这个字怎么看怎么不像你要表达的意思,建议用《诗经》中"君子好逑"的"逑"字,并发出群信为我征字。为此,我又向中山大学的施教授请教和求援。施教授是方言研究的著名专家、博士生导师,曾在山西工作过较长时间。他对岭南很关照,常通微信,与我也有些交情,收到求教信后他即刻回信说,估计不是这个字,如不急,容我有空查查。然而施教授很快查后又发来短信:"查考了一通,初步的结论,本字应该就是'糗'。""糗字本来指炒熟的米、麦等干粮。但是在广大的北方方言地区,从山西、河南、山东到东北、江苏(晋语、中原官话、冀鲁官话、东北官话、江淮官话)一大片的方言里发展出引申的意义:面、饭等成糊状,或粘成块状。然后再发展出在团在一起、在像粘住了一样停留在一个地方不动不走、粘着别人磨蹭着不离开等种种意思。然后,由于经常用在受到某种吸引,有某种图谋的情况下,又发展出因受吸引或有图谋而停留不离开等等的意思。"施教授还附来了查书时的图片。这种高度负责的精神真让我感动。

我之所以如此不厌其烦查询这个"糗"字,是因为它与父亲的遗传大有关系。据我所知,父亲也和我的《盆地天声》一书的传主段二淼一样,十几岁的时候就是单门独过的孤子。当时,村里有人组班创办八音会,父亲天天"糗"在那里听。师父看他人聪明,就让他试吹。他竟然对笙和唢呐都能吹出些小曲来。父亲被吸收入班,后来成为吹唢呐掌鼓板的掌班。我就是这样"糗"

在父亲身边看他编，或者在他身旁看书、写字。父亲看着我认真看书、写字，好像编得更欢心、也更流畅了。他编的是希望、是幸福、是生命的延续和升华。宋代的司马光为国家消患于未萌，夙夜惶惶，废寝忘食，编写出一部史书巨制《资治通鉴》。我的父亲没有如此胸怀和文经武纬，却也以他的条子为经纬为一家人的温饱、为儿子的读书而废寝忘食。我不觉得这有什么渺小，每想到煤油灯下编条子的父亲，总是肃然起敬，以至有眼泪涌出来。我之所以不厌其烦去穷究这个"糅"字，就是相信我的执着、我的灵感、及其灵感的开通，都是由父亲的编织不止而得到了遗传。

当然我的所得还不限于此。劳动教育也绝不止于言传和现场影响。十多岁的时候，我就同父亲担上篓子，到四十多里远的涉县城和河南店去卖。涉县城和河南店这一河（漳河）两岸的一城一镇，是我与父亲常去卖篓子的地方。那里的城，那里的河，那里的桥，那里的一村一店一街一场，都有我少年时代劳动的身影。

放羊和编织是父亲的终身事业。后来，我从学校毕业，参加工作，村里人说我念书念成了，由一个农家子弟成为外头人了，由上山割柴下田种粮的农民成为吃上皇粮挣上工资的国家干部了，家境也有所好转了，但父亲依然是白天放羊早晚编筐。编出的是家什，也是艺术品，也卖，也送人，谁要送谁；编进去的是他的生命、他的习惯、他的勤劳、他的艺术思想。我虽然没有传承父亲的手艺，但自觉自信传承了他这手艺最核心的精神——勤劳和吃苦——执着和痴迷——习惯和自然。往大里说，甚至可谓精益求精和向往创造、创新。要说父亲对我的影响和遗传，这是最大、最本质、也最使我终身受益的影响和遗传。我的热爱劳动，由此而来；我的良好习惯，由此而来；我写文章的灵感，也由此而来。有时候，我甚至想，我能有较为条理的思维能力，与小时候看父亲编条子也许有某种联系。因为我相信，世间万事是联系的，是相互影响的，又有谁能否定这样的联系和影响呢？直到现在，我仍然在梦中与编条子的父亲相会——父亲依然在编，我依然偎在他的身边。我相信，这是父亲依然在将他的灵感源源不断地传递给我。

　　我继承了父亲勤劳、执着、痴迷和永远有向往的艺术精神。至今还没有人从我已发表的文章中或写成的几本小书中看出我写作的基本源泉。其实，这个基本源泉正是从父亲编条子这个渠道贯通下来的劳动精神。如果细心看看，还会从我的字里行间看到父亲编条子的影子，至少可以看到这种精神的渗透。直到现在，父亲去世二十多年了，我每次回到故里，都要到父亲的坟旁去坐一会儿。在心里默默地与父亲交流，总怕父亲遗传给我的劳动精神，在不知不觉中丢失或冷却了。而这遗传，也总是不断地在我心中生长和壮大，深入和深化。因此，每当我早晚在灯下写稿，总有父亲精益求精的精神陪伴着我，激励着我、鼓动着我。想到父亲，我的眼泪会不由自主地掉下来。但这不是悲伤，而是父亲传来的精神的滋润。

　　我曾写过三篇散文，一篇是《坟的慰藉》，一篇是《父亲的葬礼》，还有一篇是《父亲的美学思想》。朋友看后说，在我的文章中，这三篇，感情最真挚、最深厚，也最感人，有一种内在的东西，读后让人久久萦怀。

我经常这么想，写材料、写文章之所以还可以吸引那么多人为它付出一生——付了青春付终身。就因为它是技术活、艺术活、是创造性劳动，也是感情和心灵的交流，是心血的流淌、环动和打动，还是从上祖那里从古至今一脉相承遗传下来的至真至宝。

说到创造性劳动，鲁迅先生说过这样的话："生命的路是进步的，总是沿着无限的精神三角形的斜面向上去，什么都阻止他不得"。孙中山先生将创造性劳动贡献巨大的人，称之为有大志向的人。他们当中"有万世之志，有数千年之志，有数百年之志，如耶稣、孔子、释迦牟尼，寿命最长，万世之志也。科学发明家富兰克林、牛顿诸人，有功德于人民，数千年之志也。中国如郑康成、伏生等，亦立数千年之志，绍开古来也"。毛泽东对创造性劳动更有诸多伟论，别的不举，只举三条：其一"我们中国人必须用我们自己的头脑进行思考，并决定什么东西能在我们自己的土壤里生长起来"。其二"一切新的东西都是从艰苦斗争中锻炼出来的"。其三"事情总是不完全的，这就给我们一个任务，向比较完全前进，向相对真理前进，但是永远也达不到绝对完全，达不到绝对真理。所以，我们要无穷尽无止境地努力"。

想想他们的圣教、创造和伟业，我总是毫不犹豫地认为：这才是伟大。与他们的伟大实践相比，总觉得自己什么都没有做。

就像一株小小的病苗，不仅总是长不大，无作为，而且不到时节就枯萎了。所以，我常常感到与人的距离还很远，算什么人呢？只能说还没有成人。然而，在我看来，劳动是人世间最幸福快乐的一件事，创造性劳动更是人世间最幸福最快乐的一件事。人生最好的选择，是在劳动中学技术，在劳动中找窍门，在劳动中创造更加充实的未来。这样，既较可靠，也较幸福。而要做到这一点，就要让生命的路沿着向上的方向走，就要立志做有作为的人，就要用自己的头脑思考，并种好自己的精神良田，就要自觉地去经受艰苦的锻炼，就要不断地由不完全向相对完全前进！无穷尽无止境地努力！

父亲的美学思想
——父亲系列散文五篇之二

我的父亲是一位极普通的农民。或者说他老人家比普通农民还要普通：除了劳动还是劳动，别的都不想，绝不东张西望，这山望着那山高。上山放羊，下地侍候庄稼，灯下编筐，这几样做起来都很专心，一心一意，伴随终身，很上瘾，也很快乐。其实，我的父亲还是一位慧根极深，悟性极好的智者，至少是一位心灵手巧的"慧能"。许多营生和艺道，一学便会，而且做得有模有样，似乎是一位天生的多能"匠人"：比如八音会的几种乐器他拿起来就能来一段；甚至是一看便会：比如砸丕垒墙搭建房屋，比如打石砌堤上树接苗，比如钉鞋修锁配钥匙之类。农村所有的石匠、木匠、铁匠、鞋匠、小炉匠等等，他要做，顺手就来，都是自然会。

我说父亲是一位极普通的农民，是因为他一生执着于农村最普通的劳动。我说父亲比普通的农民还普通，还因为他虽然心灵手巧，虽然记忆力超群，虽然像周总理那样见过一面的人多少年以后仍然能叫上名字来，虽然能通过听收音机把《三国演义》、《西游记》、《隋唐演义》等整本讲下来，但他绝不好高骛远，一心一意都在农家的营生上。我说父亲慧根极深，悟性极好，还因为他不仅能从普通事物中悟出常理来，还能从个别事物中琢磨出独特的见识和思想来。然而，如果仔细观察和体会，竟然发现我的父亲还有更高深的学问在他的蕴藏中，并且贯穿于他的终身。这便是他的极为重要的美学思想——非常崇高、非常纯洁、至真至伟的美学思想。他的美学思想就在他的编筐、种田中，就在他的放羊和放羊的幸福中，就在他的对农家营生的专务和专心中，就在他对一切卓越农民尤其是我家的老羊工的极端敬重中。

在父亲心中和实际言行的流露里，放羊的确是很幸福的一件事。冬天的大雪翻飞，迎着西北风走向山的最高处，感受空旷阔大，是一种幸福；望一眼太阳，转入向阳的山窝里，享受背风的温暖和温暖的惬意，更是一种幸福。春天跑青，羊跑得最快，放羊人追得也最快，一天要跑几十里山山梁梁，发现最多，在紧张中感受紧张、在发现中感受发现，在开阔中感受开阔，在充实中感受充实，在无限中追求无限，那样的一种幸福应该不是所有人都能感受得到的，而我的父亲却亲切地感受了，充分地感受到了。夏天的太阳最火最毒，放羊人和羊一起感受太阳的强烈，也感受微风的亲切；转过一个山凹，放羊人站立在微风吹拂的山岗上，看到面前的羊有的三五成群，有的母子在一起互相关爱，有的在哪里顶斗着玩闹，有的望着强烈的太阳咩咩叫几声，有的怀着一点小心思，想到山边的田地里偷几口庄稼吃，尤其是看到当年新生的没口小羊（第二年叫对牙，第三年叫四牙，第四年叫六牙，第五年叫齐口）由黑变红——这是在太阳下熬出来的效果，只有这样来年才又是一头毛色漂亮的大青羊，心里美滋滋的，其中更有一种满足，更有一种幸福，更有一种说不出道不尽的美。父亲的美学思想或者就由此而孳生出来。秋天高天气朗，惠风和

劳动教育

畅，庄稼和各种山果山林花叶竞相展示着五颜六色，你不让我，我不让你地飘逸着交响乐般的清香，随遇而得、随处感受如此丰厚的美的愉悦，尤其是一种幸福。当此之世，当此之时，当此之中的父亲，又善于融于其中的父亲，以其体察、以其发现、以其总结、以其创造的父亲，自然而然得此美好的父亲，不由自主占此美妙的父亲，顺理成章有所发现和创造的父亲，产生和形成的美学思想，不是今生今世又一个硕果，也是最普通的山民中又一个独特的积累。放羊人和羊，或者还有那条善解人意的老黄狗，住在离村四五里远的山地里（为了省却送粪的时力，远地才要驻圈），虽然寂寞一些，但能吸收最好的空气，吃到最时鲜的疏果，还可以与庄稼交流，与山鸡对话，与野兔捉迷藏，深夜虽然不免有野狼光顾，有孤魂野鬼出现在梦里，但总体而言所有这一切，依然是无比幸福快乐的，依然是或者说不能不是其光芒四射的美学思想丰盈四溢的一个源泉。因为这幸福与快乐是由收获与奉献合成的，是自然与人交织的，是天人合一必有的，是父亲所有的遗产中最应该珍惜和宝重的。因为，对这样的幸福与快乐，并不是人人都有那样地感受深刻的；这样的遗产，也不是家家都有的，即便是有也未必是都能有此丰厚的。正因为父亲的特别勤劳，特别有悟性，特别有许多人所没有的经历。正因为如此，正是由于我的父亲更勤劳，更吃苦，更与大自贴得近，入的深，胶着的更紧密，因此感受也就更深刻，好像是上升到了一种最高的哲学境界，至深至贵的哲学境界，至高无上的哲学境界。这样的哲学境界，是朴素的，却也是至深的；是稚拙的，却也是至纯的；是土生土长的，却也是天然无瑕的。父亲的美学思想，更多的是在他的心中，他的行为中，他的劳动成果中。不过，偶而也会通过他的表情、肢体语言和语言流露和洒渗出来。比如他常说，羊比人更有良心，更有人性，你懂它一分，它就与你亲近一分，绝不朝三暮四；知它越多，它报答就越多，公道自在天理。他还多次念叨：天地是有脾气的，放羊人不懂得天地的脾气，不敬重天地，就要走背运。这使我想到庄子所说的："天地有大美而不言，四时有明法而不议，万物有成理而不说。"庄子认为，美存在于"天地"——大自然之中，为"天地"所具有。父亲不是庄子，不是哲学家，也不是美学家，甚至也不是一位读书人。他只是一个不识字的农民，一个以他的方式认识天地、熟悉羊群的放羊人。但他同样懂得美，了解美，寻求美，融得很深。他尤其懂得要认得美，感受美，就要到"天地"之中去观察，去探寻，去品味。父亲没有表。他的表就是太阳、月亮和星空。他从其中读出的不仅是时辰，还有阴晴雨雪风，还有羊群起坡出山的方位。后来，我给他买过一块怀表，他也只是用来卡分拨喂羊精饲料的时间。羊出坡，还是看天上的时间。因为天上的时间不仅四季不同，月月不同，天天不同，而且时时不同。父亲说放羊人看天上的时间比表上的时间管用——除看到时间，还看到天气的各种变化的征兆。就是夜里编筐，他也习惯出到小院，伸伸腰，看看天上的月亮和星空。

在我的印象中，或者说在我更深刻的印象中，放羊人对四季感受最强烈，也最深刻。还不只是"一花知春"，"一叶知秋"，而是最早感受风中的春意,阳光中的秋色和芳香;最早与迎春花相遇,与清亮黄丽相印;最早倾耳于山杏的开放,心受于蜂蝶的歌唱。其实,还有一种小蓝花,在千里飘雪的早春即可在茅草下面找到她们。我第一次与此群秀繁丽相见,是父亲作的媒。那天,我随父亲去一处背风向阳的山坡放羊。一路风雪如歌似舞,上到山上,却可以看到太阳半遮半露的脸。父亲将他披着的自捻羊毛线织成的粗糙的羊毛线毯放在一块天然的石凳上,让他心爱的儿子坐在上面,开始讲述戏里的故事。讲到春花的时候,父亲用满是老茧的手扒拉开一处大石头阳面的草丛,虽然有点瑟缩,一群小蓝花却笑盈盈地迎接了我。大概因为毕竟是冬末,又是飘着雪花的日子吧,我总觉得小蓝花的笑容里还有几分寒冷的颤抖,而且让我想到,她们依然像卖火柴的小女孩,还在梦中企盼着暖春的到来,只是她们的企盼没有失望,而是很快便会迎接和煦的春天。我欲将粗毛毯盖在她们身上,父亲说,阳坡的草窝里到处都是,她们最懂得避风朝阳,她们所在的地方都是温暖的所在。现在想来,懂得避风向阳,也是一种人生哲学,而且是最普众的人生哲学。但是,小蓝花不惧寒冷,最早以笑脸迎春,最早传达春天的信息,才是尤其令人敬佩的。

还有一种打碗花,长在羊圈附近的土崖上,其金黄似可与太阳媲美。我喜欢将它们成束地剜去喂我最敬佩的老头羊。为此,父亲曾批评我嫌贫爱富,向大不怜小,崇高不顾低。因为父亲总是将最早剜到的青草和野花喂给弱小的病羊。当时我觉得很委屈。其实,父亲并没有看错我。放弃放羊,走出大山不说;说是清心寡欲，其实也非无欲，还不说；喜欢与高人探讨，大概也还是就高不就低；近来写《盆地天声》，仍然是专挑又大红的巨柿品尝，无非也是就高不就低。

晚上我和父亲睡在羊圈旁边的土窑里。因为没有电灯，我钻在被窝里，在煤油灯下看了几页书，睡着了。梦中看到笑盈盈的小蓝花却冻得瑟瑟发抖，脸都冻红了，雪花还在舞动，似乎将她的眼睫毛都冻成冰碴儿。我把父亲让我坐的老羊毛毯盖在小蓝花上面，她笑了，还笑出了声，或者这笑声是从我嘴里发出的也说不定。她的脸依然是红红的，是被感动的那种红、温暖的红。下山的时候，我好像变成一只孺弱的小羔羊，父亲把我背在肩头上，上面还盖着那件老毛毯。回到家里，还冲了暖烘烘的奶粉喂我——喂他心爱的小羊——我是小羊，还是小羊是我，俱已不明不白。我全身暖烘烘的，甚至有点热的焦躁。我感到有人摸我的脑门。是父亲，还是披着那件千补万衲的老棉袄的父亲。他弯腰站在我的头前，用他粗糙的右手为我测体温，左手还端着一个黑色的碗。见我醒来，便说，刚才还笑出了声，转眼就又喊热，恐怕是在岭头受了点风寒，有点发热，喝点红糖姜水，睡一觉，出点汗，明早就好了。说着，把他身上那件老棉袄，也盖在我身上。我感觉我的眼睛湿润了。

说起这件老棉袄，一个"老"字，又引出父亲和全村人敬佩的老羊工。

老羊工叫张起太，在我现在看来，名字里应该包涵着太阳升起来的意思。他当然不是红太阳。不过，他的确是我们那里声名最为显赫的头号老领。由于我的家乡地处三省交汇之地，也可以说他在山西、河北、河南三省都很有些声望。这三省之中也都有许多请教过和没有请教过而尊称他为师傅的人。他更是我父亲的师傅，我父亲也是他的正式徒弟。我父亲始终将他以家人看待，以长辈孝敬，以师傅礼重。不过，我们那里的习惯，不称呼师傅，而称呼老领。他还曾是我父亲雇到我家来放羊的老领。这样，我父亲既是他的徒弟，在立家娶妻前后又曾是他的东家。

我属龙，父亲也属龙，比我大24岁。张起太爷爷也属龙，比我的父亲又大24岁。他虽是我们家的雇工，也是我们家的长辈，我始终称他爷爷。我记得最早的一件事就是父母亲总是说给你起太爷爷取火点烟。每当这时，他就会把我抱在怀里亲热老半天。我稍大一些，父母亲总是支使我给你起太爷爷端水端饭。我从小就抬不起手来，从来不主动挑事和打架。每当和别的孩子们发生冲突，起太爷爷总是庇护我。别的孩子都说他偏心，他总是说：他从不抬手打人，你们合伙欺负他，我还不知道？

要说，我参加工作后，多年在文秘员和秘书长的岗位上，对领导见得多，接近多，认识也算比较深刻。但每当有人夸赞某位领导的领导艺术如何如何高明，起太爷爷的桩桩件件往事就会浮上我的心头，并且会使我在心里说：再高明的领导艺术，也没有我们家的老羊工起太爷爷领导艺术高明。

如今，随着封山禁牧，在我们家乡像起太爷爷那样的可以和高明的领导艺术媲美的驭羊术早已失传，但每当人们提到放羊，对起太爷爷还是赞不绝口。说别人只能说是把式，是老领，唯有他是大把式，是大老领。就像赵清海和段二淼是戏王，是唱戏的泰斗一样，起太爷爷也是放羊王和放羊界的泰斗。

如今，在我们家乡方圆几十里，甚至几百里，几乎全是青一色的玉米地，是玉米的海洋。但如果上推三十多年，却是秋夏粮各半。所谓夏粮，主要是夏收的小麦。每当收割小麦的季节到来，也就是合群卧地的季节到了。所谓合群卧地，就是周围几个村的羊群合于一个大群，到所合各村的麦茬地轮流卧夜积粪。经常合的总是涉及山西平顺阳高乡的某几个村，黎城岩井乡的某几个村，河北省神头乡的某几个村。合群后大小羊有近两千只。大小羊是分开放的。大羊群往往有一千到一千五百余只。这样的一大群羊散开到坡上，满山遍野都是羊，十分壮观；卧到地里，黑压压的一大片，有几亩大，也很震撼。这么大的一群羊，要秋毫无损地驱到山上，或者从山上收领回地里，以及让他们有条不紊地在山上安然吃草，都是对放羊艺术的极大考验。在我们那里也常见，技术差的人放百来只羊，就会偏差百出：不是收不到一处，就是拥挤不堪；不是轰入人家的庄稼地惹下麻烦，就是被上坡的羊踩落石块砸死了下坡的羊。总之是常常让放羊人哭笑不得，手足无措，甚至叫天天不应，呼地地不灵。然而，再大的羊群到了起太爷爷的面前，都是那样的得心应手，那样的收放自如。就像面团在巧妇手里，是方是圆，是长是短，随心所欲。不论是做成馒头、饺子、拉面、剔尖，还是制作贺喜敬祖宗的花馍和油炸供品，无不赏心悦目。起太爷爷当老领放一千多羊的大羊群，也是如此得心应手和赏心悦目。走在路上，就像部队操练一样井然有序。即使两边全是五谷飘香的庄稼地，中间只是不到一米宽的蚰蜒小道，他只要喊上一嗓子，羊群就像部队过独木桥一样有序通过。偶尔有个别羊将嘴伸向庄稼，他一个石块抛过去，啪的一声，正好打在羊角上。如此大的羊群，上到山上，群羊散开，就像棋盘一样星罗棋布，安然稳妥。他当老领几十年，从来没有发生过被流石砸死羊的事故。更为神奇的是，他好像对每个羊都能过目不忘。我就亲眼见过，哪年他已六十多岁了，傍晚羊入地之后，他在羊群边上走了一圈，发现少了几只。他告诉几个伙计，某村的几只羊，是什么齿龄，什么模羊的羊没有回来。几个伙计返回山边去找，果然有几只羊失足掉于山边一个废弃的蓄水池里，与起太爷爷所说分毫不差。在我们家乡，至今还流传着盛赞起太爷爷的顺口溜。什么"起太放羊，胜过老皇。"这个"皇"字有两解：一说为起太爷爷的把式超过同村叫老皇的老领。一说是起太爷爷驱领大羊群上山下地，比皇帝上朝还牛。什么"路上一条线儿，山上豆腐块儿"，是赞他放羊有秩序，有章法。什么"冬天一炷香"，"凤凰双展翅"，如此等等，不一而足。其中的确切含义，说法并不完全一致，但依然活在当地人的口传之中。

　　我们家是怎样有了羊群并能有雇起一个好老领的能为的呢？我只知道是刚解放后互助合作之党的正确政策一个证据，也是父亲在二十岁左右勤劳致富大胆创业的一个成果。但这一百多只的一个羊群具体是怎样发展起来的？至今已成为一个谜，而且是一个永远找不到谜底的谜。因为父亲生前，我没有问过，父亲也没有说过。父亲故去已二十多年,早些年我仍然没有问过。如今我母亲也故去三年多了,我本人已是我们家族这一门年龄最大的一位,本族中几位本家爷爷也说不明白,全村的所有老人也都没有能够说明白的了。问起来,他们都说是开始有七八只,很快增加到二十多只,又变成五六十只,大约有三年多就形成一二百只的一群羊。其实,这说的是改革开放后父亲第二次养羊。这第二次养羊,虽然是积少成多发展到二百多只,但父亲已五六十岁,我自己已是一个国家干部,而起太爷爷已故去十几年了。

我一直很想我的祖上有过富有辉煌的历史。如果是散发着书香味的富有更好。哪怕是沾染着兵武霸气味甚或土匪味的富有也不算失望。但三代之内无有,五代之内也无有。据我父亲和我们同院的一位本家爷爷说,我的曾祖父还算一个较为精明能创业的农民,置下过几亩薄田,盖过几间房。但到了我祖父这一辈,最辉煌的历史是给与阎锡山同时起义的辛亥革命义士黎城县的大地主常越家当过长工。因为他块头硕大,身板结实,肯于出力,干活精细,竟被地主婆封为领工。还是因为这位地主婆的偏爱,我的祖父被奖励几粒金丹后染上烟瘾,因此弄到卖掉老婆去当兵客死他乡至今没有下落的地步。也是我的曾祖父对他仅有的二亩薄田三间草棚搁舍不下,在他不到六十岁病重咽气前,硬是"金牌催银牌调"将随我祖母离去的只有十六岁的父亲叫回来顶门立户。这以后也是因为党的英明领导,正确政策的威力,才有了我们家史上第一次小辉煌——经年轻的父亲之手发展起一个羊群,盖下三间新瓦房,娶亲生子,致使香火有续。父亲并没有说起,但左邻右舍的长辈们却曾经议论过这样三点意思：其一，如果当年的生存环境得以延续，凭我父亲的能力和发展势头，应该能操持起一个像点样子的小康之家。其二，凭我们家对起太爷爷的敬重和厚爱，如果有一个殷实的基础，起太爷爷也不至于穷到孤身一人无后而终。其三，我本人能参加工作成为一个小官员，竟然是因为客死他乡的爷爷占了一穴好地。其可以证明的竟然是一个有魂无骨的传说。就是我们那里的一处山沟里有一个宰相匣。传说是因为一个乞丐死在坡边，被上拉十多米掩埋于两石之间，而后他的后人中出过宰相，再后来又回迁坟而致家衰。这样的议论，我听到过多次，但每次听后，虽然没有哭，但也没有一次笑出来。别的不说，有两点我始终是心存感激的：一是乡亲们总希望我们家好；二是我的父亲始终有着美好的愿望和追求。

　　父亲的美学思想在哪里？在美好的追求里，在劳动的幸福里，在放羊的自由里，在老羊工的杰出里，在高山的空旷里，在温风的惬意里，在发现的喜悦里，在深厚的感情里，在广阔的海涵中……

父亲心爱的老头羊
——父亲系列散文五篇之三

春天开消了。山上的白雪还没有化尽,崖头上有一种黄金花便一丛一丛地开起来了。

这一丛一丛的黄金花叫做打碗花,长在羊圈附近的土崖上。其金黄,恰可与刚出炉的钢坯相比;其亮度,似可同太阳媲美。我喜欢将它们成束地掬起来,喂我最喜爱最敬佩最神往的老头羊。为此,父亲曾批评我嫌贫爱富,向大不怜小,崇高不顾低。因为父亲总是将最早掬到的青草和野花喂给弱小的病羊。在山上遇上狂风肆虐、大雪翻滚的鬼天气,除了迅速将羊转向背风处,还会把身上那件补丁摞补丁的老棉袄脱下来,将最弱的小羊护上。其实,尽管如此,我对老头羊的神往、敬佩和偏爱,也未必没有父亲的原因。因为父亲对老头羊的偏重也是不可掩饰的。他对老头羊的心爱和重视不仅溢于言表,而且刻骨铭心。这既体现于他的言谈举止,也展现于他的故事讲说。或者正因如此,长时间如此,关于老头羊的一切的一切,也就毫无商量地刻印于我的记忆里,沉浮无常地出没于我的沉思中,不可避免地出现于我的梦境下。

然而,回想当年的当时,受到父亲如此批评,我确曾觉得很委屈。或者也与这委屈有点关系,这件事才在我的印象中历久而不消。其实,现在想来,父亲并没有看错我。放弃放羊,走出大山不说；一心想进最高学府，未能圆梦恨恨终身不说；说是清心寡欲，其实并没有做到无欲则刚、心平如镜还不说；敬佩伟人，敬仰圣人，喜欢与高人探讨等等，又有哪一桩哪一件不是向高不就低呢？而且，我总觉得：人，有一点景仰之心和敬畏之意，都是美好人生的必须。

　　进而言之，我始终觉得，事实上也是如此：那件百补千衲的老棉袄不知饱含着父亲一生辛劳的多少汗水，那位驾驭水平高超的老羊工不知蕴有着父亲无止境向往的多少求取，那头领悟力超群的老头羊不知深藏着父亲情深意长的多少心爱。正是这说不尽道不透的无数个"不知"，在父亲与我之间铺设出一条千丝万缕的"知"的通道。别的不说，仅以这"老"字号之一的老头羊而言，就有许多说不尽的故事，道不完的奥秘。

　　老头羊确实是非凡而与众不同的。不说别的，单说长相，就几乎比普通羊大一倍。那一身青亮的皮毛，在太阳下放着光彩，比为领袖人物特制的披风还要大气。尤其惹人注目的还有鹤立鸡群的犄角。普通羊的角是翻向两边，似乎鸽子展翅。它的角，是向着青天长上去，再长上去，扭了一个麻花，而后并拢起来，比博士帽还要高耸高贵一些，很有点近似秦始皇的皇冠那样的高贵与气派。我总觉得，老头羊的个头大举世无双，它的犄角只能说是更大，甚至让人担心，其头上怎么能够承受如此的高大沉重？父亲说：这样的羊角，万里无一。又说：咱们家的老头羊，也是万里无一。当时我还不曾有此阅历，如果当年有此诗词常识，我大概一定会脱口念出：鲲鹏展翅九万里，翻动扶摇羊角。背负青天朝下看，都是世间奇迹。进而，说不定还会给父亲讲起那个神羊的故事：据说久远久远以前，有一年九月，一只神羊来到人间，发现老百姓只吃野果、野菜，瘦得皮包骨头，十分同情。好心的神羊得知人间没有五谷杂粮后，就回到天上，从玉皇大帝的五谷田里偷了五种谷穗，送到人间，又教给人们播种五谷的种种方法……

话说远了，简短截说吧。老头羊尤其杰出的是它的悟性——也就是它与人，与放羊老领的神通。他不仅极善领会老领的旨意，能够不折不扣执行老领的要求，他甚至好像是明白老领的心思是的，往往在老领下达旨意之先，就已经在按照老领的意图领向了。而且它不仅自己这么做了，甚至会对走在他身旁，越规和准备越规的其他羊，及时做出制约和约束的举动。父亲经常对人说起他心爱的老头羊的一件一件令人钦羡的本事。常常让人觉得，他说的不是羊事，而是人事。不是普通人物的普通之事，而是杰出人物的杰出之事。

老头羊的经历主要分两个阶段。两个阶段是以"入社"为界的。入社前，老头羊只是在我的父亲和起太爷爷手下听差。这应该是老头羊初露才华，大展身手，无限风流的幸福期。入社后，羊群被打乱，老头羊被调来调去，争来抢去。这应该是老头羊依然受到重视，继续展示魅力，大展宏图，同时也被误解，遭受磨难的喜忧参半的时期。

也与诸如土地、牛马等诸多生产资料一样，老头羊也被入了社。尽管当年以羊入社的有好多家，头羊也有几十头，只有我家的老头羊最善解人意，最听从指挥，最关爱小羊。一句话，它是最美、最帅、最棒的头羊。每年小羔羊上坡，都由他来领头。因为羔羊最调皮，最不懂口令，必须由最好的老领来放，最好的头羊来领。有十多年吧，都是我家的老头羊来给合群后的羔羊领头。

培根说过，形体之美要胜于颜色之美，而优雅行为之美又胜于形体之美。我家的老头羊也不知是从哪里修来的全方位之美，或者应该说是上帝的特别关照吧。它的形体之美就不必说了，就是它的行为之美，也让人叹为观止。每当在朝阳的照耀下起坡，它率领走在羊群的头前。一只独大就不用说了，鹤立鸡群也不用说了，帅气俊美还不用说了，稳沉挺拔或者也不说了，他的领袖风度真不知道该怎么形容。比如它以极平常的姿势目视前方，以极平常的姿势向高处望望，以极平常的姿势回首一顾，都会展现出与众不同的大气优雅之美来。它跳涧的动作，它从高坡上向下走来的雄姿，它站立起来摘取树叶的举动，都让人有美不胜收的感觉。就是素常走在路上，如有个别调皮的小羊蹦蹦跳跳蹿向羊群的前面，它也只是用那双美丽的大角轻轻一拨，既让小羊感受到犯了冒进之错，又决不受到丝毫的皮毛伤害。总之它那优雅的一抬步，自如的一回看，合度的一拨动，优雅的一跳跃，无不让人觉得无不是得着了中庸之道的真传，他的形态和行为无不是中和之美。

我在很长时间里确曾怀疑，我家的老头羊不是一只普通的羊，而是上帝下派的神羊。我不是有意神化我家的老头羊，但是我却曾记得我们当年捡到它的类便当"宝珠"来玩。在我的印象中，骂人最狠的话是"一堆臭狗屎"，较轻却讥讽意味很足的是"驴类蛋表面光"，用羊作比喻的话却多为祥言。也是当时太穷，玩具太少，更不可能像现在富家子弟将珍珠玛瑙当玩件，石头石子包括个儿大的羊粪蛋就都是我们乐此不疲的玩具。加之老头羊的粪便个儿大硬度和光泽都好，便成为我们当年的首选。

羊群入社后，父亲也放羊，但更多的年份是当生产队长。如果还是父亲放羊，他总是让老头羊收编在他放的羊群里，在不得已的时候，才借给别的老领用几天。如果是父亲不放羊，他也经常到各个羊群看，以一个老羊工和生产队长的身份提出一些意见和建议。每次到了我家的老头羊那里，他都会多待上一会，不厌其烦地对老头羊的使用做些安顿。我经常跟随父亲去看羊，尤其是去看望我们家的老头羊。一天傍晚，在羊群刚入圈的时候，我又随父亲去看羊。这次看羊，是我最闷闷不乐的一次。因为我看到我们家的老头羊不仅精神不振，似乎还有泪痕。我问父亲老头羊是怎么了？父亲轻轻对我说，可能是受到误解挨了打了，老头羊是不用强制的。我想对当时的老领提出批评，父亲制止了我。父亲和我都没有说话，就离开了。在回来的路上，父亲还是没有说话。我看到他的眼红红的，应该是还在为老头羊的委屈而不快吧。

老头羊的事是说不完的。不过，万物都怕老。我家的老头羊再神也不是神，不仅与其它羊，而且也与所有人一样受到寿命的严酷限制。在我的印象中，除了老神仙给人以鹤发童颜、精神矍铄的洒脱之美，内秀外质，由内美到外，一般人都是越老越不中看。后来，我家的老头羊也真的是老了。耳朵也聋了，走路也慢了，当年的挺拔和帅气也一点一点退去了，领头的重任也不能再承担了。队里决定杀掉它分肉。为杀不杀它，也有过一番争论。最后还是决定杀了。是阳历年的前一天杀的。当时老头羊哭得很伤心，叫的很悲惨，我父亲也流泪了。掌刀人也很犹豫。开刀的时候我离开了，不忍心去看，事实上我的泪眼也已不能让我看下去了。

我事后才知道，一般的山羊只下十几斤肉，肥大些的也就二十多斤。我家老头羊尽管老了，瘦了，因为个头特别大，还是下了五十多斤肉。它的皮我父亲特意买下，加工成一床皮褥子，但从来没有铺过，可能是不忍心铺吧，是总怕亏欠了心中的那份儿虔敬吧。只有冬天最冷的几天在被子上面压一压。父亲对老头羊始终怀着一份敬意。村上的人也都认识我家的老头羊，入社以后仍然延用我父亲的名字叫谁家的老头羊。那件老头羊皮做的皮褥子，父亲去世后也没有别人盖过。今年清明回家给父母扫墓，我想找出来留作纪念，没有找到，不知所踪，多少有点让人觉得不可思议。

不过，更让人不思议的是，老头羊被杀掉之后，村上的人到深山里砍柴，刨药材，采连翘，曾多次说起在某处看到我家的老头羊了。这样的口传有过很长时间。为此，父亲还真的到人们所说的地方去寻找过我家的老头羊。回来后说，老头羊没见着，倒是遇着一只特大的山鸡，站在高岗上呱呱呱叫了几声，从来没有见过的神气，比年青时的老头羊还神气。我想，我家的老头羊绝不会变成神气的山鸡。即使转世是真有其事，它也应该转为长胫鹿或麒麟之类。然而我近日读《论语》读到《乡党》篇，看到"时哉！时哉！"心想：我家的老头羊不是圣人，却也"时哉时哉"过，也是"圣之时者也"。

更神的还有父亲的几次奇梦。

一次，不知父亲在收音机上听了什么评书，还是别的英雄事迹，说晚上梦见老头羊到上帝的菜园子做了守园人。它守望着满园溢香的各种菜蔬和花果，却从来不吃不喝，老头羊是最有守持和最有操守的"真头"。

一次，确切可以确定是听了刘兰芳的评书《岳飞传》，说是梦见秦桧征派我家的老头羊去传送要杀岳飞的十二道金牌。老头羊宁死不从恶人办坏事，竟被奸臣秦桧杀掉了。为此，父亲曾有好几天愤愤不平，憎恨奸臣秦桧杀死了他最心爱的老头羊。

一次，仍然不知是不是听了什么书，说是梦见老头羊要退社，想有自己的田园，自己的山林，自己的羊群。我怀疑这是父亲借羊说事，借事说心。不过，这样的借羊说事却不只是他的梦，而是所有家乡父老乡亲们的梦。因为这明明就是父亲的日思夜想。不过，他的梦想并没有落空。在他的有生之年，总算是又一次有了自己可以做主耕种的田地，有了自己可以自由种植的荒山，并且拉起了自己羊群。不过，这后来，他又经营了十几年的羊群，却没有培养出一头像老头羊那样的领头羊。这是父亲的遗憾，因此父亲最终也没有终了对老头羊的思念。

父亲的葬礼
——父亲系列散文五篇之四

父亲去世已经二十多年了,还常常在梦中与我相会。有山坡放羊的场面,有田间耕作的场面,有从河里将我救起来的场面,更多时候是在那烟黑如漆的小屋里,父亲编筐我读书,穿插聊天的场面。

父亲的葬礼很俭朴。朋友和乡亲有说太简单的,也有说不事张扬也好的。最令乡亲们满意的,是请了一班方圆百里有名的八音会。从上午十点吹打到下午五点多,大概吹了好几出戏。到父亲下葬完毕,已经月挂树梢了。当然我不会有心赏月,但月亮却帮我为乡亲们照亮了回家的路。这是不能不让我感谢上天,敬仰大自然的。

对于二十多年前的父亲的葬礼,现在能回想起来的,连几个支离破碎的片段也够不上了。只记得我请假回到老屋,伺候病重的父亲有十多天。说是伺候,就是在父亲的屋里搭了一张单人床,陪着他老人家。因为父亲虽然得了大病,但自始至终力求自理。一直到最后两天,父亲不仅不能进食,连一直挂着吊瓶也几乎停滴,但他头脑尚清晰,不时和我说说话。我则劝他少说话,别太费精神,或者我说话让他听,偶而也放开收音机,父子俩一块听听梆子戏。前面说过,父亲曾是八音会中打鼓板吹唢呐的掌班,以往精神好的时候,还会唱上一段,现在却是连听都累到难以支持了。如果能顺他的意，他多么想吹上一阵，唱上几段啊，现在却是少气无力到几乎要静止了。看到此情此景，我心里特别难受。

最后的几天，父亲大便困难，我让医生开了通便的中药。父亲进药后，下紧严重，他非要下到地下去，大概费时半小时之多，总算解决了，却说折腾得不轻。这件事让我感到特别内疚。或者正是因为我的失误，让本已丧失气力的父亲，付出那么多的体力和体能。这一失误让父亲耗去的是生命啊！用乡亲们的说法，是将老粪都排出了，临终不远了。然而据我有限的医学常识，好像不是这样的。所以我不相信父亲会马上离开我们，总想着奇迹出现。但无论如何，那以后，父亲的精力更不济了。探望的亲友背着父亲告诉我，准备后事吧。其实，棺木，衣装都尽其所能备下了，剩下的也就是：怕来的那一刻，却等着的那一刻了。

又过去三、四天的一个下午，父亲已几乎不说话，妹妹们常不由自主去摸他的鼻息。不知什么原因，我走到别院，遇到一位本家长辈说，恐怕过不了今晚上。我们正说着话，妻来喊我回去。我回去后，父亲已有临终的症状，好像是一种留恋，更多的是一种抗争。让人看着特别难受。我怕父亲离去，永远离去；又不忍他如此痛苦，似乎又在心里祝愿他尽快脱离痛苦，平静安息。我想给父亲一点慰安，或者用我的体温，让父亲得到一点温暖。按照家乡的习惯，我上到坑上，将父亲抱在怀里。父亲就这样在我怀中平静地去了。明知父亲已离去，我依然抱着他，想留住他,永远不要离开我们。

　　随着父亲的离去,家人的哭声起来,我却没有哭,似乎很平静,似乎很茫然,似乎一片空白。但处事却冷静,很随和,随时答复着各项事宜如何如何。其实,从父亲病重我回到老屋,来照看的人很是不少,每天晚上总有三四人坐在火炉旁的小板凳上陪伴,以防不测。我十分感激乡亲们的深情厚谊,办事原则是:简朴,节约却不能小气。所谓不小气,就是不能亏待了乡亲们,就是在不突破乡规村约、不铺张浪费的前提下,尽可能让众乡亲们满意。所以,对承办人提出的要求,我大都点头同意。烟、酒、饭食,在我们这仅有不足百户人家的小村里,据说是近年来最令人满意的,再往前比,也没有更满意的。

　　我沉寂在悲痛中。不哭,哭不出来。在别人眼中,大概有点与众不同吧,竟连哭的应酬也不懂,不会,不学着去做,总不免有点不大合流吧。我则听其自然,随我所愿,没有随向大流,随着习俗,随着一应俱全的孝子规章去做。亲戚吊唁,我也没有陪着磕头,不过陪些热情,迎来送去罢了。但最后告别父亲,告别父亲和他随身的棺木那一刻,我突然失声,如同鲁迅笔下的魏连殳那样,也像一匹受伤的狼,哭声夹着吼声,惨伤里夹杂着愤怒和悲哀。这愤怒和悲哀不是对社会的控诉,而是对天道不公和自己无能为力的不满。因为按时下老人七十不老,八十不稀,九十大有人在,百岁老人也多有遇见看来,父亲竟早去了二三十年。病魔夺去的不仅是他的健康,他的生命,尤其是他的劳动的权利。一个酷爱劳动的人,是无心长久休息的。失去劳动的权利,是父亲最大的痛苦。对此,健壮如牛的我竟一筹莫展。有时候,我甚至想,或者正是自己的无能,过早地失去了父亲,失去了本来可以在劳动中获得快乐与幸福的父亲。鲁迅为了病魔夺走他的父亲,为了中医不能治好父亲的病,竟种下对中医的终身仇恨。为了救治父亲一样的病,竟到东洋求医。他虽然没有成就一番名医、神医的事业,却成为拯救民族灵魂的圣人。我呢?当时悲痛愤怒,事后最多想想而已。这大概就是常人所以庸常的原因吧。

这样想着,也曾想到父亲的《墓志铭》,不知什么原因,竟形成这样几句:

沉睡在这里的,是一位勤劳善良的老人。勤劳善良,不是高山下的花环,却是这个民族的品质;不是空谷足音,却是这个民族的主流。勤劳善良永远不会沉睡。

这段铭文,目前尚未勒石成碑,我相信一经公之于世,在蓝天下接受阳光沐浴,当会有许多人在心中生出共鸣。

父亲的一生是那样的平凡,父亲的葬礼是那样的简朴,我对这两件事又竟是那样的没有重视。然而,或者是天外昭示,或者是神的暗示,或者是心灵的显示,但绝不会是父亲在那边的提示,总之是不明来源的启示,昨晚我竟做了一个梦,一个意想不到的梦:

我梦见父亲的灵堂竟是那样高大广阔,那样出人意料;灵堂所在竟是那样违背常规,那样不可思议;场面铺排竟是那样豪华气派,是只有在电视里皇家办丧事才可见到的阔气。而且这不敢去想的阔气场面,绝不是在我家的小院里,也不在我们村最大的打谷场上,还不在我所见过的任何一处广场上,而是在浩瀚无垠的大海上。父亲不是躺在棺木里,而是躺在灵床上。灵床是什么样子,我没有看清。这灵堂却实在是气派无比,除了满天满地的帐幔,还有一个刚立起来的生平牌,顶天立地的耸立在那里。耸入云霄的顶端有一行鎏金大字。鎏金大字是篆体的,我一个都不认识。生平牌的内容是用文言写成。文字典雅肃穆。我似乎正在心里默颂着,突然感觉灵床上有响动,的声音传过来,我扭头去看,竟是父亲醒来了。刚醒来的父亲满头大汗,说是要小解。我去帮他,梦中的我却突然醒来,竟是满头的冷汗。看看表,已是早晨五点多了。我启灯坐起来。一边穿衣,一边费力地想。越想越觉得莫名其妙,越想越觉得与一生勤劳俭朴的父亲毫无关联。对于父亲的丧事,我既没有这样想过,也没有这样的魄力。我觉得口干舌燥,找出一粒知柏地黄丸,慢慢嚼着,心又往回想:常说梦是反的。或者这正是父亲以此极端的方式启示我以俭持家,以俭立身呢。

我本想把心收回来修改旧稿,思路怎么也集中不过去。转而写下《父亲的葬礼》这样一个题目,竟不知不觉写下去了。

我回过头来读鲁迅小说《孤独者》,感受最强烈的是:魏连殳的时代,一切普通劳动者,诚实守信的劳动者,是不受尊重的;如若再有自己的个性,见解,发表为言论,便沦为孤独者,进而失去工作的权利,生存的权利。尤其是将这孤寂、冷落、无奈的人生浓缩后放在嘴里去咀嚼,是不堪其苦的。

相比之下,父亲的后半生是幸福的。他生活于阳光照耀劳动者的天空下。他的劳动,他的辛苦,得到家人和社会的充分尊重,以至敬重。他的病得到应有的治疗。他曾有对儿女满意甚至自豪的幸福。他的儿子为他写下的墓志铭,也即是这个充满阳光的社会,对一个普通劳动者的颂歌。

坟的慰藉
——父亲系列散文五篇之五

夜静无眠的时候，我习惯于将思绪转向父亲的坟头。

每当这样的时候，思绪中的我，双手抱头，头枕着双手，仰靠于父亲的坟头，似乎又回到了父亲的怀抱。

上有淡淡的月光，下有庄稼地里不时传来的轻微的飒飒声，以及声音里溢出的清清的香意。有无夜鸟的低吟，却模糊；星星的需要极静中才听见的悄悄话却是有的。风是软软的，带着馨香的体温。那一闪一闪的微光，是衔在父亲嘴里的，已经用了五十多年的旱烟袋发出的信号。它表明父亲已坐在我的身旁。说些什么，也模糊，但那永远也不会消息的亲切却是真切的。好像既非鞭策，也非鼓励，还非慰安，却正是亲切，永不消失的亲切。亲切中有宽厚，宽厚中有温暖的刚质，是宽厚、慈祥又顶天立地的情怀。这样的来自坚定而亲切的情怀的力量，是父亲留给我的，或曰是天地间本来就有的最值得宝爱的无价之宝。父亲与我具体交流些什么，全然模糊。从模糊中进去，从模糊中出来，从模糊中褪去。我就在这模模糊糊中迷迷糊糊地睡着了，惬意地进入梦的另境别乡了。

我相信父亲永远健在。每次回到故里，都希望他依然出现在那个温馨的小院里，依然在编织着他永远编不完的梦。

我的这种温馨的感觉，或者以这样的方式享受父亲的慰藉

——坟的慰藉,是父亲入冥后我依然可以得到的唯一的父爱。胡风似乎也有过类似而又不尽一致的感受。他的传达此感受的诗是:"或身穿百衲衣,朝则沿门乞食,夜则蜷卧于母亲荒冢之侧,如忆起在母亲怀抱里的故事时,就紧抱着冷月下的枯草啜泣。"

这诗是凄冷的,荒冢是凄冷的,诗人的那颗心也是凄冷的。我仰靠卧于父亲的坟头,却没有如此凄冷、寂寞、悲愤、伤感的感觉,惟有亲切、温馨、惬意给我的慰藉——坟的慰藉。

这坟的慰藉,与鲁迅的《坟》表现的意境也绝对两样。但为什么将二者联想在一处,怎样两样,也很模糊。这更使我觉得,模糊似乎便是本来,就像我们生活于其中这大气笼罩的地球,只有这大气的笼罩才是唯一的生存条件,才是舒适、惬意和幸福的天然。但为什么是这样,为什么要这样,为什么只能这样,也模糊。我曾穷尽自己的思维能力,想弄明白模糊究竟是什么,最终的感觉是:它不是迷漫的大雾,更不是沉沉的黑云,而好像是艳阳下的肉眼望不到的尽头,是鸟飞的天空,鱼游的海洋,星星居住的蓝天,慰藉小苗的微风和湿润。

这样的是梦非梦中的感觉,似在梦中,又不在梦中,不在梦中又似在梦中。不管它是梦非梦,我却希求永远置身其中。人生不就是梦又非梦吗?然而,我最满意的,正是在我的梦一样的人生中,总有些像残梦一样抹不去的记忆; 说不明白满意还是不满意的,则是在非梦的人生中,总有一些驱之不去也无需驱之的忌讳。

劳动教育

　　记得大概是三十多年前吧。那时，我还是刚二十出头的毛头小子，在一所当地还算有点名气的学校读书。一天，当年还没有到我现在这个年纪的父亲来看我。那日的头一天，我正好在校图书馆借到鲁迅著作单行本《坟》。在这一天，太阳最卖力工作的当午，我下课走出教室，一眼望见戴着暗黄色草帽的父亲。他蹲在浓绿的结着青桃子的桃树下面。也就在我看到父亲的一刹那，他头上的草帽，与我手中的《坟》的封面上的坟竟有一霎时的重叠。我曾揪心于这重叠，憎恨于这重叠，忌惮于这重叠，却没有想到父亲竟会那么早就离开我们，走进这坟里，终于在我心灵深处形成事实上的重叠，转而成为我终身享有的一个说不明白的习惯，始终给我以温馨的慰藉的习惯——只有深夜失眠时才有的坟的慰藉。

　　现在，我早已习惯了这习惯，也很满意这习惯。因为这习惯已成为我享受父爱的唯一渠道和唯一方式。

　　孙郁先生说："鲁迅早期书名，调子肃杀，意绪哀愁。《坟》的意象，便有几分怅惘之感。" 这大概是有的吧，我则更愿意接受鲁迅自己说的"一面是埋藏，一面也是留恋"的意绪。当然，也愿意接受孙馆长又说的，《坟》的文章，有"高山流水"之境，而无"和者盖寡"之陋的意见。

　　一面是埋葬，一面是留恋。人对于本属于自己而已经逝去的东西，不正是这样吗？如此"这样"，或者是有意的选择，或是不甘的无奈。无论是有意，还是无奈，则恐怕正是《坟》的意蕴，以及坟可以给人以慰藉的原因。这坟的慰藉对我是永远的。

从师心语

配乐散句：

星空从北边的
树缝下透，
云月沿着南山头游。[1]
劳作的喧嚣
刚刚退后，
姑娘的笑声为小伙儿的鼾声偷走。
我无意绿野散步，
更无心月下起舞，
依着惯性与无觉，
走向二狼山御甲口。[2]
北有折叠的影，
南有甘泉的井[3]
中有无声的形。
我展展酸痛的腿，
我伸伸疲惫的腰，
仰卧于父亲的坟头。
星星不是我的眼睛，
月亮不代表我的心情
这沟壑自来是
我的故家，
梦中的笑已无数回

洒向这山水的上下左右。

不是红的衣箱，

不是黄的金牌，

不是黑的钱铗，

不是绿的梦想，

只有这淡如白云的

父亲的坟的慰藉，

才是我永远的消受不尽的享受。

注：

1. 我家的正南是一座旗形山，俗称南山头。

2. 二狼山下是我父亲的墓地。据说我们村侯家滩，原本叫卸甲滩。因一员大将曾在此脱下过盔甲而得名。

3. 我父亲的墓地的北面是一座高山，南面的山凹有一眼可供全村用水的甘泉井。二者中间是一座通向三个方向的桥。